民國文化與文學研究文叢

民國文化與文學 研究文叢

七 編

第 30 冊

跨學科視野下的近代中國教育、文學與社會
——北京大學青年學者國際學術研討會論文集

中冊：近代中國的文學轉型與思想變遷

高翔宇編

國家圖書館出版品預行編目資料

跨學科視野下的近代中國教育、文學與社會——北京大學青年
學者國際學術研討會論文集　中冊：近代中國的文學轉型與思
想變遷／高翔宇 編 -- 初版 -- 新北市：花木蘭文化事業有限
公司，2017〔民 106〕
目 4+292 面；19×26 公分
（民國文化與文學研究文叢 七編：第 30 冊）
ISBN 978-986-485-069-3（精裝）
1. 教育　2. 文學　3. 社會　4. 文集
820.8　　　　　　　　　　　　　　　　106013227

ISBN-978-986-485-069-3

9 789864 850693

民國文化與文學研究文叢
七　編　第三十冊　　　　　　ISBN：978-986-485-069-3

跨學科視野下的近代中國教育、文學與社會
——北京大學青年學者國際學術研討會論文集
中冊：近代中國的文學轉型與思想變遷

編　　者　高翔宇
總 編 輯　杜潔祥
副總編輯　楊嘉樂
編　　輯　許郁翎、王筑　美術編輯　陳逸婷
出　　版　花木蘭文化事業有限公司
社　　長　高小娟
聯絡地址　235 新北市中和區中安街七二號十三樓
　　　　　電話：02-2923-1455 ／傳真：02-2923-1452
網　　址　http://www.huamulan.tw 信箱 hml 810518@gmail.com
印　　刷　普羅文化出版廣告事業
初　　版　2017 年 9 月
全書字數　698995 字
定　　價　七編 31 冊（精裝）新台幣 58,000 元

跨學科視野下的近代中國教育、文學與社會
——北京大學青年學者國際學術研討會論文集
中冊：近代中國的文學轉型與思想變遷

高翔宇 編

上冊：政治文化視野下的教育史研究

一、走進共和 1

    挽救危機的失敗：「二十一條」交涉後的袁世凱
    政府　高翔宇 3

    辛亥鼎革之際南北分立議論以及實質　王慶帥 23

二、「紀念全面抗戰爆發 80 週年專輯」：抗戰時期
    的教育與文化生態 37

    抗戰時期「成吉思汗」紀念及其形象塑造　郭輝 ... 39

    解放區的天是明朗的天——延安時期的移民運
    動與「窮人樂」敘事　周維東 63

    論 1943 年國民政府對學田制度的改革　蔡興彤
    79

    讀經論爭的高潮：《教育雜誌讀經問題專號》再
    研究　童亮 93

    小學教育與政治動員：以抗戰初期的晉察冀邊
    區爲例　項浩男 103

三、邊疆教育與民族國家想像 139

    學術與時勢：20 世紀 30 年代中國西北、西南
    邊疆研究的轉承起伏　段金生 141

    「化特殊爲相同」——國民政府的邊疆教育與
    文化統合之路　馮建勇 167

    帝國的邊疆知識爭奪——18、19 世紀清朝、俄
    國對內亞空間的認識與政策取向　袁劍 191

    秋海棠・桑葉・雄雞——政治文化視野下近現
    代中國領土形象變遷　徐鵬 201

    轉型與敗落：近代軍事變革下京師旗人新式教
    育述論　黃圓晴 225

中冊：近代中國的文學轉型與思想變遷

一、民國時期的語言與文字改革 247

    恪守漢字本位與塑造民族文化認同——以近代
    中國維護漢字論述爲中心的考察　湛曉白 249

    「屬行明史」、「幽情思古」與民初中學國文教學
    ——劉宗向《中等學校國文讀本》研究　李斌 ... 267

目

次

二、近代中國的教育人物與思想··············· 277

另一群「好人」——蔡元培、胡適與壬戌年的
北京政局　趙埜均 ·············· 279

晚清學堂教育與文章變革——以周作人為中心
宋聲泉 ·············· 295

缺席與在場——「新文化運動」時期馮友蘭的
教育經歷與文化實踐　李浴洋 ·············· 323

從傳統邁向現代的家庭教育模式——曾國藩與
梁啓超的家庭教育理念與實踐　秦美珊 ·············· 341

三、地方士紳與清末民初教育··············· 361

晚清教育改革與塾師的應對策略——以徽州府
祁門縣胡廷卿為例　董乾坤 ·············· 363

籌款變「愁」款：晚清童試經費的籌集與攤派
——以四川保寧府為中心的考察　張亮 ·············· 381

衝突、認同與融合：汕頭紳民與中西新學堂之關
係——以清末民初嶺東同文、華英、聿懷中學堂
為研究中心　周孜正、張曉琪 ·············· 397

四、「五四」新文化與新文學教育··············· 419

「到北海去」——「新青年」的美育烏托邦
林崢 ·············· 421

從「浙一師風潮」看五四時期師範教育中的青年
問題　周旻 ·············· 459

文學教育與文學革命——以北京大學國文門文
學史課程為例　趙帥 ·············· 479

五、留學生與近代中國··············· 507

日本文部省留學生鹽谷溫留華考略　譚皓 ·············· 509

美國學術場域中的中國教育研究——基於民國
時期留美生博士論文的考察　呂光斌 ·············· 523

下冊：性別視域下的近代中國社會

一、女性、英雄與家國：1930～1940 年代的中華
婦女 ·············· 539

性別解放與政治話語的雙重變奏：1935 年「娜
拉事件」的多元觀照　蔡潔 ·············· 541

「木蘭從軍」故事的現代講述——以抗戰時期
的上海、桂林爲中心　秦雅萌 ……………… 563

二、晚清民初女子教育與女性形象的建構 ………… 583

閨閣聯吟，一門風雅——以商景蘭爲論述核心
兼論山陰祁氏閨秀群體　許愷容 …………… 585

虛無黨・暗殺・女學——以上海愛國女學校爲
中心　詹宜穎 ………………………………… 601

從明清才女到女英雄：論《黃繡球》中的才德
觀念與女子教育　張玉明 …………………… 619

長記定公矜一語　不將此骨媚公卿——論陳翠
娜小說創作的閨秀氣質　馬勤勤 …………… 641

「去性別化」：清末女學堂中的身體改造　何芳… 659

三、民國女性社團研究 ………………………………… 673

梅社女性詩群的形成與承續　彭敏哲 ………… 675

天津基督教女青年會教育事業評析——基於報
刊資料的初步考察　趙天鷺 ………………… 693

四、傳統與現代：性別研究新視野 ………………… 707

女學生的愛與病：民國初期西方同性戀學說在
中國的翻譯與改寫　莊馳原 ………………… 709

男性文本：中國現代女性文學研究不可忽略之
地　譚梅 ……………………………………… 725

楊柳青年畫視角下的中國女性生活　王鳳 …… 735

附錄一：「跨學科視野下的近代中國教育與社會」
——北京大學青年學者國際學術研討會
綜述　蔡潔 …………………………………… 755

附錄二：「跨學科視野下的近代中國教育與社會」
——北京大學青年學者國際學術研討會
會議日程 ……………………………………… 763

後　記　高翔宇 …………………………………… 785

中冊：近代中國的文學轉型與思想變遷

一、民國時期的語言與文字改革

恪守漢字本位與塑造民族文化認同
——以近代中國維護漢字論述爲中心的考察

湛曉白

　　摘要：晚清以來，與擾攘一時的激進「漢字革命」思潮相對，始終有一種堅定守護漢字價值的文化力量。以章太炎爲代表的文化民族主義者對廢除漢字論的反擊，破解了包裹著西方中心主義的文字進化論，揭示了文字唯工具論的偏狹，高揚了漢字溝通歷史與現實、傳承民族文明、維護文化一統的歷史功能。抗戰之際高漲的民族主義使得捍衛漢字的聲音趨於高亢響亮，並推演爲一種醒目的文化現象。來自語言文學者的學術論斷，在修正文化民族主義者言論偏頗和學理不足之餘，更從語言與文字相合的視角較爲準確地闡明了漢字的本質及其現代性改造方向，使得對漢字的認可及其經由漢字構建民族文化獨特性的努力獲致了堅實的學術基礎。近代以來圍繞漢字存廢的持久論爭，集中地展現了文化民族性與現代性的巨大衝突及其調適，對這一過程的歷史考察，或許可以爲今人思考全球化時代如何保持民族文化主體性問題提供一定的借鑒。

關鍵詞：漢字；文字進化論；文化民族主義；現代性

　　晚清以降西方的強勢殖民入侵造就了國人一種普遍的現代性焦慮，此種焦慮在對漢字這一民族文化載體的認知中有集中體現。受流行的文字進化論和文字工具論的蠱惑，對西方表音文字價值的日益認可實時轉化爲變革文字的強烈衝動，遂使得改革漢字的輿論和實踐紛起，由此演繹出中國文化現代轉型中的一個持久主題。與此種旨在消解漢字神聖性、合法性的「漢字革命」

思潮相對，又始終存在另外一股堅定地反對廢除漢字、守護漢字價值的文化力量。只不過，在五四之後民族主義與民主主義高漲的歷史語境下，「漢字革命」被更多地賦予了「進步性」和「科學性」，而對漢字合法性的竭力辯護則顯得氣勢不足，在左翼陣營，支持漢字甚至成了界分政治立場的言論禁區。〔註1〕但是，此種局面因抗戰時期文化民族主義思潮勃興而有所改變，正視漢字民族文化認同功能的呼聲逐漸變得高亢響亮。

有意思的是，基於歷史研究總是更傾向於展現長時段中的「變」而非「不變」，近年來聚焦近代語言文字變革的不少有分量的學術成果，也對象徵著延續「不變」一面的漢字維護言論多有忽視，具體體現即是學者目光多為晚清五四時期的漢字改革所牽引。〔註2〕中國文化現代性多發端於晚清民初，這一視角自然有相當合理性。然而，當我們細加檢視又會發現，一方面，晚清以來持續未絕的「漢字」維護論，並不似文化激進主義者所鄙薄地那樣盡是簡單化的「頑固守舊」；一方面，自晚清至民國，維護漢字的論述立場雖然一致，

〔註1〕 夏衍在回憶錄中提及，1932 年面對向他熱情宣揚拉丁化的瞿秋白，他雖內心不讚同但「沒有和他爭論」。當時，左聯負責人馮雪峰幾次催他在《文學月報》上發表文章，他也因不贊成方言文藝和廢除漢字，「始終沒有交卷」。這足見廢除漢字論在左翼陣營已有不容置疑之權威性。參見夏衍，《懶尋舊夢錄》（北京：三聯書店，2000 年），頁 149～150。

〔註2〕 近代語言文字變革是近年來史學研究的一個熱點，與本文主旨最相近的成果，可見於朱曉梅、趙黎明，〈「漢字革命」派語文知識的「選擇性錯誤」——以「東方文化派」對「漢字革命論」的批判為例〉，《人文雜誌》2014 年第 6 期；彭春凌，〈以「一返方言」抵抗「漢字統一」與「萬國新語」——辛亥前章太炎關於語言文字問題的論爭〉，《近代史研究》2008 年第 2 期；王東傑，〈從文字變起：中西學戰中的清季切音字運動〉，《中山大學學報》（社科版）2009 年第 1 期；羅志田，〈清季圍繞萬國新語的思想競爭〉，《近代史研究》2001 年第 4 期；羅志田，〈抵制東瀛文體：清季圍繞語言文字的思想論爭〉，《歷史研究》2001 年第 6 期；汪林茂，〈清末文字改革：民族主義與文化運動〉，《學術月刊》2007 年第 10、11 期；王寧，〈論漢字與漢語的辯證關係：兼論現代字本位理論的得失〉，《北京師範大學學報》（社科版）2014 年第 1 期；王寧，〈20 世紀漢字問題的爭論與跨世紀的漢字研究〉，《中國社會科學》1997 年第 1 期；崔明海，〈文字與國家：近代簡體字運動的興起及其社會紛爭〉，《史學集刊》2010 年第 6 期。港臺學者對漢字改革多以激進文化思潮視之不予深究，海外學者對此一問題有所涉獵但並不深入（如日本學者村田雄二郎，〈漢字簡化淺論——另一個簡體字〉，汪暉主編，《區域：亞洲研究論叢》（第二輯）（北京：清華大學出版社，2012 年），頁 292～302）。整體上已有研究時段多集中於清末，少數對近代漢字改革做長時段考察的學者（如王寧先生）又以揭示語言文字演變本身為鵠的對歷史語境不甚措意。

但各時段所回應的時代性問題及所抱持的理據，卻又呈現與時俱進的特點，有系統梳理的必要。客觀地說，時人對漢字的堅定認可，確實夾雜著美化「漢字」的非理性情結，但更有著爲民族危機所激發的強烈文化民族主義自覺，以及超越於文化立場、意識形態之外的獨立學術判斷。這些在當時被冠以「保守」之名的言論，在破解偏頗的漢字進化論和工具論的同時，彰顯出了漢字作爲民族文化符號的認同功能，揭示了自古迄今漢語與漢字之間不可割裂的獨特文化聯繫，而這些正是爲「漢字革命」陣營所忽視的，其間仍蘊含著值得今人借鑒的思想學術價值。本文即試圖在吸收相關研究成果基礎上，對近代中國基於學術、文化和政治等不同角度維護漢字的言論做較全面的歷時性考察。

一、文言立場與漢字本位

自晚清即開始流行的文字演進論認爲，人類文字體系總體遵循著從「圖畫文字」到「表意文字」再到「表音文字」的演變規律。這一理論是西方語言學家和文字學家以印歐語言和拼音文字爲本位，概括出來的所謂人類語言文字發展的普遍規律，是線性進步史觀和西方文明中心論的派生物，直至今天在西方學界仍不乏鼓吹者，加拿大當代文化哲學家麥克盧漢就認爲「『開放社會』是拼音文字文化的結果」。〔註3〕晚清時期此一觀念因挾流行的社會進化論已初顯其思想威力。與此同時，從「道器」而非「道體」角度重新審視漢字功能，以爲文字之職不過「曰簡便，曰與世界求同」〔註4〕的文字工具論逐漸流行。清末吳稚暉等新世紀派提倡廢除漢語漢文推行世界語，確受無政府主義政治信仰和世界主義想像的強力驅動，但支撐其論述的具體理論依據仍是上述文字進化論和工具論。清末以章太炎爲首的國粹派學者，正是在對新世紀派的批駁中，奠定了維護漢字的文化民族主義論述基調。

〔註3〕〔加拿大〕麥克盧漢著，何道寬譯，《麥克盧漢精粹》（南京：南京大學出版社，2000年），頁104。與麥克盧漢學術思想十分接近的學者羅伯特·洛根同樣認爲，字母表和拼音文字培養了西方人注重分析和邏輯推理的思維能力，認爲這一點了奠定西方理性文明的根基。參見〔加拿大〕羅伯特·洛根著，何道寬譯，《字母表效應：拼音文字與西方文明》（上海：復旦大學出版社，2012年）。

〔註4〕吳稚暉，〈切音簡字直替象形漢文法〉，《新世紀》第118期（1910年）。

在〈駁中國宜用萬國新語說〉、〈論漢字統一會之荒陋〉等文中，章太炎以每一種民族文化皆是各有根系、相對自足的文明相對論爲武器，以「大體以人事爲準，人事有不齊，故語言文字亦可不齊」爲宗旨〔註5〕，破解新世紀派「象形字爲未開化人所用，合音字爲既開化人所用」的單一進化思路。章太炎對吳稚暉的尖銳批評，當然包含政治立場不同以及對吳氏人品不佳的不滿等成分，但觀其論述之旨要，大致可以歸結爲以下幾點：一，裁定「象形、合音之別，優劣所在，未可質言」〔註6〕，斷言文化之高下、教育之普及與否與使用何種文字並無必然聯繫。二，解析拼音化文字與漢語不匹配、無現實性，指出若採納拼音文字來書寫單音語的漢語，勢必造成「此名與彼名同爲一音，不易分辨」的結果，且方言歧出，拼音化難免造成各地互相之間「音讀難明，語則難曉」〔註7〕。三，強化語言文字的民族文化符號功能，鼓吹「語言文字，國性也」，且以「一返方言」的方式來響應「言文一致」，試圖以此爲途徑重新找回漢民族文化的純正基因。四，在恪守文言和漢字本位的基礎上，坦承漢字表音功能差，遂「取古文籀篆徑體之形」製造標音符號以拼切用於開啓民智的白話文，表現出面向當下的現代性一面。

作爲小學家、國學家和排滿興漢的民族主義者，章太炎視文字爲通經之津梁，又將其建構純粹漢文化的理想加諸漢字之上，其對漢字的偏愛之心不難理解，然而不得不承認，在清末文言與白話雅俗截然對立、國語運動尚未眞正發軔之際，章氏論斷拼音文字不可行仍是貼合語言文字之本質的，也是有著充分現實依據的。章氏以外，國粹派人物中雖有基於各自興趣與理由鼓吹漢字者，大體上並不違背章氏的上述立論。比如劉師培就一面贊成推廣世界語，一面力倡「欲社會學之昌明，必以中土之文爲左驗」〔註8〕，闡明中土文字於世界亦有價值，「實際融合了吳稚暉等無政府主義者和章太炎這兩種對立的對於中國文字及世界語的看法」，是爲折中方案。〔註9〕清末民初反對拼

〔註5〕 太炎，〈規〈新世紀〉（哲學與語言文字二事）〉，《民報》第 24 期（1908 年）。

〔註6〕 章絳（章太炎之筆名），〈駁中國用萬國新語說〉，《國粹學報》第 41 期（1908 年）。

〔註7〕 章太炎，〈小學略說〉，《國故論衡》（上海：上海古籍出版社，2003 年），頁 8。

〔註8〕 劉師培認爲：「以爲文字繁簡，足窺治化之淺深，而中土之文以形爲綱，察其偏旁，而往古民群之狀況畢呈。」見劉師培，〈論中土文字有益於世界〉，《國粹學報》第 46 期（1908 年）。

〔註9〕 參見張仲民，〈世界語與近代中國知識分子的世界主義想像——以劉師培爲中心〉，《學術月刊》2016 年第 4 期。

音化的論述，也基本不出章氏的框架。如 1911 年杜亞泉在《東方雜誌》上轉譯日本人山木憲的〈論中國文字之將來〉一文，他在該文序中表示對歐美及日本醉心於歐美之人臧否中國文字「記憶殊艱」和「言文不能一致」，「竊常聞而心非之」，其駁斥理據就不脫章太炎。〔註10〕

不獨國粹學派，五四之後，針對新文化運動健將「漢字革命」的高呼，來自文化保守主義陣營的甲寅派和學衡派均做出了抵制，他們的論述主旨也仍是對章氏的追隨。然而，問題在於，民初以來伴隨著現代民族國家的建立，中國語言現代化運動加速前進，國語運動以尊北京方言爲國語的方式從形式上解決了方言歧出的問題，白話文運動的順利進展則確立了白話相對於文言的絕對優勢，加之 1920 年代初贊成廢除漢字的語言學家趙元任等人，又以采用複音詞和「詞兒連寫」等方式，從技術上基本克服了漢語同音詞多的難題。〔註11〕這樣一來，則章氏前述之理由似乎均已不甚成立，那麼五四後的文化保守主義者又如何尋求新論點以支撐他們的反拼音化論述？事實是，對於力圖對抗新文化運動、捍衛文言文的甲寅派和學衡派來說，雖時移勢易，然他們的語言立場與章太炎並無太大區別，於是拼音化陣營以白話文爲前提提供的解決之道就自動地被隔離到了視線之外，章氏當年提出的問題也就一仍如舊。比如甲寅派的章士釗以「桃」舉例說明中國文字無法拼音化，稱如「英文闢齒（『闢齒』爲英文 peach 之音）」，「吾譯爲桃。爲文爲語，西文俱昭然可曉」，到了漢文中則「究不識其爲桃乎？陶乎？逃乎？淘乎？抑嗁乎。」〔註12〕事實上，這純粹是基於文言範本所做的論斷，若置換白話文則「peach」可譯作複音詞——桃子，即使用拼音文字也大致可以判斷其意義。

當然，面對氣勢如虹的白話文運動，五四之後的文化保守主義在固守漢字時也必須有一些新的響應，這主要體現在他們對白話文和國語運動的核心追求——言文一致原則的保留態度。如學衡派的胡先驌早在 1919 年發表的〈論中國文學改良論〉一文中就指出，無論是從表達力這一語言內在屬性還是從歷史文化傳承這一外在社會功用來看，言文一致都稱不上是具有絕對價值的

〔註10〕〔日〕山木憲著，杜亞泉譯，〈中國文字之將來〉，《東方雜誌》第 8 卷第 1 號（1911 年）。

〔註11〕1923 年，趙元任已撰文較全面地響應了漢字不能改用拼音文字的諸種質疑，明確了創制拼音文字應遵循的一些基本語言文字學原則。參見趙元任：〈國語羅馬字的研究〉，《國語月刊》第 1 卷第 7 期（1923 年）。

〔註12〕孤桐（章士釗之筆名），〈評新文化運動〉，《甲寅》第 1 卷第 9 期（1925 年）。

語言準則——就表達力來說，文言比白話更能勝任敘高深學理、表優雅情思之職，就保存典籍、傳承文化這一點而言，中國歷史上「言文分離」的文言漢字業已充分證明其優勢及價值，更能經受時間之淘洗，反觀歐洲的語言文化歷史，英國詩人喬叟五百年前之詩「已如我國商周之文之難讀」，而這正是言文一致的「諧聲」英文不及文言漢字之處。〔註 13〕學衡派另外一位學者張蔭麟則翻譯了美國東方主義學者芬諾羅薩（Ernest F. Fenollosa）的文章並以〈芬諾羅薩論中國文字之優點〉為名，在《學衡》雜誌刊出，以此輾轉表明其對漢字的看重。〔註 14〕芬諾羅薩認為，中國文字圖理性的特點及其隱喻功能，使中國的詩歌獨具「影像」的優點，且又間接造就中國人長於想像的具象思維特點。他還力圖證明漢字具有普遍性的價值：「或問曰：中國文字曷能以圖像之字構成智識之經緯歟？此自多數西方人觀之，誠不可能。蓋彼輩信邏輯範疇為思想之基礎而蔑視直接想像之能力也，然中國文字雖其質料奇異而其超出人目可見之境而進於不可見之境，所經歷程與古代各國各族所經者如出一轍焉。」〔註 15〕

二、文化民族主義者：漢字「有裨於民族和文化之統一性者為功甚大」

1920 年代末以來，漢字改革在政府和民間朝著不同方向演進。自政府層面言，其時教育部著力推廣注音符號以補漢字之不足；另外，在國語運動的中堅人物錢玄同、黎錦熙等的籌劃運作下，簡化漢字也已列入了教育部議事日程。

相比政府的溫和改革，社會上旨在取漢字以代之的拼音化運動有風起雲湧之勢，不僅輿論上頗具聲勢，且落實到了實質性的方案創制層面，湧現出了由語言文字學專家研發的「國語羅馬字」和左翼文化人創制的「拉丁化新文字」這兩種相對成熟的獨立拼音文字方案（筆者注：羅馬字母和拉丁字母

〔註 13〕 胡先驌，〈中國文學改良論上〉，《東方雜誌》第 16 卷第 3 期（1919 年）。

〔註 14〕 芬諾羅薩文章原名為 The Chinese Written Character as a Medium for Poetry（〈論漢字作為媒介詩歌的特點〉），張蔭麟為了突出語言文字之主題遂將其改名。參見〔美〕芬諾羅薩著，張蔭麟譯，〈芬諾羅薩論中國文字之優點〉，《學衡》第 56 期（1926 年）。當代學者部元寶將芬氏原文做了重新翻譯，見部元寶譯，〈論漢字作為媒介詩歌的特徵〉，《瀚江》（1998 年終刊）。

〔註 15〕 〔美〕芬諾羅薩著，張蔭麟譯，〈芬諾羅薩論中國文字之優點〉，《學衡》第 56 期（1926 年）。

系同一套字母體系）。「國語羅馬字」的主要創製人和吹手，主要是一批供職於教育部國語統一籌備會的學者，其中就包括前面提及的黎錦熙、錢玄同。作爲漢字改革激進派，黎、錢皆是「兩面作戰」，他們一方面自知廢除漢字條件尚不成熟，故穩健切實地推動教育部的簡化漢字進程，一方面又不能忘情於實行拼音文字的遠大目標，遂以個人名義屢屢鼓吹「國語羅馬字」。

　　歷史地看，「國語羅馬字」和「拉丁化新文字」，都是五四激進文化思潮所衍生的歷史產物。概括地說，五四以來以錢玄同、傅斯年爲代表的廢除漢字論述，在延續晚清文字進化論邏輯之外，又因新文化運動及作爲其重要組成部分的白話文運動的展開而增添了新的理由，他們的論點大致可歸納爲：一，判定漢字的總體發展趨勢是由表意趨於表音，大量的假借字說明漢字離眞正的拼音文字「只差一間」，只需人爲加快這一必然進程；〔註16〕二，攻擊漢字現代性功能的缺失，裁定漢字不能滿足輸入西方新學理、新術語的現代化需要，論斷一字一音的漢字只能書寫文言文，不能自由表達「言文一致」的白話文，要實現「言文一致」則必訴諸拼音文字，由此建構了文言文與漢字、白話文與拼音文字之間互相綁定、互爲因果的語文邏輯。〔註17〕三，因憤激於孔學儒學等傳統文化連帶罪及於記錄此一文化的漢字，因此完全漠視漢字保存歷史典籍、傳承文化之正面功能　；四，基於樸素的大眾民主意識聲討漢字所製造的文化階級壁壘。〔註18〕這些論點爲自由派新文化人和左翼知識界所共享，就連向來有意識與流行思潮保持距離以純粹語言學家面目示人的黎錦熙，也宣稱「所以中國二千年來的文字統一，實在不過少數智識階級的人們鬧的玩意兒」，並力圖彌合晚清語言文字運動時期漢字/切音字、精英/大眾的階層對立，要使拼音文字同屬於「我們」（智識分子）與「他們」（民眾）。〔註19〕在五四「漢字批判」的基礎上，由左翼文化人瞿秋白等開啓的漢

〔註16〕　參見錢玄同，〈漢字革命〉，《國語月刊》第 1 卷第 7 期（1922 年）；沈兼士，〈國語問題之歷史的研究〉，《國學季刊》第 1 卷第 1 號（1923 年）。

〔註17〕　積極推動漢字拼音化的語言學家黎錦熙就曾分析道：「漢字一天不解甲歸田，古文便時時運動復辟，漢字一天站在普及的地位，白話文便時時要走向不普及的迷途。」見黎錦熙，〈全國國語運動大會宣言〉，《國語週刊》第 25 期（1925 年）。

〔註18〕　1922 年《國語月刊》雜誌出版特刊《漢字改革號》，集中刊載了錢玄同、黎錦熙、趙元任、蔡元培等學者的文章，基本代表了此一時期贊成拼音化的主流意見。

〔註19〕　黎錦熙，〈全國國語運動大會宣言〉，《國語週刊》第 25 期（1925 年）。

字拉丁運動，進一步在論述上顛倒精英特權階層與底層民眾的文化權力秩序，主張建構民眾本位的語言文字，急切地呼籲將「漢字革命」付諸實踐。相較而言，教育部專家所研製的「國語羅馬字」方案，雖也有取代漢字的宏圖遠景，但最終僅被大學院定位為與注音字母地位對等的「國音字母第二式」，宣傳局限於精英圈子，並沒有發展成有意識的政治和文化運動；1930 年代後漢字拉丁化運動則依託激盪的左翼思潮醞釀出了相當的輿論聲勢。當然，拉丁化運動強烈鮮明的階級取向、黨派色彩與淡漠的文化民族意識，又使其成為文化民族主義者的主要攻擊對象。

1936 年之後因抗戰所激發的高昂民族主義熱情，使漢字改革議題相較此前變得更為敏感。本來，在中國這樣一個很早就實現了文字統一歷史悠久的古老國家，訴諸語言文字以為構築民族認同的要素，可以說是民族主義高漲之際的一種自然反應。然而，這一時期報章上圍繞漢字存廢的論爭驟增，態度趨於激烈，[註20] 還有更直接的動因，那就是日本帝國主義侵略加劇造成民族文化有淪喪之虞，左翼漢字拉丁化運動的宣傳此時也達於高潮。這一情勢從不同層面刺激了文化民族主義者的神經，使他們深切感到了捍衛漢字的迫切性。見諸輿論，拼音化論者認為漢字在亟需群眾動員的當下更顯其無用，而漢字支持者則認為「文字存亡，文化隨之」[註21]，「固有文化及其自信心之喚起」[註22] 才符合全民抗戰的歷史需要。在這一階段，錢穆、余家菊、潘重規、羅家倫等學者，紛紛在《今論衡》、《思想與時代》、《新民族》等雜誌撰文激烈反對廢除漢字。他們在否認文字進化論的同時，更立足於民族主義和國家統一，從不同的向度高度肯認漢字的歷史價值和現實功能。

第一個向度，是文化民族主義者出於激發民族自信、民族意識等考慮，從正反兩面展開論述，極力標榜和強調漢字作為民族文化符號的政治性能。此一認識，孟森等學者其實在民國肇建之際即已見及，但直至 1930 年代在民族危機高壓下才匯合為一股言論潮流。[註23]

〔註20〕崔明海，〈文字與國家：近代簡體字運動的興起及其社會紛爭〉，《史學集刊》2010 年第 6 期。

〔註21〕趙啟齋，〈漢字存廢問題之研究〉，《建國學術》第 2 期（1940 年）。

〔註22〕臧廣恩，〈關於所謂拉丁化〉，《今論衡》第 1 卷第 8 期（1938 年）。

〔註23〕孟森十分強調漢字之政治助力，有「古人造成我偉大民族者，惟此不受言語轉移之文字」等語。轉引自顧實，《中國文字學》（上海：商務印書館，1926 年），序言，頁 3。

一些文化人激烈地抨擊拼音化運動是國人在列強催迫下喪失民族自信、喪失理性判斷的惡果。文獻學家潘重規憤激已極，譴責廢除漢字之舉乃是文化人「受了異族的惡意煽惑，瘋狂的抹殺固有文化」，是割斷民族文化慧根便利日本文化殖民的「引刀自殺」之舉。〔註 24〕余家菊在〈論中國文字拼音化運動〉一文中也言辭激烈地指出：「中國人自受外力的打擊以後，⋯⋯喪失了自信，便喪失了獨立的精神，喪失了獨立的精神，一切政治上文化上的措施與思想便產生了不適國情之大病，可至於亡國而之不覺。中國字拼音化運動，即其一例。」〔註 25〕

進而，文化民族主義論者還著眼於抗戰需要，從民族存亡的高度，正面強調民族文字激揚民族意識、摶成統一民族的文化功績，他們認定國人必需牢牢堅守漢字孕育出來的民族文化根基，方能維繫民族於不墜不散。史學家陳垣此時亦有言：「經若干年，語言文字，姓氏衣服，乃至血統，與中國混而無別，則同爲中國人矣，中國民族老而不枯，日以龐大者此。」〔註 26〕對漢字凝聚、發揚民族意識功用的典型論述，又見於唐耀先的〈論漢字及漢字拉丁化〉一文。文章充滿激情地寫道：「文字是代表民族外在意識的主要工具，更是發揚內在意識的武器，是民族創造歷史以來，足以表揚其文化的工具，是一個民族從開天闢地以後，經不斷的努力，充實，革新後的結晶。因爲它廣大，普遍，充塞各地各族，代表著各地人民的文化，思想，所以文字的作用，正好像一個大熔爐，把全國的文化，精神，意志融洽成一片，把歷史一貫起來了。」〔註 27〕該文宣揚漢字爲各地各族人民的公用文字，超越了狹隘的單一民族主義，無疑有益於抗戰時期的民族動員。

第二個向度，深入闡揚漢字的文化價值和歷史功能，強調在幅員廣闊、歷史悠久的古代中國，表意性的漢字在時間上未有中斷的綿延，在空間上克服方言歧異，以其跨越時空的穩定性和同化異族、消融方言的包容性，「有裨於民族和文化之統一性者爲功甚大」〔註 28〕。

〔註 24〕潘重規，〈新民族與新文字〉，《新民族》第 2 卷第 5 期（1938 年）。

〔註 25〕余家菊，〈論中國文字拼音化運動〉，《今論衡》第 1 卷第 3 期（1938 年）。

〔註 26〕陳垣，〈通鑑胡注表微・夷夏篇第十六〉，《輔仁學誌》第 1、2 合期抽印本（1946 年），頁 86。

〔註 27〕唐耀先，〈論漢字及漢字拉丁化〉，《學生之友》第 1 卷第 2～3 期合刊（1940 年）。

〔註 28〕錢穆，〈古代學術和古代文化〉，《思想與時代》第 26 期（1943 年）。

抗戰時期，史學家錢穆相繼發表〈中國民族之文字與文學〉、〈古代學術和古代文化〉等長文，從民族主義和學術層面對漢字做了最爲虔誠的辯護。他歷數漢字優越於拼音文字之處，指出能兼具形聲之長是漢字最大優點，這一優點使漢字一方面「雖原本象形而不爲形所拘」，既依形表意而有「溝貫絕代」的穩定性，一方面又因能「終極諧聲而亦不爲聲所相挾」，於是漢字與語言「相親接」卻又不隨「語言而俱化」，在演化中總是一面適應語言進展一面又控制語言不使其過份變動，由此構築文字與語言「相輔而成，相引而長」的良性循環。〔註 29〕於是見諸錢氏論證中的漢字，不僅不是「言文一致」這一文化現代性目標的障礙，更超越這一目標之上，成爲與文言、白話兩相宜的理想文字。錢穆還認爲漢字具有「以舊話而構新名，語字不增，義蘊日富」的特點，表現爲能以千餘常用字構造上萬之新鮮組合詞，不僅簡明遠超乎「諧聲文字」，且譯介西方現代科學、哲學術語也毫無「困難扞格」。他因此斷定「此則中國文化懸曆之久，鎔凝之廣，所以其有賴於文字者爲獨深也。」〔註 30〕

歷來倡導發揚民族文化以「鼓鑄國魂」「弘揚國光」的國家主義教育學派核心人物余家菊，則不屑「以白種人標準爲標準」，進而顛覆以表音文字爲終極進化目標的流俗觀點。他根據漢字之特性「量身度制」了一套衡定文字優劣的價值標準，即所謂文字「能傳達意思而使人能瞭解之空間與時間之如何」，這也就是將文字歷時性的文化傳承功能置於第一位。按此標準，則「拼音文字其功用在記錄語音，語音隨地域而有歧異，隨時代而有變遷，其傳達意思之效力，就時間空間上觀之，殊嫌短狹」，歐洲不過「彈丸之地」但各國語言文字分歧即是明證；反觀中國，「以吾國幅員之廣大，吾人民迄今自覺其爲同一國家之人，以吾國歷史之悠久，顛覆之頻數，吾國人民迄今自覺其具有悠久之歷史文化，推原溯始，不得不歸功於先民之不用拼音文字而創立吾中國式獨立文字。」〔註 31〕

抗戰時知識界對漢字功能和價值的認可，背後熾熱的現實政治關懷是不言自明的。這一點在遊走於政學兩界、國家認同強烈的學者羅家倫那裏表現格外突出。1938 年，時任中央大學校長的羅家倫，在其擔任主編的《新民族》

〔註 29〕 錢穆，〈古代學術和古代文化〉。
〔註 30〕 錢穆，〈中國民族之文字與文學〉，《思想與時代》第 12 期（1942 年）。
〔註 31〕 余家菊，〈論中國文字拼音化運動〉，《今論衡》第 1 卷第 3 期（1938 年）。

刊物上，發表了長篇論文〈民族與語言文字文學〉，毫無保留地讚頌本民族語言文字文學。〔註 32〕作爲羅氏思考民族、民族性、民族國家系列論文當中的一篇，〈民族與語言文字文學〉也不例外地體現出作者意欲重塑民族文化形象和恢復民族自信的用心，貫徹著羅氏此時念茲在茲的民族復興追求。

　　民族主義者對漢字文化同化力的肯定，又使得他們對主張用拼音文字書寫方言的言論不表同情，此一點又集中地表現爲對漢字拉丁化運動的批判。在階級高於民族以及建基於民族自決之上的民族平等等特殊政治理念的主導下，拉丁化運動的奠基人瞿秋白對國人津津樂道的漢字「書同文「做出過尖銳的政治批判——他將漢字的大一統解構爲特權階級的文化霸權，將漢字同化異族解讀爲主體民族對少數民族的強制性文化灌輸。〔註 33〕爲了區別和對抗於民族主義視域下的漢字大一統，拉丁化運動一度贊成書寫方言，方言於是成爲了承載特定階級訴求和民族平等理念的工具。因之，以消弭地方文化、階層和族群差異爲前提構築起來的文化大一統理念，就與左翼的階級取向和強化民族差異的理念根本衝突。〔註 34〕自大一統眼光視之，則訴諸方言和方言文字的主張，無論其初衷若何，形式上已足以昭示文化分裂、人心分散，不得有其容留空間。一些文化民族主義者因此反覆強調，「一個獨立生存的國家，就得有一種統一的，而又足以反映其歷史性，民族性的文字」〔註 35〕，同時激烈抨擊拉丁化運動的方言取向：「即無破壞統一，分化民族的嫌疑，爲這一運動本身著想，亦將發覺阻礙多而利益少，勞力多而成功少。」〔註 36〕

〔註32〕 羅家倫，〈民族與語言文字文學〉，《新民族》第 3 卷第 3、4、5、6、7 期（1938年）。

〔註33〕 有關瞿秋白對民族主義的批判，參見楊慧，〈「口語」烏托邦與國家想像——論瞿秋白的漢字批判與國語批判〉，《廈門大學學報》2009 年第 5 期；湛曉白，〈拼寫方言：民國時期漢字拉丁化運動與國語運動之離合〉，《學術月刊》2016年 11 期。

〔註34〕 彭春凌認爲，章太炎並不讚同「流俗之士」所理解的「言文一致」，而是獨闢蹊徑地指出，「果欲言文合一，當先博考方言，尋其語源，得其本字」。因方言是古語古音之遺留故內蘊漢民族文化原初基因，又出於鄉民之口語，故章氏「一返方言」的主張其實隱含「以語抗文」來對抗文化專制性力量的寓意。參見彭春凌，〈以「一返方言」抵抗「漢字統一」與「萬國新語」——辛亥前章太炎關於語言文字問題的論爭〉，《近代史研究》2008 年第 2 期。

〔註35〕 唐耀先，〈論漢字及漢字拉丁化〉，《學生之友》第 1 卷第 2〜3 期合刊（1940年）。

〔註36〕 陸殿揚，〈從語言學檢討漢字拉丁化〉，《教育通訊》第 23 期（1938 年）。

　　周作人、胡適此期對漢字認知和態度的轉變也特別值得一提。如果說錢穆等人對漢字之民族認同功能的認可，是其文化民族主義觀的一貫體現，那麼，來自新文化陣營、曾贊成拼音化的周作人、胡適此期對漢字的認識，無疑更能彰顯抗戰所激發的民族主義熱忱。周作人在五四時期贊成廢除漢字且熱心於推進世界語，在文化取向上與文化保守主義恰相對立。但是，1940 年代卻在〈漢文學的前途〉、〈十堂筆談〉等文中，特別標示語言文字於政治有「極大的意義」，明確申明漢字之評價標準，必以「於中國本身中國廣義的政治上有何利益」爲根本，而「客觀的科學的」工具性評價「必得放在其次」。〔註37〕此時，他與錢穆等人一樣深沉熱切地稱頌漢字「上貫古今，旁及四方」堪稱世界民族文化史的「奇葩」。「附逆」之後的周作人改變認識，高揚漢字溝通國人思想情感和凝聚人心之政治功能，無疑是對日本在中國推行奴化教育和殖民侵略的文化抵抗。〔註38〕周作人的認識在新文化人中具有一定的普遍性，1935 年林語堂在主要面向西方讀者的《吾國與吾民》一書中極力稱道漢字的文化、政治大一統之功，1936 年胡適也在與周作人的通信中鄭重表態：「當然我們希望將來我們能做到全國的人都能認識到一種共同的音標文字。但在這個我們的國家疆土被分割侵佔的時候，我十分贊成你的主張，我們必須充分利用『國語、漢字、國語文這三樣東西』來做聯絡整個民族的感情思想的工具。」〔註39〕

三、語言文字學學者：「中國的語言，天然和這種文字適合」

　　文化民族主義者的漢字論述，儘管包含獨立的學術論證部分，如章太炎對漢字性質的論斷即具有相當的學術性，但一方面他們的文化立場必然或隱或顯地對論證有所影響，另一方面章太炎恪守文言立場自不待言，錢穆等人內心其實也對文言文高看一眼，看重文言文則必須以漢字爲本位，由是則他們的漢字分析又難免主觀色彩濃厚。相較而言，同時期的何仲英、呂思勉、張世祿等語言文字學家，一方面擺脫了傳統小學一味崇古和「以文統語」的痼弊，注重從語言與文字的互相牽制中把握漢字特性，一方面又不輕易受文

〔註37〕 東郭生（周作人之筆名），〈十堂筆談〉，《風雨談》第 17 期（1945 年）；知堂（周作人之筆名），〈漢文學的傳統〉，《北京文藝》第 2 卷第 3 期（1940 年）。
〔註38〕 周作人，〈漢文學的前途〉，《中華月報》第 6 卷第 3 期（1943 年）。
〔註39〕 胡適，〈國語與漢字——覆周作人書〉，姜義華編，《胡適學術文集·語言文字研究》（北京：中華書局，1993 年），頁 330。

字進化論之蠱惑，能從歷史合理性層面和學術視角正面肯定漢字之價值，更能彰顯獨立於文化思潮之外的學術理性。以對形聲字的闡釋爲例，同樣深諳文字音韻之學的錢玄同、沈兼士等人，因心中已先存拼音文字優越於表意文字的定見，遂將具有部分表音功能的形聲字、假借字的出現判定爲漢字「誤入歧途」，而史學見長兼治文字學的理性民族主義者呂思勉在《中國文字變遷考》、《文字例略》等著作中則平實指出，形聲字的出現爲漢字演化之「一大進步」，因其既能在單音有限的情形下「造字無窮」，又部分地體現出文字追隨語言的一面。〔註40〕

明確地在中西比較視野下研討漢字和確認漢字價值進而反駁漢字拼音化者，可以語言文字學家張世祿爲代表。在二十世紀三四十年代，張世祿圍繞漢字改革問題，發表過系列內容關聯、主題相近的文章，包括〈中國新文字問題〉、〈中國語的演化和白話文言的分叉點〉、〈漢字拉丁化批判〉、〈漢字簡化運動〉等等。張世祿非常推崇瑞典漢學家高本漢的研究，尤其深受他本人翻譯的高氏所著之《中國語與中國文》一書的影響。高氏在書中曾對漢字做出過一些相當感性而知名的評價：「中國文字是眞正的一種中國精神創造力的產品。……中國文字有了豐富悅目的形式，使人能發生無窮的想像，不必西洋文字那樣質實無趣。」〔註41〕基於對中國文化的熱愛，高本漢在這本書中表達了一個基本觀點：「中國語」與「中國文」是相互適合的，廢棄漢字是對博大精深之中國文化的自戕。

張世祿在繼承高本漢學術觀點的基礎上做了更爲紮實的論證。近代漢字拼音化之學術論證十分複雜，但其語言文字學理據概而言之就是兩點：一是漢字結構繁雜，不便認識和記憶；二，漢字爲一字一音，必須與文言文爲伍，至於複音詞、組合詞大量出現的現代漢語則成爲推行拼音文字的充分條件。張世祿對此一邏輯相當質疑，在他看來，漢字表音功能差，確實「不足以爲實際語言的記錄」，但同樣的問題也許可以從另外一個角度去追問，即漢字延續千年背後的必然性和合理性何在？用他的話說即是：「這種艱深的漢字居然會數千年來沿用而未曾變更，是否在民族社會的實情上還有存在的需要？是

〔註40〕 呂思勉，〈字例略說〉，《文字學四種》（上海：上海教育出版社，1986 年），頁222。

〔註41〕 〔瑞典〕高本漢著，張世祿譯，《中國語與中國文》（上海：商務印書館，1933年），頁84。

否和中國語的性質以及各處方言分佈的情形，另有相適合的因素？」〔註42〕沿著此一思路，張世祿對漢語的性質和方言的分佈情形做出重新探討。他明確反對西方近代語言學的進化理論，認爲民族語言並無高下優劣之別，只是順應民族歷史的演化而造就出了各種語言特性。〔註43〕他對漢語的基本判定是，「中國語有兩種特性：一種是孤立的，各個語詞沒有語首和語尾的變化；一種是單音綴的，各個語詞都包含著單音綴，也不容有語首和語尾的變化。」〔註44〕他接著論證，在漢語演化歷史上，語音的單純化與口語復合語詞增加同時進展，構成語言發展的一體兩面，這一點對書寫文字產生了決定性的影響。具體情形是，語音的單純化導致同音詞激增，而口語複雜化的趨勢卻並沒有直接反映於書面文字，反而強化了漢字表意的特質，進而形成一種脫離口語、異常「簡明便捷」的特異文體——文言文。〔註45〕概而言之，他認爲，自歷史觀之，漢語的性質和方言林立，決定了記錄和書寫漢語的文字必然發展出形聲兼具而又以表意見長的特性，這是語言與文字相互作用而形成的自然適配關係。因此，中國文字沒有進化到拼音文字，這不能歸咎於「中國人頑固的保守性，實在由於中國的語言，天然和這種文字適合的緣故」〔註46〕。

那麼，歷史上適配的漢語與漢字關係，到了近代之後是否因漢語性質的改變而難以共存？張世祿認爲，近代白話文運動的開展促使現代漢語複音詞進一步增多，這是基本事實，但這並未使漢語從根本上轉變爲多語音綴的變形語，因爲「所謂復音綴的語詞，大部分是屬於由單純語詞組成的復合語詞，那種原來的單純語詞多數只包含著單個的音綴，所以謂中國語爲單音綴語的這種說法至今還是可以成立的。」〔註47〕現代漢語的此種特性說明若採用拼音文字，則勢必造成人爲改造語言以遷就文字的局面，趙元任、瞿秋白建議拼音文字應儘量採納漢語複音詞、去除單音詞以避免同音詞過多就體現了這一點。然而在張氏看來，這無疑是顛倒語言和文字之主從關係的得不償失之舉，權衡利弊，更正確的判斷應該是——採納何種形式的民族文字根本上取

〔註42〕張世祿，〈中國新文字問題〉，《大夏週報》第 17 卷（1941 年）。
〔註43〕張世祿，〈漢語在世界上之地位〉，《大學》第 1 卷第 3 期（1933 年）。
〔註44〕張世祿，〈中國語的演化和白話文言的分叉點〉，《學生雜誌》第 17 卷第 11 期（1930 年）。
〔註45〕張世祿關於漢語性質的學術判斷，基本採自高本漢。參見張世祿，〈高本漢的中國語言學說〉，《暨大文學院集刊》1931 年第 1 期。
〔註46〕張世祿，〈漢字拉丁化批判〉，《文化先鋒》第 6 卷第 25 期（1947 年）。
〔註47〕張世祿，〈中國新文字問題〉。

決於民族語言的特點，現代漢語的發展並沒有從根本上改變漢語與方塊漢字的適配關係。與此同時，張世祿也認識到，漢字在歷史上一直處於不停的演變之中，而近代言文一致的語言運動爲漢字的變革提供了新的歷史條件和可能性。他指出，文字演化的合理趨向，應當是工具性能層面的「簡易化」和語義穩定「明晰化」的結合。據此標準，他提出參照漢字字體構造的基本原則，順應文字蛻變的情形和趨勢做出科學簡化，並明確了簡化的具體途徑。其提出的簡化原則主要有兩條，一是以近代俗體字爲基本依據同時也不妨酌用行書與草書的寫法；二是借助近代語言「復合語詞」增多的轉變，將「假借的應用和文字的簡化」予以結合，實現二者「兩相爲用」、「相輔而行」的目的。〔註48〕

四、國民政府：與文化民族主義者同調

1930 年代之後的國民政府整體上奉行文化保守主義，不少國民黨文化人對漢字的認知與文化民族主義者基本同調。前文曾述及在錢玄同、黎錦熙等人推動下教育部曾決意推行簡化漢字，但這一舉措遭遇了戴季陶、何鍵等國民黨要人的堅決抵制。1932 年戴季陶就曾做過〈中國文字在世界上之位置及其價值〉的長篇演講。在演講中，戴氏駁斥了西方人中國語言文字不統一的說法，指出漢字不僅通行於中土和華人，且受眾及於日本、朝鮮、安南等國，人數超過「五萬萬」，即便是世界範圍來看，「語言文字最統一而且應用最廣的要算中國而最有實際力量的文字便是中國文字」。他還認爲，就中國歷史上的字典辭典所載之字來看，「中國字多極，而且變遷非常複雜」，「中國文字的充實就可以曉得中國文明的充實」，積極宣揚中國文化之正面形象。〔註49〕有趣的是，戴季陶發表公開演講的 1932 年， 與他在政治上尖銳對立、激烈交鋒的中共理論家——瞿秋白正在力倡廢除漢字、實行漢字拉丁化，這樣看來，或許戴氏的言論乃是有意針對其政敵也未可知。1935 年，時任政府考試院院長的戴季陶「以國家力量推行簡字，是摧殘根本」爲由極力反對簡化漢字，終使該方案由此擱置，終民國時期未有進展。〔註50〕

〔註48〕張世祿，〈漢字的簡化運動〉，《學識》第 2 卷第 8 期（1947 年）。

〔註49〕戴季陶講，張振之記，〈中國文字在世界上之位置及價值〉，《聖教雜誌》1932年 9 月。

〔註50〕見崔明海，〈文字與國家：近代簡體字運動的興起及其社會紛爭〉，《史學集刊》2010 年第 6 期。

　　左翼發動的拉丁化運動勃興之後，自然更激起國民黨文化陣營的抨擊。在國共對峙的現實政局下，拉丁化運動在理論上訴諸語言文字的階級性，在實踐上以方言拉丁化對抗政府推進的國語運動，這意味著，國共雙方文化人圍繞著拉丁化運動展開的言論交鋒，就不僅是文化現代性取向與文化民族主義取向的對立，同時也包含著鮮明的黨派政治鬥爭色彩。面對左翼拉丁化支持者用階級鬥爭話語對「漢字改良派」和漢字維護論者展開的批判，以張滌非為首的國民黨文化人也反過來著力抨擊拉丁化運動的「非法性」，譴責其「在政治上迴向封建割據時代」。〔註51〕

　　在查禁拉丁化運動的同時，為了宣示當局立場，1938 年國民黨中宣部發佈的公示和國民政府教育部官員的發言，都一致表明了維護漢字的堅定態度。1940 年教育部官員在接受中央社記者採訪時，公開且嚴厲譴責拉丁化運動，稱「至若廢除漢字足以破壞民族文化之統一，拼切方音足以阻礙國語教育進行，尤為得不償失」；同時站在民族國家立場極力肯定漢字，其言辭、定位與前引錢穆等人表述並無二致：「民元以後，始由政府約聘專家，為普及教育使文字易學易用起見，而制定注音符號說明文字改革，實非用以代替原有文字，良以我國文字歷史悠久，結構與涵義具有特殊之優點，六書之明體用，四聲之正音義，迥非其他拼音文字所能及，我中華民族之所以巍然獨立於世界，綿延數千年，文化之寄託，實有賴於文字之統一。如謂此等文字教學困難，則應從方法上研究改進。」〔註52〕1942 年國民政府教育部又發佈公告，稱漢字「已為我中華民族普遍使用，自不宜再用過去『漢字』之舊名，藉以泯除民族間之狹義觀念」，特依照「國文國語」之命名慣例將「漢字」改為「國字」，這一事實背後強烈的大一統國家意志可謂不言自明。〔註53〕

　　歷史地看，中國自古就是一個多民族的國家，歷史上曾有多個少數民族入主中原建立中央王朝。然而，自秦漢時代以來，經董仲舒闡發「大一統」說之後，空間意義上的統一之「天下」，以漢族為主體的各民族融合意義上的

〔註51〕張滌非，《土語拉丁化批判》（武漢：抗戰出版社，1938 年），頁 12。1938 年至 1940 年期間，在國民黨中宣部主管下的《文化建設》、《抗戰嚮導》、《勝利》等刊物上，張滌非陸續發表了〈中國統一與中國話拉丁化〉、〈中國文字拉丁化糾謬〉等數篇批判文章，這些文章在 1938 年以《土語拉丁化批判》為名結集出版。

〔註52〕〈中國文字不可廢〉，《江西地方教育》第 183～184 期合刊（1938 年）。

〔註53〕〈依照國文國語之例將漢字一律改稱國字以昭劃一〉，《江西省政府公報》第1249 期（1942 年）。

統一，以儒家文化價值理想爲核心的整體論的「中國文化」「中國歷史」觀念，這種包容民族、階層、文化多重層面的「大一統」理念，就構成政權合法性和正當性構建的重要基準，也成爲歷代王朝所自覺尊奉的政治理念。〔註 54〕晚清以來自西方傳入的民主主義，以及反滿的漢民族主義，雖都不程度地對大一統所內蘊的專制性力量有所衝擊，但最終仍爲「大一統」的民族主義所收編。在國共嚴重對立的格局之下，國民政府對拉丁化運動的壓制，包含著維護大一統和政治上打壓中共的雙重目的，自然也就不難理解。

五、結　語

近代中國國勢杌陧，在救亡圖存的強烈民族主義情感衝擊下，國人在如何評判民族文化與外來文化問題上分化出了兩種相當不同的立場，一是以西方爲普遍性進化模版的反傳統取向，一是堅守民族文化價值和民族文化本位的文化民族取向。此二種取向的激烈對峙，在漢字存廢的持久論爭中有著最鮮明而集中的體現。歷史地看，晚清以來趨新思潮佔據主導，文化的激進取嚮往往比文化民族取向更能吸引眼光和打動人心，這就決定了「漢字革命」主張在輿論上的優勢地位，也使得從文化認同視角肯定民族語言文字的言論，屢屢遭遇嘲諷。然而，抗戰時期文化民族主義思潮高漲，在此一契機下，強化漢字文化認同和大一統功能的言論獲致了更多的同情，客觀地探究漢字價值的學術研究則進一步地爲此種言論提供了支撐。

歷史地看，自章太炎以來堅守漢字本位的文化民族主義言論，其最大的思想價值在於破解了包裹著西方中心主義並以科學面目示人的文字進化論，揭示了單一強調書寫工具性能之文字工具論的偏狹。他們對漢字的再三致意使人們看到，漢字溝通著歷史與現實，關聯著歷史文化的傳承，奠定和維護著數千年文化一統的格局，它無疑是凝聚民族文化認同的重要符號載體。在抗戰時期，此種言論自有其積極政治意義。此外，他們的言論還從新的角度促使我們反思言文一致——漢字不能充分追隨語言變化而導致的言文分離，自現代性視角理應被否定，然而若從文化維繫視角衡量則並非絕對毫無價值。然而，在反對激進論者「污名化「漢字的同時，文化民族主義者固執一端，現代性意識不足，同樣有著情感上不難理解而道理上難以信服之處。史

〔註 54〕有關「大一統」觀念歷史演化的簡要敘述，參見江湄，〈正統論及其文化功能〉，《學習與探索》2008 年第 4 期。

學家錢穆視漢字爲「中國人獨特創造而又別具風格」的毫無瑕疵的藝術品，根本無視漢字無規律表音機制、難於記憶的缺點，就有明顯的美化之嫌，余家菊一味凸顯漢字之長而曝西文之短，則又陷入了偏頗的「漢字中心論」。

在這個意義上，語言文字學者將複雜化了的文字問題重新拉回學術軌道，明確漢字的現代性改造方向，就顯得別具價值。歷史悠久的漢字確實被賦予了多方面的屬性和附加功能，容有多角度的評價，但學術判斷無疑是最貼近漢字本質的判斷。呂思勉、張世祿等學者的研究，是對脫離語言簡單化評價文字和語言遷就文字觀念的糾偏，也是對文化民族主義者隔膜於現代語言運動以致學術視角偏狹的一種補全。可以說，只有當學者準確地闡明了漢字的本質和眞實的文化價值，向人們展示出其與民族語言和民族思維等文化核心要素之關聯時，漢字才眞正超越了民族文化符號的形式層面，才成爲我們構築民族文化獨特性的內在根基。在文化全球化已成滾滾洪流且利弊共生的當下，如何建構既面向現代又保全充分主體性的民族文化，仍是我們需要面對的宏大現實問題。在這個意義上，近代中國漢字存廢論爭所展現的現代性與民族性的衝突及其昭示的歷史方向，或許可以爲今天的我們提供一些借鑒和反思。

（作者簡介：湛曉白，女，北京師範大學歷史學院講師）

「厲行明史」、「幽情思古」與民初中學國文教學——劉宗向《中等學校國文讀本》研究

李　斌

　　摘要：湖南學者劉宗向於 1914 年編輯出版《中等學校國文讀本》，這套教科書不僅打破晚清學界的門戶之見，而且突破集部範圍，大量選入經部、史部及先秦諸子文獻。編選目的不是授以「作文之法」，而希圖通過中學國文教學「厲行明史」、「幽情思古」。這不僅在當時的中學國文教科書中最為獨特，也跟我們今天對中學語文的理解大相徑庭，但卻代表了民初部分人士在國勢日蹙的形勢下深深的危機感，值得我們回味與思考。

關鍵詞：劉宗向；《中等學校國文讀本》；教科書

　　清末民初，隨著新式教育制度的逐步建立，中小學教學用書成為人們關注的重點。外國語和數理化各科或直接使用國外教科書，或參照國外教科書改編，即使本國歷史和修身所用課本，大多也能從日本所編相關教科書中獲得啓發。唯獨中小學國文教科書，需要國人獨立編纂。有些教科書對中學國文的設計跟我們今天對中學語文的認識大相徑庭，劉宗向的《中等學校國文讀本》就是其一。

一

　　據《湖南省志・人物志》介紹，「劉宗向，字寅先，號盅園，寧鄉縣城人。1879 年（清光緒五年）生於小吏家庭。1904 年入明德中學速成師範科。畢業後考入京師大學堂，1908 年畢業，得官內閣中書，後調學部」，辛亥革命後回鄉，「1913 年（民國 2 年）與黎錦熙、徐特立、楊昌濟、陳天倪等創辦宏文圖書編譯社，編印中小學教科書」，「1914 年春任湖南高等師範教務長」，1915 年任校長。湖南高等師範被北洋政府裁撤後，他要求創辦湖南大學，被任命爲湖南大學籌委會委員，建校後擔任中文系教授，創辦私立含光女子中學。1941 年主修《寧縣縣志》，「被譽爲體例最完備的地方志」，解放後任湖南文史館員，1951 年逝世。〔註 1〕劉宗向一生勤於著述，其著作一毀於抗戰時期，〔註 2〕再毀於十年浩劫，〔註 3〕保留下來的很少，《中等學校國文讀本》是保留下來的重要文獻。

　　《中等學校國文讀本》共四冊，1914 年 4 至 7 月由長沙宏文圖書社出版。1914 年，市面流通的中學國文教科書主要有五套：商務印書館三套，分別爲林紓《中學國文教科書（重訂本）》、吳曾祺《中學國文教科書（重訂本）》、許國英《共和國教科書國文讀本》；中華書局兩套：分別爲劉法曾、姚漢章《中華中學國文教科書》、謝蒙《新制國文教本》》。林紓和吳曾祺的教科書清末就已出版，吳曾祺說：「學生至入中學堂，多讀經書，漸悉故事，此時急宜授作文之法」〔註 4〕，教授「作文之法」，也是林紓編輯中學國文教科書的目的，而他們所謂的「作文之法」，跟桐城派的古文寫作理念近似，選文範圍大致不出《古文辭類纂》、《經史百家雜鈔》圈定的古文系統。

　　劉宗向在京師大學堂念書時，桐城派在該校正爲得勢。易祖洛在爲劉宗向寫的傳記中稱：「先生肄業京師大學堂時，從桐城馬通伯先生受《毛詩》，在湖大講授《詩經》時，編有《毛詩學》講義兩巨冊，可見其學有師承。同時還從湘陰郭立山、桐城姚永樸、姚永概受古文義法，故先生擅長

〔註 1〕〈湖南省志・人物志・下編・劉宗向〉，《劉宗向先生百廿誕辰紀念冊》（長沙：湖南大學長沙校友會，1999 年）。
〔註 2〕易祖洛，〈劉宗向先生傳〉，《劉宗向先生遺著選》（長沙：湖南大學長沙校友會，1992 年）。
〔註 3〕陳雲章，〈緬懷一代散文家劉寅先〉，《劉宗向先生百廿誕辰紀念冊》（長沙：湖南大學長沙校友會，1999 年）。
〔註 4〕吳曾祺，〈例言〉，《中學國文教科書》（第一冊）（上海：商務印書館，1913 年）。

桐城派古文。」[2] 此處說法跟事實多有不符，劉宗向的確在湖大講授過《毛詩》，但在京師大學堂卻未從馬通伯受《毛詩》[註5]。郭立山字復初，張舜徽認為劉宗向回湘後，「復執贄於湘陰郭復初之門，從受三禮之學」[註6]。劉宗向本人則回憶說：郭立山「少泛治群經」，「門人劉宗向親炙愈二十年，嘗錄其所談朝章國故經訓為數卷，語皆精微」，[註7] 如此看來，張舜徽的敘述更切合實際。雖然沒有其他證據可以說明劉宗向從桐城姚永樸、姚永概學古文，但劉宗向跟桐城古文確有關係，任教時，以桐城古文教學生。弟子羅書慎回憶說：1930 年代初，劉宗向任教含光女中，教授國文，課本為「自選唐宋八大家及方、姚、震川之文」；[註8] 1936 年，劉宗向在湖南大學中文系「授古文及習作」，「為吾湘桐城派古文家，為文簡嚴整潔，深得方姚之髓」。[7] 1914 年編選《中等學校國文讀本》時，劉宗向是否跟林紓、吳曾祺一樣，偏向桐城古文呢？

《中等學校國文讀本》分甲乙二集：甲集三卷，合為第一冊；後三冊由乙集十二卷，別錄二卷組成。劉宗向將「古文」選在第二、三冊。第二冊為乙集一至三卷，另附詩詞一卷，第三冊為乙集四至六卷，另附古體詩一卷。

乙集卷一選清文 31 篇，屬桐城一系的僅 8 篇。另選阮元、汪中、李兆洛、孫星衍、章學誠、張惠言之文共 12 篇。阮元等人，除張惠言後習古文外，多是經史學者，又大多推崇駢文。該卷前 7 篇，除梅曾亮的〈書棚民事〉為古文家所熟悉外，餘下各篇或討論農事，或討論工藝，或討論習俗。這跟桐城選本的目的顯然不同：劉宗向選文重在經世致用，而非文章義法。卷二選宋元明文 15 篇，歐陽曾王三蘇之文僅 4 篇。值得注意的是該卷選入戴侗〈六書故序〉、顧炎武〈方音〉、〈與葉訒書〉，此三篇屬學者之文；另有王徵〈遠西奇器圖說錄最序〉一篇，此文不僅歷代古文選本所不及，就是同時期的國文

〔註 5〕劉宗向在一篇文章中說，「馬以古文名，宣統間曾在學部圖書局共事，見一二面，未意其治經之深也。」參見劉宗向，〈評馬通伯毛詩學〉，《劉宗向先生遺著選》（長沙：湖南大學長沙校友會，1992 年），頁 11。

〔註 6〕張舜徽，〈劉宗向先生傳〉，《劉宗向先生遺著選》（長沙：湖南大學長沙校友會，1992 年）。

〔註 7〕劉宗向，〈郭立山傳〉，《劉宗向先生遺著選》（長沙：湖南大學長沙校友會，1992 年）。

〔註 8〕羅書慎，〈緬懷蠱園老師〉，《劉宗向先生百廿誕辰紀念冊》（長沙：湖南大學長沙校友會，1999 年）。

教科書也未有選入者。《遠西奇器圖說錄最》為晚明時期介紹西方自然科學的重要著作，其序文並不以文見長。卷三選唐文，除陸贄等人的 4 篇文章外，其餘都為韓柳文。四五六卷選兩漢三國魏晉南北朝文，多選賈晁馬班之文，不及辭賦，大體跟《古文辭類纂》選擇標準相似，但其選入的王充〈論衡〉兩篇，劉徽〈九章算術注序〉、裴秀〈禹貢九州地域圖序〉，則是桐城古文選家絕對不會選入的。

就乙集前六卷的選擇標準來看，可見劉宗向完全突破桐城古文的門戶之見：一方面不排斥桐城古文，卷三至卷六多所選之文多在《古文辭類纂》、《經史百家雜鈔》範圍之內；另一方面又大量選入學術文章及有關民生日用之文。劉宗向特別注重「學」對於「文」的重要性，他說：「班氏有言，古之學者，博學乎六藝之文。六藝者，王教之典籍，先聖所以明天道、正人倫、致至治之成法也；又曰，祿利之路然也。學興於斯，文興於斯。」〔註 9〕所以多選討論農事工藝之作及學術文章。雖然劉宗向的《中等學校國文讀本》也選唐宋八大家之作，但對三蘇父子，卻僅選蘇軾〈志林・魯隱公〉一篇。三蘇父子經論史論策論，為歷代古文選家所青睞，但由於所論跟歷史事實多有不符，歷來就有不少指責。劉宗向認為：「自漢以還，群流持論，條理日疏，說多疑似，勿可董理，極於三蘇父子，號為馳騁曲折，窮究筆勢，而賊真彌盛，流波風扇，被於人人，偶而吐詞，盡乖軌則，漸及後生，雖入科學，猶難治療。」[9] 所以基本不選三蘇父子之文。不僅三蘇父子之文，就是後世經論史論，劉宗向也很少選取，「誠欲掃蔽景之翳，樹立誠之鵠，則後世論文，不得率取。」[9] 就連甲卷的十多篇顧炎武、王夫之的史論，劉宗向也特意聲明這些文章不能作為作文範文，奉勸教師「勿輕以論題課士」。不以經論史論作為學生作文題目，是為了防止在學養不足的情況下，學生勉強議論，養成張狂性格。在劉宗向看來，只有學養足夠，文才能做得好，「文與學術相表裏：南北末葉，歐蘇流派，由學敝也；周秦以上，文質相宜，學之盛也。六藝九流，國之菁英，雖非遠志之士，要當略有誦習。」[9] 值得注意的是：劉宗向強調「六藝」為「學」之基，為「文」之基，但僅強調「六藝」與「學」，於「文」卻甚少著力。這就同當時林紓、吳曾祺等人的中學國文教科書僅著力於文章本身大相徑庭。

〔註 9〕劉宗向，〈敍例〉，《中等學校國文讀本》（第一冊）（長沙：宏文圖書出版社，1914 年）。

二

　　在 1914 年市面流通的五套中學國文教科書中，劉法曾、姚漢章《中華中學國文教科書》、許國英《共和國教科書國文讀本》、謝蒙《新制國文教本》三套教科書是民國成立後編出的，它們跟林紓、吳曾祺的中學國文教科書既有相同的一面，也表現出明顯的區別。在這三套中學國文教科書中，編者們一方面強調「急宜授以古人作文義法」〔註10〕、「宜授以適當之作文法理」〔註11〕、「習於近世適用文體，能自由發表其思想」〔註12〕，體現出對「作文之法」的重視，這是跟林紓、吳曾祺的教科書相同的。跟林吳二人的中學國文教科書的不同之處在於，這三套教科書還希望通過國文教學，達到「存國粹」[10] 或「共保國粹」[11] 的目的，因此錄入經部文獻、先秦諸子文、歷代詩歌及經史學家甚至理學家文，對這些的文章的評注處理也主要著眼於它們所體現的傳統文化精髓，但對這些文章的選取非常有限，主要的編選目的還是授以「作文之法」。

　　與此不同，《中等學校國文讀本》大量選入經部、子部文獻。第一冊收入甲集三卷，第三卷「古代文」，126 篇，全選先秦兩漢魏晉文獻。從《檀弓》、三傳、《詩經》等始，荀韓莊列、《國語》、《國策》、《新序》、《說苑》甚至佛經，都有涉獵。《檀弓》中的幾篇文章，側重喪禮；荀韓莊列等子部文獻，選取寓言故事。劉宗向如此選文的理由是：

>　　中學次初年，科目較簡，幸足崇力治文，急宜傳以古澤。惟繁複之篇，在所避忌。本書甲集三卷，博取經傳語策，諸子百家，上自隆古，下逮魏晉，皆記述短篇。既興趣濃深，領解甚易，又於古代群籍，有嘗鼎一臠之樂。不及隋唐者，謂已粗足也。夫校生天質，利鈍不齊，椎魯之士，苟能嫥守是集，字嫻句熟，雖勿暇他求，為文必有意理。若生而俊朗者，其本既立矣，又於古有澤矣，進與言文，為道大順，繼以乙集，期致力焉。[9]

看來此卷目的，是對「古代群籍」「嘗鼎一臠」。其實不僅甲集第三卷涉獵「古代群籍」，第四冊的目的也是如此。第四冊包括乙集七至十二卷：乙集七選「尚

〔註10〕劉法曾、姚漢章，〈編輯例言〉，《中華中學國文教科書》（第一冊）（上海：中華書局，1912 年）。

〔註11〕許國英，〈編輯大意〉，《共和國教科書國文讀本》（第一冊）（上海：商務印書館，1916 年）。

〔註12〕謝蒙，《新制國文教本》（第一冊）（上海：中華書局，1914 年）。

書左傳國語國策之文，都十首」；乙集八選「周易、爾雅、公羊、穀梁、周禮、禮記之文，都二十二首」；乙集九選「晚周諸子之文，都一十四首」；乙集十選「秦文」五篇，出自《呂氏春秋》及李斯之手；乙集十一選「詩經楚辭之文，都一十首」；乙集十二爲「古代文附錄」四篇，選彭祖《攝生養性論》及佛經三篇。第四冊實際上是甲集第三卷的擴充，主要是對經、子二部古文獻「嘗鼎一臠」。雖也以「文」爲最終目的，但只是「生而俊朗者」才能「進與言文」，對於一般學生，「專守是集」就足夠了。將學「文」的學生限定爲「生而俊朗者」，並推向乙卷，但正如前面所分析的，「文」在乙卷的位置並不突出。所以劉宗向實際取消了「文」在中學國文教科書中的核心位置，當然不以具體的「作文之法」爲目的。選入如此多的經部文獻與諸子文，這不僅跟林紓、吳曾祺的教科書絕不相同，跟許國英、劉法曾、謝蒙等人的教科書區別也很大。

《中等學校國文讀本》乙集十二卷與甲集第三卷之文，部分也爲許國英等人的中學國文教科書所及，但最能體現劉宗向對中學「國文」獨特理解的《中等學校國文讀本》甲集前兩卷，卻跟同時期許國英等人所編中學國文教科書完全不一樣。對於甲集前兩卷的編選目的，劉宗向在〈敘例〉中說：

> 甲集之文，一歲而畢，其前後二卷爲近代文，專重屬行明史，立文之本也。夫文人無行，古昔所訾，矧於今人，皮傳西語，偏說滋繁，縱慾敗度，見謂賢哲，無與過流，奚文之尚？至於史者，國之金湯，國人明史，則亡滅之難，雖亡，有復機。己族之屢興，希臘之復國，遠近有徵矣。四鄰交侵，顛覆在睫，自迷本源，奚以待後，先是二端，凡以矯俗矣。古人載道之訓，或疑修身歷史，各已成科，不悟寓之於文，重以浸潤，則奏效倍焉矣。

「文人無行」，這是劉宗向一直強調的。對於文名滿天下的林紓，劉宗向就頗有微詞。1919 年劉宗向有如下一則筆記：「與衍相標榜者有林紓，文至劣，劉先生延琛繼任大學監督，林初見，拍案歎曰：『余久欲辭去，今公至，又不能恝然矣。』聞者疑爲素交，實則本無一面也。名士卑鄙，大都如此」。〔註13〕說林紓「文至劣」，但並無實證，筆鋒一轉，重點談行。在劉宗向看來，「文至劣」緣於行「卑鄙」，「文」以「躬行實踐」爲基礎，「躬行實踐」首在「屬

〔註13〕劉宗向，〈陳衍與林紓〉，《劉宗向先生遺著選》（長沙：湖南大學長沙校友會，1992 年）。

行明史」。《中等學校國文讀本》甲集第一卷僅選文八篇，第一篇爲顧炎武的〈獎廉恥〉，中間幾篇談孝悌，最後一篇是王安石的〈傷仲永〉，意在勸學。第二卷題爲「近代文」，共 109 篇，從鄭樵《通志・三皇紀》中的〈黃帝開國〉到魏源的〈國初東南靖海紀〉，實際將中國歷史演繹一遍。選文大都來自《通志》、《資治通鑑》、《續資治通鑑》、《通鑑綱目》、《通鑑輯覽》等史書中某一段落。內容側重三方面：一是跟周邊國家和民族的交往，像選自《通鑑・漢紀》中的〈使劉敬和親匈奴〉、〈武帝遣張騫使月氏〉，《新唐書・西域列傳》中的〈波斯〉、《東夷列傳》中的〈日本〉；二是歷代風俗信仰的變遷，像《通鑑・漢紀》的〈論東漢教化風俗〉、《通鑑・宋紀》的〈論魏主崇信道教〉；三是易代之際的史事，像《通鑑・漢紀》的〈王莽篡漢〉、《續資治通鑑・元紀》中的〈殺文天祥〉、《明史・紀事本末・甲申之變》中的〈思宗殉國〉。史書之後，選有學者的史論或文人感歎興亡之詩詞，其中顧炎武、王夫之的史論佔了大半，文人詩詞中又以清初文人感歎明亡之作爲多。綜上所述，此兩卷的編選目的，在於教導學生懂廉恥，知孝悌，尤其是通過學習中國歷史來培養學生的民族情感。此兩卷歸結爲「厲行明史」，強調「厲行明史」爲「立文之本」，但選文卻有「本」無「末」，不重「文」，自然也不講具體的「作文之法」。

　　無論是重視「厲行明史」，是要求於「古代群籍」「嘗鼎一臠」，還是強調「文與學術相表裏」，《中等學校國文讀本》都不以教授具體的「作文之法」爲目標。其實，在當時的劉宗向看來，比起具體的「作文之法」，中學國文還有更重要的任務需要承擔：

　　　　顧自清末淺夫濫竽校職，以文爲病，倡率成風。講授之師，知主者視爲具文，憚於陳策奮力，不及十祀，遂使悠悠後生，展卷茫然，因而弁髦國俗，鄙夷宗祖，自惡其族。

　　　　畢業以後，既困及資生，又大爲國蠹，間有長年美質，粗能援筆，或又迷於俗尚。將欲使幽情思古，科學之餘，博治國故，發爲宏著，如何可期。[9]

顯然，在劉宗向看來，「弁髦國俗，鄙夷宗祖，自惡其族」，才是中學國文所要直面的問題。「幽情思古」、「發爲宏著」才是中學國文教學的最終目的。從〈敘例〉來看，劉宗向有「亡國」的巨大憂慮，而他覺得能夠抵抗這種危險的：是「厲行明史」「幽情思古」、「躬行實踐」，對於「六藝」與傳統思想學術源流都有所瞭解。於這些有所得後，才談得上「文」。將「文」推向將來再

解決，實際上於國文教科書中不考慮教授「作文之法」，否定了「文」作爲中學國文的教學目的。

三

通過中學國文教育達到「厲行明史」、「幽情思古」的目的，也是劉宗向學術觀點的體現。《湖南省志・人物志》評價劉宗向說：「精研經史，探程朱理學之精微，尤擅長桐城派古文」。如此看來，劉宗向對於有清一代爭執不休的考據學、理學、桐城古文三家學說兼容並包。其實，《湖南省志・人物志》這段話對劉宗向的評價還不夠準確。在給弟子的一封信裏，劉宗向如是講述中國學術思想史：

乾嘉諸儒考訂名物訓詁，誠足補宋賢之疏漏，但宋賢於義理得鄒魯之深，實成定論。

而紀、戴諸人，橫欲擯宋賢於諸儒之外，深文巧詆，無所不至。自此書出，宋學自衰。

後來學者，且以躬行爲不足法，其禍中於風俗人心國家民族。當時紀爲總纂，姚姬傳先生任分纂，深致不平。書成，不復求仕，歸而講學。宋賢墜緒，賴以有千鈞一髮之延。蓋西漢經學、政事、文章合，而躬行分。東京合之尚矣，而義理未邃，躬行稍偏。

至魏晉六朝、隋、唐，則經學、政事、文章、躬行四者皆不相謀。宋賢經義益精，躬行益密，而未能施諸政事，文章則尤分途。明以陽明氏之歧趨，經義微而其他亦隨。

至方、姚出，力謀四者之合，獨恨未能見諸政事，文章則尤分途。〔註14〕

收信者羅書慎評價其師爲「儒林宿老，研精經史，學尊鄒魯，文尚方姚，探程朱理學之精微，歸諸躬行實踐」，[7] 顯然，對於劉宗向的評價，在「精研經史，探程朱理學之精微，尤擅長桐城派古文」之後，還應加上「躬行實踐」。在上引信函中，劉宗向將千年學術思想歸結到曾國藩，說他「既治方、姚之文術，亦涉乾嘉之藩籬，而躬行一以程、朱爲的。值異教之猖狂，倡率友生，用理學於事功，衛孔孟之名教。千年之間，一人而已。」看來，以曾國藩爲

〔註14〕劉宗向，〈與羅生書慎書・四〉，《劉宗向先生遺著選》（長沙：湖南大學長沙校友會，1992 年）。

榜樣，劉宗向試圖將乾嘉考據、桐城古文、程朱理學結合起來，而一歸於躬行實踐。突破門戶派別之見，將傳統文化資源整合爲一，這實際上體現了清末以來，在國勢日蹙的形勢下，士大夫深深的危急感以及希圖救亡的努力。

這一危機感如此深重，以致劉宗向放棄了國文教學本應有的「作文之法」的訓練，而一味強調「厲行明史」、「幽情思古」。劉宗向的這種觀點在今天看來雖有些極端，卻代表了民初部分人士的共同看法。劉宗向的好友楊昌濟遊學歐洲歸國後，於 1913 年在劉宗向參與編輯的《湖南教育》〔註15〕上撰文，主張「由明習經術之士，取經說之極精要者，編入國文教科書及修身教科書中」。他認爲國文教學的目的之一在於使學生「深於本國之文學」〔註16〕，「深於本國之文學，則知本國固有之文明，起自尊之心，強愛國之念，且對於國內之風俗習慣，均能知其起源，悉其意義，對於祖國既不至發生厭薄之感情，對於國俗亦不至主張激急之變革，此眞國家存立之基礎，不可不善爲培養者也。」〔註17〕這跟劉宗向一年之後編輯國文教科書時面對「弁髦國俗，鄙夷宗祖，自惡其族」的現象提出「厲行明史」「幽情思古」的國文教學目的非常接近。當時《湖南教育》的部分撰稿人對於「共和」後的國內亂象非常不滿，署名虛白的撰稿人說：「全國一團私欲，彌漫神州，心已陷溺，性已桎梏，吾國數千年涵養之忠孝厲節敦廉知恥諸美德，一旦盡被無法律之自由所蹂躪破壞，而靡有孑遺，上無道揆，下無法守，循是以往，不知所屆。」〔註18〕這也許正是劉宗向於《中等學校國文讀本》中首選顧炎武〈獎廉恥〉的原因。

民初教育部對於中學國文教科書採取「審定制」，《中等學校國文讀本》編出後隨即送審，1914 年 12 月 28 日，《教育公報》第 7 冊公佈對此書的審查批詞，不僅贊成劉宗向的觀點：「吾國學術源流，民俗變遷，後生小子茫然弗察，遂至弁髦國俗，自惡其族，而各學科中亦苦無講習之機會，欲貫徹此旨，莫如寓之於讀文中」，且進一步認爲「太史公所〈論六家要旨〉、〈漢書‧藝文志敍〉、江式〈文字源流表〉、〈文獻通考序〉、〈貨殖傳〉所載各方民俗以及有宋後所證明學派者，或擇優採錄，或意存節取，使學者藉此肄習國聞，且此等文皆可諷誦」，建議再版時選進。並勉勵道：「該書將來再版時能遵照改良，

〔註15〕 筆者所見《湖南教育》沒有版權頁。《湖南省志‧人物志》稱劉宗向辛亥革命後回鄉，「兼任〈湖南教育〉編輯」。

〔註16〕 此處「文學」當指文獻，跟今天的「文學」概念不同。

〔註17〕 楊昌濟，〈余歸國後對於教育之所感〉，《湖南教育》1913 年第 17 期。

〔註18〕 虛白，〈教育方針之疑問〉，《湖南教育》1913 年第 17 期。

俾或善本，本部有厚望焉」。〔註19〕在民初送審的中學國文教科書中，從批詞的篇幅和語氣來看，教育部對這套教科書的評價最高。

雖然此書最終並沒有出現在教育部審定教科書的名單中，且不久就「已絕版」〔註20〕，以至後來的教育史專家幾乎不知道有此書的存在，但作爲民初中學國文教學的一種面相，仍然值得我們提及和思考。

（作者簡介：李斌，男，中國社會科學院郭沫若紀念館副研究員）

〔註19〕 〈批長沙宏文圖書社中等學校國文讀本四冊，準作爲中等教科書，惟宜將標
　　　　簽處照簽改正送部備核〉，《教育公報》1914 年第 7 期。
〔註20〕 黎錦熙，〈三十年來中等學校國文選本書目提要〉，《師大月刊》1933 年第 2
　　　　期。

二、近代中國的教育人物與思想

另一群「好人」——蔡元培、胡適與壬戌年的北京政局

趙埜均

摘要：第一次直奉戰後，以蔡元培、胡適爲首的北大教員開始積極參與政治。除了早爲學界所重視的王寵惠外，事實上在野蔡、胡等人也多有運作。他們對時局有一定的想法，因而排除研究系、國民黨而試圖聯合吳佩孚。但與吳佩孚的合作效果不彰，蔡、胡又重新與研究系聯合，並且發起雙十裁兵大會、廢止治安警察法請願等對時局有重大影響的運動。正是因其具影響力，引起直系津保派的反擊，而教育界內部的矛盾亦使蔡、胡等「北大系」腹背受敵，終於以失敗告終。然而，活動的失敗不等於教育界退出政壇，反而代表了北洋系實力派失去了獲得教育界支持的機會。話語權的轉移乃至北洋系的最終失敗，此事可以說是根源之一。

關鍵詞：蔡元培；胡適；吳佩孚；研究系；學生運動

民國十一年五月中旬，在《努力週報》上，刊出了一篇名爲「我們的政治主張」的文件。其落款人名單，一字排開，率皆學界名流。從〈我們的政治主張〉發表的 1922 年 5 月 14 日起，到蔡元培發表〈不合作宣言〉的 1923 年 1 月 23 日，是《努力週報》所謂的「我們」參與北京政局的高峰，亦即本文標題中「壬戌年」所指涉的時段。﹝註 1﹞在這期間，連署者之一的王寵惠受命組閣，其他參與連署的羅文幹、湯爾和亦分別擔任財長、教次。這一屆政

﹝註 1﹞ 此一期間皆在陰曆壬戌年的範圍之內。爲行文方便，本文概以「壬戌年」一詞指涉之。

府被稱爲「好人政府」，而此一名詞的由來，及與其構造近似的「好人」、「好政府主義」，亦源於〈我們的政治主張〉，足見其重要性及知名度。然而，儘管學界充分認識到這份宣言的政治意涵，但在談及政治時，人們關注的更多是在朝的政治人物，因此後世學者所指認的「好人」，事實上只是參與了「好人政府」的王、羅等人〔註2〕，而對於曾參與連署、并在此時的政治上多有行動的蔡元培、胡適等在修辭學上亦可以被稱作「好人」的北大教職員，則缺乏相應的關注。〔註3〕事實上，政治分成在朝與在野，如謂王寵惠或是其他政府中人所從事的是在朝的政治活動，那麼蔡、胡等人在這段期間所進行的諸多運動——無論率領群眾進行示威遊行，或是促使在朝者實施某某政策——則可稱作在野的政治活動。蔡、胡等人雖然並未進入政府，但他們在這一段期間的許多活動，仍具有相當的政治性，且在其他人眼裏有著一定的重要性。職是之故，本文擬對以胡適、蔡元培爲首的、具北大教職員身份的「好人」們在壬戌年內的政治活動，進行分析與探討。

一、「好人」們的政治姿態

　　「好人」的構成，基本是北京大學的教職員。雖然參與連署「我們的政治主張」的諸人中也有北京國立學校中除北大外另外七校校長的名字，但無

〔註2〕參見趙錫榮，〈「好人政府」簡論〉，《聊城師範學院學報（哲學社會科學版）》1990 年第 1 期；何善川，〈略論「好人政府」〉，《淮陰師專學報（哲社版）》1990 年第 1 期；景泉，〈北洋時期的「好人政府」〉，《歷史教學》1999 年第 3 期；吳家林，〈「對時局的主張」與「好人政府」主張〉，《北京黨史》2002 年第 3 期；羅毅，〈好政府主義、好人政府、外交系——1920 年代初北京政治生態一瞥〉，《史林》2013 年第 2 期。

〔註3〕目前所見之研究，若觸及胡適等人，則多僅論其思想而不及政治活動，如許紀霖，〈中國自由主義的烏托邦——胡適與「好政府主義」討論〉，《近代史研究》1994 年第 5 期；陸發春，〈胡適早期「好政府主義」思想新論〉，《安徽大學學報（哲學社會科學版）》1996 年第 5 期；何善川，〈評胡適的「好政府主義」〉，《徐州師範大學學報（哲學社會科學版）》1997 年第 4 期；張永春，〈李大釗與「好政府主義」〉，《暨南學報（哲學社會科學版）》2008 年第 2 期；馮夏根，〈丁文江與「好政府主義」〉，《湖南大學學報（社會科學版）》2003 年第 5 期。稍有觸及其政治活動者，僅見蘇繼紅，〈胡適與北洋軍閥〉，《北方論叢》2003 年第 3 期；何樹遠，〈從希望到失望：北京教育界與 1922 年北京政局〉，《中山大學學報》（哲學社會科學版）2015 年第 3 期。唯蘇文僅是泛泛而談，而何氏對蔡元培等人行動的敘述更多的是索討教育經費一事及與其他國立七校之關係，政治方面的重心依然偏重於王寵惠內閣。

論是連署時間上，或是此時的政治活動上，他們皆不能算作是這個群體的核心成員。﹝註4﹞扣去這七人，若以《努力週報》及相關政治活動爲觀察之範圍，可以發現這時較爲活躍的有當朝的王寵惠、羅文幹、湯爾和，及在野的蔡元培、胡適、李大釗等，皆是北大的教職員。﹝註5﹞因此，當時的報刊乾脆將這些人稱爲「北大系」。﹝註6﹞

誠然，北大作爲執中國高等教育牛耳者，挾著五四運動的餘威，有一定的影響力。但若謂五四運動之擴大在於引起全國各界的支持，則壬戌年時蔡元培等人勢必得聯合其他方面的勢力，方能影響政局。然而，此時並無足以挑起全國人民情緒的事件，故「好人」們較有可能的盟友只存在於既存的政治界之中。

最早與「好人」們聯繫的，是同樣在教育界中佔有一定勢力的研究系。研究系與「好人」的淵源較深，如1919年2月，蔡元培、王寵惠便曾經列名研究系要人林長民、汪大燮等人所主導的國民外交協會，並且在一定程度上共同促成了五四運動的發生；又，研系要人梁啓超、范源廉等在教育界長期擔任職務，因此與蔡元培、胡適等人有所接觸亦是勢所必然。因此，早在1921年末，研系中人藍公武已向胡適表達拉攏之意﹝註7﹞；1922年初，林長民又透過羅文幹向蔡元培表達在政治上共同行動的意向﹝註8﹞；5月底，在胡適們刻意略過研究系發表〈我們的政治主張〉並招致梁啓超抱怨之後，林長民依然不放棄與「好人」共同行動的計劃，邀請胡適等人共組政黨，仍被胡適所拒絕。﹝註9﹞至於蔡、胡刻意與研究系保持距離的原因，林長民曾自嘲云「適之我們不怪他，他是個處女，不願意同我們做過妓女的人往來。但蔡先生素來

﹝註4﹞ 就連署時間而言，七校校長並非第一批連署人，他們是在〈我們的政治主張〉發表一週後才署上自己的名字，就時間來看頗有跟風之意味。而從已確定的「好人」之核心成員蔡元培、胡適所留下之文件觀之，此七校校長亦未與之有合作的迹象，是以本文並不將之視爲「好人」群體之成員。

﹝註5﹞ 參與連署且在《努力週報》上著作較多的尚有地質研究所的丁文江一人，但若細觀其在《努力週報》發表文章，多集中在胡適離京以後，是以在本文所謂「壬戌年」的時期內暫時不予討論。

﹝註6﹞ 參見葉楚傖，〈學府代表底議論〉，上海《民國日報》第2版，1922年7月28日。

﹝註7﹞ 見胡適著，曹伯言整理，《胡適日記》1921年9月21日，收於《胡適全集》（第29卷）（合肥：安徽教育出版社，2003年），頁457。

﹝註8﹞ 參見蔡元培，〈覆胡適函〉（1922年4月21日），收於中國蔡元培研究會編，《蔡元培全集》（第11卷）（杭州：浙江教育出版社，1998年），頁90～91。

﹝註9﹞ 《胡適日記》（1922年5月14日、27日），頁624、633～634。

是兼收並蓄的，何以也排斥我們？」〔註 10〕林長民所謂做過妓女，指的是研究系曾經與段祺瑞合作解散民六國會、與皖系實力派進行政治合作的歷史。這段歷史不為國人所諒，以致於媒體曾直接以「中國最陰險政黨」〔註 11〕形容研究系，而研系要人蒲伯英在發表政論時亦須先聲明「老早脫離了研究系」。〔註 12〕職是之故，蔡、胡等人怕被「拖下水」，選擇「愛惜羽毛」，〔註 13〕因而不得不和研系保持距離，亦屬人之常情。對於蔡、胡等人的「拋棄」，研系的反應大抵上只是《晨報》上刊發評論謂「凡百事不是好人都可以包辦的」〔註 14〕，及林長民為四處宣稱「胡適之拉我組黨，我不幹」〔註 15〕等口頭上的調侃與佔便宜而已。

　　與「好人」們關係最密切的研究系既然是不適合合作的對象，那麼就「好人」的歷史而言，蔡元培、王寵惠有著老同盟會、國民黨身份的背景，那麼當時控制廣東有著一定實力且名聲不差的孫中山或是可以考慮的選項。當〈我們的政治宣言〉發表之初，國民黨的機關報《民國日報》曾經表達歡迎之意。〔註 16〕然而，蔡元培在 6 月 6 日發表的一則通電，主張「敢望中山先生停止北伐，實行與非法總統同時下野之宣言。」〔註 17〕可以說是提出了一個孫中山不可能接受的條件；而胡適不久之後又在《努力週報》上稱陳炯明驅逐孫中山是「革命的行動」〔註 18〕，則徹底打消了與國民黨合作的一切可能性。相比於研究系的反應，國民黨人的反應則更為激烈，《民國日報》上的口誅筆伐

〔註 10〕《胡適日記》（1922 年 5 月 14 日），頁 624。

〔註 11〕〈舊政黨活動之觀察〉，《申報》第 7 版，1920 年 8 月 14 日。

〔註 12〕蒲伯英，〈我們事實上不能受的謠言〉，《晨報》第 2 版，1922 年 7 月 15 日。

〔註 13〕《胡適日記》（1922 年 4 月 27 日、5 月 27 日），頁 604、633～634。

〔註 14〕天雲，〈再答胡適君〉，《晨報》第 6 版，1922 年 6 月 8 日。

〔註 15〕《胡適日記》（1922 年 7 月 7 日），頁 676。

〔註 16〕葉楚傖，〈「好人奮鬥主張」的主張〉，上海《民國日報》第 2 版，1922 年 5 月 20 日。
　　　此文中雖對蔡元培等吃徐世昌的「國庫飯」有所微詞，但因為「蔡孑民先生等發表政治宣言的幾位，自然都是好人……因為是好人，依舊能得好人——孫總統、伍總長等——底同情」。同時葉氏以期許的方式提出了 3 點要求，這要求或即是國民黨與之合作的條件：（1）「諒解孫總統始終一貫的主張」；（2）「須拒絕防止曾經利用好主張做惡事的研究系等」；（3）「將所主張的各謀實現」。

〔註 17〕蔡元培，〈致孫中山及非常國會議員電〉（1922 年 6 月 6 日），《蔡元培全集》（第 11 卷），頁 109～110。

〔註 18〕胡適，〈這一週〉，《努力週報》第 8 號（1922 年 6 月 25 日），第 1 版。

自不待言，其要人章太炎、張繼等相繼發表通電詆蔡爲「南方之李完用」〔註19〕，蔡亦不甘示弱嘲諷章太炎等「置身炮火不及之地，而鼓吹戰爭，或不免有爲軍閥傀儡之嫌疑，而且實以無知識之兵丁爲傀儡」。〔註20〕文中所諷「鼓吹戰爭」一項，當指孫中山正在進行中之北伐戰爭，其中隱含了孫中山亦是軍閥的批判，因此國民黨對蔡、胡的批判在其機關報《民國日報》上繼續升級，認爲蔡、胡等人「鑽頭覓縫」、「下流忘反，不可救藥」〔註21〕者。對於這些已近似謾罵的言論，胡適則淡然處之，謂爲「我的話正中他們的要害，故他們這樣痛罵我。他們的罵我，正表示他們承認這一點的有力。」〔註22〕

　　研系被拒在於其名聲太差，而民黨被拒之理由爲何？在追問「好人」們爲何要拒絕國民黨之前，首先必須回答的是：「好人」們支持什麼？試閱《努力週報》中的政論，可以發現在5、6月間，胡適等人主張最熱烈的是恢復民六國會。然而，其理由又非法理層次或人際關係方面的原因，而是正如丁文江事後所說的「因爲這是解決國會問題最簡易的方法」〔註23〕，這項主張與要求孫中山下野一樣，皆實質觸及了國民黨的底線。〔註24〕又當國民黨爲了

〔註19〕　〈章炳麟致蔡元培電〉，馬勇編，《章太炎書信集》（石家莊：河北人民出版社，2002年），頁263。
〔註20〕　蔡元培，〈覆章太炎、張繼電〉（1922年6月10日），《蔡元培全集》（第11卷），頁113。
〔註21〕　葉楚傖，〈今之所謂好人〉，上海《民國日報》第2版，1922年7月26日；葉楚傖，〈學府代表底議論〉，上海《民國日報》第2版，1922年7月28日。
〔註22〕　《胡適日記》（1922年8月13日），頁711。
　　　　　胡適能如此淡定，或與當時輿論率不以國民黨之反擊爲然故。如太炎門生錢玄同在日記中曾評價道「蔡此舉極有理，而且他是國民黨老人，能說如此公道話，比葉楚傖諸公死推孫文者，甚至恭維張作霖者，何止天淵之判。」見楊天石編，《錢玄同日記》（1922年6月4日）（北京：北京大學出版社，2014年），頁413。而當章太炎發電痛罵蔡元培後，錢玄同雖未批評其師之舉，但日記中又提及「我實在覺得孫之可醜，而無聊之國民黨人如葉楚傖諸人，實在要令人作三日嘔。」《錢玄同日記》（1922年6月8日），頁415。其實已經委婉地表示不認同章太炎、張繼及上海《民國日報》（葉楚傖爲該報主筆）的言論。
〔註23〕　宗淹（丁文江），〈忠告舊國會議員〉，《努力週報》第9號（1922年7月2日），第3版。
〔註24〕　民八國會是國民黨在南北統一問題上僅次於兵工政策的主張。孫中山甚至曾透過張繼赴洛陽向吳佩孚表示一旦北方接受民八國會，則立即取消護法名號，總統之位亦可讓出。（參見〈張溥泉君之寧保洛報聘談話〉，上海《民國日報》第2～3版，1922年10月25日）

民六民八問題與北方使滬議和代表僵持不下、并派議員徐清和等赴眾院演出抬棺抗議、鬧散議場等怪劇時,胡適再一次批評國民黨,稱「全國大多數人民所關切的並不是什麼法統的存亡,乃是國家的安全和人民的幸福。如果議員先生們肯發大慈輩,不談什麼法統與名器,早早的賜我們一個憲法,我們可以斷定大多數人民決不會起來『嚴拒非議,誓與奮鬥。』」〔註25〕上述言論表明,「好人」們並不堅持一定的意識型態或人身關係,他們對現實問題的態度傾向於實用主義,即有利於解決他們所欲解決的問題者即接納之,反之則拒斥。順著這個理路,可以推測他們對於實力派的態度——凡有助於解決時局問題、達成其政治主張的實力派,即是「好人」們願意與之合作的對象。而正是因為「好人」們認為繼續支持孫中山的主張於解決時局無益,於是他們選擇不與之合作、甚至決裂亦所不惜。

總而言之,此時「好人」們的政治姿態主要展現出 2 項特點:(一)重視名聲,「愛惜羽毛」;(二)無特定黨派或「主義」之偏好,一切以解決「問題」為依歸。正是在這樣的指導思想下(而後者可能更為重要,詳後),他們開始了與吳佩孚的合作。

二、「好人」與吳佩孚之分合

王寵惠內閣,即時人所稱的「好人內閣」,是在吳佩孚支持下所出現的一屆內閣,雙方緊密合作,故其興衰與吳佩孚和津保派鬥爭之成敗呈正相關。〔註26〕然而,儘管蔡、胡與王、羅皆曾列在「好人」之列,且實際上此時皆尋求與吳佩孚合作,但實際上其政見或黨派關係上仍有所差異。故本節所擬討論者,即蔡元培、胡適等與吳佩孚之關係。

如前所述,蔡、胡等人所擺出之政治姿態,一是重視名聲,一是要求實效。而此時政壇中,恰有符合這兩項者,即開府洛陽的直魯豫巡閱副使吳佩孚。在名聲方面,當直奉戰爭、直系初勝之時,羅文幹曾經有「微管仲,吾其被髮左衽矣」〔註27〕之感慨,足見「好人」們認為吳佩孚是個好人。而吳佩孚當時之實力亦是如日中天,人們普遍認為「……吳從此可以履行其統一

〔註25〕 胡適,〈這一週〉,《努力週報》第 14 號(1923 年 8 月 6 日),第 1 版。
〔註26〕 參見經先靜,〈內閣、國會與實力派軍閥——20 世紀 20 年代羅文幹案始末〉,《史學月刊》2004 年第 4 期。
〔註27〕 《胡適日記》(1922 年 5 月 9 日),頁 621。

與改造中國之政策，因其兵力實雄壯，中國無人可以抵抗。」〔註28〕職是之故，蔡、胡等人選擇與吳佩孚合作，是可以理解的做法。

　　蔡元培等人與吳佩孚建立聯繫，據汪崇屏的回憶，「這些事均由李大釗（守常）負責與吳方聯絡，吳則派白堅武、孫丹林在北京與李接觸，彼此互通聲氣。李大釗與白堅武為天津法政學堂的同學。」〔註29〕換言之，依靠的仍是北大教職員的關係網絡。又，若謂蔡元培在 6 月上旬發出的勸孫下臺、勸黎返京兩電與吳佩孚觀點一致可能僅是英雄所見略同，那麼當 6 月 7 日李大釗赴洛時，雙方合作意向應已大致確定；至 19 日孫丹林來京當日，隨即透過李大釗約與蔡元培、胡適、李石曾等人會面，則是雙方正式合作的開端。〔註30〕在此同時，蔡、胡亦大力為洛派交通總長兼代教育總長高恩洪幫忙，如 6 月 21 日八校教職員代表會議討論以高恩洪無力負擔教育經費且多次欺騙教職員代表為由向黎元洪陳情罷免一案時，蔡元培一改是月上旬以去就爭經費之強硬態度，表示「高氏原是好人……盡可聽其做去。希望教職員勿為人所利用」〔註31〕，以為高氏緩頰；又如當高恩洪在交部執行評價兩極的取消北京交通大學一事，胡適在《努力週報》上亦撰文支持之。〔註32〕

　　總之，透過李大釗、白堅武的牽線，及蔡元培表現出的態度，使得吳佩孚在 6 月 24 日致蔡元培一通電報，雖然內容多是客套話，但雙方直接的聯繫算是

〔註28〕《直奉大戰史》（競智圖書館，1922），頁 94。

〔註29〕王聿均訪問、劉鳳翰記錄，《汪崇屏先生口述歷史》（北京：九州出版社，2012年），頁 29。

　　　文中所謂白堅武在京一節有誤，白堅武本年度始終在洛，雙方聯繫基本是書信或李大釗主動赴洛。唯李負責與白聯繫一事應無誤，查，「李守常來，接談兩日，為吳公讚助。」杜春和整理，《白堅武日記》（1922 年 6 月 7 日）（南京：江蘇古籍出版社，1992 年），頁 363。李大釗在洛所談何事白堅武並無記載，惟 6 月 10 日李氏返京即與胡適談在洛見聞。見《胡適日記》（1922 年 6 月 10 日），頁 651，故李氏此番赴洛應與蔡、胡有關。

〔註30〕《胡適日記》（1922 年 6 月 19 日），頁 659。

〔註31〕〈昨日之八校教職員代表會議〉，《晨報》第 3 版，1922 年 6 月 22 日。

　　　當時北京政局為閣員問題已暗潮洶湧，各方為競爭位置亦各出手段，任一位置皆有數派爭奪。據聞研究系視教育部為固有地盤（見〈各政黨希圖報復之新結合〉，《天津益世報》第 6 版，1922 年 8 月 15 日）；而交通部因油水甚大而情況更為複雜，除被洛派強勢驅逐的新舊交通系為維護既得利益而產生反動外，自後續發展觀之，津保派亦十分覬覦交長之位置。蔡元培發言末句請教職員「勿為人所利用者」，指的究係研系、交系、黎派或津保派，目前尚不明朗。

〔註32〕適（胡適），〈這一週〉，《努力週報》第 8 號（1922 年 6 月 25 日），第 1 版。

成立了。基於實用主義原則，蔡元培立即在 6 月 30 日向吳佩孚發電建議「敢望容納聯省自治之輿論，貫徹裁兵廢督之主張」〔註33〕然而，吳佩孚卻於 7 月 4 日覆蔡一通長電，歷數聯省自治之不是。〔註34〕目前未見蔡元培是否有所答覆，但正是對聯省自治問題的歧見，成為蔡、胡與洛吳分裂的遠因之一。

「好人」們與吳佩孚的合作，自事後觀之，並沒有為蔡、胡等人帶來實質上的益處，至多只能說是捧出了一屆「好人內閣」。但這個內閣在重大的時局問題，即南北和平統一——聯省自治是達成此目標的關鍵性手段〔註35〕——上，雖然蔡、胡等人與吳佩孚派駐北京的高恩洪、孫丹林等有著經常性的接觸〔註36〕，但「好人」們在推銷其政見時卻常直接被高、孫擋下，且洛派傳達的信息令蔡、胡等極為失望。首先是胡適感慨洛陽方面（包含吳佩孚）並無能人〔註37〕；而至 8 月 14 日時，孫丹林在與蔡、胡等人的會面中大肆宣傳武力統一，因此與蔡元培、蔣夢麟發生爭吵，引起蔡元培痛罵「那麼吳子玉也不過是一個軍閥！」〔註38〕當「好人」們的關鍵性主張皆為洛方所拒絕時，雙方的合作關係因此出現裂痕。

而在更實際的問題——教育經費——上，原本承諾籌款的高恩洪也未能做到。儘管吳佩孚在 7 月 21 日曾發通電催發教育經費〔註39〕，「好人」之一的湯爾和亦獲得「教育經費有著」〔註40〕之承諾而同意出任教次，但或是因政府財政過於困難故，教育經費始終未能發出。8 月 17 日，即蔡元培與孫丹林發生爭吵的 3 天之後，八校校長集體赴交通部向高恩洪討薪，引發肢體衝突，事雙方皆通電辭職以示抗議。〔註41〕儘管這件事情最後沒有人真的離職，

〔註33〕兩電皆載〈吳蔡交換裁兵意見由來〉，《順天時報》1923 年 7 月 19 日。

〔註34〕〈吳佩孚電覆蔡元培裁兵問題〉，《順天時報》第 3～4 版，1922 年 7 月 11 日。

〔註35〕參見胡適，〈這一周〉，《努力週報》第 12 號（1923 年 7 月 23 日），第 1 版。

〔註36〕此經常性的接觸為敵對勢力攻擊為「某大學閥已與某軍閥結合，將壟斷中央政治，而以把持教育為第一步。」見〈內閣之迎新送舊聲〉，《黃報》第 2 版，1922 年 7 月 27 日。

〔註37〕《胡適日記》（1922 年 6 月 19 日），頁 659。

〔註38〕《胡適日記》（1922 年 8 月 14 日），頁 715。

〔註39〕參見〈吳佩孚關於從速確立教育基金通電〉（1922 年 7 月 21 日），唐錫彤、胡震亞編，《吳佩孚檔案資料選編》（南京：民國檔案雜誌社，2008 年），頁 126。

〔註40〕〈教次更迭之原因及教育經費之新計劃〉，《申報》第 6 版，1922 年 7 月 28 日。

〔註41〕此事據胡適日記之記載，「此次索薪，中間夾有政治作用，——有人藉此使王亮疇難堪，尤其要逼走高恩洪。」見《胡適日記》（1922 年 8 月 19 日），頁 718。至「有人」者誰，何樹遠認為是與北大不睦之另外七校。（參見何樹遠

但引起了洛陽方面的不滿，白堅武便曾在日記中忿忿地寫道「蔡元培等通電辭校長職，不問時之如何，率意任行，何也？」〔註42〕經此一役，蔡元培與高、白諸人應無再事溝通以轉達意見予吳佩孚的可能了。

　　蔡、胡等人與洛陽的關係雖然惡化，但仍透過李大釗而有著一定程度的交流。9月8日，李大釗在結束了與孫中山的會面後由滬赴洛，與白堅武談「南北政情、人事之短長得失大略」〔註43〕，所謂政情及人事者，大概係轉達孫中山之政治意見〔註44〕，同時或許亦提及教育費問題，致使白堅武拍電託孫丹林維持教育經費。〔註45〕然而，從上述李大釗的活動可以看出，他這時主要的任務是促成吳佩孚與孫中山的合作，這一綱領已非「好人」的主張，而是蘇俄方面的指令。最終，蘇俄方面以外蒙問題、顧維鈞外長問題及孫吳合作等問題皆未能與吳佩孚達成共識，加以「好人內閣」受津保派及黎派狙擊而垮臺致使吳佩孚失去北京政局的話語權，而決定將主要精力用於扶助孫中山及國民黨。〔註46〕至此，李大釗這條可能還會附帶一提地傳達蔡、胡意見

〈從希望到失望：北京教育界與1922年北京政局〉，頁91）唯何氏並無直接證據，其推論亦較爲牽強。查此次事件之所以不可收場，係因爲「高始執筆書『仍由交通』四字，突有新由交通部總務聽調秘書處辦事之殷仁其人闖進客廳，奪去高氏手中之筆」，高氏趁機遁去，部員與教員吵成一團，事後雙方皆認爲受辱並通電辭職。（見〈八校代表赴交部索欠之風波〉，《申報》第10版，1922年8月20日）可知事情失去控制的關鍵在於部員奪筆，而部員此舉「爲高氏脫身之計，亦即用部員抵制教育界，爲日後賴帳之法。交部員事後語人謂『部員如此，亦是麵包問題。』」（見〈教潮突起之眞相〉，《中華新報》第2版，1922年8月21日。）高恩洪既無誠意與八校簽字，如此則通電辭職亦可能是反擊八校之手段；又，即使高氏並無對抗八校之意，搶奪其筆導致風潮者係交部職員，若謂七校勢力足以影響交部職員，恐怕難以置信。

〔註42〕《白堅武日記》（1922年8月23日），頁375。

〔註43〕《白堅武日記》（1922年9月8、9日），頁378。

〔註44〕參見李大釗，〈就孫、吳兩氏統一中國的方策與《北京週報》記者的談話〉（1922年9月17日），《李大釗全集》（第4卷）（北京：人民出版社，2006年），頁94～97。

〔註45〕《白堅武日記》（1922年9月10日），頁378。
此電並非致曾承諾維持教育經費且財政狀況較佳之交通總長高恩洪，而係致並無直接財政收入之內務總長孫丹林，或是因爲高恩洪因前月之事件已與教育界反目，故只能由孫丹林代爲說話故也。

〔註46〕早在11月中旬，越飛已對吳佩孚並不支持俄方關鍵性主張、而僅與之應付感到不滿。參見〈越飛給吳佩孚將軍的信〉（1922年11月18日），中共中央黨史研究室第一研究部譯，《聯共（布）、共產國際與中國國民革命運動（1920～1925）》（北京：北京圖書館出版社，1997年），頁155～158。不久，羅案

的渠道亦失去作用。

事實上，早在蘇俄捨棄吳佩孚之前的 11 月上旬，蔡、胡們與吳佩孚早已公開撕破臉。在第 27 號的《努力週報》中，胡適透過評論馮玉祥調離河南督軍任一事，稱「馮玉祥不能做蕭耀南，不肯把河南變成吳佩孚的外府；而吳佩孚不能讓一個不能指揮如意、并且聲望日高的馮玉祥駐在河南；這是馮玉祥被調出河南的原因」，文中並有相當篇幅批評吳佩孚搜刮地方財政、養兵不打土匪徒爲自重。〔註 47〕雖然胡適並未以太直接的言論表達對吳佩孚的反對之意，但其觀感已十分明顯。當「好人」一派有如此之公開發言，儘管未見洛陽方面之回應，但自常理推測，雙方的政治合作應已宣告結束。

總之，「好人」們雖試圖與洛陽合作以推行其政治主張，但此聯合實力派的計劃是失敗的。如此一來，「好人」們如欲在政治上有所任爲，所僅存的武器只能是王寵惠內閣實際上並不十分可靠的政治權力，及不一定能發生直接效果的社會運動。

三、「好人」的奮鬥與所遇之反動

俗稱「好人內閣」的王寵惠內閣雖是吳佩孚捧出的一屆內閣，但實際上並非事事取決於洛陽。他們在實力派不感興趣或未來得及關注的問題上，還是有著一定的自主權。職是之故，蔡元培等人仍得以透過王閣遂行部分主張。

有關蔡、胡等人與王寵惠關係的看法，一般學者多以《胡適日記》爲材料，認爲此時蔡、胡對王已失去信心及耐心。就《胡適日記》的記載及《努力週報》的言論而言，這樣的解讀並沒有錯；但弔詭的是，如果說蔡、胡等人在壬戌年期間眞的幹成了什麼造成一定社會影響的事，偏偏都發生在這個他們已經不信任王閣的時間段裏，而王閣在主觀上的行動又在一定程度上對蔡、胡等人的事業起到了正面的作用。質言之，即雙十裁兵運動及同時發生的修正／廢除《治安警察法》運動。

雙十裁兵大會的發生，可以算作是蔡、胡由於對洛陽失望，但又急於影

爆發，越飛刻意對吳表示冷淡，並向蘇聯高層指出了吳佩孚已失去北京政權，且有可能爲奪回北京政權而「客觀上會把他推向對中國，特別是對中國的民族解放運動最不利的冒險行爲。」參見〈越飛給俄共（布）、蘇聯政府和共產國際領導人的信〉（1923 年 1 月 13 日），《聯共（布）、共產國際與中國國民革命運動（1920～1925）》，頁 194，從而中止了雙方合作的接洽。

〔註47〕胡適，〈這一週〉，《努力週報》第 27 號（1923 年 11 月 5 日），第 1 版。

響政局的一次行動。此運動的發起者實為林長民。林氏提倡發動此運動或與該系其時在政局中的聲望十分衰微、亟於重新進入舞臺有關。10月8日時，蔡元培在北大校內開會討論是否參會問題，胡適除主張「後日北京各界舉行裁兵的示威遊行，發起人之中有林長民等，故人多存觀望。我演說中大意說大家不必怕人利用」〔註48〕外，亦對學生發表講話、鼓動學生參與。〔註49〕當時北大中人恐怕被利用一說，指的當是怕成為研究系搏取政治資源的棋子；但從胡適的言論則可以看出蔡、胡等人一改5、6月份時避林長民猶恐不及的態度，寧願與之合作。〔註50〕固然，這種合作可能僅是議題性合作，但相比於之前唯恐被「拖下水」的態度，已是極大的變化；同時，此議題所針對的對象，亦是十分明顯。

至於廢除《治安警察法》一事，在本年度，最早為8月中旬由李大釗提出〔註51〕，原本並未引起重視，但王閣在9月6日忽然通過閣議，將「《治安警察法》第八條第三款及第十二條第三款應一併刪去，以符《約法》人民一律平等之本旨。」〔註52〕此處所刪去兩款雖然僅止於限制婦女參與運動一節，唯此例一開，全國各地徹底廢除《治安警察法》的函電交馳，上述雙十節裁兵大會中「廢除《治安警察法》」成為一項主要口號，黎元洪致詞時多次被此口號打斷。〔註53〕隨著民氣高漲，蔡元培、林長民等人親赴國務院陳情要求廢止，並由蔡元培領銜遞交呈文並由院議交內務部研議；〔註54〕至是月月底，廢止《治安警察法》一案也在國會中由研究系議員胡鄂公提出。〔註55〕一時風起雲湧，各地

〔註48〕《胡適日記》（1922年10月8日），頁776。

〔註49〕胡適，〈我們為什麼應該加入雙十節的國民裁兵大會〉，《晨報》第6版，1922年10月10日。

〔註50〕附帶一提，雙十節當天在天安門舉行的國民大會係由蔡元培擔任主席，事實上的組織者林長民不但於是日並未太出鋒頭，事後當若干報導仍稱林氏為負責人時，林氏尚登報否認之。（見〈林長民重要聲明〉，《晨報》第6版，1922年10月12日）林氏此舉或是因為考慮到研究系在學生中的號召力遠不如蔡元培，因而「讓賢」，亦未可知。由此，可以側面得知蔡元培此時的政治實力。

〔註51〕見〈北京女權運動會招待報學界〉，《晨報》第6版，1922年8月14日。

〔註52〕〈國務院致內務部公函〉（1922年9月6日），中國第二歷史檔案館藏，北洋內務部檔案，1001（2）～1337

〔註53〕見〈萬眾同心之裁兵運動〉，《順天時報》第7版，1922年10月12日；見〈國慶日之裁兵運動〉，《晨報》第2版，1922年10月12日。

〔註54〕蔡氏原呈見〈各團體請廢止治安警察條例〉，《晨報》第2版，1922年10月15日。

〔註55〕〈各團體繼續請願廢止治安警察法〉，《晨報》第6版，1922年10月27日。

紛紛出現相關的示威運動。其中，《治安警察法》最爲人所詬病的是第 25 條禁止工人罷工的規定，早已深受中國共產黨影響的京漢路、京奉路等處之工人們趁著要求廢止此法的風潮在 10 月 26 日開始罷工，並向國會上書要求廢除此法並嚴懲號稱依此法取締工運的直隸省警察處處長楊以德。〔註56〕

對於這樣的呼聲及行動，實力派自然不會坐視。就在雙十裁兵大會的隔天，政治上依附於津保派的京師衛戍司令部司令王懷慶藉打擊過激黨、維持治安的理由，向內務部提出嚴辦李大釗及以北大學生所組成的社會主義青年團的呈文；〔註57〕不久，馮玉祥也提出呈文，要求逮捕胡適、李大釗。〔註58〕這兩起事件可以視爲源於一個共同的因素，據報導：

> 近來天津派曹、邊等爲某公運動總統甚急，事爲人人所知，無可諱言。黃陂方面，自不願聞此項消息；匿居天津可稱爲帝制派中心人物之某鉅公（按：楊度），對此卻有正合孤意之感，蓋可以報復黃陂，出出氣也。無奈洛方獨唱異調，與選舉總統運動以打擊；而所謂新文化策源地之北京大學，其主持人物近日發表之政治主張，頗似接近於洛吳；於是促成曹、邊等與某鉅公之結合。在曹、邊則欲打倒學閥，削減洛吳之聲勢，俾選舉總統運動易於進行；在某鉅公，則借保系勢力，打倒學閥，既可以報復黃陂，復可以爲帝制主義，去一勁敵。……自曹、邊等與某鉅公結合後，某鉅公遂時時以取締過激思想一派話，唆使前述某軍事機關之長官（按：馮玉祥）……〔註59〕

此一報導牽涉人事甚多，就其發動者，可分兩方敘述：（一）津派的曹銳、邊守靖目的是打擊吳佩孚以促成總統選舉，而曹、邊認爲北京大學是吳佩孚的盟友，其如此認定之理由或是因爲王閣爲吳所捧出，王氏又名列「好人」之一，是以亦以爲蔡、胡與王乃至吳皆屬一派，如是則王寵惠，及至蔡元培、胡適等人只是陪鬥的對象；（二）在楊度方面，主要是爲了反對新文化，若然，則蔡元培、胡適等則是鬥爭的主要目標。

〔註56〕 參見〈京漢鐵路總工會籌備處請懲楊以德取消治安警察法代電〉（1922 年 11 月 12 日），《眾議院公報》第 3 卷第 5 期（1922 年 11 月），公文頁 37。

〔註57〕 〈王總司令令防止過激之呈文〉，《順天時報》第 6 版，1922 年 10 月 21 日。報導中提及此呈於 10 月 11 日遞交。此呈遞交後 20 日國務院方面才予以處理。亦見於〈國務院致內務部公函〉（1922 年 11 月 1 日）之附件，中國第二歷史檔案館藏，北洋內務部檔案，1001（2）～1155。

〔註58〕 〈所謂取締過激思想之由來〉，《晨報》第 2 版，1922 年 11 月 14 日。

〔註59〕 〈所謂取締過激思想之由來〉，《晨報》第 2 版，1922 年 11 月 14 日。

在王閣方面，對於實力派的步步進逼，無論是基於維護自身位置或是猶有政治理想，首先以「過激主義只能爲無形之消弭，如原呈中所稱『根本解決』，端賴自身政治之清明，洵屬探原之論。倘特訂專條、著爲法令，反足激起暗潮，無裨實際。」〔註60〕爲由頂回了王懷慶要的要求；而在逮捕胡適、李大釗一令上，內務總長孫丹林直接以「縱慾逮捕，亦須有法律上之根據。區區密報，未可爲憑」否決了馮玉祥的逮捕呈文。〔註61〕對於王閣的做法，馮玉祥並未再有動作，而王懷慶則反應甚大，聲色俱厲地再度上呈要求嚴辦，並由國會議員在議場中將之與王閣合法性問題同時提出質問〔註62〕。面對這些攻擊，王寵惠一律置之不理，似有長期對抗之勢。唯不久羅文幹案爆發、王閣垮臺，政府方面廢止《治安警察法》及相關議題的活動才不了了之。

此外，蔡元培、胡適等人所遭遇的反動，除了上述實力派在公安領域的打擊外，尚有來自北京除北大外的另外七所國立學校方面的壓力。北大與國立七校之關係因胡適裁併專門學校的主張而出現裂痕〔註63〕，而爆發於10月19日的北大講義費事件，蔡元培認爲係另外七校在背後鼓動，雖然並無直接

〔註60〕 〈國務院致內務部公函〉（1922年11月1日），中國第二歷史檔案館藏，北洋內務部檔案，1001（2）～1155。

〔註61〕 〈所謂取締過激思想之由來〉，《晨報》第2版，1922年11月14日。

〔註62〕 參見〈王懷慶上國務院呈〉（1922年11月15日），中國第二歷史檔案館藏，北洋內務部檔案，1001（2）～1155；〈議員張書元等爲教育部對於各校風潮何故不持平辦理而長學生之囂風質問書〉、〈議員王任化等爲政府不提國務員徵求國會同意質問書〉、〈議員王謝家等爲政府內閣同意案延宕不交國會是否有意違背約法破壞國本質問書〉，《眾議院公報》第3卷第5號，1922年11月，質問書第9～11、13～16頁。其中張書元屬小孫派（該派主張孫曹合作）、王謝家屬益友社（此時已與津派結合），王任化似屬政學系（此時接近府方反對洛吳）。張書元質問書暗示京中諸多學潮皆係北大煽動，而王寵惠有意包庇北大併吞其餘國立七校「以便造成學閥」，可從中看出其時之政治空氣。

〔註63〕 參見《胡適日記》（1922年8月19日），頁718。
相對於胡適的輕描淡寫，媒體報導則更爲聳動，稱法專學生召集七百餘人「主張以武力對待胡適。」（參見〈廢止法專案激起反響矣〉，《黃報》第2版，1922年7月24日。）此後《黃報》亦時有挑撥北大與七校之言論，如宣傳「所謂教育元老之某氏，最近有造成學閥之計劃。其辦法以北大爲本位，吸收其他各校，如高師改爲北大師範專科……」（見〈五花八門之教育界〉，《黃報》第2版，1922年9月23日）此說經過發酵，至10月下旬時亦引起其他報章之關注。（如費覺天，〈學閥底評論〉，《晨報》第7版，1922年10月29日。）

證據，但若非七校確與北大不睦，蔡元培不會作此設想。〔註64〕國民黨此時也正擴展其教育界地盤，除在報刊上對蔡元培發動又一輪圍剿外〔註65〕，同時也取得了若干教育界組織的支持。〔註66〕此外尚有傳說謂此風潮係楊度所鼓動者。〔註67〕眾說紛紜，未知孰是孰非，但可以肯定的是蔡元培、胡適一系此時受到的攻擊已發生在其教育界地盤之上，且出現了地位不穩之態。

總之，此一期間，雖然蔡元培們與研究系似乎有著聯手的迹象，但研系自身畢竟實力已大不如前。「好人」們同時受到來自軍界、政界及教育界的多重夾擊，政治實力大大地受損。隨後王閣垮臺，經汪大燮、王正廷兩個十日臨時內閣之後，與「好人」們有宿怨的張紹曾為國會高票通過成為閣揆〔註68〕，連國務院此一功能受限的據點亦已失去。蔡元培、胡適雖然尚有在北大發起

〔註64〕 參見《胡適日記》（1922年10月23日），頁815。
據胡適是日之日記，蔡元培認為係七校陰謀之根據在於鬧事之學生中有來自高師者。唯高師是時亦有學潮，校長李建勛已被鬧走，當無力指揮該校學生破壞北大。

〔註65〕 參見劉蔫如，〈提醒被催眠之青年學生〉，《順天時報》第4版，1922年10月15～17日；王恆，〈論學閥〉，《順天時報》第4版，1922年10月29～31日。劉氏未知何許人，王恆係國民黨籍眾議院議員。二文原載於《社會日報》。王恆此時攻蔡，蔡至隔年猶提及此事。見《蔡元培日記》，1923年3月7日，收於《蔡元培全集》（第16卷），頁210。此外，王恆亦以筆名「鷗夷」在《民國日報》上刊登蔡元培私生活奢華情況之報導（未知是否實情，唯該報如此刊載，自有其作用，參見〈北京教育界之痛苦〉，上海《民國日報》第2～3版，1922年11月14日。）

〔註66〕 參見〈張東蓀致胡適〉（1922年11月下旬），收於《胡適來往書信選》（北京：中華書局，1979年），頁175～176。

〔註67〕 謠言之傳播文本今未見，所見者係楊度的闢謠聲明，載於〈楊度啓事〉，《順天時報》第1版，1922年10月28日。或謂此傳言係擁蔡學生所施之反間計（參見川島（章矛塵），〈北大一九二二年的講義風潮與楊度〉，收於《川島選集》（北京：人民文學出版社，1984年），頁124～127。無論實際情況為何，若謂謠言之能成立並流傳建立於一定程度的真實之上，則此說可以看出時人普遍認為曹錕對蔡元培並不滿意（楊度其時正在曹錕幕中）。又，與楊度關係密切的《黃報》對此事自始至終一直保持沉默，頗耐人尋味。

〔註68〕 雙方更早有無過節此時暫不考慮，唯《努力週報》曾曝光張紹曾與邊守靖、吳景濂等運動閣揆位置，及張、邊、吳等人遭吳佩孚通電訓斥一事，並有胡適對張紹曾等幸災樂禍的按語。參見〈天津保定間的搗鬼〉，《努力週報》第6號（1922年6月11日），第1版。以常理論，張氏不閱則已，若閱此報，對於胡適等「好人」亦不會有善意可言。又，張、吳等既是倒王運動之主謀，王閣雖倒但「好人」依然是潛在的政敵，即使張氏對蔡、胡並無私人愛憎，在公事上依常理亦會想方設法壓制之。

學生運動的力量，但想藉此直接地影響政局，恐怕已經力有未逮了。

四、結　語

　　「好人內閣」的垮臺源於眾院正副議長吳景濂、張伯烈脅迫黎元洪下令逮捕財政總長羅文幹，對此，《努力週報》照例有所議論，唯其言論已無關痛癢。張紹曾內閣成立後，以政學系的彭允彝爲教育總長，蔡元培最初並沒有特別的表示，仍與之共事〔註69〕；唯彭氏署理不及半月，先下整頓學風令，再以教長身份干涉羅案，引起蔡元培激烈的反應，除通電辭職外，北大學生並前往國會示威要求勿投彭允彝同意票〔註70〕；此舉未果，彭允彝獲得通過，蔡元培離京赴津，胡適亦於年初南下。至此，「好人」們在壬戌年的政治活動，算是告一個段落。

　　胡適至此停止了其對直系控制下的北京政府的參與。而蔡元培方面，當時輿論界及當前學界咸以《不合作宣言》之發表爲蔡元培停止參與北京政府、否定北京政府合道性的關鍵時間點，此說有待商榷。除了有研究者指出該宣言之發表及隨後引發的學潮本身便是蔡元培發動政治鬥爭的手段外〔註71〕，張紹曾的線人亦曾打探得知「外交系之計劃，此後係完全以過激爲張本，假學閥以倒閣……前王、北蔡、研究林輩，刻已打成一片，待機而發。」〔註72〕此探報是否確實是一問題，但至少在當局者眼中，蔡元培仍思有所作爲一事，似是千眞萬確。又或如 6 月 6 日，張閣垮臺，彭允彝離任，當時在浙的蔡元

〔註69〕如 1923 年 1 月 8 日教育基金委員會成立，由彭允彝主持開幕式及會議，蔡元培亦席該會並當選爲副委員長。參見〈教育基金委員會成立〉，《申報》第 7 版，1923 年 1 月 11 日。

〔註70〕蔡元培之通電及宣言並未提及 1 月 12 日發佈之整頓學風令，或以該令文字並無具體指涉之故。唯該令之下，當有一定目的。已有記者指出，政學系將開始與國民黨、研究系爭奪教育界地盤。參見〈這一局〉，《時報》第 1 張第 2 版，1922 年 1 月 8 日。相關討論留待另文展開。

〔註71〕參見楊天宏，〈法政糾結：「羅文幹案」的告訴與檢審〉，《近代史研究》2016 年第 5 期。

〔註72〕〈張一鶴致張紹曾密函〉（1923 年 4 月 20 日），中國第二歷史檔案館藏，北洋國務院檔案，1002（2）～995。
　　　　原文日期僅書「二十日」。查張紹曾任內發生過兩次國民大會，分別爲 3 月 26 日及 5 月 7 日，故此信可能作於 4 月 20 日或 5 月 20 日；再查內中似有更動教長之意，雖彭氏至張閣垮臺皆未被撤換，但張閣於 4 月下旬曾經傳出局部改組之說，故此函當作於 1923 年 4 月 20 日。

培擬有回京之念〔註73〕，可見蔡氏此時尚未停止承認北京政府的合道性。數日之後的 6 月 13 日，北京發生驅黎政變，蔡元培中止回京之議，或許以是日作為蔡元培停止參與北京政府、否定北京政府合道性的關鍵時間點，較為合理。

在壬戌年這段期間內，蔡、胡等「好人」們為了解決時局問題，選擇了同時具備實力及名聲的吳佩孚作為合作對象，但因政見不同及現實財政問題雙方漸行漸遠。當蔡、胡等人發現吳佩孚無意實行聯省自治以達成和平統一後，回頭與淵源密切但名聲不佳的研究系合作，發起群眾運動，加上「好人內閣」的配合，確實稍稍攪動了北京的政治空氣。但由於先前與吳佩孚合作的歷史，「好人」們依然被津保派視為吳佩孚的支柱而受到打擊，加以教育界內部的因素，終於導致內閣垮臺、北大不穩，蔡元培的政治實力及學生運動的影響力受到了極大的影響。這一段期間內蔡、胡等人的活動，自結果來看，無疑不能令人滿意。然而，從長遠來看，正是因為蔡吳合作的失敗到最終蔡、胡離京，使得北洋系實力派失去了與日見蓬勃發展的教育界聯手的可能；而直系內部矛盾導致「好人」們（無論是王寵惠或是蔡元培）成為陪鬥的對象，使得蔡元培一派北大系的教育菁英與北京政府更加隔膜。此外，日後發生的驅黎政變、「曹錕賄選」等政治事件，更加劇了五四一代的「進步力量」與北京政府的離心離德。終於，時代的話語權逐漸往南方的國民黨傾斜，成為日後國民革命、國民黨取得政權的基礎。北洋系政權的最終失敗，其中的一顆種子，便是此時所埋下的。

（作者簡介：趙埜均，男，北京大學歷史學系博士生）

〔註73〕 參見《蔡元培日記》1923 年 6 月 9 日，《蔡元培全集》（第 16 卷），頁 218；〈張元濟致蔡元培函〉（1923 年 6 月 17 日），收於《張元濟全集》（第 3 卷）（北京：商務印書館，2007 年），頁 463。張致蔡函中提及蔡元培於 6 月 12 日致信張元濟表示將動身北上。

晚清學堂教育與文章變革——以周作人爲中心[*]

晚清學堂教育與文章變革——以周作人 爲中心[*]

宋聲泉

摘要：晚清學堂的英語教育促成了周作人首次的純白話寫作，還影響其翻譯實踐。他的首譯《俠女奴》傚仿教科書，逐段逐句甚至是亦步亦趨般地逐詞譯，譯文帶有歐化語體的色彩。借由翻譯實踐，周作人的漢語寫作習慣開始發生著改變。《俠女奴》看似是「古文」，但因過於死板地依原文對譯，使句法的邏輯性和嚴密性大大加強。周作人日後新體白話的創製，肇始於翻譯實踐對歐西文脈的吸納和對古文體制的變形。也正由此，可觀晚清學堂教育與文章變革間的一種深處的關聯。毋庸置疑，在新式教育的背景下，特別是新的邏輯性的語言經驗的進入，或隱或顯影響了一代人的思維方式與語言表達，中國傳統文脈也因此而裂變新生。

關鍵詞：晚清學堂；英語教育；文章變革；周作人；新體白話

　　眾所周知，「五四」前後，漢語文章發生了顯著的變化。其不僅體現在文言到白話的轉移，更重要的是創造了一種與中國舊有白話迥然有異的、帶有濃厚歐化色彩的新體白話。王力在 20 世紀 40 年代便已指出：「從『五四』到現在，短短的二十餘年之間，文法的變遷，比之從漢至清，有過之無不及。文法的歐化，是語法史上一樁大事。」〔註1〕現代中國文學語言的奠基即源自於文學革命。

---

* 本文係「中央高校基本科研業務費專項資金資助」階段性成果，課題名：魯迅文言翻譯研究。

〔註1〕王力，《中國語法理論》（下冊）（北京：中華書局，1954 年），頁 258。另可參見北京師範學院中文系漢語教研組編著，《五四以來漢語書面語言的變遷和發展》（北京：商務印書館，1959 年）。該書第一編綜述「五四」以來漢語書面語言的變遷大勢，第二、三編分別論述「五四」以來詞彙與語法的發展。

就新體白話生成而言，目前至少有五個維度的解釋：夏曉虹聚焦在晚清白話文運動，陳平原強調「演說」對近現代中國文章變革的意義，嚴家炎認爲新體白話是被周桂笙、包天笑等清末民初譯者逼出來的，袁進提出傳教士的歐化白話是新文學的語言先驅，王風斷言在周氏兄弟手中改造過了的文言被「轉寫」成白話。〔註2〕諸家說法皆有合理之處，而最後一種理解尤爲給人以啓迪。倘若繼續追問下去，文言何以能夠被「轉寫」成白話，則晚清學堂教育的影響便依稀可尋。

劉半農曾說「語體的『保守』與『歐化』，也該給他一個相當的限度。我以爲保守最高限度，可以把胡適之做標準；歐化的最高限度可以把周啓明做標準。」〔註3〕考慮到周作人既是「五四」新體白話的重要開創者，也是歐化程度極爲突出的代表。本文選擇其作爲研究的個案，擬通過梳理他的英語習得情況及最初的文言譯作，透析晚清學堂教育與傳統文脈變革之間的關係，爲理解中國文學現代轉型提供新的視角。

一

作爲西方文化載體的英語，至洋務運動開啓後，才被引入中國的官辦學校教育。最初的英語教學還只是在傳統教育體制的邊緣進行的點滴改革，存在著諸多缺陷；但隨著對外交流的迅速擴大與社會風氣的漸趨開通，至19世紀90年代，英語作爲語言工具的重要性日益凸顯，新式學堂也越發重視相關的課程建設；特別是清末新政開啓之後，英語教學體系逐步建立。〔註4〕恰逢其會，周作人就是在這樣的背景之下開始學習英語的。

早在1898年，14歲的周作人就接觸到了英語。是年，京城中改革風潮湧起，氣象萬千，也牽動了遠在杭州的周作人年幼的心靈。他在日記中多次記

<hr/>

〔註2〕夏曉虹，〈五四白話文學的歷史淵源〉，《中國現代文學研究叢刊》1985年第3期。陳平原，〈有聲的中國：「演說」與近現代中國文章變革〉，《文學評論》2007年第3期。嚴家炎，〈「五四」新體白話的起源、特徵及其評價〉，《中國現代文學研究叢刊》2006年第1期。袁進，〈重新審視歐化白話文的起源——試論近代西方傳教士對中國文學的影響〉，《文學評論》2007年第1期。王風，〈周氏兄弟早期著譯與漢語現代書寫語言·上/下〉，《魯迅研究月刊》2009年第12期、2010年第2期。

〔註3〕劉復，《中國文法通論·四版附言》（上海：求益書社，1924年）。

〔註4〕顧衛星，《晚清學校英語教學研究》（蘇州：蘇州大學博士論文，2001年），頁1～40。

錄了光緒帝的行止，也關心著翁同龢的「休致永不敘用」；且前一天鄭重寫下「奉上諭大小科改策論，五月初五奉存稿」，第二日便「定三六作文論，九作策」。〔註5〕半年後，他還專門從表兄魯延孫家中借來《英字入門》〔註6〕，希望對英語有所瞭解；讀之頗感新奇，興之所至，「定刻圖書一方，Kwei 字」，並自注「英文奎字」，周作人原名「櫆壽」，「Kwei」字印章或由此而來。至於將「櫆」作「奎」這種寫同音的情況，在周作人日記中很常見，如「椒生」寫作「蕉生」；當然也不能排除此時周作人已經有了易「櫆」爲「奎」的想法，因爲「櫆」字「既不好寫，也沒有什麼意思」，又有點「怪裏怪氣」，所以大約一年後，請祖父另改爲「奎綬」，並做了新名章。〔註7〕

刻章之外，他還在日記本正文格的框外補寫了若干字母，由於部分與漢字相疊而致無法看清，但大致可知爲「CHOW KWEI ZOE」，或爲「櫆壽周」三字的字母拼讀，當然這只是不懂外語的人趕時髦的遊戲之作而已，有錯誤亦難免；並於一個月後的春節，刻「洋文名片」一方，或許就是補寫的那些字母。不過，這次與英文的「親密接觸」，無甚大的收穫，至多留下了漢字可用英文拼讀、英音能以漢音反切的印象，僅借了《英字入門》半個多月，便還與表兄。〔註8〕

周作人正式開始學習英語，是在進入江南水師學堂讀書之後。其實最初，祖父希望他考杭州的求是書院，但是家裏的經濟條件有限，膳宿之外的日常用度「須得自備」，因此放棄了；後來之所以選在江南水師學堂讀書，一是「甄

〔註5〕見周作人戊戌年閏三月初四日、二十日、廿五日，四月初五日、廿乙日，五月初三日、十三日、十四日、十五日的日記，魯迅博物館藏，《周作人日記（影印本）》（上）（鄭州：大象出版社，1996 年），頁 7～10。

〔註6〕其編譯者曹驤，上海人，早先在外國人所設蒙塾習中西文，後入英租界工部局任譯職，有感於「西學之考求」之爲要務且不滿於既有英語工具書「所注均非滬音」，故「輯譯是書」。曹驤生平情況，見《上海通志》（第十冊）（上海：上海社會科學院出版社、上海人民出版社，2005 年），頁 6563～6564；關於該書，見曹驤，《英字入門・序》（上海：啓秀堂書莊石印本，1897 年），頁 1～5。

〔註7〕見周作人戊戌年十一月廿七日、廿八日，己亥年十一月初五日、初七日的日記，載《周作人日記（影印本）》（上），頁 16～17、29、86～87；周作人，〈我的筆名・知堂回想錄〉（五三），見鍾叔河編訂，《周作人散文全集》（13），頁 296～297。

〔註8〕見周作人戊戌年十一月廿五日、廿七日，十二月十九日的日記，載《周作人日記（影印本）》（上），頁 14、16、26。周作人借《英字指南》的時間是戊戌年十一月廿七日，卻補寫在兩日前的廿五日日記的框外，顯係後加。

別及格補缺之後,一切均由公家供給,且發給贍銀,這於窮學生是很適宜的」,二是他的叔祖周慶蕃(椒生)在此處任漢文教習兼管輪堂監督,可予以照拂。〔註9〕1901 年 9 月,他考入江南水師學堂,名列前茅。〔註10〕進班前,由長其兩歲、已在此念了四年的叔叔「伯升」幫其預習新知,用了兩天的時間,周作人學會了二十六個英文字母,後自己複習。〔註11〕在周家,英文字母的「傳幫帶」或許一貫如此。1902 年 5 月 4 日,周作人日記載「上午叔祖令教小琴叔字母」。「小琴叔」即周冠五(觀魚),其回憶稱:「周氏子弟往南京進水師學堂的共有五人,因爲繼你之後還有一個我。我到南京後住在椒生的後半間,由你和奚清如給我教英文,預備英文稍有門徑,再予補入,據椒生告我說要先讀好英文的。」〔註12〕可見,周慶蕃是比較注重讓後輩學習英文的。周作人當初或許也被這樣提點過。

　　1901 年 10 月 14 日,周作人首次進洋文館上課;第二日,「上洋文啓蒙書」,或許感到很新鮮,特意在日記中寫下「譯言潑賴買」;自此,每周四天的洋文課,爲他打下了英語的底子。〔註13〕不過,周作人自己對這段經歷評價並不高。他說:

　　　　英文吧,從副額時由趙老師奚老師教起,二班是湯老師,頭班是鄭老師,對於這幾位我仍有相當敬意,可是老實說,他們並沒有

〔註9〕　木仙,〈歧途·學堂生活〉(三),見鍾叔河編訂:《周作人散文全集》(11)(桂林:廣西師範大學出版社,2009 年),頁 768～769;周作人,〈脫逃·知堂回想錄〉(二六),見鍾叔河編訂,《周作人散文全集》(13),頁 215。

〔註10〕　本文所有以數字標示的日期均爲公曆,後文不再另加說明。周作人於辛丑年八月初九日初試,題目爲〈「雲從龍風從虎」論〉,「出案,列副,取第一」;「共約五十九人」初試,復試者「凡三人」,可知其優異。見周作人辛丑年八月初九日、十六日、十七日的日記,載《周作人日記(影印本)》(上),頁 250～251。

〔註11〕　見周作人辛丑年八月十六日、十七日、十八日的日記,載《周作人日記(影印本)》(上),頁 251;周作人,〈脫逃·知堂回想錄〉(二六),見鍾叔河編訂,《周作人散文全集》(13),頁 215。

〔註12〕　倪墨炎、陳九英編選,《魯迅家庭家族和當年紹興民俗·魯迅堂叔周冠五回憶魯迅全編》(上海:上海文化出版社,2006 年),頁 251。

〔註13〕　最初是周三、六漢文,周日休息,其餘皆上洋文課;至 1902 年 7 月 1 日(壬寅年五月廿六日)起,因周作人被分入管輪班,故改爲「一漢文,二至五皆洋文」,實際上周六也上洋文。見周作人辛丑年九月初三至初九日,壬寅年五月廿六日、六月初三日至初九日的日記,載《周作人日記(影印本)》(上),頁 255～256、338～339。周作人「一星期中五天上洋文課,一天上漢文課」的回憶僅指後者,周作人,〈學堂大概情形·知堂回想錄〉(三五),見鍾叔河編訂,《周作人散文全集》(13),頁 239～240。

教我怎麽看英文，正如我們能讀或寫國文也不是哪一個先生教會的
一樣，因爲學堂裏教英文也正是那麽麻胡的。〔註14〕

以後來者的眼光很容易挑出當時英語教學的各種問題，但客觀地說，即便不
夠高明的訓練，對於初學外語的人來說，其意義也是不可完全抹殺的。

從周作人的日記來看，第一學期的英文課程安排得有條不紊，前一個多
月大概是基礎入門，至 11 月 26 日，「上洋文第一書」，周作人還以漢字發音
記下「否泗利達」；又過了月餘，進入期末複習階段。1902 年 1 月 13 日，英
語考試，上午、下午各兩個小時，先行口試，「八點鐘點名給卷，考背書（自
知錯一字）、讀書、解字三項，十點鐘完卷」；後爲筆答，「下午一點半鐘進
館考拼字、寫字、默書、翻譯四項，三點半鐘繳卷」。〔註15〕平心而論，這
個學期的英語課，周作人學得頗爲用心。除其一貫好學之外，也有現實方面
的壓力。周作人初入江南水師學堂的身份是「額外生」，「考取入堂試讀三個
月，甄別一次」〔註16〕，倘若不及格便不會轉爲正式生，也便得不到「公家
供給」和「贍銀」。對此，周作人還是比較在意的，不僅在日記中載有「英
文溫書」，還特意寫明「因初四甄別故也」，而且還看了類似課外輔導書的「《英
文指南》」。〔註17〕結果原本「只要學科成績平均有五成，就算及格」的「甄

〔註14〕 周作人，〈老師一・知堂回想錄〉（四一），見鍾叔河編訂，《周作人散文全集》
　　　　（13），頁 256。在周作人提到的幾位老師之外，實際上，還有「畢業生舒振
　　　　聲代館，因奚師代駕駛二班館也」，見周作人壬寅年七月廿三日的日記，載《周
　　　　作人日記（影印本）》（上），頁 251。
〔註15〕 見周作人辛丑年十二月初四日的日記，載《周作人日記（影印本）》（上），頁 274。
〔註16〕 周作人，〈學堂大概情形・知堂回想錄〉（三五），見鍾叔河編訂，《周作人散
　　　　文全集》（13），頁 239。
〔註17〕 見周作人辛丑年十一月廿七日、廿八日、三十日，十二月初一日的日記，載《周
　　　　作人日記（影印本）》（上），頁 272～273。《英文指南》實爲《英字指南》之誤。
　　　　僅就筆者查閱所得，當時並無《英文指南》一書，周作人在壬寅年日記中亦記
　　　　爲《英字指南》。《英字指南》是晚清時期流傳頗廣的一部英語學習類書籍，楊
　　　　少坪編譯，1879 年由美華書館印行，共六卷：卷一、卷二爲讀音、書寫；卷三、
　　　　卷四爲分類字學，按天文、時令、地理、邦國、刑法、樂律、人倫、人物、閨
　　　　閣、文事、武備、商賈、宮室、服飾、飲食、草木、花卉、飛禽、走獸、鱗介、
　　　　昆蟲等分類；卷五爲貿易須知，卷六爲通商要語；末附新增文規譯略、英文尺
　　　　牘。從内容上看，並不適用於初學者按部就班的學習，而更近於一部工具書，
　　　　故稱之「類似課外輔導書」。不過由時間觀之，1902 年前後，這部出版於 20 多
　　　　年前的書並不易得；故筆者推斷，周作人所用的《英字指南》，更有可能的是
　　　　由上海倉海山房於光緒二十五年（1899）石印的楊氏《增廣英字指南》或由上
　　　　海書局於光緒辛丑年（1901）石印的楊氏《新譯增廣英字指南》。

別」，周作人英語一門就得了「九成壹」〔註 18〕，其在英文方面的付出可見一斑。

1902 年 3 月 2 日，第二學期開學，由於趙老師調往格致書院，英文課改由奚清如老師教。〔註 19〕周作人所謂「從副額時由趙老師奚老師教起」略有不確之處，應該是第一學期充作額外生時，由趙老師教；第二學期轉爲「副額」後，始由奚老師教。與前一學期相同的是，學習新課、「背書譯文」、翻看《英字指南》；不同的是洋文館除教授語言，還新開了算法課，從加法、乘法等最基礎的規則開始學起。〔註 20〕且作爲軍事學堂，本學期加大了戰鬥訓練的比重，如打靶、出操、學鐵球、升桅等，課業任務變得有些繁重。1902年 6 月 12 日，英語期末考試，上午兩個小時「考拼法、解字、譯句、背書四項」，下午三個半小時，「考讀書、默書、寫字、算法四項」，周作人自己覺得「差謬甚多」〔註 21〕。不過成績出來後，還算不錯，「分數九成」，名列第三〔註 22〕。

二

周作人雖然認眞而集中地學習了兩個學期的英語，但仍只是入門級的程度。1902 年 3 月 31 日，江南水師學堂向洋文館教師分發「文法書」，「各教習處各一本」。周作人前去翻看，非常喜歡，在日記中寫下「閱之甚佳，名曰《英文法程初集》，頗便初學，中西書局亦售，價九角。思得一部，而限於孔方，

〔註 18〕 周作人，〈學堂大概情形·知堂回想錄〉（三五），見鍾叔河編訂，《周作人散文全集》（13），頁 239；見周作人辛丑年十二月初六日的日記，載《周作人日記（影印本）》（上），頁 274。

〔註 19〕 見周作人壬寅年正月廿三、廿四日的日記，載《周作人日記（影印本）》（上），頁 315。

〔註 20〕 見周作人壬寅年正月廿七日、二月廿二日、二月廿九日、三月初三日的日記，載《周作人日記（影印本）》（上），頁 316、323、325～326。

〔註 21〕 周作人日記中載，是日「進漢文誦堂考試」，或爲誤記，「漢」字應爲「洋」。因爲該日爲「禮拜四」，是進洋文館的時間；從考試內容來看，第一學期英文考試的類型與之相近，漢文試題只是「作論一首」；六天後，在本就是漢文課時間的星期三，「考漢文，作策論一首」，更可佐證筆者的判斷。見周作人辛丑年十二月初九日，壬寅年五月初七日、五月十三日的日記，載《周作人日記（影印本）》（上），頁 275、335～336。

〔註 22〕 見周作人壬寅年五月初十日、五月十六日的日記，載《周作人日記（影印本）》（上），頁 335～336。

作妄想而已」。〔註23〕可知，在他自己看來，水平也不過「初學」而已。另外，由課程進度觀之，也確如此，下面結合其所學教材略加討論。

關於江南水師學堂的英文課本，周作人有過一些回憶：

一九○一年的夏天考入江南水師學堂，讀「印度讀本」，才知道在經史子集之外還有「這裡是我的新書」。但是學校的功課重在講什麼鍋爐——聽先輩講話，只叫「薄厄妻」，不用這個譯語，——或經緯度之類，英文讀本只是敲門磚罷了。所以那印度讀本不過發給到第四集，此後便去專弄鍋爐，對於「太陽去休息，蜜蜂離花叢」的詩很少親近的機會。〔註24〕

我們讀的是印度讀本，不過發到第四集為止，無從領解那些「太陽去休息，蜜蜂離花叢」的詩句，文法還不是什麼納思菲耳，雖然同樣的是為印度人而編的，有如讀《四書章句》，等讀得久了自己瞭解，我們同學大都受的這一種訓練。〔註25〕

我們的英語讀本《英文初階》的第一課第一句說：「這裡是我的一本新書，我想我將喜歡它。」〔註26〕

這些回憶為我們考索周作人所學英文課本提供了基本線索。

所謂「印度讀本」，也就是周氏提到的《英文初階》。包天笑回憶自己初學英語時說：「你道這些英文課本是哪裏來的，乃是英國人教印度小孩子讀的，現在由印度而到中國，據說上海甚流行。初讀是『一隻貓』、『一隻小山羊』，我們相顧而笑。蘇州鄉下也不養羊，不知小山羊是怎麼樣的。這一套英文課本，在商務印書館初開張，未編教科書時，把它譯注翻印了，名之曰《英文初階》、《英文進階》，銷數以萬計，實為商務印書館發祥的刊物呢。」〔註27〕但周、包二人均將名字記錯了，實際並非《英文初階》，而應為《華英初階》。

〔註23〕見周作人壬寅年二月廿二日的日記，載《周作人日記（影印本）》（上），頁323。
〔註24〕作人，〈學校生活的一葉〉，見鍾叔河編訂，《周作人散文全集》（2），頁824。
〔註25〕周作人，〈老師一・知堂回想錄〉（四一），見鍾叔河編訂，《周作人散文全集》（13），頁256。
〔註26〕周作人，〈我的新書一・知堂回想錄〉（五一），見鍾叔河編訂：《周作人散文全集13》，頁289。
〔註27〕包天笑著、劉幼生點校，《釧影樓回憶錄》（太原：山西古籍出版社、山西教育出版社，1999年），頁200。

　　《華英初階》（*English and Chinese Primer*），原是英國人編給印度小學生學英語用的初級教材，名爲 *Primer*，意爲入門書、啓蒙讀本。前文引周作人日記所載的「洋文啓蒙書」——「潑賴買」，即是 Primer 的音譯漢字。1898年，商務印書館委託謝洪賚爲 Primer 配中文注釋，並與英文本對照編排，非常便於初學英語者的使用，所以深受好評。〔註28〕周作人之所以會誤記爲《英文初階》，也情有可原，畢竟只是一字之差。

　　《華英初階》凡 90 課，首爲「字母表」，後每一課中一般講授六個新單詞，用大字體列於課文之上，使學生一目了然。然後搭配若干例句，旁爲漢語譯文。試舉第 53 課〔註29〕，以便觀其面目：

five 五	rise 起，起身	size 大小
dive 沒水	wise 聰明，智	prize 賞物

Is this the size？	是這樣大小麼
That is the size.	是那樣大小
My dog can dive.	我的狗能沒水
Is it time to rise？	是起身之時麼
Five men came.	五個人來了
You are not wise.	你不是聰明的
Did he get five？	他得了五個麼
You got a prize.	你得了一個賞物

　　與當下通行的英語教材不同，《華英初階》以語音爲綱，重視初學者的拼讀訓練；圍繞元音字母「a，e，i，o，u」，擇音近或形近的生詞合爲一課；課文主要由字母、單詞和句子構成，句子之間亦無聯繫，基本沒有篇章。內容方面也十分簡單，由二詞句、三詞句逐漸增至四詞句、五詞句；直至書末，像第 85 課「At death the souls of good men go to God（在死時善人的靈魂往上帝那邊）」那樣，超過十個詞的句子也很少。

〔註28〕關於《華英初階》，可參見鄒振環教授的兩篇論文〈《華英初階》和晚清國人自編近代英語教科書的發軔〉，《近代中國》（第十五輯）（上海：上海社會科學院出版社，2005 年，頁 142～160，與〈創辦初期的商務印書館與《華英初階》及《華英進階》〉，載氏著《疏通知譯史》（上海：上海人民出版社，2012年），頁 207～224。

〔註29〕《華英初階》（上海：商務印書館，1902 年），頁 29。

那麼，江南水師學堂英文課的教學進度如何呢？1901 年 10 月 15 日，洋文館開始為新生講授《華英初階》，前面六課，只是單個字母組為單詞的訓練，因此可以「上生書二科」〔註30〕，前兩課課文如下：

LESSON1

O

n　o　no　　　無，否否

2

L　o　lo　　　視哉

s　o　so　　　如此，故 〔註31〕

但隨著課文難度加大，速度難免要慢下來。周作人 1902 年 5 月 5 日日記載，「上午溫書，因第二書未發也」〔註32〕，由此可推知，那冊「洋文啟蒙書」《華英初階》大概是到 1902 年 5 月，方始學完，幾乎用了一個半學期。

然而，「第二書」又是什麼呢？筆者推斷為《華英進階‧初集》（*ENGLISH AND CHINESE FIRST READER*）。通過介紹《華英初階》，已經可以讀出周作人回憶有誤，因為該書第一課第一句並非「這裡是我的一本新書，我想我將喜歡它」。倒是《華英進階‧初集》課文的開卷與之相近：

1.—MY NEW BOOK.

Here is my new book.I think I shall like it.

第一課　我的新書

這是我的新書，我想我應該喜歡這書。〔註33〕

這應該就是周作人記憶的出處。當時，《華英初階》熱賣之後，商務印書館又請謝洪賚把高一級的課本以同樣的形式翻譯出版，名為《華英進階》，從初集開始，一連出至第五集，構成了一套系列性的教材，亦商務印書館廣告中所言「《華英初階》，如升階然，特初步耳，凡初習英文者，宜先讀此書，復繼以已成之《華英進階》初貳三肆伍集，務使讀者依次揣摩，

〔註30〕見周作人辛丑年九月初六、初七日的日記，載《周作人日記（影印本）》（上），頁 255～256。第一學期，洋學館只開設外語課，故「兩科」不是兩門課，而是指兩課書。

〔註31〕見《華英初階》，頁 8。

〔註32〕見周作人壬寅年三月廿八日的日記，載《周作人日記（影印本）》（上），頁 331。日記中「第」寫作「弟」。

〔註33〕《華英進階‧初集》（上海：商務印書館，1904 年），頁 5。該版為第六次重印本。

速能進境」。〔註34〕在教過《華英初階》後，江南水師學堂洋文館續教其餘，也便可知。

在爲學生講授《華英進階·初集》的同時，洋文館還專開了文法課，似以之增強學生閱讀篇章的能力。〔註35〕周作人說：「文法還不是什麼納思菲耳，雖然同樣的是爲印度人而編的。」「納思菲耳」即英國學者 J. C. Nesfield（今通譯爲納斯斐爾德）編輯的「納氏文法」系列（English Grammar Series Book），最早的中譯本是 1907 年趙灼的《納氏第一英文法講義》〔註36〕，周作人當時自然學習不到此書。

據筆者推斷，周作人最初學習的文法書或許是《英文初範》。《英文初範》，題爲 English and Chinese Grammatical Primer，也是取自英人爲印度學生編輯的課本，與《華英初階》的英文名只差一個單詞「Grammatical」（意爲語法上的），顯然是作爲與《華英初階》配套使用的語法書。《英文初範》同樣是由商務印書館推出，並爲之作序，稱「習其文，務先明其法，而明其法要在得其書。此《英文初範》之所由輯也」〔註37〕。在 1902 年版《華英初階》封二的廣告頁上，也赫然印著《英文初範》。更爲直接的證據是，在 1902 年年初，周作人日記中載有「釘《英文初範》乙本」；這裡「乙」字並非指第二或次一等的意思，而是「壹」的簡寫。〔註38〕除《英文初範》之外，前文提到過的《英文法程初集》，對周作人最初的語法學習亦或有影響。既然江南水師學堂發給各教習人手一冊，而不發給學生，此書可能被作爲教師用授課參考書。

至第三學期的期末，「文法」單獨作爲一門洋文課來考試，另外考的與前兩個學期類似，即「背書讀書兩項」；或許是對英文已產生了興趣，抑或天性

〔註34〕上海商務印書館：〈（光緒三十年甲辰孟春重印）序〉，見《華英進階·初集》。
〔註35〕周作人壬寅年五月廿五日日記中載「洋文，上書兩課，文法一節」，自此常常有「上文法」的記錄。見周作人壬寅年五月廿五日、廿六日的日記，載《周作人日記（影印本）》（上），頁338。
〔註36〕關於「納氏文法」，可參見鄒振環教授的兩篇論文〈《納氏文法》在近代中國的流傳及其文化影響〉，載《輔仁歷史學報》2006 年第 18 期，和〈清末民初上海群益書社與《納氏文法》的譯刊及其影響〉，復旦大學歷史學系，復旦大學中外現代化進程研究中心編，《中國現代學科的形成》（上海：上海古籍出版社，2007 年），頁 97～123。
〔註37〕上海商務印書館，〈（光緒三十年甲辰仲夏重印）《英文初範》序〉，《英文初範》（上海：商務印書館，1904 年）。
〔註38〕見周作人辛丑年十二月初六日的日記，載《周作人日記（影印本）》（上），頁274。「壹」簡作「乙」的情況在周作人日記中頗爲常見。

好學，也可能是爲了得賞銀必須成績優異；周作人第三個學期的成績，名列班級第一。〔註 39〕此時的他，已經可以輔導表兄酈荔臣「潑賴買」了，還爲其改正了許多錯謬的注音〔註 40〕；並在日記中常常寫英文字母，如「予書 ygin 二字」、「予只書西曆 Sage」、「午煮肉一罐並 ham」等。

第四學期開學後不久，周作人於 1903 年 3 月 17 日，開始「上第三書」，當爲《華英進階‧貳集》；大約兩周後，改由湯仲經教習授課。這個學期，洋文館除英文、籌學之外，又增開幾何課和地理課。〔註 41〕正如周作人所說：「洋文中間包括英語，數學，物理，化學等中學課程，以至駕駛管輪各該專門知識，因爲都用的是英文，所以總名如此。」〔註 42〕確實，隨著英文基礎的穩固，江南水師學堂洋文館課的重心從語言教學逐漸轉到自然科學方面。至 1905 年 1 月，洋文館的冬季小考已經變三天考察數門課：先是「考數學、代數、量積、平三角四項」，然後「考文法、地理、幾何」，最末考「英文」。〔註 43〕在周作人升入頭班以後，又加入了「航海或機械等」專業課。〔註 44〕因而，周作人的英文課本只「發到第四集爲止」，據前文梳理的線索，即《華英進階‧三集》。

由於周作人感到其日記「惟事率瑣屑不足道，且日日書之，無論有事與否，必勉強作，甚苦之」，故而於 1903 年 5 月 26 日後，改爲「記事例，不日日作矣」，自此所記甚少。〔註 45〕這使得對其後期學堂生活的考察難以深入。不過筆者看到，在英語學習方面，至少有三段周作人的回憶可以略作補充：

〔註 39〕見周作人壬寅年十二月初一日、初五日的日記，載《周作人日記（影印本）》（上），頁 364～365。

〔註 40〕見周作人癸卯年正月十一日的日記，載《周作人日記（影印本）》（上），頁 371。

〔註 41〕見周作人癸卯年二月十二日、十三日、十九日，三月初一日、初五日、初十日，四月初三日、初六日的日記，載《周作人日記（影印本）》（上），頁 376～390。

〔註 42〕周作人，〈學堂大概情形‧知堂回想錄〉（三五），見鍾叔河編訂，《周作人散文全集》（13），頁 240。

〔註 43〕見周作人甲辰年十二月初二日、初四日、初五日的日記，載《周作人日記（影印本）》（上），頁 402。

〔註 44〕周作人，〈講堂功課‧知堂回想錄〉（三八），見鍾叔河編訂，《周作人散文全集》（13），頁 247。

〔註 45〕見周作人癸卯年四月三十日的日記，載《周作人日記（影印本）》（上），頁 393～394。

我的對於文法書的趣味，有一半是被嚴幾道的《英文漢詁》所引起的。在印度讀本流行的時候，他這一本書的確是曠野上的呼聲，那許多葉「析辭」的詳細解說，同時受讀者的輕蔑或驚歎。在我卻受了他不少的影響，學校裏發給的一本一九○一年第四十版的「馬孫」英文法，二十年來還保存在書架上，雖然別的什麼機器書都已不知去向了。〔註46〕

《英文漢詁》一書雖是大體根據馬孫等文法編纂而成，在中國英文法書中卻是惟一的名著，比無論何種新出文法都要更是學術的，也更有益，而文章的古雅不算在內，——現在的中學生只知道珍重納思菲爾，實在是可惜的事。〔註47〕

一九○一年我考進江南水師學堂，及讀英文稍進，輒發給馬孫（C・P・Mason）的英文法，我所得者爲第四十版，同學多嫌其舊，我則頗喜其有趣味，如主（Lord）字古文爲管麵包者（hlaford），主婦（Lady）字爲捏麵包者（hlaefdige），最初即從此書中看來。一九○四年嚴復的《英文漢詁》出版，亦是我所愛讀書之一，其實即以馬孫爲底本，唯譯語多古雅可喜耳。〔註48〕

周作人之所以總是將《英文漢詁》與馬孫的文法書並論，是因爲嚴復自言其書「雜採英人馬孫摩栗思等之說」。〔註49〕以往，學界由於對周作人的這幾段回憶不甚注意，致研究者一般誤認爲「馬孫」或爲馬禮遜，二名不僅發音相似，且後者於 1823 年確實出版過語法書籍《英國文語凡例傳》（*A Grammar of the English Language*），但實際上，這本書的發行量很少，與周作人所言不符。且周作人已言明「馬孫」是「C・P・Mason」，據筆者考索，其當爲英國古典文學研究者、語言學家 Charles Peter Mason（1820～1900），他的《英語語法及語法分析的原理》（*English Grammar：including the principles of grammatical analysis*），在 1901 年印至 40 版，應爲周作人所得之書。〔註50〕那麼，江南水

〔註46〕作人，〈日本語典〉，見鍾叔河編訂，《周作人散文全集》（3）（桂林：廣西師範大學出版社，2009 年），頁 72。

〔註47〕荊生，〈我的負債〉，見鍾叔河編訂，《周作人散文全集》（3），頁 326。

〔註48〕周作人，〈《古音系研究》序〉，見鍾叔河編訂，《周作人散文全集》（6）（桂林：廣西師範大學出版社，2009 年），頁 524～525。

〔註49〕嚴復，〈《英文漢詁》敍〉，見《英文漢詁》（上海：商務印書館，1907 年），頁 2。此爲第五版。

〔註50〕可詳見筆者未刊論文〈《英文漢詁》底本考述——從「馬孫」是誰說起〉。

師學堂是何時下發的呢？前文已述，洋文館開設文法課已經是 1902 年夏季，所用教材為《英文初範》。鑒於「馬孫」之書為純英文的專業語法著作，應該要等學生基礎打好後才發下。且可以佐證的是，在周作人改「記事例」體之前的日記中，有多次閱讀《英字指南》的記載；倘若當時已經發下新的語法書，日記中不會沒有閱覽的記錄。故而，可推知「馬孫」的書當為江南水師學堂為高年級的學生準備的語法書。

至於嚴復的《英文漢詁》，首版發行於光緒三十年（1904）五月。周作人得到它的時間，至早不超過 1904 年夏季，但也不至於太晚。周作人曾自言，他在清末時，很愛讀嚴復的書，並稱「嚴先生著書的全部當時都搜集完全」。〔註51〕從周作人日記來看，自 1902 年 2 月 2 日，魯迅向其推薦了《天演論》後，周作人對嚴復譯著的閱讀頗多，甚至反覆閱讀；如至同年 8 月 14 日，他把《天演論》讀完了，又於兩個月後，重新開始讀該書。〔註52〕1902 年 7 月 10 日，魯迅致信周作人，向他鄭重推薦了嚴復新譯的《穆勒名學》；周作人先是託友人胡韻仙代買，未果，於 8 月 11 日親自「坐車到夫子廟明達書莊買《穆勒名學》部甲二本」；這時距離該書的問世大約只相差四個月。〔註53〕《英文漢詁》首版由商務印書館發行於光緒三十年五月，即 1904 年 7 月前後，只一年半的時間即印行至第四版〔註54〕，在當時十分受歡迎，也流傳較廣。對於一貫及時搜購嚴復譯著的周作人而言，購閱《英文漢詁》應該不會太晚。且周作人後來提到過嚴復將 Know Thyself「圍在一隻紅燕子的周圍當作《英文漢詁》的板權證」〔註55〕，而據筆者所見，至 1907 年第五版

〔註51〕 荊生，〈我的負債〉，見鍾叔河編訂，《周作人散文全集》（3），頁 326。

〔註52〕 見周作人辛丑年十二月廿四日、廿五日，壬寅年正月廿二日、二月初三日、七月十一日、九月十九日的日記，載《周作人日記（影印本）》（上），頁 278、315、318、345、355。

〔註53〕 見周作人壬寅年六月十四日、十五日，七月初四日、初六日、初八日的日記，載《周作人日記（影印本）》（上），頁 340、344～345。

〔註54〕 筆者僅見初版及第三版的《英文漢詁》，二者出版時間相差八個月。施蟄存曾藏有第四版，「光緒三十一年十二月」發行，已經是 1906 年年初，但書的內封誤寫為 1905 年。「版權頁上有一張嚴復的凹凸印花，很別致，圓形圖案，當中是一隻燕子，中圍印著『侯官嚴氏版權所有』，外圍是一句英文『know thyself』」。陸灝的《北山樓藏西文書拾零》附了第四版的版權頁。見氏著，《看圖識字》（上海：上海書店出版社，2010 年），頁 39～41。

〔註55〕 豈明，〈代郵——寄徐志摩先生〉，見鍾叔河編訂，《周作人散文全集》（4）（桂林：廣西師範大學出版社，2009 年），頁 501。

時，《英文漢詁》的版權頁已改爲「侯官嚴氏」的印章。可見，周作人至晚
不會晚於 1906 年。

三

在理清了周作人英語習得的情況之後，我們可以具體討論晚清學堂的英
語教學對其翻譯活動的影響。

周作人的第一篇翻譯小說是《俠女奴》。自 1904 年 8 月起，《俠女奴》分
四次連載於《女子世界》，後由小說林社出版單行本。該小說譯自今人耳熟能
詳的《天方夜譚》之《阿里巴巴和四十大盜》。作爲阿拉伯古代的民間故事集，
《天方夜譚》流傳成書的過程十分漫長，形成了各種手抄本，它們雖然基本
框架相近，但其中故事篇什的數量、內容或次序卻不盡相同。1704 至 1717 年
間，法國人加蘭（Antoine Galland）首次在歐洲翻譯出版了《天方夜譚》，立
即引起轟動。許多其他歐洲語言的譯本都是在這個版本的基礎上再譯的。

直至 19 世紀，英語譯者才開始直面阿拉伯文本，並認眞思考「面對一個
又一個不同的中世紀手抄本，一個又一個增加了新故事的許多現代文本，究
竟該用哪個文本？」1839 年，阿拉伯人愛德華・威廉・雷恩（Edward William
Lane）推出了維多利亞標準版本，適宜地刪除了原作中有傷風化的部分，使
其譯本迅速廣爲流傳。因不滿於雷恩譯本的樸實乏味特別是對性問題的迴
避，理查德・佛朗西斯・伯頓爵士（Sir Richard Francis Burton）於 1885 年，
出版了較爲完備也更顯風情的新譯本，號稱「以其所有的詩情、以其壯觀的
東方特性、以其直白的性描寫來揭示《天方夜譚》眞實的內容」。〔註 56〕

由於故事引人入勝且彌漫魔幻神秘的異域氣息，《天方夜譚》在英語世
界中一直甚爲暢銷。至 1903 年前後——周作人讀到其英文版之時，至少有
數十家出版社發行過上百種的《天方夜譚》。儘管它們大多以雷恩的譯本爲
底本，但具體到句式的使用、詞語的選擇、插畫的配置等細節方面，仍有
顯著的差異。故而，討論周作人的譯作《俠女奴》，首要的問題是確定其所
據之底本。

〔註 56〕關於《天方夜譚》的版本情況，綜合參見仲躋昆，《阿拉伯文學通史》（上卷）
（南京：譯林出版社，2010 年），頁 553～556；〔美〕大衛・達姆羅什著、李
慶本譯，〈世界文學是跨文化理解之橋〉，《山東社會科學》2012 年第 3 期。另
可參見杜漸，〈《天方夜談》的版本與翻譯〉，見氏著《書海夜航》（北京：生
活・讀書・新知三聯書店，1980 年），頁 182～195。

　　周作人自言《俠女奴》「帶著許多誤譯與刪節」〔註57〕，後世學者多結合周作人對題目的更改，判斷《俠女奴》是梁啓超式的「豪傑譯」，甚至將之視作「改寫」而非翻譯。然而，筆者在 1904 年之前的近百種英譯本《天方夜譚》中，考索出其所據底本並非自述之倫敦紐恩士公司的插畫本，而是英國勞特利奇公司 1890 年發行的 The Arabian Nights' Entertainments。平心而論，《俠女奴》既不是隨性而爲、漫不經心的「亂譯」，亦非魯迅《斯巴達之魂》一類參以己意、縱情發揮的「編譯」或「譯述」。

　　從整體上看，周作人是非常認眞地在翻譯《俠女奴》——基本受制於原文敘述，對譯比重明顯多於擅改。例如，寫阿里巴巴初次從藏寶洞歸家時的一段：

> Ali Baba took the road to the town; and when he got to his own house, he drove his asses into a small court, and shut the gate with great care. He threw down the small quantity of wood that covered the bags; and carried the latter into his house, where he laid them down in a regular manner before his wife, who was sitting upon a sofa.

> 　　乃驅驢疾行，取道歸鎮。埃梨既至其家，推户而入，引驢至一小天井中，鄭重著意而閉其户。遂取去覆袋之薪，而攜其袋至內室，置於其妻之前。其妻方倚睡椅而坐。

可見，除劃線句爲譯者增補之外，其餘皆爲逐句譯；甚至在「took the road to the town」、「shut the gate with great care」等分句中，每一詞都做到了對應。

　　在《俠女奴》中，還可以找到許多逐詞翻譯的例子。如寫到盜賊發現藏寶洞外異象時，幾乎每一個詞或詞組都可在譯文內找到對應：

> The robbers returned to their cave towards noon; and when they were within a short distance of it， and saw the mules belonging to Cassim， laden with hampers， standing about the rock， they were a good deal surprised at such a novelty. They immediately advanced full speed， and drove away the ten mules,

> 　　日將午，眾盜皆返。行漸近，忽見有驟負大筐，鵠立於岩石之下，皆甚訝異。因即疾馳而前，逐去此十驟。

〔註57〕周作人，〈老師一・知堂回想錄〉（四一），見鍾叔河編訂，《周作人散文全集》（13），頁 257。

儘管個別地方做了更符合漢語習慣的承前省略，但在晚清，如此忠實的譯文
已屬十分難得。不過，總體上看，段落式的逐詞譯在《俠女奴》中並不常見，
卻可找到許多單句：

1、giving it to the wife of Ali Baba, apologized for having made her wait
   so long.

   以升與埃梨之妻，並謝使之久待之罪

2、Far from feeling any satisfaction at the good fortune which his
   brother had met with to relieve him from poverty

   不以為埃梨得此，可以救其窮困為埃梨喜

3、but I desire to know also the precise spot where this treasure lies
   concealed;the marks and signs which may lead to it

   然予欲知此財物所藏之精確場所，有何符號，以為指導

4、their chief object was to discover him to whom they belonged

   其主要之目的，即在根求主有此騾之人

5、Ali Baba did not wait for his sister's entreaties to go and seek for
   Cassim.

   埃黎不俟其嫂之懇乞，即立時許可往尋其兄

6、At length he drew his purse from his bosom, and putting them in it

   至終則自懷中取夾袋納入之

7、「I cannot conceive," added he, " who can have imitated my mark
   with so much exactness」

   予不解其何以模擬能如是之酷肖

8、not only by looking at it attentively, but by passing before it several
   times

   不斤斤注視，而僅於其前周行數過

9、This act, so worthy of the intrepidity of Morgiana, being performed
   without noise or disturbance to any one

   曼作此事，殊有價值。伊一人為此，不作一聲，亦不驚擾眾人

10、Morgiana had scarcely waited a quarter of an hour, when the captain of the robbers awoke. He got up, and opening the window, looked out

曼窺俟約十五分鐘，盜首醒，由床上起，開窗四顧

在標明原文與譯文之間的詞語對應關係後，逐詞譯的特點便清晰可見。

簡言之，《俠女奴》譯法的底色是逐句逐詞譯，從篇章層面來著眼，直譯部分佔有較大比例，而具體到段落來看，意譯的方式亦扮演重要的角色；相較於同時代盛行於世的「豪傑譯」產出的作品，其增刪、修飾、誤譯等弊病並不嚴重。《俠女奴》雖未做到完全的忠實，但周作人在當時已經算得上是相當尊重原文的小說譯者了。〔註58〕

那麼，周作人首次嘗試翻譯，何以會選擇這樣的方法呢？在考察了周作人的英語習得情況之後，則不難發現《俠女奴》的翻譯方法與學堂受業存在著相當緊密的對應關係。在江南水師學堂洋文館的考試中，翻譯是一項重要的內容。周作人日記曾載「上午考讀、默、拼、解、寫五項，窘極，約差一百多字。下午考翻譯，尚好，不至大錯」。〔註59〕可見，作為學堂考試的翻譯，是周作人擅長的科目。雖然目前對洋文館的翻譯訓練所知甚少，但可借助對其教科書的分析，加以討論。

前文已述，周作人所用最高程度的英文讀本是《華英進階‧三集》〔註60〕。該書共有課文110篇，除去數篇基督教禱文和詩歌外，長度一般在150個單詞左右，有的長文甚至超過200詞。其中，字課（Word Lesson）8篇，文法課（Language Lesson）9篇，課文內句子之間不相承；此外的篇章前後句意基本上是貫通的，或是記敘新的見聞，或是介紹新的知識，或是通過講述故事來揭示人生哲理。

首先，與《俠女奴》譯文的主體特徵一致，《華英進階‧三集》的課文也主要是逐字逐句譯。試觀第二十四課「空氣」，如下：

〔註58〕 詳見宋聲泉，〈《俠女奴》與周作人新體白話經驗的生成〉，《中國現代文學研究叢刊》2016年第5期。
〔註59〕 見周作人壬寅年二月初五日的日記，載《周作人日記（影印本）》（上），頁318。
〔註60〕 筆者所見《華英進階‧三集》為1924年第29版。

24.-THE AIR

The air is round us on all sides. We cannot see the air, but we can feel it if we wave our hands. We can hear it when it moves very fast, and we can see what it does when it makes the leaves of trees shake and the dust fly.

We could not live without air.Plants would not grow without it, and all things that live would soon die if they had no air.

The air we breathe goes into the body to make the blood pure, and take away waste matter. The air that comes out of the body is foul. The air of crowded rooms is very bad for us to breathe.So also is the air from swamps, and drains, and filth of all kinds.

People ought always to let fresh air into their houses. It makes them weak and sickly to breathe bad air. We should try to live where the air is clear and pure. To walk or play every day in the open air helps to make us healthy and strong.

When the air moves fast, it is very useful.The wind blows the sails of ships，and makes them go on.

第二十四課　空氣

空氣圍繞我人四周，我雖不能目睹，然以手搖動，微覺有所激觸，即空氣也。空氣行動極速時，略若可聞。且於樹葉擺簸，塵土飛揚之際，可以見其運轉。

我人無氣不生，草木無氣不長。一切萬物，不得空氣，皆即消亡。

是氣也，我人吸之入於身內，可使血液潔淨，且可掃蕩全身之廢料，氣之自體外洩者，都污穢而不潔。眾人聚處之室，其氣亦不宜呼吸，又氣之發自濕地、溝渠、及各種朽腐之物者亦然。

人宜令清淨之氣，常入房屋。吸濁氣，則令身弱而有病。我等宜居於氣清及潔淨之處。每日或散步或遊戲於屋外，以助體之爽健。

空氣行動極速時，最爲有用，風吹船帆，使之前駛。

課文即是逐句對譯，力求每個英文詞或詞組都能被準確地以漢語出之。語序的調整只發生在單句之內，而筆者所標示的劃線句皆逐詞譯而不加改動。從中可以清晰地看到其與周作人譯文在核心方法上的一致性。

《華英進階·三集》中甚至也不乏爲了字面上的「信」而損失漢語表達流暢度的例子。在第十七課〈如爾意〉中，原文「To all who wait upon or serve you，believe that，『If you please』will make you better served than all the cross or ordering words in the whole dictionary」被逐詞譯爲「對於僕隸下人，亦當深信此如爾意三字，蓋此三字實足以得更切心之服役，勝於種種含怒辭使令辭之在全部字典內者也」。這類讀來略感怪異的句子，一般出現在翻譯原文中較爲複雜的句子結構時，與《俠女奴》的情況十分類似。

其次，《華英進階·三集》的課文在翻譯時偶而也會體現其靈活的一面。比如第五課〈鸚鵡〉中，原文只說「they take a nap」，譯文則補充了場景「覓濃陰」；再如第十一課〈童子與溪〉，本是簡單的一句「what makes you sad?」被譯爲兩個分句「汝何事感觸，憂形於色？」有時，譯文還會將概念具體化，原文只說他們錯過所有好的事物（「They let slip all that is good」），而被譯作「凡嘉言懿行，任其傾瀉無遺」；它們上面沒有污點（「there is no spot upon them」）被譯爲「無微塵纖垢黏於其上」。遇到按字面意思難以連貫上下文時，也會添加詞句，使之句意明確，如第二十五課〈言語之害〉的第一段，「Many people seem to think that words signify little：they must not do what is wrong，but they may say what they please」。由於原句中有冒號可助表意而文言系統則無，故翻譯時不得不需要將標點所指示的邏輯關係以漢語說明，「世人往往以爲出言所繫甚小，而行事所關者大，故但當行無過舉而已，至於出言，可以隨心所欲」。「而行事所關者大」即是增譯所得。上述這些整體上逐句逐詞譯而細節方面增補調整的類型，也是《俠女奴》中常見的手法。甚至由此返觀周作人的譯文，如果僅僅將其與原文對讀，會認爲是周作人擅改，但在瞭解了教科書的情況後，或許這種更動在周作人那裏會被認作忠實的表現，亦未可知。

再者，《華英進階·三集》中一些示範性的譯法也被《俠女奴》所採用。課本中的人名地名等專有名詞也都是音譯的方式，如 Elizabeth（以利沙伯）、Philip Sidney（腓力悉德尼）、Asia（亞西亞）、Africa（亞非利加）、巴瑪拉樹（palmyra）等。課本與《俠女奴》在句子結構方面也有近似的手法，如譯位於句中或句末的時間狀語時，一般會將其置於最前端譯出；遇動詞搭配方位

短語時，習慣於把方位短語提前；單句或短句大體上會逐詞譯，多重複句或遇到句意纏繞的句群，則總是調整前後語序；人稱代詞雖有據前後文而省略的情況，但相對古文而言，基本保持著主謂賓的完整；語氣詞、并列關係的形容詞或副詞，以及重複的詞或短語，也都照直譯出，不加省略。

上述三個方面，不僅《華英進階・三集》，整套「華英進階」系列教材皆如此。教科書作為一種權威話語，無疑會形塑受教者的觀念。正如 1912 年，出版大家高夢旦所言「教育之普及，常識之備具，教科書辭書之功為多」。〔註61〕近世學者亦曾指出：「在各類翻譯材料中，對中國思想及社會最具滲透力和持久影響的，莫過於教科書。」〔註62〕對於周作人翻譯思想的生成而言，洋文館英語教科書的作用顯而易見。它們幾乎是當時的周作人習得英語的唯一途徑，加之日復一日的課上講授、課下練習，並通過定期的考試和成績的獎懲形成鞭策機制，從而使知識與方法由教科書完成向學生主體的遷移和轉化。這實際上也造成了學堂出身的譯者與同時代的以商業性或政治性為中心目的進行翻譯的人士的顯著差異，即對於語際之間變換的翻譯活動，首先帶有著是否準確的前提意識，而不會妄加更改。以往學者在認定周作人早期以改譯為主時，都忽視了這個重要的問題。其實，周作人早在 1902 年 9 月 2 日的日記中，就已然表達過對譯文亂改原作的反感，稱「《泰西新史》，譯筆不佳，喜掉文袋，好以中國故實強行摻入，點綴過當，反失本來面目。憂亞子譯《累卵東洋》亦坐此病。可見譯書非易事也。」〔註63〕在周作人那裏，對翻譯與創作的區隔有著清醒的認識，故而與《累卵東洋》一類視擅改比「原作更益完善」〔註64〕的譯演拉開了距離。

四

在剖析了晚清學堂英語教育與其翻譯方法的關聯情況之後，便可就文章變革亦即語體方面的問題加以展開。

〔註61〕 高風謙，〈《新字典》緣起〉，見傅運森，沈秉鈞，蔡文森等編纂，《新字典》（上海：商務印書館，1912 年），頁 1～2。

〔註62〕 〔美〕任達（Douglas R. Reynolds）著、李仲賢譯，《新政革命與日本：中國，1898～1912》（南京：江蘇人民出版社，2006 年），頁 120。

〔註63〕 見周作人壬寅年八月初一的日記，載《周作人日記（影印本）》（上），頁 340。

〔註64〕 憂亞子，〈《累卵東洋》自序〉，大橋乙羽著、大房元太郎譯，《累卵東洋》（東京：愛善社，1901 年），頁 2。

　　周作人自言《俠女奴》是「用古文」，但此類「古文」也頗可玩味。周作
人在紹興生長，曾在杭州侍奉入獄的祖父，兩地皆爲浙方言區；自幼接受傳
統的私塾教育，以科舉考試爲目標，擅寫文言文章，雖然也讀《鏡花緣》一
類的白話小說，卻難於運用白話寫作。正如陳平原所言：「對於從小讀古書作
古文的這一代作家來說，很可能如《（小說海）發刊詞》所表白的，『吾儕執
筆爲文，非深之難，而淺之難；非雅之難，而俗之難』。採用文言簡捷便當，
一揮而就；採用白話反而勞神費心，『下筆之難，百倍於文話』。」〔註 65〕梁
啓超亦是一例。他翻譯《十五小豪傑》時感慨道：「參用文言，勞半功倍。」
梁氏純用白話翻譯時，「每點鐘僅能譯千字」，當「參用文言」後，「譯二千五
百字」。〔註 66〕與周作人情況最爲類似的魯迅，譯《月界旅行》時「初擬譯以
俗語」，但嫌「純用俗語」冗繁，故「參用文言」，這其實既與文言白話特點
各異相關，也折射出魯迅對兩種語體的操控能力的不同。

　　周作人最初的白話寫作經驗，大概起始於南京求學時期，此少爲人所
注意。1902 年 7 月 18 日，周作人收到了魯迅寄自日本的信，「盡二紙，盡
白話」，原本「擬即答」，未能；後於第二日，「作日本信，得五張亦白話，
至午始竟」。〔註 67〕周作人特意在日記中記載用白話寫信，可見對於他和魯
迅而言，都是新鮮事。「至午始竟」，也能看出於白話有生疏之感。那麼，
周作人的白話經驗，除了讀古代長篇章回小說之外，還有其他來源嗎？答
案便是英語教科書。

　　《華英進階・初集》課本的譯文便皆是白話。譬如周作人二十年未曾忘
懷的那篇《我的新書》，如下：

　　　　這是我的新書。我想我應該喜歡這書。有好幾個難字在這中間
　　就是我所不知道的。

　　　　我若然每日學些，則他們不致久難於我。

　　　　我應該善用我的光陰。日一過了，不再回來。我應該每日勉力
　　學些新事，並且每日勉力求勝於前。

〔註65〕陳平原，《中國現代小說的起點——清末民初小說研究》（北京：北京大學出
　　　　版社，2005 年），頁 168。
〔註66〕見梁啓超爲《十五小豪傑》第四回所作譯後語，載《新民叢報》1902 年第 6 號。
〔註67〕見周作人壬寅年六月十四日、十五日的日記，載《周作人日記（影印本）》（上），
　　　　頁 340。

全書中，盡是這種略顯拗口的白話，如「我們決不能捉得的，是已經出我們口中的言語」（第二課）、「昔有一小孩見一瓶盛滿的是硬殼果，故他去伸入他的手要拿些出來」（第二十一課）、「前有一支燕子作他的巢在窗角裏」（第三十一課）、「這樹就是他的父親曾經禁止他不許觸動」（第三十二課）……雖然詞句矯揉造作，甚至以今人眼光觀之，不乏語法錯誤；但反倒因此，讀著感覺與文學革命後的新體白話很相近，而本質上與章回小說體的那類流暢的俗語白話頗為不同。這便是由翻譯導致的。江南水師學堂將「背書」作為考試科目，要求學生將課文記下。周作人二十年後仍可大致寫出，可見當年記憶之深。洋文館是 1902 年 5 月初開始教授《華英進階·初集》，兩個月後，周作人寫白話書信給魯迅；該書信今日雖不得見，但不難想見很有可能是翻譯體的新式白話。

嚴復曾批評按字面直譯的弊端，提出「西文句中名物字，多隨舉隨釋，如中文之旁支，後乃遙接前文，足意成句。故西文句法，少者二三字，多者數十百言。假令仿此為譯，則恐必不可通」。〔註 68〕不幸的是，「華英進階」系列的教材即可稱嚴復所指謫的樣例，差別在於《華英進階·初集》以白話譯出，至「貳集」、「三集」譯文改為文言，而蹩腳之譏則難免。嚴復在《英文漢詁》中舉過一個例子，頗能說明如何翻譯可以更加接近漢語文章：

「Having ridden up to the spot，the enraged officer struck the unfortunate man dead with a single blow of his sword」,「既馳至其地，此盛怒之軍官，以其劍之一揮，擊死此不幸之人」，依中文法，或譯云「軍官仗劍怒馳，抵此不幸之人擊殺之。」〔註69〕

在嚴復看來，好的翻譯應該「取明深義，故詞句之間，時有所顛到附益，不斤斤於字比句次」；故而，符合「中文法」的是後者，前者的譯法，是一種完全照字面操作的翻譯腔，是「信」有餘而「達」不足，更談不到「雅」了，亦即華英進階「貳集」、「三集」文言譯語的類型。事實上，周作人所譯《俠女奴》同樣如此。

《俠女奴》雖然看似是「古文」，但因過於死板地依照原文進行對譯，使句法的邏輯性和嚴密性大大加強，本質上已經成為了「古文」的變體。由於直譯成分的存在，《俠女奴》的譯文已然帶有歐化語體色彩。

〔註68〕嚴復，〈譯例言〉，《天演論》（上海：商務印書館，1933 年），頁 1。
〔註69〕嚴復，《英文漢詁》，頁 199。

　　首先，句子關係趨於嚴密。王力曾指出，漢語句子結構在「五四」以後發生了重要變化，主語盡可能不省略〔註70〕，《俠女奴》中便有體現，如：

　　　　但其以何方法而得入此門，則此問題終不能解決。

　　　　麥聞言搖首曰：「否。汝不知我。我年雖老，然眼力尚佳。我尚憶數日前有人招我至一處」

　　　　顧謂盜曰：我業告汝，知之不詳，即使予往，所得恐亦不能如汝之望也。惟當日出門時之事，予尚記憶之，餘則忘矣。去去！我行將爲汝思索之。」

在傳統漢語中，「凡主語顯然可知的時候，以不用爲常」〔註71〕；而例文中，筆者所標可省略之主語皆未去，這便與翻譯相關。

　　其次，逐詞譯造成了《俠女奴》中出現很多「信而不順」的句子。如「其主要之目的，則在訪有無被殺而死之人，於通常談話間」、「於是即取堊筆仿其式，作記號於上下兩旁之鄰屋，與埃梨之居相似者」，儘管文言語法可以有後置成分，但由於譯不出英語從句的引導詞，限制了句意的呈現；有的是詞彙已經據前後語境補譯出來，但譯到後面，爲了不丟原文，又譯了一次，使句子顯得囉嗦或雜糅，如「以恐嚇大膽之人，有仿之而爲此危險事業者，使之驚走」、「如貴君以予之請求，爲無不便於貴君」……另如「其所用之規則，亦無與人以可根究之痕跡」、「因戶間已加鍵二道之鐵門，頗不易出也」等一些讀來頗感生澀、不合於全文語體風格的句子，均與過於死板的譯法相關。

　　帶有歐化色彩的語體難免會給人以佶屈聱牙之感。因爲中西語法存在巨大差異，英語以形顯意，多運用形態來表達語法關係，句子各成分（包括單詞、短語、分句）之間的邏輯關係靠關聯詞等顯性連接手段來直接表示，故而語序十分靈活，且以主謂核心協調控制全句結構，環扣相嵌，盤根錯節，句中有句，可以使冗長的句子不致流散，從而形成一個中心明確、邏輯清晰、層次顯豁的語法結構；然而，漢語因爲缺少豐富的形態變化，在組合上它很難疊床架屋，實現句子的立體結構。〔註72〕同時，周作人爲堅持字面上的對譯，故而不得不努力拆解騰挪而沿用原文句序，有時也就使「讀者幾莫名其妙」。

〔註70〕王力，《漢語史稿》（中冊）（北京：中華書局，1980 年），頁 479。

〔註71〕王力，《王力文集》（第 1 卷）（濟南：山東教育出版社，1984 年），頁 52。

〔註72〕參見連淑能，《英漢對比研究》（北京：高等教育出版社，1993 年），頁 65。

　　《俠女奴》中帶有歐化色彩的句子，以今人之眼觀之，甚至不乏白話之感。當然，說是白話，並非口語意義上的，而是偏於書面語的傾向。譬如「盜住數日後，以種種秘密方法，或明或暗，或朝或暮，駕一馬自穴中搬運許多美好之織物，錦繡布帛之類，至旅店中，而轉售之於一商店」；「埃梨聞言甚感動，答曰：『汝之恩沒世不敢忘，予之餘年，皆汝所賜，予必相報以明予志。自今以後，予當還汝自由』」。文言的色彩基本只體現在詞法上，至於句子內以及句子間的關聯方式已經與桐城古文及八股時文頗為相異。我們很容易將這些句子實現從文言到白話的轉換。

　　此外，《俠女奴》的譯文與新體白話的相像之處還體現在詞彙方面。周作人在談翻譯的時候曾說：「中國話多孤立單音的字，沒有文法的變化，沒有經過文藝的淘煉和學術的編製，缺少細緻的文詞，這都是極大的障礙。」〔註73〕然而，在《俠女奴》中，周作人已經使用了諸多複音詞來翻譯。這些詞語多半是採用日本人的新譯語。晚清時期，特別是戊戌以後，「日本所造譯西語之漢文，以混混之勢而侵入我國之文學界」，致使「捃摭新詞」的「東瀛文體」成一時之風尚，於是「少年習氣，每喜於文字間襲用外國名詞諺語」。〔註74〕那麼，周作人採複音詞入譯文，似乎是受時代風潮的影響，但實際上還有更為直接的原因。周作人自言最初譯書時，「於我們讀英文有點用處的，只是一冊商務印書館的《華英字典》」，而「當時中國為西洋語言（主要是英語）編寫詞典的人由於貪圖便利，就照抄了日本人所編寫的西洋語言詞典的譯名」。〔註75〕筆者所見壬寅年（1902）三次重印版的《商務書館華英字典》，確實多為複音詞譯語；更何況，魯迅還從日本寄給過周作人一冊《英和辭典》，方便周作人繞開漢譯徑直借日語詞彙來翻譯。〔註76〕王力在《中國現代語法》中

〔註73〕仲密，〈譯詩的困難〉，見鍾叔河編訂，《周作人散文全集》（2），頁 257～258。

〔註74〕關於「東瀛文體」，可參見羅志田，〈抵制東瀛文體：清季圍繞語言文字的思想論爭〉，《歷史研究》2001 年第 6 期；沈國威，〈清末民初中國社會對日語藉詞之反應〉，氏著，《近代中日詞彙交流研究：漢字新詞的創制、容受與共享》（北京：中華書局，2010 年），頁 285～322。

〔註75〕前半句引自周作人，〈老師一〉，《周作人散文全集》（13），頁 256；後半句引自王力《漢語史稿（下冊）》（北京：中華書局，1980 年），頁 528。

〔註76〕據周作人日記可知：壬寅年六月初八日，洋文館發《華英字典》；同年十一月廿五日，收到魯迅寄給的「辭典」。周作人在《知堂回想錄》中曾說「當時用的是日本的《英和辭典》」，見〈我的新書二〉，載《周作人散文全集》（13），頁 293。

指出，「複音詞的創造」是「歐化的語法」的重要表現，「中國本來是有複音詞的，近代更多，但是不像現代歐化文章裏的複音詞那樣多」。〔註77〕《俠女奴》譯文中大量複音詞的出現，亦帶有撐破既有古文規範的效應，從而初具新型書面語言的面貌。

關於其最初階段的翻譯，周作人自言道：「那時還夠不上學林琴南，雖然《茶花女》與《黑奴籲天錄》已經刊行，社會上頂流行的是《新民叢報》那一路筆調，所以多少受了這影響，上邊還加上一點冷血氣，現在自己看了也覺得有點可笑。」〔註78〕這裡「夠不上學林琴南」，就是指過於求「信」，做不到以地道的漢語文章表達出來；而《新民叢報》的筆調，即爲梁啓超的「新文體」。不過因爲翻譯不似創作，要受到原文限制，特別是周作人還力爭相對的忠實，故而《俠女奴》的譯文不大具備「雜以俚語」、「雜以韻語」、「縱筆所至不檢束」、「筆鋒常帶情感」等「新文體」的特點，最稱得上筆調相似的其實是「平易暢達」和「雜以外國語法」。尤其是「仿傚日本文體」的後者，是「新文體」最爲特異之處。對此影響梁啓超最大的兩位是日本的矢野文雄和德富蘇峰，而恰巧兩人都是「歐文直譯體」的代表。有趣的是，梁啓超的翻譯本身是與之大相徑庭的「譯意不譯詞」，自家的散文創作卻巧妙地雜用了「漢文調、歐文脈」的翻譯體。然而，周作人的譯文反倒是直接接續「新文體」的日本之源，達到了「以西文體爲骨」的效果，甚至在這一方面超前於他所模仿的「新文體」。〔註79〕

以往的研究偏於強調梁啓超的單向影響，但當我們描述了學堂教育的向度之後，不妨認爲，受直譯教育的周作人所形成的翻譯觀念及語體實踐自身便與「新文體」接近，也更容易促使他將其作爲言語資源之一種。至此也可以清晰地看到，周作人日後新體白話的創製，既不是源自舊有的章回小說，也不是簡單地淵源於梁啓超的「新文體」，更絕非開民智之類報刊用於下層啓蒙的口語白話，而是肇始於翻譯實踐對歐西文脈的吸納和對古文體制的變形。

事實上，《俠女奴》之翻譯在周作人新體白話生成的悠長歷史軌跡中，只是具有重要的「原點」意義。此後，《俠女奴》的對譯方式很快被周作人捨棄。根據筆者的考察，在 1905 年小說林社刊行的單行本《玉蟲緣》和同年前後連

〔註77〕王力，《中國現代語法》（北京：商務印書館，1985 年），頁 334～335。
〔註78〕周作人，〈丁初我〉，見鍾叔河編訂，《周作人散文全集》（11），頁 448。
〔註79〕關於梁啓超的新文體與矢野文雄、德富蘇峰之間的關係，參見夏曉虹，《覺世與傳世——梁啓超的文學道路》（北京：中華書局，2006 年），頁 225～259。

載於《女子世界》的《荒磯》中，由於周作人使用英文本爲底本、日譯本爲參照的翻譯方法，譯文語體的文章感更強，如刻意追求四字體句式的運用，並以古文伸縮之法構造譯語，較之字面的對譯，可稱之爲腔調的還原，乃更高層次的「忠實」。眾所周知，此種譯法在《域外小說集》中表現得更爲突出。至 1914 年前後，周作人的文言日漢翻譯，尚需通過「增減字句」以求「成章」和色澤。然而，當他爲《新青年》譯稿時，以文言成之的《廢娼問題之中心人物》再次回歸《俠女奴》時期的「逐字譯」，甚至不惜背負「中不像中，西不像西」之「惡名」——他儘量保持原文的修飾關係，努力把多層次意思串聯疊加在一句之中，語氣有時也不加停頓，使句子的組織嚴密化，主謂分明，脈絡清楚。

至此，文言與白話實際上只隔一層「窗戶紙」，只需去掉「之乎者也」的表層，便可劃入歐化風格的新體白話行列。正如王風指出，「在周氏兄弟手裏，對漢語書寫語言的改造在文言時期就已經進行，因而進入白話時期，這種改造被照搬過來，或者可以說，改造過了的文言被『轉寫』成白話。……周氏兄弟的白話確實已經到了『最高限度』，這是通過一條特殊路徑而達成的。在其書寫系統內部，晚清民初的文言實踐在文學革命時期被『直譯』爲白話，並成爲現代漢語書寫語言的重要——或者說主要源頭。因爲，並不藉重現成的口語和白話，而是在書寫語言內部進行毫不妥協的改造，由此最大限度地抻開了漢語書寫的可能性。」〔註80〕看似橫空出世的新文學的新體白話，在周作人處，早在翻譯《俠女奴》之時，已在無意間開始了對漢語書寫語言的改造。

也正由此，可觀晚清學堂教育與文章變革間的一種深處的關聯。本文雖以周作人爲個案，但實際上與周作人情況相似者頗多。商務印書館的《華英初階》系列書籍在清末民初時期流傳甚廣，影響巨大；僅就筆者所見，自出版至民國元年（1912），十餘年間就已經發行了 47 版，至 1917 年，更是增至第 75 版。其亦爲魯迅、胡適、錢玄同、夏丏尊等人的英文入門書。〔註81〕不難想像，甚至可以說，「五四」新文化人中學過這套教材的當佔有相當大的比

〔註80〕王風，《世運推移與文章興替——中國近代文學論集》（北京：北京大學出版社，2015 年），頁 167～168。

〔註81〕魯迅，〈瑣記〉，《魯迅全集》（第 2 卷）（北京：人民文學出版社，2005 年），頁 303；胡適，〈四十自述・在上海〉（一），歐陽哲生編，《胡適文集》（1）（北京：北京大學出版社，1998 年），頁 66；錢玄同，〈錢玄同自撰年譜〉，《錢玄同文集》（第 6 卷・書信）（北京：中國人民大學出版社，2000 年），頁 318；丏尊，〈我的中學生時代〉，《中學生》第 16 期（1931 年）。

例。雖然他們未必都像周作人這樣，可以清晰地看到發生的改變；但毋庸置疑，在新式教育的背景下，特別是新的邏輯性的語言經驗的進入，或隱或顯影響了一代人的思維方式與語言表達，中國傳統文脈也因此而裂變新生。

（作者簡介：宋聲泉，男，北京郵電大學民族教育學院副教授）

缺席與在場——「新文化運動」時期馮友蘭的教育經歷與文化實踐

李浴洋

摘要：「新文化運動」在北大興起於蔡元培 1916 年底掌校之後，1915 級雖未及「五四」發生，但對於 1917 與 1918 兩年的「新文化」建設已經參與其間。考掘與追蹤 1915 級北大學生在學期間與離校以後的思想文化實踐，不僅具有重建論述對象早期生命與學思歷程的意義，更可以在此基礎上提供一種不同於主流方式的觀看「新文化運動」的展開過程及其內在理路的視角。從入學北大到赴美留學，1915 至 1919 年間的馮友蘭，其個案意義正在於能夠突破各種既有的關於「新文化運動」的論述框架，呈現歷史的多元面向。

關鍵詞：馮友蘭；「新文化運動」；《心聲》；新青年；新儒家

一、觀察「新文化運動」的北大 1915 級視角

如果以 1915 年 9 月 15 日《青年雜誌》（自第二卷起更名爲《新青年》）在上海創刊作爲起點，轟轟烈烈的「新文化運動」迄今已過百年。1919 年 5 月 4 日「五四運動」的發生，既把「新文化運動」推向了高潮，同時也奠定了此後中國的歷史進程。因爲「五四運動」的意義實在太過重要，所以「新文化運動」在日後也就逐漸被闡釋成爲了「五四新文化運動」。

「五四運動」當然內在於「新文化運動」，其思想主張與實踐形式都是包孕在「新文化運動」中的一種。但兩者的差別也很明顯，最爲突出的一點便

是運動的主體不同。「新文化運動」雖然以《青年雜誌》的創刊發軔，但實際上「新青年」是這場運動的召喚與塑造的對象，運動的主體乃是他們的「導師」一輩。這場運動的代表陳獨秀、胡適與李大釗等人多爲北京大學的文科教員，蔡元培則更是時任北大校長。而「五四運動」的主體卻不然。這是一場名副其實的「學生運動」，是眞正的「新青年」第一次以歷史主體的形象出現在現代中國的舞臺上。日後談論「五四精神」的利弊得失，當然也有陳獨秀與胡適等「導師」一輩的論述參與其間，但論者所能依據的主要還是當年的在場學生通過著述與實踐不斷追懷及建構起來的「五四記憶」。換句話說，從「五四運動」起，「新青年」不僅成爲了歷史書寫的主體，也開始自覺書寫歷史。

在「五四新文化運動」研究中，最先使用分辨「導師」與「學生」的「代際視野」對於這場運動的做出成功闡釋的，是羅馬尼亞裔美籍學者舒衡哲（Vera Schwarcz）。在專著《中國啓蒙運動——知識分子與五四遺產》中，她提出「五四運動」時期「歷史活動舞臺上出現了一代新人」，即「『五四』人」，認爲「這代人的聚合點是 1919 年 5 月 4 日所發生的事件」，並且具體討論了他們與「導師」一輩之間的互動情況。〔註1〕從「代際」視角出發考察現代中國的歷史進程，其實並非舒衡哲首創。〔註2〕她的學術史意義在於將這一思路整合成爲了一種有效的解釋範式。而此後的「五四新文化運動」研究，基本都接納了她的這一論述。

「代際視野」在複雜的歷史表象面前當然有其穿透力，但需要說明的是，其成立的前提卻是首先借助抽樣的方式對於一代的整體特徵與可能性進行把握。是故，一代之中那些在重要「事件」中在場的成員自然也就很容易成爲被抽樣的標本。具體到「五四運動」而言，所謂「『五四』人」指的便是當時「在讀」的 1916、1917 與 1918 三級北大學生。〔註3〕之所以特別強調他們的

〔註 1〕舒衡哲著，劉京建譯，《中國啓蒙運動——知識分子與五四遺產》（北京：新星出版社，2007 年），頁9。關於「世代合作與競爭」的討論，參見本書第二章《新式知識分子的出現——世代合作與競爭》。

〔註 2〕通常認爲，是魯迅最早明確提出了使用「代際」分辨的方法書寫現代中國的歷史譜系。根據馮雪峰的回憶，魯迅在 1936 年曾經計劃寫作以「四代知識分子」（即章太炎一代、魯迅一代、瞿秋白一代與馮雪峰一代）爲題材的長篇小說。參見馮雪峰，〈魯迅先生計劃而未完成的著作——片斷回憶〉，《魯迅回憶錄·散篇》（中冊）（北京：北京出版社，1999 年），頁 698。

〔註 3〕「五四」時期，北大的本科學制爲三年。

貢獻，就在於學生身份對於「五四」一代的代際意義的生成具有決定作用，因爲他們在「五四運動」中的在場正是其作爲一種歷史主體的最好證明。

的確，當時在讀的北大學生，以中國文學門（同年秋，北大廢門改系）爲例，1916 級有傅斯年、許德珩、羅常培、楊振聲與俞平伯，1917 級有鄧中夏、楊亮功、鄭天挺、羅庸與鄭奠，1918 級有成舍我與孫伏園；再以中國哲學門爲例，1916 級有顧頡剛，1917 級有朱自清、陳公博、康白情與江紹原，1918 級有何思源。凡此，皆可謂「一時之選」，而他們日後在現代中國的政治、思想、學術與教育等領域的成就，也更是「可圈可點」。他們當然是「五四」一代的典範，同時，「五四精神」也被他們以各自的道路不斷拓展。

不過，當在場者享受殊榮時，缺席者是否必然應當被湮滅在歷史的角落？事實上，在「新文化運動」的歷史敘述被「五四運動」這一時間與意義的節點所主導後，兩者之間原本存在的某些縫隙也就在一種線性的邏輯鏈條的覆蓋下被忽略甚至抹平了。「新文化運動」在北大興起於蔡元培 1916 年底長校後，由於 1914 級次年即離校，是故少受洗禮；而 1915 級雖然未及「五四運動」發生，但對於 1917 與 1918 兩年的「新文化」建設已經參與其間。他們同樣是「新文化運動」所召喚與塑造出來的一代，也是一種「新青年」。因此，考掘與追蹤 1915 級北大學生從在學期間到「五四運動」的教育經歷及文化實踐，也就不僅具有重建論述對象早期生命與學思歷程的史料意義，更可以在此基礎上嘗試爲觀察「新文化運動」的展開過程及內在理路提供一種不同於分辨師生兩輩的「代際」視角的具有新的可能性的論述方式。

日後成爲著名哲學家與哲學史家的馮友蘭（1895～1990），在 1915 年進入北大哲學門就讀，成爲哲學門招收的第二屆十三位本科生中的一員。[註4] 1918 年畢業後，他返回原籍河南開封任教，並於次年赴美留學。與他的師弟傅斯年和羅家倫等人不同，馮友蘭直至 1926 年出版了他的第一部代表作《人生哲學》以後，才眞正登上歷史舞臺。這一延遲的「登場」與他在「五四」現場的缺席直接相關。但也正因如此，他在北大求學期間習得的前「五四」式的「運動」經驗，爲他以自己獨特的方式在離校以後介入並且延續「新文化」的「志業」準備了條件。是故，本文的討論便從考辨馮友蘭在北大的就讀經歷說起。

〔註 4〕1914 年，時任北大校長胡仁源對於北大本科與預科做出調整，除在 1910 年已經開辦的中國文學門外，文科又新增設了中國哲學與英國文學兩門。中國哲學門於同年開始招生。

在《青年雜誌》創刊的 1915 年 9 月，馮友蘭入讀北京大學。此前的暑假，他已從上海的中國公學大學預科部畢業，報考北大法科並且順利通過了考試。入學北大之後的馮友蘭很快就轉入文科中國哲學門學習。與他同為哲學門 1915 級本科生的還有孫本文、謝基夏、於登瀛、谷源瑞、嵇文甫、唐偉、陸達節、胡鳴盛、黃文弼、朱之章、陸煥與李相因等十二人。其中，嵇文甫是河南汲縣人，1918 年 6 月畢業後與馮友蘭一道返回開封任教，日後一直在河南教育界工作，在高等教育與哲學史研究等領域多有建樹。而其他的同級同學，孫本文在畢業以後曾經前往美國留學，歸國後歷任上海復旦大學與南京中央大學教授，是著名的社會學家；陸達節日後長期在海南與廣東開展教育工作，曾任廣州中山大學教授，是古代兵書研究專家；胡鳴盛先是在北京大學與北京醫科專門學校任教，後又進入北平圖書館與故宮博物院，在敦煌文獻整理與古典文學研究等方面著述頗豐；黃文弼在畢業以後首先留校，然後長期從事西北史地考察，是邊疆文獻專家。可見，雖然與「五四」一代的「群星璀璨」相比或許稍有遜色，但 1915 級北大哲學門的學生顯然也都十分優秀。從他們日後的發展路向來看，就讀期間的思想薰陶與學術訓練，無疑發揮了至關重要的影響作用。由於他們在校時橫跨了「新文化運動」在北大興起前後的兩個歷史時段，所以對於他們的教育經歷的考察也就需要更為細緻地加以分辨。

中國哲學門，原本只是北大計劃開設的三個哲學門之一，但由於師資匱乏，另外兩門——西洋哲學門與印度哲學門在當時並未創建。1914 級哲學門首屆學生共有二十四人。儘管其中也有在日後成為著名學者的張申府與陳鍾凡等，但就總體而言，他們的學術格局與水平較之 1915 級，還是明顯偏弱。這與他們接受的教育不無關係。根據馮友蘭的回憶，在他入學時，「中國哲學門裏有三門主要課程。一門課程是中國哲學史，講二年。還有諸子學和宋學，這是兩門斷代哲學史」，「給我們講中國哲學的那位教授，從三皇五帝講起，講了半年，才講到周公。我們問他，照這樣的速度講下去，什麼時候可以講完。他說：『無所謂講完講不完。若說講完，一句話可以講完。若說講不完，那就永遠講不完』」。於是馮友蘭認識到「當時的教授先生們所有的哲學這個概念，是很模糊的。他們看不出哲學和哲學史的分別」。〔註 5〕

〔註 5〕馮友蘭，〈三松堂自序〉，《三松堂全集》（第一卷）（開封：河南人民出版社，2001 年），頁 170～171。

馮友蘭所說的這位講授「中國哲學史」的教授是陳黻宸。陳黻宸（1859～1917），字介石，浙江瑞安人，早年參政，後轉向治學，晚年在北大任教。「《中國哲學史》開課之初，只是由陳黻宸一人講授。」〔註6〕同時，他還負責哲學門的另外一門主要課程──「諸子哲學」。1914級的「中國哲學史」課程全部由陳黻宸開設，1915級第一年的「中國哲學史」課程也是由他講授。現存的陳黻宸的《中國哲學史》講義上起伏羲，下訖太公，〔註7〕恰與馮友蘭的回憶相合。

在撰寫於1924年8月的一份英文簡歷中，馮友蘭表示在北大讀書期間，自己「在中國哲學方面，深受陳介石的影響」。〔註8〕此說主要是基於他修習過陳黻宸的「中國哲學史」課程這一教育經歷，而不是指學術路向與研究方法層面上的「影響」。因為陳黻宸的知識結構無疑已經相對陳舊，而1915級哲學門的學生比諸1914級之所以能夠在整體上展現出新的面目，正在於並非全然受到了他的「影響」。

1917年，陳黻宸病逝。同年，北大哲學門的「課程設置及學術風氣」發生了「實質性變化」。具體而言，首先是原先由陳黻宸一人講授的「中國哲學史」課程，改由馬敘倫、陳漢章，以及應校長蔡元培與文科學長陳獨秀之邀歸國任教的胡適三人分別開設。此外，「另一個變化是：1917年前，中國哲學門的課程多限於哲學思想本身，一般較少涉足於其他學科領域。而1917年之後則經常開設哲學以外的其他社會科學和自然科學的課程，如顧夢漁講《經濟學原理》，沈步洲講《言語學概論》，陳仲驥講《人類學》及《人種學》，李石曾講《社會學科》和《生物學》等等」。〔註9〕導致這些變化的直接原因便是「新文化運動」的興起，而這些制度層面的變革也把蔡元培、陳獨秀與胡適等人的思想主張推向了教育與學術實踐。馮友蘭在這一氛圍中開始與「新潮」接觸，自然也就為他的觀念與行為發生「新變」提供了契機。

〔註6〕趙敦華、李中華、楊立華主編：《北京大學哲學系系史稿（1912～2012）》（北京：北京大學哲學系内部資料，2012年），頁4。

〔註7〕參見陳黻宸，〈中國哲學史〉，陳德溥編：《陳黻宸集》（上冊）（北京：中華書局，1995年），頁413～503。

〔註8〕Yu-Lan Fung, *A Comparative Study of Life Ideals*,《三松堂全集（第三版・第一卷）・人生哲學（外二種）》（北京：中華書局，2014年），頁511～512。譯文參見涂又光中譯本。

〔註9〕趙敦華、李中華、楊立華主編，《北京大學哲學系系史稿（1912～2012）》，頁4。

　　1917 年 9 月，馮友蘭進入三年級，結束在美國留學的胡適（1891～1962）到北大任教，出任哲學門教授，開設「中國哲學史」等課程。當時與他同樣講授該課的陳漢章沿襲了陳黻宸的講法。根據 1916 級哲學門學生顧頡剛的回憶，陳漢章「從伏羲講起，講了一年，只講到商朝的『洪範』」。〔註 10〕胡適到校以後，重編講義，從西周之後的哲學講起。所謂「截斷眾流」，指的便是他的這一迥異時潮的做法。馮友蘭在日後回憶：「當時我們正陷入毫無邊際的經典注疏的大海之中，爬了半年才能望見周公。見到這個手段，覺得面目一新，精神爲之一爽。」讓他印象深刻的是胡適的講義「把自己的話作爲正文，用大字頂格寫下來，而把引用古人的話，用小字低一格寫下來」，因爲「在中國封建社會中，哲學家們的哲學思想，無論有沒有新的東西，基本上都是用注釋古代經典的形式表達出來，所以都把經典的原文作爲正文用大字頂格寫下來」。在馮友蘭看來，胡適的做法是「五四時代的革命精神在無意中的流露」。〔註 11〕稱贊胡適此時在授課與著書中已經彰顯了「五四時代的革命精神」，這顯然是一種事後追認。但在現代中國學術史上，胡適的「述學文體」的確影響深遠，甚至成爲了一種以「白話文」述學的典範形式。〔註 12〕馮友蘭此後的學術著述，也在這一譜系之中。而在新的表達方式背後實爲新的思維方式，胡適帶給馮友蘭的衝擊不可謂不大。

　　1917 年 11 月 17 日，北大哲學門研究所召開籌備會議，馮友蘭出席。〈所約〉規定，三年級以上學生均可報名，每週活動一次。馮友蘭在會上選定了三項研究科目——「歐美最近哲學之趨勢」（導師胡適）、「邏輯學史」（導師章士釗）與「中國名學鉤沉」（導師胡適）。〔註 13〕12 月 3 日，研究所正式成立，蔡元培到會演講。此後，馮友蘭便在胡適的指導下系統學習。而在畢業次年，馮友蘭決定出國深造，當選擇學校時，他的第一反應也是去徵求胡適的意見——「我找胡適，問美國哲學界的情況，學哲學上哪個大學比較好。他說，美國的哈佛大學和哥倫比亞大學都是有名的，但是哈佛的哲學是舊的，

〔註10〕顧頡剛，〈《古史辨》第一冊自序〉，《古史辨自序》（上）（石家莊：河北教育出版社，2000 年），頁 52。

〔註11〕馮友蘭，〈三松堂自序〉，《三松堂全集》（第一卷），頁 184～185。

〔註12〕參見陳平原，「精心結構」與「明白清楚」——胡適述學文體研究〉，《中央研究院近代史研究所集刊》第 38 期（2002 年 12 月）。

〔註13〕〈各科通告·有志研究國文哲學者注意〉，《北京大學日刊》第 2 號（1917 年 11 月 17 日）；〈紀事·哲學門研究所〉，《北京大學日刊》第 12 號（1917 年 11 月 29 日）。

哥倫比亞的哲學是新的，他本人就是在哥倫比亞學的新哲學。」〔註14〕於是，馮友蘭聽從了胡適的建議，進入哥倫比亞大學哲學系。

馮友蘭在回顧自己的大學生活時說：「我覺得我在北大的三年收穫很大。這三年可以分為兩個階段。在第一個階段，我開始知道，在八股文、試帖詩和策論之外，還有眞正的學問，這就像是進入了一個新的天地。在第二階段，我開始知道，於那個新天地之外，還有一個更新的天地。『欲窮千里目，更上一層樓。』我當時覺得是更上了一層樓。」〔註15〕馮友蘭此說，大略可以對應他在「新文化運動」前後的教育經歷。

二、《心聲》與《新潮》的對話及交響

在舒衡哲的論述中，馮友蘭屬於「五四新文化運動」的「學生」一輩。在她的概括中，「學生」一輩與「導師」一輩的主要差異之一在於「他們的年齡和進入北大之前所受的教育，使他們較少受到儒家傳統的影響，從而也就不那麼憎恨它」，「他們不像其師輩那樣自辛亥革命失敗以來便備受封建心態的困擾，因此在進行文化批判時更爲理性」。而這點在「馮友蘭和張申府等人後來的著作中明顯地反映出來」。〔註16〕如此說來，似乎馮友蘭正是「學生」一輩的代表人物。但事實上，同爲「學生」，他與師弟們並不完全一樣。他在重新評價「傳統」之後轉向了主張文化守成，這點他比絕大多數「學生」一輩都要走得更遠。甚至在胡適看來，他已經走到了「五四新文化運動」的對立面。〔註17〕當然，胡適之說未免誇大其詞，因爲馮友蘭此後進行的只能說不是胡適式的「新文化運動」，而不能說他已經背離了「新文化運動」的立場與方向。通過分析他與典型的「學生」一輩在「新文化運動」的歷史現場中的異同，可以見出兩者的關聯所在以及日後出現的差別所向。

1918 年 6 月，馮友蘭結束了自己爲期三年的大學生活，從北大畢業。同年 9 月，他到開封的河南第一工業學校擔任國文與修身教員。關於自己返回開封以後的生活，馮友蘭在晚年回憶中只有一段輕描淡寫的敘述：

〔註14〕馮友蘭，《四十年的回顧》（科學出版社，1959 年），頁 1。
〔註15〕馮友蘭，〈三松堂自序〉，《三松堂全集（第一卷）》，頁 171。
〔註16〕舒衡哲，《中國啓蒙運動——知識分子與五四遺產》，頁 9、76。
〔註17〕關於馮友蘭的這一轉向，參見翟志成，〈馮友蘭徹底的民族主義思想的形成與發展：一八九五～一九四五〉，《大陸雜誌》第 98 卷第 1～3 期（1999 年 1～3 月）；胡適對於馮友蘭的批評，參見翟志成，〈被弟子超越之後——胡適的馮友蘭情結〉，《中國文哲研究集刊》第 25 期（2004 年 9 月）。

　　我也是五四運動時代的人，但是我在北大1918年就畢業了，沒有趕上1919年5月4日那一天。我在北大畢業以後，回到開封，在一個中等專科學校教國文和修身。有幾個朋友商議，也要在河南宣傳新文化，響應五四運動。我們大約有十幾個人，每人每月出五塊錢，出了一個月刊，叫《心聲》。我當時擔任功課比較少，就叫我當編輯。

　　我寫了一篇發刊詞，其中說：今更以簡單之語，聲明本雜誌之宗旨及體例曰：本雜誌之宗旨，在輸入外界思潮，發表良心上之主張，以期打破社會上、教育上之老套，驚醒其迷夢，指示以前途之大路，而促其進步。這個刊物的內容很平庸，但在當時的河南這是惟一的宣傳新文化的刊物了。〔註18〕

馮友蘭在這段回憶中談到了「缺席」與「在場」的問題。他雖然沒有參加「五四運動」，但卻是在河南傳播「新文化」的先驅。不過，其中也有需要略加辨析之處，即《心聲》雜誌創刊於「五四運動」發生之前的1918年下半年，所以說其旨在「宣傳新文化」不假，但「響應五四運動」則言過其實。並且與晚年認為「刊物的內容很平庸」不同，在1924年8月的自撰簡歷中，馮友蘭把「編輯《心聲》雙月刊，評論當代各種問題」當作了自己的一項重要經歷。〔註19〕編輯《心聲》是馮友蘭早期文化實踐的關鍵部分，而這一當時河南「惟一的宣傳新文化的刊物」在1918年下半年出現，其本身就具有相當的歷史價值。

　　1919年1月，以北大文科學生為主體的《新潮》雜誌創刊。在「新文化運動」的影響下，北大先後出現了三種主要的學生刊物。根據馮友蘭晚年的表述，「左派的刊物叫《新潮》，中派的刊物叫《國民》，右派的刊物叫《國故》」。〔註20〕對此，俞平伯也有詩為證：「同學少年多好事，一班刊物競成三」。〔註21〕所謂「一班」，指的是三家刊物的主力都是北大國文門的在讀學生。雖然各自的宗旨不同，但「這些刊物都是由學生自己寫稿、自己編輯、自己籌款印刷、自己發行，面向全國，影響全國」。〔註22〕此前已經創刊的《心

〔註18〕馮友蘭，〈三松堂自序〉，《三松堂全集》（第一卷），頁46～47。

〔註19〕Yu-Lan Fung, *A Comparative Study of Life Ideals*,《三松堂全集（第三版・第一卷）・人生哲學（外二種）》，頁512。譯文參見涂又光中譯本。

〔註20〕馮友蘭，〈三松堂自序〉，《三松堂全集》（第一卷），頁278。

〔註21〕俞平伯，〈一九七九年己未「五四」周甲憶往事十章並注〉，《俞平伯全集》（第一卷）（石家莊：花山文藝出版社，1997年），頁592。

〔註22〕馮友蘭，〈三松堂自序〉，《三松堂全集》（第一卷），頁278。

聲》便是通過這一模式組織與發行的，只不過其擬想的受眾主要面向河南而已。馮友蘭在這方面可謂已著先鞭。

談論「新文化運動」，除去關注其中心城市——北京以外，「新潮」在各省的流播過程與接受情況也十分值得重視，因爲「新文化」的影響正是通過這些具體的人物、社團、雜誌與運動輻射開來。《心聲》與《新潮》雖然分據中心與地方，但兩者在接受「新文化運動」的思想「共振」的同時，也多有「互動」。而兩者之間的「對話」有時還能構成某種具有生產性的「交響」。《心聲》與《新潮》的關係便正是如此。

《新潮》創刊時，馮友蘭已經畢業離校，故而他並非「新潮社」的發起人之一。但他與「新潮社」的骨幹傅斯年與羅家倫等人都交情甚篤，他本人也在 1920 年 4 月，與朱自清、孫福熙一道，正式加入。〔註23〕《新潮》先後發行了三卷二號，共計十二期。在這一過程中，馮友蘭先在開封，後赴美國，但他的著譯文章卻一直在《新潮》上發表。1919 年 10 月，《新潮》第二卷第一號發佈廣告，公開刊物在各地的「代賣處」，其中在開封負責銷售的便是「青雲街心聲社」。由此可見他與《新潮》編輯骨幹的密切關係。

「心聲社」即《心聲》雜誌社，而「青雲街」是當時馮友蘭在開封的住地。關於《心聲》創辦前後的情況，馮友蘭在晚年給家鄉友人的書信中曾經談及：

> 《心聲》的主要組織者是當時在第二中學工作的韓席卿（殿珍）。當時組織了一個《心聲》雜誌社。成員有韓席卿、嵇文甫（明）、魏烈臣、馬輯武、王柄程（怡柯）、王雲青、馮友蘭等十來個人。（後來又加入了徐旭生、徐侍峰等）每人每月捐款五元作爲出版刊物的經費。因爲我當時擔任的功課比較少，所以就由我負責編輯、發行等一切雜事。社址也跟我的寓所在一起。我先住在（開封）老府門，後來也遷到青雲街，雜誌社也跟著遷移。雜誌社於一九一八年暑假籌備，於暑假開學後出創刊號，初爲週刊，一九一九年改爲月刊，每期發行一千份左右，延續到一九一九年暑假前後停刊，共出多少期，記不清楚了。週刊的內容是批判當時河南教育界中的一些具體問題，月刊比較系統地介紹一些西方思想。〔註24〕

〔註23〕〈本刊特別啓示二〉，《新潮》第 2 卷第 3 號（1920 年 4 月）。
〔註24〕〈馮友蘭回憶《心聲》雜誌〉，河南省地方志編纂委員會總編輯室編，《五四運動在河南》（鄭州：中州書畫社，1983 年），頁 239。

這是目前可見的最爲詳盡的一份《心聲》當事人的歷史回憶。由於雜誌傳世不全，所以根據馮友蘭的這段敘述，同時參照存世的《心聲》雜誌，可知：《心聲》創刊於 1918 年下半年，具體時間大約在馮友蘭入職河南第一工業學校的 9 月，初爲雙週刊，至 1920 年 1 月出滿十期後，編爲第一卷，此後出版的各期爲第二卷，同時改爲月刊；雜誌在第一卷中就屢有脫期與合刊現象，第二卷亦不知最終編至何時，目前所見最後一期爲第二卷第七期。馮友蘭所謂「《心聲》雙月刊」，當指雜誌的實際出版週期大概爲每兩月一期。

在《心聲》第一期上，有馮友蘭撰寫的〈發刊詞〉一篇。在他看來，當時的河南社會，尤其是教育界的「種種之招牌，種種之名稱，一言以蔽之，老套而已」，它們「精神無改，面目徒更。而此所更之面目，萬變不離其宗，變與不變，實無差異。吾無以名之，名之曰：『換湯不換藥』」。他以易卜生《國民公敵》中的斯多克芒醫生自況，致力與「大多數所執之眞理」，即「老套」對抗。他選擇的用力之處是「社會方面及教育方面」，具體的革新方案便是「輸入外界之思潮」。馮友蘭所謂「外界之思潮」，既指在「新文化運動」中傳播的西方思想，也指以河南爲界限的「外界」，即他從北大帶回的「新文化運動」的經驗。最後，他鄭重呼籲：

> 吾河南於前清之末年，究不可謂無有顯著之進步。而其進步之原因，則在有犧牲一切、不顧身命妻子之書呆子數人，爲之鼓吹而提倡之也。及於民國，此數人魚遊沸鼎自慶得片時之苟安矣。今此雜誌如有譏爲空談理者，如有譏爲妄生事端者，如有譏爲不合實際者，如果譏爲缺乏經驗者，同人等亦樂於承受。何以故，吾固以書呆子自命也〔註25〕。

馮友蘭以申明「書呆子」的立場卒章顯志，表達了他對於在河南應當如何開展「新文化運動」的基本判斷，即當務之急首要在於通過新知，進行啓蒙。這其中固然有他的個人趣味使然，但也是基於當時河南的省情做出的決定。

《心聲》第一期在封面告知讀者：雜誌「每兩星期出版一次，星期六日發行」。該期除馮友蘭的〈發刊詞〉外，還發表有他的〈新學生與舊學生〉與嵇文甫的〈吾所得於文學史者〉兩篇文章，以及孫炳文、馮友蘭與馮沅君的三首舊體詩。可見雜誌具有鮮明的同人性質。馮友蘭與嵇文甫爲同鄉加同學，馮沅君則是馮友蘭的妹妹，是時正在北京讀書。唯一一位不在此列的作者孫

〔註25〕馮友蘭，〈發刊詞〉，《心聲》第 1 卷第 1 期（1918 年 9 月）。

炳文，係畢業於京師大學堂的四川籍早期革命者。他的〈行路難〉一詩得以在《心聲》發表，馮友蘭有「附識」說明：「孫君，四川名士，詩文均有奇氣。忝附姻婭，時得拜觀，不敢自秘，以公同好。」〔註26〕

馮友蘭與嵇文甫一直都是《心聲》的主力作者。〔註27〕馮友蘭在《心聲》上發表的文章可以分爲四類，一是〈發刊詞〉，二是「隨感錄」，三是「通信」（《心聲》的欄目名稱爲「討論」），四是新舊體詩。「隨感錄」與「通信」都是《新青年》的招牌欄目，在「新文化運動」的發動過程中，曾以「文體對話與思想草稿」的形式發揮過「提倡學術與壟斷輿論」的重要作用。〔註28〕此後，這兩種文體開始在多種「新文化」刊物中流行。例如《新潮》就設有「評壇」、「隨感錄」與「通信」等欄目。只不過與《新青年》的「隨感錄」相比，發表在《新潮》的「評壇」與「隨感錄」中的文章普遍篇幅較長，而非陳獨秀與魯迅式的短小精悍之作。《心聲》的「隨感錄」便更接近於《新潮》的風格。馮友蘭的「隨感錄」以及第一期中的〈新學生與舊學生〉一文，就都是結構整飭的長篇論說文。

在《心聲》第一期刊後附有三則「本社啓事」，曰：「本社所發表之文字，原擬採用新式圈點符號，後以印刷所不能照辦，只可暫用舊式」、「本社歡迎投稿，備有稿紙，函索即寄」以及「本雜誌若承外部訂閱，郵票可代現款，但以一分半分者爲限」。這三則啓事中透露出來的信息，同樣值得關注。

《心聲》爲32開本，土紙印刷。儘管馮友蘭與嵇文甫等人當時有意把他們在北大接受的「新文化運動」的經驗在河南進行實踐，使用「新式圈點符號」出版該刊，但河南的印刷水平卻一時無法實現，所以他們在傳播形式上也只好「暫用舊式」。而「備有稿紙，函索即寄」的聲明恐怕並非套話，說明1918年河南的物質條件還非常落後。這兩個細節雖小，卻揭橥了其時河南思

〔註26〕〈馮友蘭附識〉，《心聲》第1卷第1期（1918年9月）。孫炳文是馮友蘭的岳父任芝銘的朋友，所以馮友蘭說「忝附姻婭，時得拜觀」。參見馮友蘭，〈三松堂自序〉，《三松堂全集》（第一卷），頁47。

〔註27〕嵇文甫在《心聲》上發表的文章計有：〈吾所得於文學史者〉，《心聲》第1卷第1期（1918年9月）；〈科學上之王學觀〉，《心聲》第1卷第7期（1919年7月）；〈王船山的人道主義〉，《心聲》第2卷第1期（1920年1月）。其中，〈吾所得於文學史者〉與〈科學上之王學觀〉均繫連載文章。但由於《心聲》尚有數期未見，所以暫時無法確切統計嵇文甫的發文數量。

〔註28〕參見陳平原，〈思想史視野中的文學──《新青年》研究〉，《觸摸歷史與進入五四》（北京：北京大學出版社，2005年），頁79～104。

想文化的現代化進程在全國相對遲緩的一個重要緣故，即傳播媒介的陳舊必然導致傳播思想的效果大打折扣，而與內容是否「平庸」相比，可能這才是制約《心聲》未能產生更大影響的根本原因。

不過，由於馮友蘭與《新潮》之間的關聯，《心聲》儘管主要面向地方，但對「新文化運動」中的中心話題也有相當程度的直接參與。1919 年 5 月，《新潮》第一卷第三號上發表了北大哲學門學生陳嘉靄的論文〈因明淺說〉。梁漱溟在閱後提出質疑，陳嘉靄隨即覆信再做闡發。12 月，《新潮》第一卷第五號上發表了兩人的通信。同時，還有一封傅斯年就此問題給馮友蘭的回信。由此可知，馮友蘭在開封看到陳嘉靄的論文後，曾致信「新潮社」提出異議。〔註 29〕但《新潮》卻沒有刊出馮友蘭的來信，此舉明顯有違編輯通例。

其實，在 1919 年 11 月已經出版的《心聲》第一卷第八、九、十號合刊上，發表了〈馮友蘭致《新潮》雜誌社書〉、陳嘉靄的〈因明答諍〉與〈馮友蘭答陳嘉靄《因明答諍》〉等三篇相關通信。由於第一卷第五號《新潮》嚴重脫期，致使這些論爭文章首先在《心聲》上問世。而這便是次月《新潮》出版時只刊發了傅斯年的回信而未再刊發馮友蘭的來信的主要原因。《新潮》如此處理，說明了其編輯默認兩份雜誌的受眾具有相當程度的重合。而從《心聲》與《新潮》幾乎同時介入這一問題的討論並且做出反應的現象來看，兩者之間保持了相當密切的溝通。這是在以往的「五四新文化運動」研究中未曾得到注意的一個話題。

《心聲》的影響自然無法與《新潮》相比，但在「新文化運動」中，這卻是馮友蘭及其 1915 級同學嵇文甫在離開北大以後獨立完成的一項「事業」，所以無論立意還是用心都很能見出他們對於「新文化運動」之「文化」內涵與「運動」方式的理解及追求。不過，就在《心聲》與《新潮》相繼發表關於「因明答諍」的通信時，馮友蘭已經作別開封，前往上海，等待赴美留學。馮友蘭在美期間曾有過為《心聲》翻譯文章的計劃，並且積極為雜誌約稿。〔註 30〕

〔註 29〕 參見梁漱溟、陳嘉靄、傅斯年，〈通信·因明答諍〉，《新潮》第 1 卷第 5 號（1919 年 12 月）。

〔註 30〕 根據馮友蘭的日記記載，1920 年 1 月 15 日與 16 日，他先是「在圖書館中看 *The Monist* 雜誌，發現有 *The Logic of Science* 一篇，擬譯出以寄《心聲》」，後又「致函張仲魯，請彼為《心聲》作文」。參見蔡仲德，《馮友蘭先生年譜長編》（上）（北京：中華書局，2014 年），頁 46。

在他赴美以後，《心聲》雜誌轉由徐旭生負責。〔註31〕由於時間與條件都非常有限，馮友蘭與其代表的 1915 級北大學生的「新文化運動」思路未能在河南充分展開，不能不說是一個不小的遺憾。但在「五四運動」等關鍵的歷史事件中，《心聲》還是發出了自己的聲音，而馮友蘭也因此成為了這一歷史進程中的一位缺席的在場者。

三、作為「新青年」的「新儒家」

1919 年 5 月 4 日，「五四運動」發生。消息傳到河南，開封各校的學生首先起來響應。9 日，開封女子師範學校舉行女界國恥大會。12 日，開封法政專門學校發起召開省會各校學生聯合大會。13 日，聯合大會召開，到會者有第一師範學校、第二師範學校、第一中學與留學歐美預備學校等十五所學校的學生代表一千餘人。大會決議發表通電，同時籌備召開國民大會，動員河南各界參加愛國運動。18 日，國民大會在第一師範學校舉行。

在「五四運動」發生不久的 5 月 7 日，《心聲》雜誌社即通過《新中州報》發佈了〈告各界書〉，認為「學業為學生第一生命，犧牲學業為青年一種最苦的事情」，主張：

> 怎麼樣才能救國，只有真正知識。怎麼樣求真正知識？趕緊砥礪學業。諸君的真知識就是國家的真精神。諸君曠廢學業一日，國家暗地即受一部分的損失。〔註32〕

由於河南學生對於「五四運動」做出反應尚在兩日之後，所以《心聲》雜誌社的這一呼籲可謂意味深長。不過，隨著河南學生運動的風生水起，這份〈告各界書〉中的主張便旋即被湮沒在了時代的洪流之中。

為了及時報導與評論各地的抗議活動，《心聲》雜誌社編輯出版了「臨時增刊」《心聲日報》。8 月 28 日，《心聲日報》發行了最後一期。次月，馮友蘭離開開封。在「五四運動」之後的四個月間，馮友蘭始終積極發聲。不過與其時出現的諸多激進方案不同，他還是力陳通過學術建設的方式推進「新文化運動」的必要性。儘管應者寥寥，但馮友蘭的這一立場還是在此後的《心聲》雜誌中得到了延續。

〔註31〕 徐旭生（1888～1976），原名徐炳昶，早年留學法國，1919 年回國後在開封第一師範學校與河南留學歐美預備學校任教，日後轉任北大教授，是著名的歷史學家，也是目前可知的最後一任《心聲》編輯。

〔註32〕 〈心聲社告各界書〉，《新中州報》1920 年 5 月 7 日。

　　當馮友蘭初到大洋彼岸的 1920 年 1 月，《心聲》第二卷第一期出版。「心聲社」同人發表了〈本社改組宣言〉，除宣佈雜誌由雙週刊改爲月刊外，還表示：「同人在本月刊上，很想有點特別盡力的地方。第一件就是很想多介紹一點科學的方法論；第二件就是很想把歐洲文學、科學、哲學的略史，多介紹一點，使我國人見一學者，就知道他在這個時代的價值」。〔註33〕在該期雜誌上，刊有徐旭生的〈論製新名〉與素秋的〈今後吾國女子道德問題〉兩篇文章，以及〈科學之價值〉（李長春譯）〈歷史的概說〉（張價休譯）〈聯帶責任主義學派〉（張子帶譯）〈斯賓塞爾綜合哲學的批評〉（如山譯）與〈格拉弗的女子解放問題〉（鳴籟譯）等五篇譯文。可見，在「五四運動」後，當一批「新文化」陣營的同人已經轉向社會運動之際，《心聲》仍舊選擇繼續堅持此前馮友蘭辦刊時確立的「書呆子」立場，致力學術方面的建設。這與同一時期的《新潮》基本步調一致，而此時的《新青年》已經在跟隨陳獨秀南下之後發生了重要變化。

　　在《心聲》第二卷第一期上，刊出了馮友蘭的舊體詩〈留別同社諸君〉與〈中秋別內子將往美洲〉。就在他赴美的同年，在「五四運動」中大顯身手的傅斯年與羅家倫等也出國深造。他們在異域繼續自己的學業。是年 4 月，陳獨秀相繼發表了〈新文化運動是什麼？〉與〈五四運動的精神是什麼？〉兩篇文章。關於「新文化運動」在「五四運動」以後的走向，陳獨秀提出應當「注重團體的活動」、「注重創造的精神」與「影響到別的運動上面」。其中尤爲關鍵的是「新文化運動倘然不能發揮公共心，不能組織團體的活動，不能造成新集合力，終久是一場失敗，或是傚力極小」；〔註34〕而「五四運動特有的精神」，正是「直接行動」與「犧牲精神」。〔註35〕顯然，在陳獨秀看來，「五四」不僅內在於「新文化運動」的脈絡，而且本身即體現了「新文化」的追求，同時還爲「運動」形式的更新提供了重要啓示。此後的歷史證明，陳獨秀的論述，昭示了時代激變的方向。而馮友蘭的主張，則顯得相對無力與過份理想。

〔註33〕〈本社改組宣言〉，《心聲》第 2 卷第 1 期（1920 年 1 月）。

〔註34〕陳獨秀，〈新文化運動是什麼？〉，《新青年》第 7 卷第 5 號（1920 年 4 月 1 日）。

〔註35〕陳獨秀，〈五四運動的精神是什麼？──在中國公學第二次演講會上的講演〉，《時報》1920 年 4 月 22 日。

　　赴美以後的馮友蘭仍舊時刻關注河南各界的動態。幾乎就在陳獨秀接連討論「新文化運動」與「五四運動」的同時，他在日記中寫道：「見開封第二中學學生所出《青年》半月刊，有問候《心聲》之言，《心聲》大概關門矣。」〔註36〕

　　馮友蘭提到的《青年》半月刊是由青年學會在 1920 年 1 月 1 日創辦的一份學生刊物。青年學會成立於 1919 年底，主要成員爲開封第二中學的進步學生，包括曹靖華、汪滌源、蔣俠生、宋若瑜、潘保安、王沛然、王錫贊、葉禹勤、蔣鑒章、汪昆源、關畏滑與張勵等十二人。其中，曹靖華日後成爲著名作家與翻譯家，蔣俠生即蔣光慈，也是著名作家，兩人都以投身左翼運動並且成爲其中的重要代表而著稱。

　　《青年》半月刊共出版七期，1920 年 5 月以後由於經濟困難停刊。而「青年學會」的成員們也在同年暑假之後陸續畢業離校，開始在革命浪潮中大顯身手。他們的人生軌跡，也象徵了「五四」之後更爲年輕一代的河南知識分子的道路。而當引領河南歷史變革的主體發生從《心聲》到《青年》的轉變時，馮友蘭同樣也是缺席的。此時的他，正在哥倫比亞大學的研究院中以學術研究的形式繼續著自己對於「新文化運動」的思考。這種思考的直接結果便是他在現代中國的思想譜系中成爲了「新儒家」的重要代表。

　　馮友蘭很少被在「新文化運動」的視野中討論，與他很早便被看作是「現代新儒家」的代表人物不無關係。「現代新儒家」的文化守成立場與通常認爲的「新文化運動」的主要方向存在較大差異，所以馮友蘭自然也就不被視爲「新文化運動」的歷史中人了。需要說明的是，「新儒家」這一稱謂的內涵十分複雜，不僅不同時期的指認對象有所區別，甚至在不同的地理與文化空間中的意涵也有很大不同。本文理解的「新儒家」，是在最爲基本的層面上使用這一概念，即指向那些在現代中國主張重新激活儒家資源，將其加以改造作爲現代文明的組成部分的學術與思想人物。從表面上看，他們的確與「新文化運動」的價值立場存在不小的距離。馮友蘭作爲這一脈絡中的重要存在，自然也就很少被放置在「新文化運動」的背景中看待。

　　不過，值得注意的是，在馮友蘭自己的敘述中，他參加「新文化運動」的經歷與他最終形成的立場並無衝突。他說自己在北大讀書期間發現，時人所謂思想文化上的「東西、中外的矛盾」實際上乃是「古今、新舊的矛盾」，

〔註36〕參見蔡仲德，《馮友蘭先生年譜長編（上）》，頁52。

而思想文化問題之所以備受關注，「因爲矛盾是客觀存在，是一般人都感受到的，所不同者是對這個矛盾的認識和解釋」，只不過「當時百家爭鳴，多是矛盾的體現，對於矛盾的廣泛解釋和評論，還是比較少的」。而他正是從這一角度著眼，開始了自己對於如何建設「新文化」的思考。他說：

> 從 1919 年，我考上了公費留學，於同年冬到美，次年初入哥倫比亞大學研究院哲學系當研究生。我是帶著這個問題去的，也可以說是帶著中國的實際去的。當時我想，現在有了一個繼續學哲學的機會，要著重從哲學上解答這個問題。這就是我的哲學活動的開始。〔註37〕

在美期間，無論是他的專題論文〈爲什麼中國沒有科學——對中國哲學的歷史及其後果的一種解釋〉與〈論「比較中西」——爲談中西文化及民族論者進一解〉，〔註38〕還是他在 1923 年歸國前完成的博士論文《天人損益論》，〔註39〕都是直接圍繞這一話題展開的。他的第一部代表作——在 1926 年出版的《人生哲學》就是在他的博士論文的基礎上修訂完成的，〔註40〕而這正是他在中國學界的正式「亮相」。自馮友蘭自己梳理的這一線索觀之，他的學術與思想主張的確孕育於「新文化運動」的時代氛圍中，並且是對於「新文化」應當如何「運動」的自覺思考。或許可以說，這是一種馮友蘭式的「新文化運動」的展開方案。

〔註37〕 馮友蘭，〈三松堂自序〉，《三松堂全集》（第一卷），頁 171～172。

〔註38〕 參見 Yu-Lan Fung, *Why China Has No Science —An Interpretation of The History And Consequences of Chinese Philosophy*, The International Journal of Ethics, Vol. XXXⅡ, No.3, April, 1922；（中譯本參見涂又光譯文，〈爲什麼中國沒有科學——對中國哲學的歷史及其後果的一種解釋〉，《馮友蘭全集（第三版・第一卷）・中國哲學史補》（北京：中華書局，2014 年），頁 183～208）；馮友蘭，〈論「比較中西」——爲談中西文化及民族論者進一解〉，《學藝》第 3 卷第 10 號（1922 年 5 月）。

〔註39〕 馮友蘭於 1923 年暑期完成了自己的博士論文 *The Way of Decrease and Increase with Interpretation And Illustrations From The Philosophies of The East And The West*（《天人損益論》），此後更名爲 *A Comparative Study of Life Ideals*（《人生理想之比較研究》）。

〔註40〕 1923 年冬，馮友蘭在曹州山東第六中學演講《一種人生觀》，講稿由上海商務印書館出版。《人生哲學》即以《人生理想之比較研究》的中譯本爲基礎，再加上《一種人生觀》作爲最後兩章，整合兩者而成，於 1926 年 9 月亦由上海商務印書館出版。

當時，對於思想文化的「中西比較」問題的討論，其實並不始於馮友蘭，而是源自他在北大就讀時的老師梁漱溟。1921 年，梁漱溟的《東西文化及其哲學》出版。身在海外的馮友蘭不僅致信梁漱溟，而且很快就用英文撰寫了一篇書評，與其遙相呼應。〔註41〕而根據梁漱溟在 1922 年再版《東西文化及其哲學》時所作的「時論彙錄」，對於這一問題的論爭更可以追溯到陳獨秀 1915年在《青年雜誌》上發表的〈東西民族根本思想之差異〉一文。〔註42〕在陳獨秀以後，李大釗、金子馬治、杜亞泉、蔣夢麟與梁啓超等人相繼參與了對於這一問題的討論。〔註43〕而梁漱溟收錄的最後一篇「時論」，正是馮友蘭在《新潮》第三卷第一號上發表的〈與印度泰谷爾談話──東西文明之比較觀〉。〔註44〕

日後，關於「中西比較」問題的討論往往被作為馮友蘭的哲學生涯甚至整個現代中國哲學譜系的起點加以看待，因此文化守成主義的學術與思想立場或者「現代新儒家」的傳統自然也就很容易上溯到梁漱溟與馮友蘭那裏。然而不應忽略的是，這一問題發生與展開的直接背景是「新文化運動」。梁漱溟與馮友蘭的論述，當然開啓了一種與「新文化運動」的主流形態既有聯繫、又有區別的實現中國思想文化現代化的路向，但他們做出如是思考的前提卻是這一問題在「新文化運動」的脈絡中被陳獨秀與李大釗等人提出並討論。「新儒家」在日後產生了怎樣的繁衍與變異，另當別論。但至少在馮友蘭身上，「新儒家」與他作為廣義的「新青年」這兩重身份並不互斥。相反，他們還相互生發。

在現代中國的歷史進程中，「新青年」這一稱謂相對穩定地與「五四」一代聯繫在一起。這是因為「有獨立歷史品格的『代』的形成，不完全依賴生

〔註41〕 參見蔡仲德，《馮友蘭先生年譜長編》（上），頁 63—64。書評參見 Yu-Lan Fung, *Liang Shu-ming：Eastern And Western Culture And Their Philosophies*, *Journal of Philosophy*, Vol. ⅩⅠⅩ, No. 22, October, 1922.（中文本參見涂又光譯文，《評梁漱溟著〈東西文化及其哲學〉（1922 年）》，《三松堂全集》（第 11 卷）（鄭州：河南人民出版社，2001 年），頁 54～57。

〔註42〕 參見陳獨秀，〈東西民族根本思想之差異〉，《青年雜誌》第 1 卷第 4 號（1915年 12 月）。

〔註43〕 參見梁漱溟，〈時論彙錄〉，《東西文化及其哲學》（上海：商務印書館，1922年），頁 4～59。

〔註44〕 馮友蘭，〈與印度泰谷爾談話──東西文明之比較觀〉，《新潮》第 3 卷第 1 號（1921 年 10 月）。

理的年齡組合以及生物的自然演進,更注重知識結構與表演舞臺」。〔註45〕而
「青年」與「時代」正是在「五四」一代的代際經驗中最爲自恰與自足地融
爲一體。但對於「新儒家」這一符號的爭奪,則迄今尙未停息。以馮友蘭的
個案觀之,「新儒家」可以是一種思想方案,也可以是一種文化立場,還可以
是一種在歷史與現實之間激蕩的情懷。但要在這一稱謂的指涉之下觸及眞正
的文化與時代命題,則必須與「新青年」的身份合二爲一。

　　歷史本身永遠比某種看待與敍述歷史的方式更爲豐富與眞實。馮友蘭在
1915 至 1919 年間進行的早期探索,正是基於他所觀察與體認的「中國的實
際」,而他在日後取得更具廣度與深度的建樹也與對於這一「實際」的跟蹤與
思考相關。他在「新文化運動」時期打開的視野與習得的經驗,正是他一生
哲學活動的眞正基點。同時,他也以其在學術與教育領域的實踐拓寬了「新
文化」的意義空間與價值界限。這是一種超越代際的觀察視角,也是馮友蘭
昭示的獨到的歷史啓示。

（作者簡介：李浴洋,男,北京大學中文系博士生）

〔註45〕陳平原,〈四代學者的文學史圖像〉,《文學史的形成與建構》（南寧：廣西教
　　　　育出版社,1999 年）,頁 8。

從傳統邁向現代的家庭教育模式——
曾國藩與梁啓超的家庭教育理念與實踐

秦美珊

　　摘要：曾國藩和梁啓超主導下的家庭教育，既重育人，也爲育才。站在時代變遷的交匯點，曾、梁二人以高瞻遠矚的眼光和開闊的眼界，意識到中國傳統的教育模式，已不足以應對新的世界格局。基於此，曾國藩和梁啓超在子女的教育問題上，踏出從傳統邁向現代的第一步，並栽培子女們具備走向世界的學養。曾國藩和梁啓超在求知之路上從傳統過渡到現代的特殊情境，讓他們既有豐厚的傳統學識貯備，並具備開闊的眼界探索西方世界。囿於時代的局限，曾氏和梁氏唯有把鑽研西方各個學科知識的期待寄託在子女們身上，因此他們所扮演的是引領者的角色。與此同時，曾、梁二人亦不忘以自身的學識引領子女們領會中國傳統學問的精髓。他們清楚地意識到，智識的累積並非教育的終極目標，更爲重要的是通過教育，完善個人修養和人格培養。這一點，顯然是中國傳統教育理念更爲關注的層面。故此，曾國藩和梁啓超在子女的家庭教育中，糅合了傳統與現代元素，達至育人與育才的傑出成就。

關鍵詞：曾國藩；梁啓超；家庭教育

前　言

　　曾國藩和梁啓超兩個家族中代代有英才的佳話一直爲人津津樂道。曾、梁二人所寫的家書，具體展現了他們與家人之間的互動，也是窺探他們的家庭教育理念的絕佳管道。曾國藩在家書中嘗謂：「子弟之賢否，六分本於天生，

四分由於家教。」〔註1〕曾國藩與梁啓超對於家庭教育的重視，是他們子孫後代中人才輩出的重要基石。在與家人分隔兩地之際，曾氏和梁氏不時透過家書瞭解家庭以及兒女們的狀況，並指引孩子們的人生價值觀。故此，即便不能時時刻刻常伴於家人左右，但他們在家庭地位中卻未曾缺席。曾國藩和梁啓超秉持孝道以事父母；對兄弟姐妹友愛；在孩子們心目中更是慈愛的父親。

曾國藩在其〈臺洲墓表〉一文中寫道：「吾曾氏由衡陽至湘鄉，五六百載，曾無人與於科目秀才之列。至是乃若創獲，何其難也。」〔註2〕此文是曾國藩的雙親改葬於湘潭臺洲十三年之後，曾氏所寫的墓表。由此可知，其父曾麟書考取秀才一事，是曾氏家族中光宗耀祖的大事。而43歲方獲得秀才功名的曾麟書，又只能將光耀門楣的期望寄託在兒子們身上。曾麟書共育有五子四女，曾國藩為長子。〔註3〕望子成才的曾麟書，在督促孩子們用功於科舉功名之際，也不忘向子弟們灌輸勤勉節儉的美德，以保寒士門風。道光十八年（1838年），曾國藩獲授翰林院庶吉士，在回鄉省親之際，祖父即向其父親表示：「吾家以農為業，雖富貴勿失其舊。」〔註4〕秉承祖輩的教誨，即便日後位極人臣，曾國藩亦不時提醒兄弟子侄，仕宦之途或將一世而斬，唯有農耕為立家之本。

道光十三年（1833年），曾國藩娶妻歐陽氏，育有二子五女。在其栽培下，長子曾紀澤（1839～1890）為清朝末年傑出的外交官；幼子曾紀鴻（1848～1881）頗具數學天分，是當時年輕的數學家。五個女兒為曾紀靜（1841～1870）、曾紀耀（1842～1881）、曾紀琛（1844～1912）、曾紀純（1846～1881）以及曾紀芬（1852～1944）。在曾國藩的安排下，女兒們皆與其至交好友之子相婚配，是門當戶對的聯姻。〔註5〕在女兒的教育問題上，曾國藩依循的是三從四德的傳統規範，要求女兒們在持家之道上加以用心，而且還親自查驗女

〔註1〕曾國藩，〈致澄弟‧十二月初六日〉，《曾國藩全集‧家書》（二）（長沙：嶽麓書社，1985年），頁1307。

〔註2〕曾國藩，〈臺洲墓表〉，《曾國藩全集‧詩文》（長沙：嶽麓書社，1986年），頁331。

〔註3〕參見黎庶昌編輯，《曾文正公年譜》，北京圖書館編，《北京圖書館藏珍本年譜叢刊》（第157冊）（北京：北京圖書館，1999年），頁4。

〔註4〕黎庶昌編輯，《曾文正公年譜》，北京圖書館編，《北京圖書館藏珍本年譜叢刊》（第157冊）（北京：北京圖書館，1999年），頁15～16。

〔註5〕曾紀靜適袁榆生（袁漱六之子）、曾紀耀適陳松生（陳源袞之子）、曾紀琛適羅兆升（羅澤南之子）、曾紀純適郭依永（郭嵩燾之子）以及曾紀芬適聶緝槼（聶亦峰之子）。參見董叢林，《百年家族‧曾國藩》（河北：河北教育出版社，2009年），頁327。

眷們針織女工的成果。曾國藩對兒子和女兒雖採取不同的教育策略，然而在
品德修養上，卻對子女們一視同仁，一律嚴格束約。在曾國藩以身作則以及
循循善誘之下，其家族中歷經幾代皆未曾出現敗壞門風的子孫。曾氏若泉下
有知，亦當含笑。

　　梁啓超在〈三十自述〉中也有一段自報家門的文字，敘述自己的家世背
景。曾、梁二人的祖輩，皆以半耕半讀立家業，至父親這一代，始爲鄉里的
塾師。這樣的機緣提供了良好的學習條件，爲曾氏和梁氏家族的子孫輩走向
科舉之路鋪下墊腳石。在〈三十自述〉中，梁啓超寫道：

> 族之伯叔兄弟，且耕且讀，不問世事，如桃源中人。顧聞父
> 老口碑所述，吾大王父最富於陰德，力耕所獲，一粟一帛，輒以
> 分惠諸族黨之無告者。王父諱維清，字鏡泉，爲郡生員，例選廣
> 文，不就。王母氏黎。父名寶瑛，字蓮澗。風教授於鄉里。母氏
> 趙。〔註6〕

這一段陳述提到其曾祖父樂善好施的美德，承續著此一家族傳統，美好的品
德修養一直都是梁氏家族的治家要道。四、五歲時的梁啓超，即在祖父指導
下讀《四書》、《詩經》；六歲後，則由父親傳授中國歷史及《五經》。天性聰
穎的梁啓超，在祖父和父親的培育下，「八歲學爲文」，「九歲能綴千言」，十
七歲即參加廣東鄉試，並考獲舉人。〔註7〕爾後，當時的主考官李端棻頗有愛
才之心，決意把自己的堂妹李端蕙（字蕙仙）許配給梁啓超。婚後的梁啓超
稱李蕙仙爲「閨中良友」，夫妻二人夫唱婦隨，情感和睦。李蕙仙爲梁啓超生
下一子二女，賢惠的她爲梁家香火考量，做主讓丈夫納其陪嫁丫鬟王桂荃爲
「妾」〔註8〕。王桂荃爲梁啓超育有四子二女，並在丈夫去世後，將子女們養
育成才。〔註9〕在慈父梁啓超、慈母李蕙仙以及慈愛的王桂荃照料下，梁啓超
的九個子女在溫馨的家庭氛圍中成長，並在各自投身的學科領域中獲得傑出
成就。

〔註6〕梁啓超，〈三十自述〉，《飲冰室合集》（第2冊第11卷）（北京：中華書局，
　　　1989年），頁15。
〔註7〕參見梁啓超，〈三十自述〉，《飲冰室合集》（第2冊第11卷）（北京：中華書
　　　局，1989年），頁16。
〔註8〕梁啓超因曾與譚嗣同等人發起「一夫一妻世界會」，故而並未公開給予王桂荃
　　　妾氏的名分。
〔註9〕參見梁啓超著，張品興編，《梁啓超家書·前言》（北京：中國文聯出版社，
　　　1999年），頁2。

梁啓超的長女梁思順（1893～1966）是其「大寶貝」兼得力助手，一直都是父親精神以及生活中的重要支柱。長子梁思成（1901～1972）是建築學家，1948 年被選為中央研究院院士。二兒子梁思永（1904～1954）是考古學家，與其兄長同時獲選為第一屆中央研究院院士。三兒子梁思忠（1907～1932）畢業於美國弗吉尼亞陸軍學院和西點軍校，25 歲時因病去世，英年早逝的他給梁家留下無限唏噓。二女兒梁思莊（1908～1986）是父親的「小寶貝」，畢業於哥倫比亞大學圖書館學院的她，將畢生心力投注在圖書館事業中，先後任職於北平圖書館、廣州中山圖書館、燕京大學圖書館以及北京大學圖書館，並於 1980 年當選為中國圖書館學會副理事長。四子梁思達（1912～2001）專研經濟學，曾任職於北京國務院外資企業局（後改為中央工商行政管理局）。三女兒梁思懿（1914～1988），先學醫後轉而學歷史，在學生時代即關懷政治時局，是燕京大學的學生領袖，為「燕京三傑」之一。她曾多次代表中國參加國際紅十字會議，也是第六屆全國政協委員。幼女梁思寧（1916～2006）於 1940 年在三姐梁思懿的影響下，投奔新四軍，走上了與哥哥姐姐們不同的人生道路。梁思禮（1924～2016）是父親鍾愛的小兒子，昵稱「老白鼻」（老 baby）。梁思禮在美國辛辛那提大學攻讀碩、博士學位，畢業回國後為中國的航天事業做出了貢獻，是中國宇航事業的先驅者，1993 年當選為中國科學院院士以及第八屆全國政協委員。〔註 10〕梁啓超一門三院士的佳話，是其成功的家庭教育所收穫的豐碩成果。

對於子女的教育，曾國藩與梁啓超既重學問之本，亦重視學習的有效方法。曾國藩和梁啓超的家庭教育理念，是在追求知識的同時，亦能在人格修養上自我完善。基於此，以人為本的中國傳統思想和學問，顯然是曾氏和梁氏的家庭教育中極為重要的元素。深得中國傳統學問精髓的曾國藩和梁啓超，自然也希冀子女們可以在中國傳統經籍中體悟隱含其中的人生之學。然而，處於傳統與現代的交匯點，曾國藩與梁啓超亦清楚意識到，面對西方文化的衝擊，西方的學問和學術分科也有必要加以認識和鑽研，方能跟上時代的趨勢與節奏。因此，在曾國藩和梁啓超的家庭教育中，顯然朝著融匯中國與西方學問，取長補短的理念邁進。

〔註10〕參見梁啓超著，張品興編，《梁啓超家書‧前言》（北京：中國文聯出版社，1999 年），頁 2～13。

在重視中國與西方的學問內涵之同時，曾國藩和梁啓超也極爲關注做學問的方法。曾氏和梁氏作爲兩個家族中家庭教育的主導者，他們也深切理解，做學問必須得法，方能事半功倍，收穫理想的成效。以家族爲基礎的家庭教育，讓身爲父親的曾國藩和梁啓超對子女們的秉性和才能有更爲深切的瞭解和掌握。如此一來，曾國藩和梁啓超得以將因材施教的教育方法深切貫徹在子女們身上。在父親的栽培和引導之下，曾國藩的兩個兒子以及梁啓超的九個子女顯然得以發揮所長，在求知的道路上展現自身的稟賦和才華。與此同時，曾國藩和梁啓超皆極爲重視做學問必須能尋獲趣味，如此方能在求知的道路上持續保有動力，進而達到深入鑽研的成果。曾國藩和梁啓超結合學問之本和求知方法所開展並建構的家庭教育模式，讓這兩個家族子弟的人格和成就在時代的交接點上樹立巍峨的家族風貌，爲後人所津津樂道。

一、人生的學問

在曾國藩生活著的道光、咸豐、同治年間，通過科舉考試博取功名，依然是讀書人汲汲以求的道路。士子寒窗苦讀，無非是爲了在金榜題名後，可以走上仕途，一展抱負。曾國藩在朝堂上的功績，也以科舉考試爲起點。然而他對科舉功名，卻有別於常規的領悟。道光二十九年（1849 年）四月，剛從翰林升任禮部侍郎的曾國藩在寫信給弟弟們時表示：「我今賴祖宗之積累，少年早達，深恐其以一身享用殆盡，故教諸弟及兒輩，但願其爲耕讀孝友之家，不願其爲仕宦之家。諸弟讀書不可不多，用功不可不勤，切不可時時爲科第仕宦起見。若不能看透此層道理，則雖巍科顯宦，終算不得祖父之賢肖，我家之功臣。若能看透此道理，則我欽佩之至。」〔註 11〕讀書本爲明理及提升自我修養，若爲科舉這一功利目的而讀書，並不能貼近做學問的眞諦。曾國藩希望他的弟弟們明白這一點，好好讀書，並以之提升人格修養。在曾國藩的評價中，官位高低並非衡量家族功臣的準繩，因爲子弟的賢孝與否，在家族中比功名利祿更重要。身爲兄長，曾國藩自然希望弟弟們是以讀書明理來爲家族添光彩，因而把科舉功名視爲讀書做學問的附屬品。

曾國藩不以科舉功名爲治學目標的想法，並非虛假的自命清高，而是在兩個兒子身上付諸實踐。從明代延續而來的八股取士，到清末時期，依然是

〔註11〕曾國藩，〈致澄弟溫弟沅弟季弟・四月十六日〉，《曾國藩全集・家書》（一）（長沙：嶽麓書社，1985 年），頁 187。

科舉考試的核心。曾國藩在爲曾紀澤和曾紀鴻制定功課時，不僅沒把八股文和試帖詩納入功課中，而且還強調，兄弟二人無需在這兩項科目上下工夫。咸豐年間，在外爲官的曾國藩未能親自督促兩個兒子的功課，故請弟弟們代爲監督。他在信中交代諸弟：「至甲三（注：曾紀澤）讀書，天分本低，若再以全力學八股、試帖，則他項學業必全荒廢。吾絕計不令其學做八股也。」〔註12〕事隔幾個月，曾國藩在爲曾紀澤安排課業時又再次表示：「紀澤兒記性極平常，不必力求讀書背誦，但宜常看生書。講解數遍，自然有益。八股文、試帖詩皆非今日之急務，盡可不看不作。至要至要。兒於史鑒略熟，宜因而加功，看朱子《綱目》一遍爲要。紀鴻兒亦不必讀八股文，徒費時日，實無益也。」〔註13〕在各寫於咸豐四年（1854年）十一月以及咸豐五年（1855年）三月的這兩封家書中，把八股文和試帖詩摒除在曾紀澤和曾紀鴻的課業之外，乃是曾國藩不變的立場。曾國藩和兒子雖分隔兩地，但他卻深悉兒子做學問的趣味和局限。曾國藩知道長子較爲熟悉歷史典籍，即指引他閱讀朱熹的《資治通鑒綱目》，順著兒子的興趣循序漸進，讀書方有成效。

　　同樣曾獲取科舉功名的梁啟超，也與曾國藩持同樣看法，相較於科舉功名，他更爲重視讀書治學所帶來的精神養分和人生智慧。處於清末和民國的時間交接點，時代的變更讓科舉考試進入了歷史，取而代之的是一紙文憑。梁啟超在指導他的孩子們治學時，也從未以文憑爲目的，而是希望子女們在追求學問的過程中，滿足自己的精神需求，提升個人的修養。1925年7月10日，梁啟超在寄給孩子們的家書中寫道：「『求學問不是求文憑』，總要把牆基越築得厚越好。」〔註14〕當時這句話雖是在勉勵初抵加拿大的梁思莊無需因沒能立即考上大學而沮喪，然而從廣義言之，這何嘗不是梁啟超自身做學問的態度以及給予子女們的治學啟示？

　　學校教育偏重知識的傳授而疏於人格的培養，梁啟超唯恐子女們因此缺乏人文素養，故在「家庭課堂」中著重爲孩子們講授國學知識。此外，梁啟超在孩子們課餘之暇爲他們布置的「家庭作業」，也以國學典籍爲主。舉例而

〔註12〕曾國藩，〈致澄弟溫弟沅弟季弟・十一月二十七日〉，《曾國藩全集・家書》（一）（長沙：嶽麓書社，1985年），頁285。

〔註13〕曾國藩，〈致澄弟溫弟沅弟季弟・三月二十日〉，《曾國藩全集・家書》（一）（長沙：嶽麓書社，1985年），頁292。

〔註14〕梁啟超著，〈致孩子們・1925年7月10日〉，張品興編，《梁啟超家書》（北京：中國文聯出版社，1999年），頁356。

言，1923 年 5 月，梁思成因遭遇車禍，住院治療。因擔心梁思成在休養期間虛度光陰，梁啓超給兒子布置了足以讓他自我提升的功課。信中，梁啓超對兒子說：

> 吾欲汝以在院兩月中取《論語》、《孟子》，溫習諳誦，務能略舉其辭，尤於其中有益修身之文句，細加玩味。次則將《左傳》、《戰國策》全部瀏覽一遍，可益神智，且助文采也。更有餘日讀《荀子》則益善。各書可向二叔處求取。《荀子》頗有訓詁難通者，宜讀王先謙《荀子集解》。可令張明去藻玉堂老王處取一部來。〔註15〕

在梁啓超安排的作業中，首先是「有益修身」的《論語》和《孟子》，可見梁氏的真正用意是藉此二書，讓兒子領略修身之道。儒家先賢的修身之學，在曾國藩和梁啓超身上皆得到很好的體悟和發揚。除了「修身」的功課，梁啓超也建議兒子閱讀《左傳》和《戰國策》，希冀藉此增添閱讀的知識性與趣味性，也有助於提升文采，可謂一舉兩得。梁啓超寫給梁思成的這封信字數雖不多，卻精簡扼要，既按功能對古籍做了門類劃分，也有關於閱讀方法的指導。

二、傳統與現代學養

曾國藩和梁啓超二人的教育背景，皆是傳統的教育模式。然而，他們在子女的教育問題上，眼界遼闊，國學與西學並重，也懂得依據孩子的興趣與專長栽培孩子成才。儒家學說是曾國藩學問體系的主軸，也是他為人處世的依據。憑藉豐厚的學問基礎，他在指引曾紀澤和曾紀鴻治學為文時，方能左右逢源。同時，曾國藩也具備兼容並包的眼界和胸襟，這使他在接觸到西方學說時，並未將之視為異端邪說而摒之門外。相反，為了國家和民族的自強，曾國藩也積極主動地認識西方、瞭解西學，希望能夠知己知彼，以尋找到更好的救國方案。曾國藩協同李鴻章展開的洋務運動，使西方學說和科技得以較為系統化地傳入中國。這一機緣，也讓曾紀澤和曾紀鴻成了接觸西學的先行者。在父親的安排下，曾紀澤有機會學習英語和法語，展現出傑出的語言天分。而通曉外語的能力，正是他日後成為外交官的重要資本。曾紀鴻的天賦顯然與其兄長不同，他熱衷於數學研究，並通曉天文和地理。在父親的支持和鼓勵下，曾紀鴻潛心研究數學，著有《對數評解》、《圓率考真圖解》、《粟

〔註15〕梁啓超著，〈致梁思成·1923 年 5 月〉，張品興編，《梁啓超家書》（北京：中國文聯出版社，1999 年），頁 318。

布演草》等數學專著。曾國藩這位儒家學說的忠誠信奉者，卻把兩個兒子培養成外交官和數學家，這是其開明的家庭教育之成功而非失敗。

在兒子的教育問題上，曾國藩是走在了時代前端的引導者，可惜他的女兒們卻沒有得到相同的待遇，依然停留在「女子無才便是德」的禮教規範中。在男主外、女主內的家庭結構中，曾國藩給兒子和女兒們分別制定了不同的功課。幼女曾紀芬在自訂年譜中詳細記錄了父親在同治七年（1868 年）給兒女以及兒媳等人制定的日常功課：

是年三月由湘東下至江寧。二十八日，入居新督署。五月二十

四日，文正公為余輩定功課單如下：

早飯後	做小菜點心酒醬之類	食事
巳午刻	紡花或績麻	衣事
中午飯	做針黹刺繡之類	細工
酉刻（過二更後）	做男鞋女鞋或縫衣	粗工

吾家男子於「看、讀、寫、作」四字缺一不可，婦女於「衣、

食、粗、細」四字缺一不可。吾已教訓數年，總未做出一定規矩。

自後每日立定功課，吾親自驗功。食事則每日驗一次，衣事則三日

驗一次。紡者驗線子，績者驗鵝蛋。細工則五日驗一次，粗工則每

月驗一次。每月須做成男鞋一雙，女鞋不驗。上驗功課單，諭兒婦、

侄婦、滿女知之，甥婦到日亦照此遵行。〔註16〕

在給家族子弟們制定這份功課表時，曾國藩已貴為兩江總督，即便日理萬機，他對子女們的日課卻毫不放鬆，甚至還抽出時間親自檢驗。而且，這份課表也印證了，即便是在總督府內，曾家子弟的日常起居與寒門之家也無不同。以這份課表觀之，曾氏家族的男丁和婦女分別被要求在「看、讀、寫、作」以及「衣、食、粗、細」等細項中下工夫，如此一來，曾國藩思想中潛在的「男女之別」悄然流露，誠為時代價值觀之局限。

從曾國藩給家中婦女制定「衣、食、粗、細」的日課，發展到梁啟超對女兒的教育方式，中間的跨度極為明顯。在梁啟超的家庭中，並不存在重男輕女的觀念，也沒有男主外、女主內的劃分。梁啟超在教育和培養兒女時，

〔註16〕轟其傑輯，《崇德老人紀念冊　附：轟曾紀芬自訂年譜》，收錄於沈雲龍主編，
《近代中國史料叢刊》（第 3 輯）（臺北：文海出版社，1967 年），頁 313。

採取一視同仁的態度。對他而言，更爲重要的是從子女的學術興趣出發，讓他們充分發揮自己的強項。在家庭教育中要做到對兒女因材施教，必備的前提是，家長必須具備細緻的觀察力與淵博的學識。曾國藩和梁啓超正是具備這兩項要求的父親。作爲子女求知路上的引導者，他們都能夠體察每個子女不同的學問興趣和性格上的長短處，憑藉自己的學識與判斷力，引導子女依性情、才力所近，各自選取最適宜的方向發展，最終都各有所成。

在梁啓超的九個子女當中，長女梁思順受教育的途徑相較於弟弟妹妹們稍有差異。梁思順畢業於日本女子師範學校，在日本居住期間，梁啓超還特意延聘家庭教師爲女兒授課，而且，授課內容亦由梁啓超安排，採取的是類似於私塾的教學模式。1913 年初，梁啓超結束流亡生活先行回到中國，當時的梁思順和母親以及弟弟妹妹們尚留在日本。這樣的安排，一方面可以讓梁啓超先回到國內瞭解時局，再考慮如何安頓家人；另一方面則是爲了讓梁思順留在日本繼續尚未完成的「私塾」課程。梁思順在「私塾」中所上的課程，可以在梁啓超寫給她的家書中窺知一二：

> 得稟，知已受比較憲法及財政學甚慰，可以吾命請於諸師，乞其於純理方面稍從簡略於應用方面稍加詳，能隨處針對我國現象立論尤妙，即如比較憲法當多從立法論方面教授，其解釋法理則簡單已足。又憲法畢業後能一授政治學大略最妙。蓋政治學本以憲法論占一大部，再講輿論及政黨之作用與現在各國政治之趨勢足矣。所費時間可不甚多，但不識能有此教師否耳。惟功課臻增，每周受業時間萬不許加增，寧可延歸期一兩月耳。吾極不欲過勞汝，惟念歸後難得良師，故欲汝受此完全教育耳……〔註17〕

根據此信可得知，梁思順當時正在學習憲法知識以及財政學，而且在梁啓超的規劃中，政治學是接下來要請其「塾師」傳授的課程。梁啓超也非常希望，女兒的老師們在講課時可以結合中國的國情展開論述，這樣將有助於梁思順理解和掌握中國的政治、憲法以及財政情況。作爲父親的得力助手，梁思順掌握這些學科知識，對父女二人皆有裨益。

參照梁啓超以及曾國藩給女兒安排的功課，前者是知識性的政治、憲法和財政學科，後者則是「衣、食、粗、細」等日常生活技能，兩者之間形成

〔註17〕梁啓超著，〈致孩子們‧1913 年 2 月 20 日〉，張品興編，《梁啓超家書》（北京：中國文聯出版社，1999 年），頁 93。

有趣的對照。對於自己的女兒，曾國藩採取的是傳統教育模式，希望女兒們以持家之道和三從四德的教義爲學習依歸。而在梁啓超的教導下，長女梁思順不僅具備深厚的中國文學基礎，而且也有機會接受西式現代化教育。梁思順在社會科學知識上的儲備，讓她得以成爲父親的好幫手。梁啓超在寫給女兒的信中也明白表示：「吾今擬與政治絕緣，欲專從事於社會教育，除用心辦報外，更在津設立私立大學，汝畢業歸，兩事皆可助我矣。」〔註18〕在梁思順接受「私塾」教育的學習過程中，梁啓超從不以揠苗助長的方式讓女兒承擔過重的課業壓力，所以，他寧願讓尚在日本的家人延遲歸期，也要梁思順從容地完成學習課程。

在梁啓超的家庭中，兒女們除了接受正規的學校教育，也會在家庭中由父親授課或安排作業。子女們在學校接受的主要是現代化的學科教育，因此，梁啓超在家中便偏向指導孩子們接觸國學或古典文學。早在 1909 年，尚在日本的梁啓超就已經爲長女梁思順講課。當時，自梁思成以下的子女皆未滿十歲，所以年屆十七歲的梁思順是主要授課對象。此事在梁啓超 1909 年 9 月 8 日寫給梁啓勳的信中得以印證。信中，梁啓超提及：「頃每日與順兒講文，亦致有興味也。」〔註19〕在爲女兒講課之同時亦自得其樂的梁啓超，主要是在爲女兒講解「辭章之學」，同時也是用心良苦地「培植女兒的國學根基」。〔註20〕畢竟，「儘管樂於見到女兒博通西學、馳騁世界，但中國文化仍被梁啓超視爲落腳點，故切囑思順即便身居日本，仍不得化橘爲枳，而要持之以恒地研習國學。顯而易見，這樣的家庭教育已超越了單純的知識培訓，而帶有更深廣的文化意涵。」〔註21〕

從日本的雙濤園到天津的飲冰室，梁啓超家庭講學的主題始終圍繞著中國文學以及國學這一主軸。在日本居留期間，若說梁啓超擔心的是遠離祖國的子女們「化橘爲枳」，然而在回歸祖國之後，中國文化的深厚底蘊依然是他不變的關懷。在飲冰室爲兒女們講學時，梁啓超家庭講學的聽課者已有所添

〔註18〕 梁啓超著，〈致梁思順‧1913 年 4 月 18 日〉，張品興編，《梁啓超家書》（北京：中國文聯出版社，1999 年），頁 138。

〔註19〕 梁啓超著，中華書局編輯部、北京匡時國際拍賣有限公司編，《南長街 54 號梁氏檔案》（全二冊）（北京：中華書局，2012 年），頁 461。

〔註20〕 參見夏曉虹，《梁啓超：在政治與學術之間》（北京：東方出版社，2013 年），頁 197、200。

〔註21〕 夏曉虹，《梁啓超：在政治與學術之間》（北京：東方出版社，2013 年），頁 201。

增，即從雙濤園時期的梁思順一人增添爲「群兒」。根據夏曉虹的考述，自 1918 年「6 月中旬到 8 月下旬，梁啓超的家庭講學持續了兩個多月，並且，這已成爲每日上午例行的功課。」〔註 22〕這一期間，梁啓超在寫給梁啓勳的家書中不時提及爲「群童講課」的情景。1918 年 7 月 18 日，梁啓超在寫給梁啓勳的家書中提到：

> 一月來爲兒曹講「學術流別」，思順所記講義已襲然成巨帙（《史稿》僅續成八十餘葉耳），惜能領解者少耳。〔註 23〕

不久之後，依然在爲孩子們講解「學術源流」的梁啓超在信中向弟弟表示：

> 吾爲群童講演已月餘，頗有對牛彈琴之感。尚餘一來復，學術源流（吾所講卻與南海有所不同）卒業矣。來復二將講「前清一代學術」，弟盍來一聽，當有趣味也。〔註 24〕

到了 1918 年 8 月 2 日，在家庭課堂中講述的「學術源流」即將告一段落，當時，梁啓超已向弟弟預告，接下來即將爲「群童」講解《孟子》。梁啓超在信中寫道：

> 爲群兒講「學術流別」，三日後當了，更擬爲講《孟子》（非隨文解釋，講義略同學案也）。彼輩如何能解，不過予以一模糊之印象，數年以後，或緣心理再顯之作用，稍有會耳。吾每日既分一半光陰與彼輩，亦致可惜，弟能來聽極善，但講《孟子》亦總須兩旬乃了，弟安能久住耶？〔註 25〕

〔註 22〕 夏曉虹，《梁啓超：在政治與學術之間》（北京：東方出版社，2013 年），頁 203。

〔註 23〕 梁啓超著，中華書局編輯部、北京匡時國際拍賣有限公司編，《南長街 54 號梁氏檔案》（全二冊）（北京：中華書局，2012 年），頁 461。此函的日期在《南長街 54 號梁氏檔案》中只列年和日，確確日期由夏曉虹考證所得。參見夏曉虹，《梁啓超：在政治與學術之間》（北京：東方出版社，2013 年），頁 202。

〔註 24〕 梁啓超著，中華書局編輯部、北京匡時國際拍賣有限公司編，《南長街 54 號梁氏檔案》（全二冊）（北京：中華書局，2012 年），頁 457。此函的日期在《南長街 54 號梁氏檔案》中標示爲「一九一八年七八月間」，夏曉虹考證此信約寫於 1918 年 7 月 27 日。參見夏曉虹，《梁啓超：在政治與學術之間》（北京：東方出版社，2013 年），頁 204。

〔註 25〕 梁啓超著，中華書局編輯部、北京匡時國際拍賣有限公司編，《南長街 54 號梁氏檔案》（全二冊）（北京：中華書局，2012 年），頁 462。此函的日期在《南長街 54 號梁氏檔案》中只列年和日，確確日期由夏曉虹考證所得。參見夏曉虹，《梁啓超：在政治與學術之間》（北京：東方出版社，2013 年），頁 202。

當時，在梁啓超的「家庭課堂」中，最年長者爲芳齡 25 歲的梁思順，所以爲父親記講義的任務自然由她一力承擔。自梁思順以下的弟弟妹妹，皆僅十歲有餘，若要眞正理解父親所講的「學術流別」，實爲不易。所以，梁啓超只能希望先提供孩子們一個模糊的印象，以待孩子們長大後自行領會。梁啓超這一番苦心，是爲父者對子女教育的遠見，也是其子女們人生道路上的一大幸事。只是，對稚齡的孩子們講述深奧的國學知識，難免讓梁啓超浮現「對牛彈琴」之感。換言之，梁啓超之所以不止一次向弟弟提及可以前來飲冰室參與他爲孩子們開設的家庭講學，所期待的其實是一個知音的到來。

夏曉虹的〈梁啓超家庭講學考述〉一文，清晰地釐清梁啓超家庭講學的時間線性發展，並結合其家庭講學的內容以及日後投身學界的學術成就相互參照。在此文的篇末總結，作者寫下一段精闢的見解：

> 而家庭講學本與現代學校中的專科教育不同，更接近今日所謂「通識教育」，故辭章之學、人格修養、學術源流以至文學史知識，都爲梁啓超所注目。尤其時當 1918 年，梁啓超適處於由政治家向學者轉變的重要階段，家庭內的預演亦爲其 1920 年歸國後再度輝煌的學術生涯集聚了相當能量。因此，無論是《清代學術概論》的迅速完稿，還是「國學小史」在清華的開講，背後都連接著兩年前的家庭講學。在此意義上，無論其是否令兒曹受益，梁啓超的家學確已沾丐學界。〔註26〕

在考述梁啓超的家庭講學時，夏曉虹深入探討梁啓超在雙濤園以及飲冰室爲子女們講學的課程內容，勾勒出梁氏的家庭講學不僅是爲孩子們的知識和文化素養做貯備，而且無形中也成爲他日後在大學課堂講學的試演，同時也是他埋頭於學術撰述的資源。

縱觀曾國藩和梁啓超對子女們的教育，傳統和現代化的教育模式皆同樣被注重。當然，在曾氏和梁氏二人之間，基於時代的流變和人生際遇的不同，對子女教育的要求和考量也有所不同。曾紀澤和曾紀鴻成長和學習的空間，主要還是在祖國，因此曾國藩在安排兩個兒子的課業時，除了培養和提升傳統學問根基，也讓他們接觸西學，以便跟時代接軌，並在恰當時機引領祖國走向世界。相較而言，梁啓超的子女們皆曾在異鄉求學，接受現代化的西式

〔註26〕夏曉虹，《梁啓超：在政治與學術之間》（北京：東方出版社，2013 年），頁223。

教育，因此，梁啓超對於子女的家庭教育，更多是給予國學養分，讓他們以此豐潤學識並滋養人格。當然，對於女兒們的教育，梁啓超無疑比曾國藩走得更遠，所以梁家的四個女兒既有持家、治學的能力，也繼承了父親走向社會的魄力。

三、因材施教

從祖輩的「耕讀之家」漸次走向書香門第，曾國藩和梁啓超對家中子弟們讀書做學問的關注度自然也逐步提高。曾國藩和梁啓超皆把學識涵養視為可以實踐的人生學問，而並非僅僅是求取功名利祿的階梯。所以，讓子孫後代具備健全的人格修養並輔之以學識涵養，是曾國藩和梁啓超家庭教育的進程。身為父親兼家庭教育的主導者，曾國藩和梁啓超對孩子們的智育訓練極為用心。曾、梁二人細心觀察孩子們的秉性氣質以及興趣所向，並依循著他們的治學趣味引導他們深入開拓自己的學術領域。

在儒家文化中，教育是非常重要的一環，而且在儒家的教育理念中，德育和智育是無法截然二分的共同體。作為儒家學說的奠基者，也是後世推崇的「至聖先師」，孔子在奠定學說和借助教育管道宣揚學說的成就有目共睹。面對門下的三千弟子，孔子深切明白每個學生的資質和興趣皆有差異，不能以一概全，更須尊重學生的個性與興趣，方能在教育途徑中收穫良好的成效。孔門弟子三千，達者七十二人，這樣的佳績當歸功於孔子的教學法。《論語‧先進》篇指出：「德行：顏淵，閔子騫，冉伯牛，仲弓。言語：宰我，子貢。政事：冉有，季路。文學：子游，子夏。」〔註 27〕於此可見，在孔子的教育體系中，「德行」、「言語」、「政事」以及「文學」是四大主要門類，並各有傑出的學生為代表。當中，對於「德行」的重視不言而喻。這種以學生的興趣和志向為考量的教學法，是程頤和朱熹將「因材施教」的讚譽賦加在孔子身上的淵源。朱熹在其《論語集注》中對這一段話注曰：「弟子因孔子之言，記此十人，而並目其所長，分為四科。孔子教人各因其材，於此可見。」〔註 28〕此前，程頤亦表示：「孔子教人，各因其材，有以政事入者，有以言語入者，

〔註27〕李學勤主編，《十三經注疏‧論語注疏》（北京：北京大學出版社，1999 年），頁 143。
〔註28〕朱熹注，《四書章句集注‧論語》（全三冊）（上海：商務印書館，1935 年），頁 75。

有以德行入者。」〔註29〕朱熹和程頤皆以「孔子教人，各因其材」來標舉孔子在教學上的特色，對此心悅誠服並加以贊揚。

　　學問興趣和治學方法因人而異，因材施教方能收事半功倍之效。曾國藩深明此理，所以在兒子的學習上，傾向於讓他們發揮自己的長處，並不對短處加以苛責。曾國藩不止一次提及長子曾紀澤記性不佳，若強制要他背誦經籍，唯恐適得其反，以至「愈讀愈蠢」，而「仍不能讀完經書也」。〔註30〕對兒子的能力觀察入微的曾國藩，認為曾紀澤：「看書天分甚高，作字天分甚高，作詩文天分略低……」〔註31〕在當時，除了看書，作字和作詩文也是讀書人必備的能力。曾國藩根據曾紀澤的脾性和能力，一針見血地告訴兒子：

　　　　爾之才思，能古雅而不能雄駿，大約宜作五言，而不宜作七
　　言……爾要讀古詩，漢魏六朝，取余所選曹、阮、陶、謝、鮑、謝
　　六家，專心讀之，必與爾性質相近。至於開拓心胸，擴充氣魄，窮
　　極變態，則非唐之李杜韓白、宋金之蘇黃陸元八家，不足以盡天下
　　古今之奇觀。〔註32〕

性格溫文儒雅的曾紀澤，作詩天分既不高，唯有朝古雅的五言詩發展，方為取長補短之道。在這封寫於同治元年（1862 年）正月的信中，曾國藩在指導兒子作詩的訣竅之餘，亦從古雅和雄駿兩種詩風各舉數家，以作為兒子學習和參照的對象。曾國藩對兒子的關愛，在他指導曾紀澤作詩的過程中，悄然流露。

　　天分與記憶，是與生俱來的條件，無法強求，也不能勉強。這不同於作詩和作文，此二者可以借助後天的訓練得到加強。依據曾紀澤的天分和能力，曾國藩也曾經為他尋找提升作詩和作文才能的恰當途徑。在為曾紀澤量身訂造適合他的作詩門徑後，曾國藩也不忘在作文的能力上點撥兒子。他說：「爾之天分，長於看書，短於作文。此道太短，則於古書之用意行氣，必不能看

〔註29〕程顥、程頤著，王孝魚點校，《二程集・河南程氏遺書卷十九》（全四冊）（北京：中華書局，1931 年），頁 252。

〔註30〕曾國藩，〈致澄弟溫弟沅弟季弟・二月二十九夜〉，《曾國藩全集・家書》（一）（長沙：嶽麓書社，1985 年），頁 291。

〔註31〕曾國藩，〈諭紀澤・正月十四日〉，《曾國藩全集・家書》（一）（長沙：嶽麓書社，1985 年），頁 634。

〔註32〕曾國藩，〈諭紀澤・正月十四日〉，《曾國藩全集・家書》（二）（長沙：嶽麓書社，1985 年），頁 809。

得諦當。目下宜從短處下工夫，專肆力於《文選》，手鈔及摹仿二者皆不可少。待文筆稍有長進，則以後詁經讀史，事事易於著手矣。」〔註33〕性格踏實、謹慎的曾國藩，不管是在修身或治學、爲文等工夫上，擅於尋找下手工夫是其特點。在指引曾紀澤提升作文能力時，他也指示兒子須以手鈔和摹仿的基礎工夫入門，而非好高騖遠地落筆撰文。

根據兩個兒子的性格天資，曾國藩給出的建議是：「澤兒天質聰穎，但嫌過於玲瓏剔透，宜從渾字上用些工夫。鴻兒則從勤字上用些工夫。用工不可拘苦，須探討些趣味出來。」〔註34〕身爲父親，曾國藩並不希望看到曾紀澤過於聰明外露，爲此，即便是多年以後，曾國藩還是囑咐他要多看理學書籍，以培養堅實的志氣。〔註35〕借治學以彌補性格中的不足並提升修養，正是曾國藩對家中子弟們讀書做學問的根本期待。

孔子「因材施教」的教育策略，不僅在曾國藩的家庭教育中收穫成效，在梁啓超的子女身上也成效顯著。借助梁啓超的薰陶和開明的栽培，他的九個子女在各自投身的領域中皆成就斐然。梁家「一門三院士，滿庭皆才俊」的佳話，與梁啓超因材施教，以子女的興趣和專長爲培養原則的教育方式密不可分。在九個子女當中，梁思成、梁思永與梁思禮在建築學、考古學與航天事業皆爲奠基與領軍人物。當然，梁思莊在圖書館領域的貢獻也具開拓和奠基意義。與此同時，鑒於梁思忠對於軍事領域的熱忱，身爲父親的梁啓超亦不因從軍的安危問題而加以阻撓，亦且安排梁思忠前往美國軍校接受系統和先進的軍事教育。循此，梁思懿和梁思寧兩個女兒對於社會和政治的關懷，以及後來踏上征途的選擇，亦顯得毫不突兀。此外，梁思達在經濟領域的成就，同樣獲得肯定。九個子女當中，常伴梁啓超身邊，並協理各項事務的梁思順，相較於弟弟妹妹們所接受的現代化學校教育體制，明顯偏向於梁啓超所「制定」的「私塾」式教育。旅居日本時期，梁思順除了到日本女子師範學校就讀，梁啓超在家裏也親自指導並指定功課，同時還延聘家庭教師爲女兒講學。長期伴隨父親身邊的梁思順在耳濡目染之下，在詩詞方面的成就不容低估。相較於八個弟弟妹妹而言，梁思順所接受的「家庭教育」頗具特色。

〔註33〕曾國藩，〈諭紀澤・五月十四日〉，《曾國藩全集・家書》（二）（長沙：嶽麓書社，1985 年），頁 832。
〔註34〕曾國藩，〈諭紀澤紀鴻・三月十四夜〉，《曾國藩全集・家書》（二）（長沙：嶽麓書社，1985 年），頁 1247。
〔註35〕參見曾國藩，《曾國藩全集・日記》（三）（長沙：嶽麓書社，1995 年），頁 1538。

縱觀之，梁啓超的九個子女，皆各自在不同的學科領域綻放光芒，印證了他的家庭教育之成功。

在依據子女們的學習興趣把他們送到國外深造之後，梁啓超依然不時關注孩子們的學習狀態，時時提醒他們在用功之際，也要勞逸結合，一方面是以健康爲重，另一方面則是避免枯燥的學習方式抹殺了學習的興趣和樂趣。在梁啓超與子女們的家書來往中，處處可以看到他爲子女們鋪展的學習道路。梁啓超在 1927 年 4 月 21 日寫給梁思永的信中即可看到身爲父親的他，爲兒子的求知之路披荊斬棘，安排兒子跟隨瑞典考古學家斯溫哈丁〔註 36〕前往新疆沙漠進行實地考古研究。在信中，梁啓超寫道：

> 永兒：
>
> 前兩封信叫你不必回來，現在又要叫你回來了。因爲瑞典學者斯溫哈丁——他在中亞細亞、西藏等地過了三十多年冒險生涯，諒來你也聞他名罷——組織一個團體往新疆考古，有十幾位歐洲學者和學生同去，到中國已三個多月了……我想爲你的學問計，這是千載難逢的機會，若錯過了以後想自己跑新疆沙漠一躺（勘誤：趟）千難萬難。因此要求把你加入去，自備資斧——因爲犯不著和那些北京團體分這點錢（錢少得可憐）——今日正派人去和哈丁接洽，明後日可以回信，大約十有八九可望成功的。〔註37〕

以此觀之，身爲父親的梁啓超，爲梁思永的考古之路鋪墊了堅厚的田野考察經驗，既花心思籌劃，在經濟上更解決了兒子的後顧之憂。同樣的，對於專攻建築學的梁思成，梁啓超亦爲兒子和兒媳婦安排了別具特色的「新婚之旅」，讓他們在婚後回國的旅途中，先到北歐一帶旅遊，順便考察當地的建築風格特色，讓梁思永和林徽因的新婚之旅彌漫著豐厚的人文底蘊。

較之兩位兄長，梁思莊在加拿大的麥吉爾大學（McGill University）就讀之際，似乎尚未明確自己的學習興趣。當時，梁啓超在寫給女兒的信中曾如此表示：

> 你今年還是普通科大學生，明年便要選定專門了，你現在打算選擇沒有？我想你們弟兄姊妹，到今還沒有一個學自然科學，很是

〔註36〕 即斯文赫定（Sven Anders Hedin, 1865～1952）。

〔註37〕 梁啓超著，〈致梁思永·1927 年 4 月 21 日〉，張品興編，《梁啓超家書》（北京：中國文聯出版社，1999 年），頁 466。

我們家裏的憾事，不知道你性情到底近這方面不？我很想你以生物
學爲主科，因爲它是現代最進步的自然科學，而且爲哲學社會學之
主要基礎，極有趣而不須粗重的工作，於女孩子極爲合宜，學回來
後本國的生物隨在可以採集試驗，容易有新發明。截到今日止，中
國女子還沒有人學這門（男子也很少），你來做一個「先登者」不好
嗎？還有一樣，因爲這門學問與一切人文科學有密切關係，你學成
回來可以做爹爹一個大幫手，我將來許多著作，還要請你做顧問哩！
不好嗎？你自己若覺得性情還近，那麼就選他，還選一兩樣和他有
密切聯絡的學科以爲輔。〔註38〕

在這一段話中，梁啓超雖向梁思莊推薦生物學，然可以發現，梁啓超始終
強調的是「不知道你性情到底近這方面不？」、「你自己若覺得性情還近，
那麼就選他」，可看出並沒有強迫的意味。而且，從大處觀之，梁啓超考慮
到了生物學的研究潛能；從小處而言，也認爲此一專業適合女孩子從事。
即便父親沒有強迫的意味，然志趣尚未明確的梁思莊還是依據父親的推薦
選擇了生物學。只是，在嘗試之後方覺得自己對生物學的興趣不大，並向
二哥梁思成表露了自己的心思。梁啓超得知此事後，即刻寫信給梁思莊，
言道：

莊莊：

聽見你二哥說你不大喜歡學生物學，既已如此，爲什麼不早
同我說。凡學問最好是因自己性之所近，往往事半功倍，你離開
我很久，你的思想近來發展方向我不知道，我所推薦的學科未必
合你的式，你應該自己體察作主，用姐姐哥哥當顧問，不必泥定
爹爹的話，但是新學期若已經選定生物學，當然也不好再變，只
得勉強努力而已，我很怕因爲我的話擾亂了你治學針路，所以趕
緊寄這封信。〔註39〕

〔註38〕 梁啓超著，〈致孩子們・1927 年 8 月 29 日〉，張品興編，《梁啓超家書》（北京：
中國文聯出版社，1999 年），頁 495。

〔註39〕 吳荔明著，《梁啓超和他的兒女們》（北京：北京大學出版社，2009 年），頁
47～48。梁啓超寫給梁思莊的此信原稿由吳荔明珍藏。信末所書日期爲「八
月五日」。鑒於梁啓超 1927 年 10 月 31 日寫給子女們的信中尚提及「莊莊學
生物學和化學好極了，家裏學自然科學的人太少了，你可以做個帶頭馬，我
希望達達以下還有一兩個走這條路⋯⋯」故此封寫給梁思莊的信疑爲 1928 年
8 月 5 日所寫。

面對開明的父親，梁思莊在沒有壓力的情況下放棄了生物學，並在父親的支持之下投身圖書館學，遨遊於書海之中。梁思莊在圖書館學的成就與貢獻，除了原發於自身的興趣，父親的鼓勵和引導顯然也具有決定性的作用。

「因材施教」是曾國藩和梁啓超在子女的教育問題上採取的共同策略。在父親的引導和教育下，曾國藩的兩個兒子和梁啓超的九個子女皆各自學有專長，他們皆以自己的能力「滴自己的汗，吃自己的飯」。在孝子賢孫輩出以及代代有英才的曾家和梁家，曾國藩和梁啓超的家庭教育所發揮的效果不容低估。

四、趣味治學

在治學道路上，曾國藩並不具備過人的天賦，苦學成才是他成功的鑰匙。辛勤刻苦地治學在曾國藩身上是苦中有樂，然而他卻不願意看到兩個兒子只懂得埋頭苦讀而抹殺了治學的樂趣。同治元年（1862年），曾國藩多次與曾紀澤探討作詩爲文之道。在這一過程中，評點兒子的習作，是更爲貼切的指引。是年八月初四日，曾國藩在家書中，對兒子的文章習作表示肯定並給予鼓勵：「爾所作擬莊三首，能識明理，兼通訓詁，慰甚慰甚。余近年頗識古人文章門徑，而在軍鮮暇，未嘗偶作，一吐胸中之奇。爾若能解《漢書》之訓詁，參以《莊子》之詼詭，則余願償矣。」〔註40〕曾國藩看到兒子的作品模擬《莊子》有心得且兼通訓詁，即鼓勵他在此二端下工夫，把自己的興趣點加以發揮。對於兒子治學爲文的發展趨勢，曾國藩並不以自身的喜好和價值標準強求一致，而是採取因材施教的策略，讓兒子的長處得到發揮。

梁啓超非常重視做學問必須有趣味性，如此方能在治學的道路上保持綿延不絕的動力。這種擔憂，類似於曾國藩唯恐曾紀澤、曾紀鴻在做學問時過於刻苦，以致間接抹殺了治學的樂趣。對於讀書的樂趣，曾國藩和梁啓超都非常關注和提倡。梁啓超的兒女們在各自的領域皆學有所成，但卻還是讓梁啓超有所擔憂，特別是梁思成選擇的建築專業。身爲父親的梁啓超曾經語重心長地對梁思成說：

> 關於思成學業，我有點意見。思成所學太專門了，我願意你趁畢業後一兩年，分出點光陰多學些常識，尤其是文學或人文科學中

〔註40〕曾國藩，〈諭紀澤・八月初四日〉，《曾國藩全集・家書》（二）（長沙：嶽麓書社，1985年），頁853。

之某部門，稍爲多用點工夫。我怕你因所學太專門之故，把生活也
弄成近於單調，太單調的生活，容易厭倦，厭倦即爲苦惱，乃至墮
落之根源。再者，一個人想要交友取益，或讀書取益，也要方面稍
多，才有接談交換，或開卷引進的機會。不獨朋友而已，即如在家
庭裏頭，像你有我這樣一位爹爹，也屬人生難逢的幸福；若你的學
問興味太過單調，將來也會和我相對詞竭，不能領著我的教訓，你
全生活中本來應享的樂趣，也削減不少了。〔註41〕

學業上的成就，並不是梁啓超對子女們求學的唯一期待，他更希望看到的是，
子女們在治學過程中，尋找到自己的樂趣和自我完善。在梁啓超看來，基於
梁思成研修的建築學科太過專門，那就只有讓他在建築以外的學科多放些心
思，才能增添學問的興味和豐富生活的樂趣。此外，多交朋友也是讓生活免
於枯燥乏味的途徑之一。

　　擁有梁啓超這樣一位父親，的確是子女們的幸福。對於梁思成投身的建
築學科，梁啓超一方面擔心此學科的專業性會讓兒子的生活過於單調，故而
提出改變此種狀態的種種方法。另一方面，爲了提升兒子在建築學科的專業
水平，他也建議梁思成多到世界各地考察不同國家和不同風格的建築，以開
拓眼界。爲此，梁啓超在梁思成和林徽因畢業回國之前，特別爲他們安排了
趣味性和知識性兼備的旅程。當然，整趟旅行的路線規劃，是以各國的特色
建築爲貫穿線索。在家書中，梁啓超對兒子說：

　　　　我替你們打算，到英國後折往瑞典、挪威一行，因北歐極有特
　　色，市政亦極嚴整有新意，（新造之市，建築上最有意思者爲南美諸
　　國，可惜力量不能供此遊，次則北歐特可觀。）必須一往。由是入
　　德國，除幾個古都市外，萊茵河畔著名堡壘最好能參觀一二，回頭
　　折入瑞士看些天然之美再入意大利，多耽擱些日子，把文藝復興時
　　代的美徹底研究瞭解。〔註42〕

梁思成和林徽因在建築學的專業知識上，輔之以「建築美學之旅」，當然有助
於他們尋找到理論和實踐相結合的交匯點，進而提升專業水平。梁啓超非常

〔註41〕梁啓超著，〈致孩子們‧1927 年 8 月 29 日〉，張品興編，《梁啓超家書》（北京：
　　　　中國文聯出版社，1999 年），頁 493～494。
〔註42〕梁啓超著，〈致孩子們‧1927 年 12 月 18 日〉，張品興編，《梁啓超家書》（北
　　　　京：中國文聯出版社，1999 年），頁 516～517。

清楚這趟旅行對梁思成和林徽因未來事業的發展所具有的分量,而他可以做的,就是為兒子和兒媳規劃行程,並提供充裕的旅費。〔註43〕

　　曾氏與梁氏的家庭教育模式,在因材施教的基礎上,亦不時提醒子女們要保有學習的趣味,從中體會學習的樂趣。學習過程中的趣味性和滿足感,是保有源源不斷的學習熱忱之重要元素,曾氏和梁氏深明此理,並在子女的教育方式上加以實踐。不能時刻陪伴在子女身邊的曾氏與梁氏,從未停止關心和提點子女的學習問題,這在他們二人與子女們的家書往來中,得到很好的印證。

五、結　語

　　曾國藩和梁啓超皆有功名加身,他們二人也是兩個家族從耕讀之家邁向書香門第的轉折點。曾氏和梁氏殷殷切切期盼的是,家族子弟在讀書做學問的同時,可以在品德修養上得到昇華。與此同時,曾國藩和梁啓超豐厚的學養,也讓他們在指導家中子弟讀書做學問之際更為得心應手,並具備因材施教的眼光和能力。曾國藩的兩個兒子和梁啓超的九個子女在各自領域中的傑出成就,正是父親因材施教所收穫的碩果。處於傳統和現代交接的轉折點,曾氏和梁氏以開闊的眼界和胸襟放眼世界,並進一步通過教育管道引領子女們在各自的領域走出一片新天地,成就子女們在各個學科中的開拓性成就。豐厚的傳統和現代知識學養,無疑是成就曾、梁家族子弟人生道路的基石。在曾國藩和梁啓超對子女教育的觀念中,學習過程中的趣味性不容忽視,唯有持續不斷的學習樂趣和新發現,方能保有日久彌新的學習心態,悠遊於知識的海洋中而樂此不疲。曾氏和梁氏家族子弟在人格和學識上的傑出成就,當歸功於曾國藩和梁啓超育人、育才的家庭教育理念。

（作者簡介:秦美珊,女,馬來西亞博特拉大學現代語言與傳播學院高級講師）

〔註43〕 參見梁啓超著,〈致孩子們・1928 年 2 月 13 日〉,張品興編,《梁啓超家書》
　　　　（北京:中國文聯出版社,1999 年）,頁 526。

三、地方士紳與清末民初教育

晚清教育改革與塾師的應對策略——
以徽州府祁門縣胡廷卿爲例

董乾坤

　　摘要：光緒二十四年（1898）年清政府頒佈《定國是詔》，命各省、州、縣開設中西學堂，州縣書院改爲小學，晚清政府的教育改革由此拉開。胡廷卿作爲徽州府祁門縣的一名鄉村塾師，相距首都千里之外的他，在此改革之際，身處其中。改革影響到了他的收入與日常，爲了應對這一變化，他採取各種措施，維持自己的教書事業，從而獲取收入。

關鍵詞：晚清；教育改革；塾師；日常生活；胡廷卿

　　晚清教育改革作爲政府尋求自強之道中的重要一環，不僅在當時就受人矚目，更成爲後來近代史研究者所重點關注的課題之一。經過幾代學者的努力，諸如改革的起因、過程以及影響等各個環節都取得了豐碩的成果，相關史實也已基本清楚。但是，此次改革發生後，對於中國鄉村人數眾多、分佈廣泛而對基礎教育有著重要作用的塾師群體，產生了什麼樣的影響，給他們的生活帶來了什麼樣的變化，他們又是如何應對等等問題，學界至今則殊少涉及〔註1〕。本文即以晚清塾師胡廷卿賬簿爲核心，對這一問題加以探討。淺陋之處，敬請方家指正。

〔註 1〕　相關研究代表性成果可參見：田正平、楊雲蘭，〈中國近代的私塾改良〉，《浙江大學學報》（人文社會科學版）2005 年第 1 期，頁 5～13；郝錦花、王先明，〈論20 世紀初葉中國鄉間私塾的文化地位〉，《浙江大學學報》（人文社會科學版）2005 年第 1 期，頁 71～75 頁；賈國靜，〈清末的私塾改良及其成效〉，《安徽史學》2006 年第 4 期，頁 60～64。賈琳，〈清末民初士人的一種生存模式：以〈癸卯汴試日記〉作者爲個案的考察〉，《北京師範大學學報》（社會科學版）2015 年第 5 期，頁 112～123；另外，英國史家沈艾娣對山西鄉紳劉大鵬的研究中亦有涉及，見（英）沈艾娣（Henrietta Harrison）著，趙妍傑譯，《夢醒子：一位華北鄉居者的人生（1857～1942）》（北京：北京大學出版社，2013 年）。

一、胡廷卿其人

胡廷卿爲徽州府祁門縣南鄉人，據其族譜記載：「兆祥，名品福，字廷卿，號和軒，邑增生。……生道光廿五年十月十二申時，歿民國十三年二月三十申時。〔註2〕」由此可見，胡廷卿一生跨越晚清、民國兩個時期，此變革時代必然在其身上留下深深的痕跡，因此，透過對胡廷卿個人生活的探討，在一定程度上能夠一窺社會變遷給個人生活帶來的影響，以及個人在面對社會變革時所作出的應對策略。同時，也爲我們瞭解晚清、民國時期的徽州山區村落的民眾生活提供一些線索。

光緒七年（1881），胡廷卿之父胡昌陞去世，胡廷卿時年 37 歲（虛歲，下同），長子雲青（乳名陽開）已十六歲，四子雲鵠（乳名佛子）年僅三歲（中間兩個兒子均不幸夭折），作爲長子，他開始接手家務，就是從該年的六月份，他將家庭賬務每日記錄下來，爲我們留下了豐富的家庭生活記錄。

（一）胡廷卿的教書生涯

自光緒七年有記載始，即顯示出胡廷卿是一名塾師，直至民國四年止，這一職業一直持續，從未中斷。其間歷經坐館地點的轉移與國家對鄉村塾學的改良，既有個人際遇的變化，又有國家制度的改革。

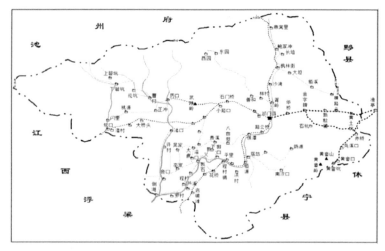

圖1　清民國時期祁門縣主要交通示意圖

筆者自繪，底圖爲民國〈祁門縣全圖〉

〔註2〕見（民國）胡承祚編修，《貴溪胡氏支譜・顧公派下圖七時慎派下》（現藏於
　　　祁門縣貴溪村胡恒樂家中，1924），頁 80a、b。

　　光緒七年四月廿七日，父親去世時，胡廷卿正於溶口坐館授徒。這在一點在光緒七、八、九三年中與溶口相關的記載中可以得到證明，從表1中我們可以看出，光緒七年，他從溶口館中收到了俸金和節禮錢，而在光緒八年則有了往溶口館的記錄，且多次往返溶口與家中，這是因為他必須要返家處理家務的原因。至光緒九年時，他於二月廿三日回家，筆者推測，這當是自溶口回家。溶口位於閶江西畔，「因座閶江、溶溪交匯之口得名」〔註3〕，是貴溪至江西的必經之地，距貴溪村十五華里，有貴溪胡氏的支派聚居於此，據族譜記載，約於宋時惟勳公派下的胡宅九世孫胡顯即遷居溶口的橋裏村〔註4〕，其後，惟琇公派下的胡宅十七世孫胡興卿亦遷居溶口〔註5〕。據載：「興四，字興卿，遷居溶口，置有三都三保土名董家彎全業。上至頓頭塢，下至石跡坑口，裏至高培上降，外至田地及大溪。四至內田地山立有分單規條，使子孫世守。」〔註6〕

　　不管上述記載是否真實，但至少表明進入清代以後，兩地的胡氏實現了聯宗。因此，胡廷卿在此地設館教書並非偶然。大量胡氏在此地生活，應該有它的宗族基礎。另外，記載中所提到的秀峰書舍，未能找到相關資料，應該設於此處的一所塾館，其出資人應該就是溶口派胡氏族人。筆者推測，胡廷卿在溶口的教學應該與其有關，或是在設館的同時又受聘於它，或是即將塾館設於秀峰書舍內，或是胡廷卿的塾館即是以秀峰書捨命名，尚未可知。

表1：胡廷卿在溶口活動記錄表

年	月	日	事情	頁碼	卷數
光緒7年	暑月	初二	收館中俸洋八元	3	十四
	七月	初二	收溶口學中錢二百文	4	
		十二	收溶口學中來錢一百四十文	4	
	八月	十一	收館中來俸洋七元	5	
			收館中節錢七百文，義	5	
	十一月	初一	收學中換來錢1000文（洋價1700文），扣洋1元，仍存錢300在學	10	

〔註3〕見祁門縣地名委員會辦公室編，《安徽省祁門縣地名錄》（上海：上海市印刷四廠，1987年），頁31。
〔註4〕見（康熙）胡士著編修，《祁閶胡氏族譜‧宅公秩下世系派二》（現藏於屯溪區吳敏先生處，康熙十二年）
〔註5〕見前揭（康熙）《祁閶胡氏族譜‧宅公秩下惟琇公世系派四》。
〔註6〕見（乾隆）胡啓道編修，《祁門胡氏族譜‧宅公秩下惟琇公世系圖四》（現藏於屯溪區吳敏先生處，乾隆二十七年）

	杏月	初一	往溶口館	22
光緒8年	三月	初十	來家	23
	五月	初三	學中回家	27
	六月	十二	回家	32
	巧月	十一	己回家，幹廷叔嶽到	33
光緒9年	二月	廿三	回家	102
	五月	初四	秀峰書捨去錢一百二十二，夥老過節	103
	臘月	初八	秀峰書舍散學，各派錢九百三十七，作九人派，金福未派	114
		初八	散學	115
		十六	著三喜往溶口	116

　　然而，光緒九年，再未有類似記載，並且在該年的臘月初八分別記載了「秀峰書舍散學」和「散學」的記載，且臘月十六派三喜前往溶口，因此筆者認為，由於光緒八年胡廷卿往返於溶口與貴溪家中之間，頗覺勞頓，因此決定在貴溪本村設館，方便管理家事。至遲自光緒十年始，即設館於村中，不再任職於溶口。

　　胡廷卿將塾館移於貴溪村後，教學地點並不在其家中。胡廷卿所居房屋是由其祖父胡上機所建，由於胡上機的子孫眾多，可供居住的空間日益狹小，因此他的長孫胡兆瑞（即上機長子昌陶之長子）另擇地點建房遷出，因此，在家中設館是不現實的。那麼設於何處呢，胡廷卿並未記載，但從賬簿中亦可找出線索。在光緒十五年（1889）的〈進出總登〉有一則「（臘月）初六，白楊院散學」〔註7〕的記載，而在光緒三十四年（1908）的〈收支總登〉中則載有「（暑月）廿一日，移學在家讀書」〔註8〕。從這兩則記載來看，胡廷卿應該是在村中夫子山上的白楊院內開館，20年後方將塾館移於家中。

　　白楊院自宋代即已創建，貴溪族人胡俊傑等人先後在此設館教育胡氏族人子弟，也正是因為貴溪胡氏在宋代對教育的重視，通過設族田、辦族學等各項措施，使得其在宋代的科舉中引領祁門士子，成為祁門望族之一。雖然明代以後貴溪胡氏科舉不興，但其對於教育的重視卻持續不墜，明代成化年間編有《貴溪胡氏族譜》的胡自立就是一位在村中設館教育子弟的塾師，即

〔註7〕　見周紹泉等編，〈進出總登〉，《徽州千年契約文書》第15卷（光緒15年）（石家莊：花山文藝出版社，1993年），頁125。

〔註8〕　見前揭周紹泉等編，〈收支總登〉，《徽州千年契約文書》第18卷（光緒34年），頁186。

是明證。在後世的變遷中，白楊院內既有祭祀祖先的家廟，亦有教育子弟的學校，且至晚清時依然是貴溪村的重要活動中心，如胡廷卿在即有在光緒三十年（1904）「八月初七，支英洋一元，交白楊院樂輸，惠人收」〔註9〕的記載，表明了白楊院的公共性質和運作事實。

二、晚清教育改革與胡廷卿的日常生活

自光緒二十四年（1898）清政府頒佈〈定國是詔〉始，清政府開始了對教育體制的改革之路，並對中國各個階層產生了重要影響〔註10〕。在晚清徽州知府劉汝驥的稟批中，他即指出：「自歲科試停止以來，凡衣食事畜於其間者，生機頓絕，皆累累有喪家之泣。不獨該科爲然也。〔註11〕」劉汝驥於光緒三十三年正月出任徽州知府，並於宣統年間離任，在此期間，他致力於地方教化，實行了諸多政策〔註12〕。他在這裡所指出的，即是在府衙禮科任職的朱從義等人稟文。朱從義等人由於在科舉時代可以滿足諸生在考試時的諸多需求以獲得收入，但是，科舉制度廢除後，他們收入來源頓減，無法滿足生活需要而請求另謀他職，面對這一請求，他積極尋求解決辦法：「該科承辦學堂事件，各前府准撥津貼，款本無多，僧多粥少。又不准托缽募化，所稟辦公清苦，自是實情。惟中學堂已有辛工未便，買菜求益亦未便。乞醞市，恩應准，仍在書院經費內再予按季提給鷹洋四元，以爲續加津貼。自本年春季始，安季具領。著即遵照此批！〔註13〕」於此，可以看到科舉考試對於這

〔註9〕 見前揭周紹泉等編，〈各項謄清〉，《徽州千年契約文書》第17卷（光緒29～32年），頁404。

〔註10〕 有關晚清改革所帶來的影響，學界研究成果頗豐，除前揭所列對塾師影響的文章外，代表性成果還包括：王笛，〈清末新政與近代學堂的興起〉，《近代史研究》1987年第3期，頁245～270；夏俊霞，〈論晚清書院改革〉，《近代史研究》1993年第4期，頁64～82；羅志田，〈清季科舉制改革的社會影響〉，《中國社會科學》1998年第4期，頁185～196；楊齊福，〈科舉制度的廢除與近代社會的轉型〉，《中州學刊》2002年第4期，頁132～135；霍紅偉，〈晚清教育轉型與府州縣學的變遷〉，《學術月刊》2010年第2期，頁130～138。

〔註11〕 見（清）劉汝驥著，〈禮科寫生朱從義等稟批〉，《陶甓公牘》（卷二），《官箴書集成》（第10冊）（合肥：黃山書社，1997年），頁474上。

〔註12〕 有關劉汝驥及其著作《陶甓公牘》的介紹，可參見王振忠，〈晚清徽州民眾生活及社會變遷──《陶甓公牘》之民俗文化解讀〉，安徽大學徽學研究中心編，《徽學》（2000年卷）（合肥：安徽大學出版社，2001年）。

〔註13〕 見前揭（清）劉汝驥著，〈禮科寫生朱從義等稟批〉，《陶甓公牘》（卷二），頁474上。

一群體的深刻影響。顯然，對於塾師這一群體所帶來的影響也應如此。下面筆者從兩個方面加以論述。

（一）形式與性質

作爲傳統的塾學，胡廷卿所創設的塾館具有傳統塾學的諸多特徵，如倖金的交納，贄敬禮和節禮的饋贈等等，但由於他處於徽州地方以及遭逢晚清與民國的教育改革，因此又具有自己的地域特徵和時代特徵。

首先從形式上來看，光緒十年以前，他的教書活動似乎與秀峰書舍這樣的教育機構有關係，移居貴溪村後，在其塾館內除了光緒十五年至十七年其長子陽開的參與外，似乎一直都由其一人承擔（當然，後期所改變，詳後）。在收學生的程序上看，亦和其他地方一樣，只要交納的贄敬禮之後，即可就學。但是，至光緒二十四年（1898）年清政府頒佈〈定國是詔〉，命各省、州、縣開設中西學堂，州縣書院改爲小學之後〔註14〕，塾師的命運即發生了變化。〈定國是詔〉頒佈後，雖然沒有馬上實行，但是光緒二十九年（1903）清政府又頒佈了〈奏定學堂章程〉，即歷史上所謂的「癸卯學制」，對小學的學制、管理、課程、師生等都做了統一的規定，正式開始對公立學校的改良。不過，由於經費有限等原因，改良的過程並不理想〔註15〕，與公學相對立的私立塾學依然大量存在於鄉間。因此，受到西方思潮的影響，有些人開始嘗試對這些私立塾學進行改良，企圖彌補公學的不足。改良首先自上海和蘇州開始。光緒三十年 6 月，松江和蘇州兩地分設了私塾改良會〔註16〕，之後改良活動向其他地域擴展，這一行動引起了官方的注意和借鑒，第二年即有「某侍御奏請改良私塾，聞學部現議此事〔註17〕」的報導，經過幾年的討論，於 1910年，以〈上海私塾改良章程〉爲範本，擬定了〈宣統二年六月二十二日（1910年 7 月 28 日）學部通行京外學務酌定方法並改良私塾章程文（附章程）〉的文件，通令全國對私塾進行改良〔註18〕。這一官方行動引起了地方上人數眾多的塾師的恐慌，據《大公報》載：

〔註14〕見陳學恂主編，《中國近代教育史教學參考資料》（上冊）（北京：人民教育出版社，1986 年），頁 422。

〔註15〕可參見賈國靜，〈私塾與學堂：清末民初教育的二元結構〉，《四川師範大學學報》（社會科學版）2002 年第 1 期，頁 97～105。

〔註16〕見《大公報》，1905 年 3 月 15 日。

〔註17〕見〈私塾注意改良〉，《大公報》1906 年 2 月 7 日。

〔註18〕轉引自朱有瓛主編，《中國近代學制史料》（第 2 輯上冊）（上海：華東師範大學出版社，1983 年），頁 310～322。

> 自中古以迄，據今六、七年以前，天下無所謂官立學堂。舉凡
> 名公巨卿、文人學士，莫不一出私塾之門。至近年學堂林立，於是
> 始指而別之曰私塾，一若不得列入儒林者。而為塾師者，亦遂深閉
> 固據，視學堂、教員如仇敵矣〔註19〕。

由此可知對私塾的改良亦不順利，同時，「私塾」一名自此亦初步出現。具體到祁門縣，其情形也大體如此。時任徽州知府的劉汝驥即對此不滿：「招之不來，無額滿之日，甚至各都私貼錢文，始勉強來學。〔註20〕」因此他屢次頒佈勸學章程，推行新式學校。1905 年，祁門著名茶商康達、胡元龍等人在祁門南鄉創辦祁門第一所新式學校——梅南高等小學，至 1919 年全縣新式小學達 30 所〔註21〕。

這一浪潮不能不對胡廷卿產生影響，這在他的賬簿中亦有反映，其主要表現即入學「關書」的出現。自光緒二十六年（1900），即改良各級學校的〈定國是詔〉頒佈後的兩年，胡廷卿在正月十八日有了「建名、景和送關書來」〔註22〕記載，這在此前從未出現過。那麼，這種關書是什麼樣的內容呢？他並未記載，但在光緒二十九年即「癸卯新制」頒佈之年和光緒三十年連續兩年提到了關書，他在光緒二十九年的「關書」的下面列出了所收學生各人的交款數額，具體如下：

> 承謨修金洋六；承寵三；開禮四；開銘三；開泰三；開文三；
> 開鈞二四，吉；雲玩二四；中和雲登二八；日廣三；日祿三；翠棋
> 二，吉；順昌三，吉；振興五六；義安二四，舊收英洋五角；宗本
> 二；並茂五元；茶茂二元；開記二五。

這顯然是一份收學費的記錄單，但關書的內容絕非如此簡單，他在宣統元年（1909）年的修金記錄中，有如此的記載：

> 兩紙關書共計洋一百零三元，廷記六十二，蓋記四十一。扒洋
> 五角歸蓋，各六十一元五角、四十一元五角。

〔註19〕〈呈請提倡私塾改良會意見書〉，《大公報》1911 年 6 月 4 日。

〔註20〕見前揭劉汝驥著：〈批判・學科〉，《陶甓公牘》（卷 5），頁 503。

〔註21〕有關徽州及祁門近代教育的研究可參見：方光祿等著，《徽州近代師範教育史（1905～1949）》（蕪湖：安徽師範大學出版社，2013 年）；康健，〈茶葉經濟與近代教育事業的變遷——來自祁門縣的個案研究〉，安徽大學徽學研究中心編，《徽學》（2006 年卷）（合肥：安徽大學出版社，2007 年）。

〔註22〕見前揭周紹泉等編，〈收支總登〉，《徽州千年契約文書》第 17 卷（光緒 26 年），頁 40。

己酉（宣統元年）四月十三日面算，分撥各收。

關書各收一紙〔註23〕。

通過這一記載，我們可知，在宣統元年時，擔任塾師的並非他一人，而是他和同村的胡藎臣兩人共同教學。並且關書一式兩份，各收一紙。由此，筆者推測，這種關書應該是每年之初胡廷卿與學生家長簽訂的入學合同，上面注明了相應的條款，而酬金僅僅是其中的一項。這一行為的背後，實際上是在國家對學校進行改良的背景下，胡廷卿為了保證自己利益的一種應對措施。為了不讓學生流失，他於年初即以契約的形式將學生與老師的關係固定下來，避免學生中途退學。當然，在整個徽州社會，這種關書在此之前可能已經產生，但就胡廷卿而言，它出現的時間則是這一時期。

不僅如此，面對新式學校的建立和國家對私塾的改良，胡廷卿亦投身其中，將自己的塾學從私塾變為小學，在民國編纂的族譜中記載說他「倡辦本村養正國民小學校」。〔註24〕正是由於他的這種對教育的貢獻，在民國十二年他80歲那年，得到了縣長徐公頒贈的「泮水耆英」匾額，同時也贏得了本村民眾的懷念。

其次，再來討論胡廷卿所辦塾館的性質。在以往對塾學的研究中，多把塾學分為三種，即明代朱元璋開始設立的社學、民間民眾自行創辦的義學或者族學、富有家庭所禮聘的家庭塾館以及塾師們自己設館的塾館，其主要的劃分標準是依據出資的形式。前兩種資金來源來自官府或公眾，塾師面對的是國家和宗族等公共組織，而後兩種其實就是一類，即來源於私人的投資，其所面對的是私人〔註25〕。但是這一劃分併不完全適用胡廷卿所開設的塾館。已如前述，胡廷卿在宣統年間已經不在自己承擔教職，而是與人合夥，而且在傳統的入學程序上加上了「立關書」一項，這當然是在新學改制形勢下的一種新變化，其說服力較小，那麼下面從其俸金來源上來作一探討。

在光緒十五年以前，將塾館移於貴溪村內之後，胡廷卿的塾館運營模式大致遵循了傳統的慣例，自己設館收取學生家庭的私人酬勞，但是光緒十五

〔註23〕見前揭周紹泉等編，〈各項騰清〉，《徽州千年契約文書》第17卷（光緒33年至宣統3年），頁479。

〔註24〕見前揭（民國）《貴溪胡氏支譜・願公圖七時慎派下》，頁80a。

〔註25〕可參見韓凝春，〈明清塾師初探〉，《中國社會經濟史研究》1997年第3期，頁15～23；劉曉東，〈明代的「私塾」與「塾師」〉，《東北師大學報》（哲學社會科學版）2010年第2期，頁70～78。

年以後卻發生了變化，在這一年出現了由村內公共組織發放的俸米記載：「（十一月）廿九，收陽開學中俸米二百十四升。發學俸六名（九、善開、新根、茂、林、和開）」〔註26〕，其後他又更明確的記載：「（十一月）初十，收糧局列全首人學俸米二名，計六斗八升二仝，二九扣錢。〔註27〕」上述記載表明，胡廷卿的俸金部分是來自宗族組織，具有了族學的性質。但是，他招收的學生中依然有外村的學童，且即便是村內的學童，其宗族組織所發俸米中亦不全部包含，如光緒二十五年所發的學俸中既是如此，「收慶餘糧局發學俸英洋九元，計九名：神開、元海、雲勝、金海、榮海、義開、壬開、禾上、開煒。存。眾共發十三名：夏開、蓮、新喜、厚根。〔註28〕」但本年的招生人數爲十五名，除此十三名外，還有本村的開域。

　　由此看來，即便是在清政府新學改制和對私塾改良之前，胡廷卿所創設的塾館亦不屬於傳統所劃分的任何種類，而是一種混合體，這實際上是跟他所處的地域社會有關，他一方面要滿足本族的教育需求，並且藉此可以獲得穩定的收入，另一方面，通過姻親關係和商業活動建立起來的經濟關係，擴大了收徒的範圍，其收入亦隨之增加。特別是由於他在光緒十四年時，獲得了參加鄉試的資格，成爲一名生員，這爲其帶來了聲譽，由此增加了鄉民對他的信任，也成爲其在收徒方面獲得更多機會的重要因素。

（二）收入

　　王玉坤曾對胡廷卿歷年來的各項收入進行了統計，並據此分析出作爲塾師的俸金是其收入的主要來源〔註29〕。但筆者以爲這一統計存在一些問題，首先，他對各項收入皆折算爲英洋，這一做法有助於對數目進行統一，但他忽略了以下幾個方面：第一，他並沒有注意到本洋與英洋之間的換算關係。「本洋」一般是指的西班牙銀元，而英洋則是指墨西哥鷹洋，二者在民眾中流通時購買力並不相同，從胡廷卿的記載來看，本洋要高於英洋。如在光緒

〔註26〕見前揭周紹泉等編，〈收支總登〉，《徽州千年契約文書》第 15 卷（光緒 15 年），頁 125。

〔註27〕見前揭周紹泉等編，〈進出總登〉，《徽州千年契約文書》第 15 卷（光緒 17、18 年），頁 355。

〔註28〕見前揭周紹泉等編，〈收支總登〉，《徽州千年契約文書》第 17 卷（光緒 25 年），頁 9。

〔註29〕見前揭王玉坤，〈近代徽州塾師胡廷卿的家庭生計〉，《安慶師範學院學報》（社會科學版）2015 年第 3 期，頁 103。

十八年的賬簿中有「（四月）十六，支錢五百三十六文，付細五師共英洋八元，扣本洋六元四角，一二六（本洋價——筆者注）。作十五人派，茂開未取」〔註30〕的記載。據此我們可以推算出在該年本洋與英洋的換算比率是本洋1元＝英洋1.25元。而在胡廷卿賬簿中，直至光緒十四年才出現英洋的記載：「收東山書院鄉試費洋四元。又收全茶釐英洋一元。〔註31〕」但是，王玉坤在統計中沒有也無法將本洋換成英洋；其次，有關英洋與制錢的折算比率，他的估計有誤。他認為「光緒七年（1881）至民國元年（1912），當地『英洋』兌換『制錢』的比率維持在1：1000～1：1400之間，為統計之便，洋錢折兌取均值1：1200。〔註32〕」但是，光緒十四年以前在胡廷卿的賬簿中並無英洋的記載，根本談不上英洋與制錢的換算，而光緒十四年以後的英洋與制錢的比率也不在此範圍內，據筆者統計，在光緒二十二年時，英洋與錢的比價即開始下降，胡廷卿在該年共有38次換錢的行為，其中第一次是在正月十二，在其堂兄兆瑞的店中（瑞記）用本洋換錢1300文，而在二月初一在一名稱之為「長春擔」的售貨郎處用英洋換錢1045文，而到了四月初二時，其三弟秋福還英洋1元時，已經只能換算成980文了〔註33〕。在其後的八年中，則很少超過1000文，只是至光緒三十二年後，比率才再次躍出1000以上（見表2）。這無疑會影響到數字統計的正確率。第三，在胡廷卿的收入拼圖中，由於他的多功能面相以及在村中的威望，他每年都會收到眾多的禮品，這些禮品在王文中亦換算成了英洋，但是考慮到這些物品價格的不易把握性，要想折算成英洋，是必須在掌握各種價格的基礎上才能完成，但他並未交待所使用的價格來源，這一點值得懷疑。當然，他得出的數據未必會影響其結論，筆者在此想說明的，是這一方法上的缺陷性。

　　基於此，筆者不打算按上述思路對胡廷卿的收入進行研究，而是將其收入項目在可供折算成英洋的情況下對其折算，然後按照當年的米價折算成大米數，再按照人均大米的食用量加以衡量，以此標識出各項收入在日常生活中的地位。按此思路，筆者將歷年所收入的俸金統計出來。

〔註30〕見前揭周紹泉等編，〈進出總登〉，《徽州千年契約文書》第15卷（光緒17、18年），頁326。
〔註31〕見前揭周紹泉等編，〈進出總登〉，《徽州千年契約文書》第14卷（光緒14年），頁28。
〔註32〕見前揭王玉坤，〈近代徽州塾師胡廷卿的家庭生計〉，頁103注釋①。
〔註33〕三次換錢記載分別見於前揭周紹泉等編，〈進出總登〉《徽州千年契約文書》第14卷（光緒22年），頁184、187、196。

由於胡廷卿已經在賬簿中將光緒二十六年（1900）至民國四年（1915）的俸金統計完畢，因此筆者僅對光緒二十六年以前的俸金加以另行統計。但首先要說明的是，由於胡廷卿在賬簿中僅僅偶而在年末小結中將俸洋統計出來，對於大多數年份則沒有統計，而是散見於流水賬中，且筆者通過對有統計年份中的「總結」與流水中加以對比發現二者不能保持一致，總結部分往往會高出流水。因此，筆者統計的標準是在有「總結」的年份中即按「總結」部分統計，無「總結」的年份則根據流水中的相關記載加以統合。至於所收的節禮禮品，由於所佔比重不大，在不能確知價格的情況下加以忽略。按照此標準，其歷年的俸金收入列表如下：

表 2：胡廷卿塾師收入洋、錢折米數量表

| 年份 | 俸金 | | 節禮錢 | 洋錢比率（平均） | | 總 | 米價（1升/文） | 俸米（升） | 總米數（升） |
	洋（元）		錢（文）	本洋	英洋	錢（文）			
光緒 7 年	本洋	37	1700	1202	——	46174	36	——	1282.6
光緒 8 年	本洋	47	2300	1263	——	61661	28	——	2202.2
光緒 9 年	本洋	60	3460	1274	——	79900	33	——	2421.2
光緒 10 年	本洋	25	6800	1290	——	39050	30	——	1301.7
光緒 11 年	本洋	18	3200	1254	——	25772	30	3.1	862.2
光緒 12 年	本洋	17.3	1400	1238	——	22817.4	30	8.1	768.7
光緒 13 年	本洋	40	1200	1244	——	50960	33	214	1758.2
光緒 14 年	本洋	48	4751	1244	——	64463	33	——	2976.9
光緒 15 年	本洋	21	2112	1264	——	28656	28	——	1023.4
光緒 16 年	本洋	19+1	4320	1302	1020	30078	28	186	1260.2
光緒 17 年	本洋	28.5	5965	1287	——	42644.5	26	8	1648.2
光緒 18 年	本洋	27	2141	1288	1023	36917	28	68.2	1386.7
光緒 19 年	本洋	29+1	2612	1275	940	40527	35	196	1353.9
光緒 20 年	本洋	16.35+5	6603	1274	1086	32862.9	30	217.4	1312.8
光緒 21 年	本洋	37+4	6499	1272	1046	57747	30	171.2	2096.1
光緒 22 年	本洋	3+26	4600	1259	989	34091	32	66.2	1131.5
光緒 24 年	英洋	23	2600	——	945	24335	38	——	640.4
光緒 25 年	英洋	23	1330	——	976	23778	34	——	699.4
光緒 26 年	英洋	37	——	——	995	36815	38	——	968.8

光緒 27 年	英洋	38	——	——	1027	39026	48	——	813
光緒 28 年	英洋	24	——	——	979	23496	50	——	469.9
光緒 29 年	英洋	48	——	——	932	44736	50	——	894.7
光緒 30 年	英洋	33	——	——	882	29106	30	——	970.2
光緒 31 年	英洋	42	——	——	937	39354	30	——	1311.8
光緒 32 年	英洋	52	——	——	1119	58188	45	——	1293.1
光緒 33 年	英洋	50	——	——	1092	54600	54	——	1011.1
光緒 34 年	英洋	64	——	——	1172	75008	50	——	1500.2
宣統 1 年	英洋	61.5	——	——	1315	80872.5	52	——	1555.2
宣統 2 年	英洋	68	——	——	1315	89420	68	——	1315
宣統 3 年	英洋	60	——	——	1281	76860	72	——	1067.5
民國 1 年	英洋	62.5	——	——	1302	81375	70	——	1162.5
民國 2 年	英洋	46.5							
民國 3 年	英洋	45			——				
民國 4 年	英洋	24							

注：1、表中洋的表格中「＋」後的數字表示英洋數目；

　　2、由於米價在一年中有變化，表中數字為其平均數。

綜合胡廷卿賬簿的記載，可以發現他作為塾師的收入與中國其他地方的鄉村塾師一樣，基本由三個方面構成：首先是學費，這是主體，其次是節禮錢，再次是學生首次入學的贄敬錢。學費一般是用洋來交納，但有時在貨幣不足的時候還會用米來代替，如表中光緒十一年、十二年所收大米即如此。節禮錢和贄敬錢多是銅錢，節禮錢一般於端午、中秋及春節時饋送。在開始時，皆是以禮物贈送以表示對老師的尊敬，但至遲在胡廷卿生活的時代則多以貨幣交納。根據胡廷卿的記載，基本是上每個學生每次交 200 文。當然，有時也會以禮物來代替，或者銅錢與禮物混交，並不統一〔註 34〕。我們從上表中的數字可以看出，胡廷卿的塾師收入是有起伏變化的。大體上說，光緒十三年以後特別是邑增生身份的獲得後，其俸金收入明顯增加，這體現出了聲望的上升與生源之間的關係。對於有些年份的收入下降，可能是因學生退學引起的，因為在塾館中的學生相對較為自由，這一點也可能是前面「關書」

〔註34〕宏觀研究可參見徐梓，〈明清時期塾師的收入〉，《中國社會經濟史研究》2006
　　　年第 2 期，頁 30～37。

出現的原因之一。但有時則是由於學生家長拖欠俸金而至第二年交納導致
的。當然，連續幾年的減少現象，就跟當時的社會狀況有關了，如自光緒二
十四年至光緒三十年的變化，這恰好與清政府從光緒二十四年開始對教育改
革的時間相一致，前已提及清政府自光緒二十四年頒佈〈定國是詔〉開始，
將全國範圍內各級轄區內的書院改爲小學、中學與大學，正是這一政策的變
化引起了民眾的對塾學的懷疑，隨後幾年俸金一直不高，這應該是胡廷卿以
及鄉村民眾對這一局面的適應觀望期。與其相一致的是光緒二十九年胡廷卿
所立關書的出現，可以說，「關書」的出現讓其塾師的收入在光緒三十年以後
開始上升。

那麼塾師的收入在其生活中具有何種意義呢？綜觀 31 年的收入，其折換
成大米的總量是 40459.3 升，平均每年收入 1305.13871 升，按照 100 升=1 石
再次折算約爲 13.05 石。據宋末元初徽州士人方回「五口之家，人日食一升，
一年食十八石」﹝註 35﹞的敘述可知，一個五口的家庭，一年大米的食用量爲
18 石。就胡廷卿一家而言，自其父去世後，家中至少有三個成年人：本身、
妻、長子陽開，另外還有一位未成年人幼子佛子﹝註 36﹞，由於族譜中不記載
女孩，因此這個數字是最少的。但即便如此，這個收入僅勉強滿足他們的吃
飯問題，況且生活中還有其他需求。這一點與學界以往研究所得出的結論有
異。

劉伯山曾通過黟縣萬氏塾師的收入進行過統計，得出每年平均數額是
制錢 37100 文，並據此論述：「換算成洋，按當時當地的比價近 62 元，換
算成銀，按清代法定的比價是 37 兩多。這樣的收入，在當時當地不僅衣食
不愁，而且可以適量購房、買田、置地。﹝註 37﹞」黟縣萬氏塾師的賬簿是
同治三年（1864）至同治八年（1869）所作的記錄，與胡廷卿的生活年代
不遠，且同屬徽州，與祁門毗鄰。二者可以作一比較，如果以制錢作爲標
準，胡廷卿 31 年間（民國 2～3 年不計）的總收入是 1471290.3 文，平均每
年收入 47460.97742 文，要高於萬氏的收入，但換算成大米（13.05 石），連
四口人的消費都不夠，更談不上購房、買田、置地了。因此，他的這一結
論是值得商榷的。

﹝註 35﹞ 見（元）方回著，〈附論班固計井田百畝歲出歲入〉，《古今考續考》（卷 18）。
﹝註 36﹞ 見前揭（民國）《貴溪胡氏支譜・顧公派下圖七》。
﹝註 37﹞ 見劉伯山，〈清代徽州塾師的束脩──以《徽州文書》第二輯資料爲中心〉，《安
　　　　徽大學學報》（哲學社會科學版）2006 年第 1 期，頁 93。

表 3：光緒二十二年胡廷卿以洋換錢記錄表（4～7 月份）

年份	月	日	記載	頁碼	卷數
光緒22年	清和月	初二	收秋福英洋一元，九八	196	十六
			收揀票英洋一元，九四	196	
			支英洋一元，義田換錢九六	196	
		初四	支英洋一元，換錢一千，補數內	197	
			支英洋一元，換錢一千	197	
			義田米局（入後算）去英洋一元，九六	198	
		初七	支英洋一元，客，換錢一千零十	198	
		初八	照義田米價三二，本洋價一二三。	198	
		廿一	支英洋一元，換錢一千零二十，布客	199	
	五月	十四	實收來錢二千零二十九，內英洋一元，九七扣	204	
			支本洋一元，又支英洋一元，七八扣本	205	
		十八	支英洋一元，換錢一千。買帶客，過十九不換	205	
			支錢四百九十七，一二三，扣洋四十	205	
			收瑞記茶英洋二元，一千扣	205	
			本家首會付出英洋七元，七八（照義田價）扣本洋五元四角六分	206	
			又付本洋二元，義田本洋價一二三，英洋九六	206	
			又付錢四百十八，一二三申洋三角四分	206	
			各得英洋十五元，七八扣本洋十一元七角	206	
			本洋三元；又錢三百七十，一二三扣洋三角	206	
			除鑒三代付英洋七元，七八扣本	206	
		廿一	支英洋一元，義田換錢，九六	206	
			支英洋一元，換錢一千零二十	207	
	暑月	初七	支英洋一元，換錢一千零二十	208	
	七月	初二	支本洋一元，換錢一千三百，義田時價本一千二百六十，英九百七十	211	
			支英洋一元，換錢一千，衣客擔	211	

　　首先他並未考慮到萬氏家庭的人口構成和米價的高低，其次，更為關鍵的是他對銀、錢比率的嚴重誤判。他認為「徽州十個十分恪守傳統的社會，民間對官方法定的比價總是會長期認同並恪守的」，以此捨棄彭信威先生在《中國貨幣史》所列載之〈清代制錢市價表〉中一兩白銀=1500～1600 文的數據，而採用官方法定的比率即 1：1000 來折算，這讓筆者十分不解。首先，

徽州作爲一個眾多商人的地域，地理上雖然眾山環繞，但對於十人九商的徽州人對市場則十分敏感，上述筆者提及的胡廷卿賬簿中對饒州、九江布價、洋價的記載即是明證，而且徽州民眾也不會置銀貴錢賤的事實於不顧，墨守國家很早就規定的 1：1000 的規定。以洋價爲例，胡廷卿在一年中有多次的換算，即便是同一時間的換錢行爲，由於對象、地點不同其換算比率亦是不同，爲了說明問題，筆者僅將光緒二十二年（1896）一年中 38 次中的 25 次換錢記錄部分製成表 3。從表中我們可以看出，胡廷卿換錢的次數非常頻繁，且換錢的對象既有本村的商店，亦有來貴溪挑擔買貨的布客、帶商、衣客，其中既有洋、錢之間的比價，亦有本洋與英洋之間的價格記載（七月初二）。且村中亦以義田米局爲中心形成了一個價格機制，並以此作爲參照。不僅如此，他在與外地賣貨郎進行換錢時還具有時效性（五月十四）。表中所列有關洋、錢比率的 25 次記載中，洋的價格並不一致，月與月之間差別較大，甚至是一日之中亦有變化。從中看出胡廷卿雖居於山村之內，但對於跟其經濟利益直接相關的這些信息是非常注意。價格的急劇變化，不僅取決於折換雙方的經濟地位，而且亦表明民眾對市場的敏感度。如果用「封閉」和「恪守」來形容這一現象，恐怕很難成立。洋、錢換算如此，銀、洋、錢之間的換算亦是如此。

事實上，晚清時期民眾中雖然很少用銀，但由於向國家交納糧食稅時是以銀爲單位來結算，因此，徽州民眾對銀、洋、錢之間的換算是非常重視，特別是對於以宗族爲單位來應對這一賦役的徽州〔註 38〕，內部的分攤比例即是按照銀來承擔的，所以他們必須弄清銀、洋之間的換算才能以洋的形式支付。在胡廷卿的賬簿中有多次相關的記載，茲舉一例：

戊子年（光緒 14 年），照本年常豐糧局兌則由單抄。

二圖

八甲常豐糧局上、下則，一兩七錢七、一兩七錢六，共二兩一錢五釐三。三百三十一號。

八，宗祠上、下則，四兩九錢八分七、四兩九錢八分六。三百三十。

〔註38〕見申斌、黃忠鑫，〈明末的里甲役與編戶應對策略——徽州文書《崇禎十三年四月二十日楊福、楊壽立合同》考釋〉，《中國社會經濟史研究》2015 年第 3 期，頁 41～51。

六，義田，上、下則三兩一錢一分六、三兩一錢一分六。三百
十五。

四，胡文會，上、下則，八錢零六、八錢零五。一百二十二。

四，祀年公，上、下則，二兩四錢六分六、二兩四錢六分六。
一百三十三。

四，興文祀，上、下則，六錢二分零、六錢一分九。一百五十九。

九，神主會，上、下則，三千零五、三千零四。三百六二。

九，胡義學，上、下則，四錢零八、四錢零七。三百三十二
〔註39〕。

這裡他詳細記錄了與其相關的村中二圖四、六、八、九四個甲，在交納夏、秋兩季時各自應出的銀數。他們雖然是以銀兩作為結算標準，但實際上則是用洋來完成。因此，他們必須瞭解二者之間的換算。這在胡廷卿的賬簿中也有多次記載，茲舉兩例：

（光緒十三年）五月十六，收克三代買來二九天官標半匹，計銀九錢五分零，八二扣洋一元。扣銀一錢三分，一五六扣錢二百零一文，計銀一錢三分〔註40〕。

（光緒二十一年）五月廿五，收景和代買來超等蘭竹布一匹，計重一斤七兩（幹），扣銀六錢五分。九六銀。

又收洋土布半匹，計重五斤（幹），五丈。扣銀一兩五錢。時價銀對本洋八六五兌。前付過本洋二元，八六扣銀，除付，約欠伊錢五百四十。銀作十五扣錢〔註41〕。

根據上面兩則記載，再結合當時的洋、錢比率，可以換算出三個年份的比價，即：光緒十三年：銀 1 兩=洋 1.22 元 = 錢 1560 文；光緒二十一年：銀 1 兩 =本洋 1.156 元 = 錢 1500 文。顯然，這一比率與彭信威先生所得出的數據一致，說明了其數據的準確性。祁門縣如此，那麼，在時間上與

〔註39〕見前揭周紹泉等編，〈春茶總登〉，《徽州千年契約文書》第 14 卷（光緒 17～21 年），頁 385。

〔註40〕見前揭周紹泉等編，〈進出流水〉，《徽州千年契約文書》第 14 卷（光緒 13 年），頁 436。

〔註41〕見前揭周紹泉等編，〈各項謄清〉，《徽州千年契約文書》第 16 卷（光緒 21 年），頁 378。

胡廷卿生活時代相距不遠、在地理上與祁門毗鄰的黟縣的情形不會出入很多。事實上，由於道光以後鴉片的輸入迅速增加，大量白銀外流，出現了普遍的銀荒現象，銀錢比例嚴重失調，儘管鴉片戰爭後，隨著清政府實行將鴉片在國內種植的合法化等措施，使得銀價有一定的回落，但並沒有回落到清政府所規定的 1：1000 上，這一事實也爲學界所普遍認同。徽州社會和民眾亦不會封閉到對此一無所知，也不會迂腐到不顧事實，把大量財富拱手交給別人。相反，通過胡廷卿的記載可以確認，對於商業盛行的徽州社會，當地民眾利用各種渠道能及時獲悉相關市場，亦出於自身利益十分關心此事。

據此，通過對胡廷卿作爲塾師的收入，再結合黟縣萬氏的情況，筆者以爲，晚清時期的鄉村塾師單靠教書獲得的收益根本無法滿足日常的生活，他們必須依靠其他手段增加收入來維持生計。當然，對於光緒三十年分家後的胡廷卿則另當別論，分家後的只有他孤身一人，他的收入遠遠多於他的支出，因此他可以貼補長孫承啓和兒子了。

三、餘　論

從以上的討論中，我們可以看出，晚清的教育改革的確對社會各個階層的生計生活帶來了巨大影響。就鄉村塾師而言，面對這一改革他們應對方式不一。本文所討論的胡廷卿在國家廢私塾、興學堂的措施時，並未消極對待，而是順應時代潮流，採用立關書、辦學校的方式，保證了自己的教書收入，繼續著自己的教書事業。但山西的劉大鵬則放棄了坐館的職業，開始開礦山，與人合夥辦企業，以這種方式來養家糊口〔註42〕。即便是同屬徽州府的婺源人詹鳴鐸也與胡廷卿的選擇有異，他在自己的紀實性自傳體小說中寫道：「時國家詔停科舉，起學堂，我以蒙館一事，不合時宜，因謝散學生，將擬往外謀事。村內丙生喚人來請我上去，他想我以私塾改良，充作學堂，盡先任我開辦，我亦辭之。〔註43〕」這雖是小說家言，但由於這部小說強烈的紀實性，筆者以爲這段敘述亦是事實〔註44〕。

〔註42〕 見前揭沈艾娣著，《夢醒子：一位華北鄉居者的人生（1857─1942）》一書的相關論述。

〔註43〕 見〈迎新學五門道賀，探爹娘七夕到杭〉，「末代秀才」詹鳴鐸著，王振忠、朱紅整理校注，《我之小史》（第九回）（合肥：安徽教育出版社，2008 年），頁 174。

〔註44〕 見王振忠，〈徽商章回體自傳《我之小史》的發現及其學術意義〉，《史林》2006年第 5 期。

　　由此觀之，面對晚清這場聲勢浩大的教育改革，不同的塾師會選擇不同的策略來加以應對，劉大鵬放棄坐館選擇了開礦，詹鳴鐸散館後改爲經商，而胡廷卿則採取各種措施繼續他的教書職業。這些塾師的不同選擇既與他們的性格相關，又跟各自所處的既有的謀生社會環境密不可分。當然，要解決這一問題，當作進一步的討論。

（作者簡介：董乾坤，男，安徽大學中國史博士後流動站博士後、復旦大學歷史地理研究中心博士）

籌款變「愁」款：晚清童試經費的籌集與攤派——以四川保寧府爲中心的考察

張　亮

摘要：童試作爲士子「雲程發軔之初」，是科舉制度的重要組成部分，是社會實現上下流動的一環，其經費籌集是考試得以進行的基礎。從四川保寧府來看，童試辦考經費主要是以攤派爲主，而攤派經費的來源則有學田賓興、考棚公業作佃生息等。晚清社會劇變，首縣貼賠受累的狀況頻出，各州縣拖延欠解成爲常態，籌款儼然變成「愁款」。加之早期各州縣對賠累問題未引起足夠重視，以致後來「挪墊無門」。而科舉停後，閬中縣也並未如想像的輕鬆，而是繼續爲清廷、省、藩司對考試經費的爭奪所煩擾，爲學堂和其他新政事務所累。

關鍵詞：童試經費；《南部檔案》；攤派

　　童試作爲士子「雲程發軔之初」，是整個社會實現上下流動的重要一環。其分爲縣、府、院三級，三年歲科兩考，文生兩場，武生一場。不僅場次多，頻率高，而且人數眾，耗時長。如巴縣府試歲科兩考，「文童均分六棚，每棚九日，其須五十餘日。武童又須二十餘日。」〔註1〕保寧府府試分三棚，耗時亦是不短。〔註2〕爲保證考試的順利進行，各府州縣都有相當的經費投

〔註1〕四川省檔案館藏，《清代巴縣衙門檔案》（簡稱《巴縣檔案》）（光緒十一年），06-06-6306-13。

〔註2〕四川省南充市檔案館藏，《清代南部縣衙門檔案》（簡稱《南部檔案》）（光緒三十一年），17-309-1。頭棚閬中、蒼溪、昭化、廣元四縣；二棚劍州、南部、南江三州縣；三棚巴州、通江二州縣。

入。因資料收集和問題意識有別，學界在鄉會試層面的經費研究已取得豐碩成果。〔註 3〕而童試因與各地方州縣關係尤爲直接密切，其經費的籌集牽動州縣社會的諸多層面，受社會變化的影響較深。故釐清童試經費問題，不僅是更全面研究科舉制的需要，亦是認識晚清州縣社會的重要視角。

　　童試雖爲國家掄才大典，卻與「入有額徵，動有額支，解有額撥，存有額儲」有固定經費來源屬於經制項目的鄉會試不同〔註 4〕，童試辦考並無法定撥款，而是需各府州縣自主籌措。晚清以降，應千古未有之大變局，童試經費的籌措也受到了影響。現藏於四川省南充市檔案館的《清代南部縣衙門檔案》（簡稱《南部檔案》）中有關於晚清保寧府童試經費籌措的翔實記載。〔註 5〕本文擬對清末時期保寧府的童試經費籌集與攤派爲中心進行實證研究，窺探晚清制度轉型過程中，童試經費來源及其面臨的變化和困難，展現晚清時期經費籌集過程中各方利益爭奪及糾葛，反觀科舉與社會的關係。

一、同中有異：以攤派爲主的籌款方式

　　清代州縣財政存留制度拮据而僵死，數額甚少，導致各州縣大量必不可

〔註 3〕因資料收集及問題意識有別，專此論題相關的研究有：李世愉先生的〈清代科舉經費的支出及其政策導向〉，載於劉海峰主編，《科舉制的終結與科舉學的興起》（武漢：華中師範大學出版社，2006 年），探討了清代科舉中鄉、會、殿試中的經費支出，以及支出中的政策導向兩個問題，認爲清政府在科舉考試中的各項支出，花費並不大，但目的性、政策性極強。徐毅的〈晚清科舉經費研究——兼論從「福利教育」到「繳費教育」的轉變〉，《歷史檔案》2010 年第 1 期，在前人的基礎上，將晚明清初、晚清的科舉經費作了更進一步的研究，爲揭示科舉經費的時代特徵和歷史意義，挖掘其背後所牽引出的中央政府、地方政府，以及民間社會三者複雜的互動關係；另外徐毅的〈清前期地方政府對科舉經費的管理與監督〉，《教育與考試》2010 年第 3 期，對清前期奏銷科舉經費和外銷科舉經費作了研究，並認爲外銷科舉經費最大限度的彌補了奏銷科舉經費在維護科舉制運作過程中的不足；王立剛的《清代童試研究》（花木蘭文化出版社，2016 年）討論了童試期間的各項支出，以及一些民間力量對童試的資助。

〔註 4〕轉引自史志宏，《清代戶部銀庫收支和庫存研究》（北京：社會科學出版社，2014 年），頁 10。

〔註 5〕四川保寧府位於成都東北方向，「領州二、縣七，治閬中，南南部，北蒼溪、廣元，東北巴州、南江、通江，西北劍州、昭化」《大清五朝會典》（22）《光緒會典圖五》（卷 228）《輿地九十》（北京：線裝書局，2006 年），頁 2328。閬中在清初曾是四川省會，後作爲川北道和保寧府所在地，也曾是鄉試舉辦地。其考棚「剏自國初，歷年久遠」，直到康熙二年，閬中考棚才結束作爲鄉試考場的使命，改爲舉行保寧府府試、院試和歲科兩考的考場。

少的支出沒有合法來源，即存在大量不能「作正開銷」的法外支出。在此情形下，道、府乃至藩、臬、督、撫爲了解決辦公經費不足的問題，往往巧立各種名目向所屬州縣進行攤派。長此以往，這類攤派的名目、數額逐漸形成定例，成爲「無制之制」、「非法之法」。〔註6〕童試辦考經費即是這種成「例」攤派的之一。又因府、院試辦考之地多爲府屬首縣，所以此項經費多是各府的首邑向所屬州縣攤派籌集。

保寧府攤派標準是按缺分攤，且除了銀兩的攤派，還有「力」的攤派。光緒八年，閬中知縣吳鼎立道：「保寧府歲科兩考以及學憲按臨院試，棚內一切供應浩繁，需費甚巨：每屆歲考約需銀三千餘兩，科考需銀二千四五百兩之譜。」〔註7〕此款按照「向章」，在各屬按缺攤派。並於「保屬各州縣中挨次輪派酌調一州一縣來郡幫辦」〔註8〕。向章，即需要各屬自覺遵守的共同約定的定例。保寧府童試經費攤派是在其所屬的閬中縣、南部縣、通江縣、巴州、南江縣、劍州、昭化縣、廣元縣、蒼溪縣按缺攤派。〔註9〕除此之外，各屬州縣還要挨次輪流幫辦考試事宜。

而同屬四川，位於川東的重慶府則按生童應試名數攤派和按缺攤派相結合，具體細節上也更爲細緻周密。重慶府共轄 15 個州縣，辦考所需經費更甚於南部縣。〔註10〕道光二十六年（1846），重慶十五州縣，與巴縣李姓正堂商議，將院試攤派銀以 2500 兩爲準，按照各州縣童生應試名數攤派，遂成定例，歷久遵行。〔註11〕另外，巴縣的府試、院試及其文武童考試的分攤標準各不相同，「府試繳棚費銀 12 兩，院試照坐號冊每名按牌繳銀二、

〔註6〕 魏光奇，《有法與無法——清代的州縣制度及其運作》（北京：商務印書館，2010 年），頁 312、314。

〔註7〕 《南部檔案》（光緒八年六月初二日），8-642-1。鄉試經費銀在南部縣也是按缺攤派的《南部檔案》（光緒十四年十月十日），10-171-2。

〔註8〕 《南部檔案》（光緒八年六月初二日），8-642-1。鄉試經費銀在南部縣也是按缺攤派的《南部檔案》（光緒十四年十月十日），10-171-2。

〔註9〕 據周詢，《蜀海叢談》，沈雲龍主編，《近代中國史料叢刊》（初編第一輯之 007）（臺北：文海出版社，1966 年），閬中、劍州、昭化均爲「衝、繁」兩字中缺；廣元爲「衝、繁、難」三字中缺；南部縣爲一「繁」字簡缺；蒼溪縣、南江縣、通江縣均爲無字簡缺。

〔註10〕 《巴縣檔案》（光緒三十一年二月十六日），06-34-6244-1。重慶府所屬江北、江津、璧山、安居、銅梁、永川、涪州、長壽、綦江、南川、合州、定遠、巴縣、榮昌、大足十五個州縣。

〔註11〕 《巴縣檔案》（光緒十一年三月初五日），06-06-6306-1。

三百兩不等」﹝註 12﹞。而歲考武童府試棚費銀，曾爲周姓正堂大加裁改並酌定章程，按照缺之大小分別攤派。﹝註 13﹞武童院試棚費銀則是按每童收攤銀 3 錢進行攤派。﹝註 14﹞

由上可見，童試經費的籌集由各府屬州縣攤派，但攤派額度的標準因地而異，總的來說是在保證考試能夠順利進行的情況下，給了各地很大的自主空間。表面上看都主要是在以攤派的方式的來籌措經費，但在具體的執行中，標準各異，可謂是「同中有異，異中有同」，「形同而實不同」。

值得注意的是，童試棚費的攤派作爲被認可的定例，也是一筆繁重的開銷。乾隆、嘉慶年間，曾任御史的謝振定在談及攤派費用時提及考棚經費銀，認爲考棚修繕費的攤捐是州縣官年度費用中最主要項目之一。﹝註 15﹞而從光緒十一年至十四年南部縣李姓、王姓兩任縣正堂在任期間卸任經費交接清單中可見，南部縣所攤解的科考經費攤派遠遠高於春秋二祭祭祀銀、憲書工本銀等經費，而攤派保寧府舉行的歲科兩試、院試棚費銀兩 480 兩，又明顯高過鄉試、會試科考經費應攤銀兩 194 兩。﹝註 16﹞直隸束明縣在被其稱爲「道府雜項」的上繳款項中，解府考棚公費銀 201 兩亦屬於向上司衙門的公費攤捐，且數額不菲。﹝註 17﹞

加之「上司衙門所有需用，都是例由所屬首縣支應，名目繁多，不可數計」﹝註 18﹞。所以攤派項目繁多，不僅有考試經費，還有其他雜項，例如保寧府還有軍轅幕修，道、府夏冬兩季衣帽、鄉試銀兩等項的攤派。﹝註 19﹞據魏光奇先生研究得出，由於攤捐出自官員廉俸，故採取按任職天數分

﹝註 12﹞《巴縣檔案》（光緒十一年），06-06-6306-11。

﹝註 13﹞《巴縣檔案》（光緒二十四年三月十二日），06-06-6329-4。

﹝註 14﹞《巴縣檔案》（光緒二十七年五月初十日），06-06-6331-1。

﹝註 15﹞參見瞿同祖著，范忠信、何鵬、晏鋒譯，《清代地方政府》（北京：法律出版社，2011 年），頁 40～43。另，魏光奇將攤解的棚費銀兩歸爲公費名義下的陋規。參見魏光奇，〈清代州縣財政探析〉，載魏光奇著，《清代民國縣制和財政論集》（北京：社會科學文獻出版社，2013 年），頁 267。

﹝註 16﹞《南部檔案》（光緒十二年九月初八日、光緒十四年十月初十日），9～507、10～171。

﹝註 17﹞魏光奇，《有法與無法——清代州縣制度及其運作》，頁 316。

﹝註 18﹞魏少游，〈清末地方政治雜憶〉，《文史資料存稿選編》（北京：中國文史出版社，2002 年），《晚清北洋》（上冊），頁 221。轉引自關曉紅，《從幕府到職官：清季外官制的轉型與困擾》（上海：生活·讀書·新知三聯書店，2014 年），頁 419～420。

﹝註 19﹞《南部檔案》（光緒十四年十月十日）10-171-2。

攤的辦法。〔註 20〕大概因爲官員在任時間的不確定，按日分攤相對公平，容易交接，所以按日分攤的現象在各州縣普遍存在。從光緒十二年（1886）南部縣李姓正堂的交任清單中，明確提及了當時南部縣所攤「歲科兩考、院試棚費銀 240 兩……無論正署代辦人員，分作三年攤解歸款」。〔註 21〕這在一定程度上減輕了在任官員的攤派負擔，也解決了官員流動過快造成的攤派不均的問題。

其實，不僅是考試銀兩按日均攤，而是幾乎所有的攤派款項都是按日均攤。在四川，科場經費銀每年攤銀以及科場主考公費銀，「即是以鄉試之年八月初一起，無論正異，分作三年，按日均攤」。〔註 22〕光緒二十八年，四川舉行庚子、辛丑恩正兩科各州縣不僅要解油燭銀若干兩，還要攤解科場各項經費，「向由在任人員墊解，三年分攤」。〔註 23〕

童試攤款來源，是童試經費籌集在晚清發生變化的重要關節，也是理解童試對州縣社會影響的關鍵。而攤款來源中，除士子應試的報名費、試卷費，以及學田賓興等項，其他管道仍不甚明瞭。從現有記載來看，保寧府的經費來源主要有以下方式：

其一，學田賓興兩局的措解。學田、賓興資助州縣辦考在四川非常普遍。「川省各府廳州縣皆有學田，其租息所入以供本郡邑文學科名之資助。」學田款由地方籌集，大部分來源於富紳捐贈。隨著時間累積，有增無減，多稱富餘。除用於學官給養，鄉會試旅費、公交車費作賓興外，主要用於院試、歲科兩考棚費銀，此即是所屬州縣攤派首邑考試銀的重要來源。〔註 24〕據縣志，康熙六十一年（1722），清查得保寧府屬十州縣學田地共一萬一百五十三頃五十畝之多，載糧三千七百五十九石四斗一升。〔註 25〕光緒十四年（1888），南部縣知縣王廷贊即道：「縣屬辦理學田收有成數，顧名思義此項科考棚費，應由學田局措解，方昭公允。」且其任內墊解的考棚費銀當由學田局繳還。〔註 26〕光緒二十八年（1902），學田支款棚費銀 100 兩，生童月課銀 320000 文，小

〔註 20〕 魏光奇，《有法與無法——清代州縣制度及其運作》，頁 318。
〔註 21〕 《南部檔案》（光緒十二年九月初八日），9-507-1。
〔註 22〕 《南部檔案》（光緒十四年十月十日），10-171-2。
〔註 23〕 《南部檔案》（光緒二十八年五月六日），15-911-1。
〔註 24〕 周詢，〈制度類‧下‧學田〉，《蜀海叢談》（卷二），沈雲龍主編：《近代中國史料叢刊》（初編第一輯之 007）（臺北：文海出版社，1966 年），頁 365。
〔註 25〕 王瑞慶等，〈食貨志‧田賦〉，《（同治增修）道光南部縣志》（卷四）。
〔註 26〕 《南部檔案》（光緒十四年十月十日），10-171-2。

學堂算學教習薪金 57357 文。〔註 27〕在南部縣，考棚經費的攤派某種程度上已經落到了學田局身上，抑或說南部縣經營學田的目的就是爲了支持南部縣的各項文教事業的經費支出。同樣，與之相鄰的重慶府，學田賓興兩局也是考棚經費的重要來源。〔註 28〕

其二，考棚本身所得捐贈及其公業租佃的息錢也是考試經費的一大來源。南部縣試院在縣西街，道光二十二年（1842）知縣王仲選倡首，勸諭十鄉糧戶捐輸而建立。考棚周圍牆垣「茲將充施當價，找買業產，鋪房街基各處坐落，以及歲收租息，歸公補葺」，其後亦有不少縣屬民向考棚捐施公業。〔註 29〕

考棚公業可作佃生息，利息收入主要作爲考棚辦公用銀，也作爲書院膏火、館師束脩銀，以及考棚辦考公用銀。道光二十二年（1842），考棚剛成立不久，即有富村驛富義鄉監生陶國安向其捐施錢文。〔註 30〕隨後，向考棚捐施的還有南部縣民譚文統將田地一分契載價銀 53 兩 4 錢、錢 312000 文，壓頭錢 120000 文，歲收佃錢 24000 文充入南部縣試院考棚；廩生陳錦章將坐落於富村驛田地，每年所收佃錢 3400 文充入考棚。另外還有一些不知名者所捐的鋪房、店面等。〔註 31〕這些捐施性質的產業不斷充實著考棚的力量，爲童試的順利開展提供了一定的經費支持。

另外，在巴縣還見有縣書院負責，應試童生攤派，或者是紳士籌集的情況。川東長壽縣府、院考經費攤派銀「向歸書院開支」。〔註 32〕而書院的經費來源又主要由各生童的攤派。〔註 33〕清末隨著考試用款的增加，學田、

〔註 27〕《南部檔案》（光緒二十九年四月），16-348-1。

〔註 28〕《巴縣檔案》（光緒三十一年三月初六），06-06-6306-5。無獨有偶，據廣西《荔浦縣志》載：康熙五十九年（1720）春，該縣教諭馬振先捐俸銀二十兩，爲縣學買到坊廓裏的二十七丘田地，作爲賓興田，其田租用來資助本縣儒學生參加歲科兩試和科舉考試。（《學校類》，民國《荔浦縣志》（卷 2），轉引自徐毅，〈清前期地方政府對科舉經費的管理與監督〉，《教育與考試》2010 年第 3 期。）

〔註 29〕王瑞慶等，〈學校志‧試院〉，《（同治增修）道光南部縣志》（卷九）。

〔註 30〕《南部檔案》（光緒十四年十二月初一），10-190-1。《南部檔案》（道光二十二、二十三年），4～334。早年，陶國安將土地當與鄉民陶仲，價錢 94 文。道光二十年，又加佃錢 26 文，共 120 文。因陶國安無力退取陶天星們的當價錢，遂要陶天星們借當找買。陶天星們無力承買，就來案將當價錢 120000 施入考棚了，縣衙飭令陶國安另找買主，與考棚交出當價錢文。

〔註 31〕王瑞慶等，〈學校志‧試院〉，《（同治增修）道光南部縣志》（卷九）。

〔註 32〕《巴縣檔案》（光緒三十一年三月初六），06-06-6306-5。

〔註 33〕《巴縣檔案》（光緒十一年十月十四日），06-06-6306-9。

賓興的不敷支出，考試銀兩則變爲由各紳士籌集。光緒二十六年（1900），川東道臺蔣某在關於棚費銀的來源指出，「兩棚應攤棚費銀兩在學田賓興等款於年內提交來府，以憑匯發。」，而巴縣作爲首縣，是府試、院試舉辦之地，「內外一切用費如學田賓興等款均無餘銀可提，亦由該縣傳紳另籌。」〔註34〕

由此可見，童試經費的攤派及其來源，並不獨立，其間諸多交叉，相互影響。學田、賓興、考棚公業租佃錢不僅是縣試經費的重要來源，也是很多州縣攤派府、院試考棚銀的實際承擔者，更是鄉會試經費的重要來源，是童試得以順利進行的保障。其他如各士子的攤派或紳士的籌集，體現了經費來源的多樣性。各地爲順利辦考，在具體的操作中，處理方式靈活多樣。此雖然有利於發揮各地的主觀能動性，在一定程度上保證了考試的順利進行，但其牽一髮而動全身的相互聯繫性，爲日後籌款埋下了隱患。

二、銀缺時緊：籌款變「愁」款

嘉慶、道光時期，清王朝步入了多事之秋，列強的入侵，內亂外患頻仍，國庫空虛，財政拮据，各省官員的養廉銀無法足額發放，上級衙門剋扣養廉銀，收取津貼、規費，陋規之風愈演愈烈，對社會經濟產生了重要影響。〔註35〕太平天國後，由於釐金制度的興起等原因，清廷與州縣的財政關係發生變化，中央集權的管理體制逐漸動搖和瓦解。〔註36〕一系列不平等條約的簽訂以及咸豐年後持續性的白銀貶值造成通貨膨脹，國家整體的經濟形勢不容樂觀。稅收難以保證，開支有增無減，受此影響，科舉經費的籌集也日益緊蹙。

咸豐末年，四川兵亂未定，爲自衛計，各廳州縣紳士相與舉辦團練，其軍費捐輸按照各邑情形，照地丁少者一二倍，多或六七倍的加派；〔註37〕《申報》報導稱：「川省糧額雖輕，自軍興以來，不得已而有捐輸加以各項攤派，誠有正糧一兩加至七八兩者，小民實行苦累」。〔註38〕對此，同光之際的清廷針對各地陋規的改革，四川總督丁寶楨爲澄清吏治而刪裁陋規，卻造成了「辦

〔註34〕《巴縣檔案》（光緒二十六年十一月十二日），06-06-6330-1。

〔註35〕關曉紅，《從幕府到職官：清季外官制的轉型與困擾》，頁417～422。

〔註36〕楊梅，《晚清中央與地方財政關係研究——以釐金爲中心》（北京：知識產權出版社，2012年）。

〔註37〕周詢，〈制度·上·田賦〉，《蜀海叢談》（卷一）（沈雲龍主編：《近代中國史料叢刊》（初編第一輯之007）（臺北：文海出版社印行，1966年），頁22。

〔註38〕《申報》光緒元年四月二十日，頁3。

公竭蹶」的尷尬。〔註39〕很多州縣為了政績，更是將款項向新事務傾斜，為落實新政，政務開銷增多，攤派亦隨之加多。童試經費攤派因其靈活性及不確定性，在時局變動中也開始變化，需求和管理難度增加，問題日益凸顯，籌款儼然變成「愁」款。

保寧府來在光緒五年和七年間，時任閬中縣令的黃際飛和費秉寅辦理的歲科兩考，因各屬原攤棚費不敷支應之半，所以懇請仿造敘州、龍安、順慶、潼川等府稟定的章程，於「每屆歲考在於各屬增攤棚費實銀 1140 兩，連原攤共計實銀 2800 兩；每屆科考增攤棚費實銀 900 兩，連原攤共計實銀 1800 兩。」〔註40〕獲各憲批准立案，並批道：「考試為士子進身大典，各牧師均有父師之責，每處添幫一二百金或數十金，襄辦試事亦無可辭。仰候照抄原摺分飭保屬各州縣，即照天派數目迅速解交該縣查收辦理，以免貽誤，等因，奉此」。〔註41〕增攤獲批，但增攤額度卻未如閬中縣所期待的一倍的增幅。各州縣雖不用增添一半的攤派額，卻應適當幫添以示支持童生「進身大典」。這既滿足了閬中縣的增攤需求，也在一定程度上體諒了州縣的難處。但這種數無定額的靈活增攤，可能會加重閬中縣的收款難度。

從上文可見，辦考經費不夠花銷，不僅是在閬中縣，其臨近的敘州、龍安、順慶、潼川等府已出現經費不足的情況，且已開增攤先例，閬中縣不過是步其後塵。且在此時，各州縣不僅面臨童試經費增攤，也需應對鄉試經費的增加。四川省在同治十二年（1873）科場經費銀即由 66 兩增加為 99 兩，主考程儀的銀兩由 30 兩增加到 45 兩。〔註42〕攤派的增多，與各州縣的拖延觀望，漸成惡性循環之勢。

光緒八年是科考之年，面對棚費的不敷支應，閬中知縣吳鼎立稟懇增攤，獲得准允，可落實情況卻不盡人意。面對催繳箚文，一些州縣不僅置增攤款項於不顧，甚至連原攤款也是一拖再拖。吳知縣稱，當時保寧府各屬州縣中，僅南部、蒼溪、南江、昭化四縣尚能如數解足，此外的通江、劍州、巴州、廣元四處則往往拖延不解。而通江、廣元、巴州三處仍然欠解光緒五年科考棚費銀 156 兩，劍州、通江、巴州三處仍欠解光緒七年的考棚經費銀 230 兩。在閬中縣專箚嚴催下，巴州的欠解銀兩如數解清，但通江、劍州、

〔註39〕關曉紅，《從幕府到職官：清季外官制的轉型與困擾》，頁 424。
〔註40〕《南部檔案》（光緒八年六月初二日），8-642-1。
〔註41〕《南部檔案》（光緒八年六月初二日），8-642-1。
〔註42〕《南部檔案》（光緒十二年九月初八日），9-507-1。

廣元三處依舊拖延不解。〔註43〕加之「所調之州縣來郡幫辦，每考均有貼賠，以致各屬畏累，均皆裹足不前」，所以保寧府的辦考重任只得由閬中縣一處承擔。〔註44〕

吳稱截至六月初二日，學政已經在重慶府考試完畢，不久將到順慶，之後便會按臨保寧府。為此，閬中縣希望各屬州縣，重念寅情，將歲科兩考應攤棚費銀在學憲按臨之前，如數解足，如此閬中縣便可「早為預辦，免致貽誤。」〔註45〕為確保經費早日結清，閬中縣已於四月初稟請府憲委員分赴各屬催提，懇請保寧府，迅速「賜箚催保屬各州縣：「務於學憲按臨之前，即將本年應攤棚費銀兩如數解足，不准稍有蒂欠。」，除此之外，還懇請「嚴飭劍州、通江、廣元三處，速將舊欠銀兩，一併措解歸款」，倘各州縣中仍舊有視為具文者，即由保寧府就近查明，並記過。可謂雙管齊下，軟硬兼施，讓閬中縣得以「支應要差」。〔註46〕

為防對各州縣的拖延欠解，閬中縣還仿照潼川府「不出銀即出力」的辦法，以此達到緩解壓力之目的。閬中縣因「聞得潼川府三臺縣翟姓縣令，因各屬欠解棚費，任意拖延，稟請廣西各郡考試之例令□□□□縣輪派攤□□，請將本年科考，先由本府□提欠解棚費未清之員到郡幫辦，倘以不克分身為□亦郡委員，前往暫行代辦縣事。」並嚴飭此等攤捐之項「係奉督憲批，列入交代之款」，各州縣不得推諉。〔註47〕「所有本年科考應請先將前考欠解棚費最多之劍州方牧、通江胡令，由本府箚調來郡幫同辦理，一應銀錢出入，概令協同經管。事後無論盈絀均應與卑職分半平認，庶使劍州方牧等得悉卑縣辦考賠累之苦情，而卑職亦得稍分巨任。」〔註48〕閬中縣認為其與三臺縣事同一律，所以懇請仿照辦理，希以此來達到催款目的，並減輕減輕賠累之苦。

即便如此，各州縣所攤的棚費銀兩僅有劍州解到原攤棚費銀五十餘兩，其餘增攤的五十餘兩以及之前欠解的四十餘兩，仍舊置之不理，反而在委員催提時「忘生訾議」。其餘的南部縣、廣元、昭化、巴州、通江、南江等均是觀望拖延不解的態度。

〔註43〕 《南部檔案》（光緒八年六月初二日），8-642-1。
〔註44〕 《南部檔案》（光緒八年六月初二日），8-642-1。
〔註45〕 《南部檔案》（光緒八年六月初二日），8-642-1。
〔註46〕 《南部檔案》（光緒八年六月初二日），8-642-1。
〔註47〕 《南部檔案》（光緒八年六月初二日），8-642-1。
〔註48〕 《南部檔案》（光緒八年六月初二日），8-642-1。

然而，閬中縣作爲府首縣，卻不能也不敢因棚費支絀而推諉不辦，以致貽誤國家選才。但學憲即將按臨，而一切應辦供應如何置辦，卻如無米之炊。面對各州縣的藐視催提，拖延不解，觀望等待的態度，吳縣令叫苦不迭：「職本非實缺，賠累甚巨，職閒日久，無力墊賠。再加上墊辦學差，更覺累上加累」，「數月以來，寢室難安」。〔註49〕不得已之下，閬中縣一面先行挪借銀二千餘兩，預爲籌辦。一面借力布政使再次下發催箚催款，望各屬「速將本年應攤棚費銀兩趕緊如數解清」，以緩其辦考無銀之困境。

其實，早在道光、咸豐年間，辦考賠累的情況就已出現，同治年間逐漸增多，到了光緒年間呈普遍爆發之勢。故保寧府的境遇並不特殊，只是眾多辦考賠累州縣中的一員。同治八年（1869），山東滋陽縣令彭高惠稱其在職兩年，賠累情形一次甚於一次，墊用銀兩達到三千兩，而催還之款十不獲一。〔註50〕青州府閻姓正堂也稱，各屬延欠成習，府正堂稱其實在是難以繼續籌墊。學憲按臨，一切供應用款繁多，難爲無米之炊。〔註51〕

同時，巴縣的賠累也甚是嚴重。其歲試「一切供應共須銀三千餘金」，科考「一切供應仍須銀三千之譜」。致使巴縣每次辦考都得貼賠四、五百金。而夫馬局的裁撤，使得之前學憲的夫馬費用五六百金，也得由巴縣貼賠。光緒七年九年，巴縣辦理歲科兩考，共貼賠銀達三千二百餘兩。〔註52〕

這一時期，各首縣的稟文中，不約而同的都常出現「賠累」「貼賠」的等字樣，辦考陷入「無米之炊」的困境，各首縣爲此焦急不已。墊款難收，辦考賠錢受累，可謂是吃力不討好，各首府縣紛紛以增派攤款來緩解經費短缺和賠累甚重的危機。

三、愁款餘聲：最後一屆歲考

光緒三十年（1904），閬中縣舉辦了科舉史上最後一屆歲考。相較於光緒初年，社會環境出現了更大變動。如新疆建省，四川協餉攤派 180 萬兩，亦是各邑分攤；甲午戰爭賠款，川省每年派銀十七萬八千餘兩；庚子賠款，川省

〔註49〕《南部檔案》（光緒八年六月初二日），8-642-1。
〔註50〕國家圖書館古籍館編，《國家圖書館藏近代統計數據叢刊》（第 13 冊）（北京：燕山出版社，2009 年），頁 138。
〔註51〕國家圖書館古籍館編，《國家圖書館藏近代統計數據叢刊》（第 13 冊），頁 143。
〔註52〕《巴縣檔案》（光緒十一年三月初五日），06-06-6306-1。

每年解新案賠款銀 220 萬兩，均是各州縣攤派。〔註53〕光緒二十七年（1901），川省「督同司道就川省財力酌加鹽價稅契、肉釐等項，當茲國帑，告罄加以籌鉅款」〔註54〕。光緒二十九年（1903），練兵處加餉，四川攤派 50 萬兩。時任四川總督部堂的錫良在光緒三十年（1904）正月十一日電咨戶部的密電中稱道：「練兵處加餉，蜀派煙酒，捐 50 萬提，州縣中飽 30 萬，自應遵籌，……惟蜀民疲敝……川省州縣攤款之重，他省所無」。〔註55〕而清末四川開建川漢鐵路的鉅額用款負擔，全轉移至各州縣以「招股集款」的方式攤派。〔註56〕川省百姓攤派負擔之苦重不難想見。此時的保寧府，也面臨著一些新舊問題。

首先，與光緒初年相似，童試辦考經費劇增。時任閬中縣知縣的丁壽芝稱：「近年院試棚費支款倍增，各屬攤數不敷甚巨」。〔註57〕雖說倍增不免有誇大之嫌，但不敷支用應是事實。

其次，晚清川省自然災害頻發，岑春煊督蜀期間，發生了壬寅災欠以及甲辰災欠，而緊隨其後也是災欠不斷。光緒三十年前後，川省正遭遇連年荒旱，保寧府受災嚴重。光緒二十九年（1903），《蜀報》報導：「成都、南部縣等地貧民餓斃流徙」，「省城入夏以來，米價漲至每斗一千五百餘」，而「南部奇災，南部已旱三年，有闔家閉戶餓死者，殊堪憫惻。」〔註58〕保寧府作為受災嚴重之地，不僅糧食無收，而且稅釐減少，嚴重影響童試經費的籌集。閱覽光緒三十年前後的《南部檔案》，災荒一事被頻頻提及。諸如「迭遭數載歉收」，「辦理賑務年荒之費，伙食無出」等語，一些是鄉民的對災情呈報，一些是官員對災荒的感受。〔註59〕偶遇災荒，或可靠往年結餘度過，但連年

〔註53〕 周詢，〈制度・上・田賦〉，《蜀海叢談》（卷一），沈雲龍主編，《近代中國史料叢刊》（初編第一輯之 007）（臺北：文海出版社，1966 年），頁 22、32。

〔註54〕 《南部檔案》（光緒二十七年十月二十九日），15-619-1。

〔註55〕 《南部檔案》（光緒三十年二月），16-870-2。

〔註56〕 光緒三十年（1904）一月，四川總督錫良奏准設立「官辦川漢鐵路公司」，其款項有向各屬州縣攤派。《南部檔案》16-617、16-618、17-62、17-605、17-882、17-956 等檔案有關於此事的記載。

〔註57〕 《南部檔案》（光緒三十年九月二十六日），16-907-2。

〔註58〕 《蜀報》，光緒二十九年閏五月第一期，頁 307。轉引自魯子健編《清代四川財政史料》（上）（成都：四川省社會科學院出版社，1984 年），頁 699。

〔註59〕 在《南部檔案》中，有大量反映南部縣在光緒三十年確實災荒嚴重的檔案。如《南部檔案》16-898-3，「辦理賑務年荒之費，伙食無出」。16-855 是一賑災冊。16-859，提及光緒二十七年及光緒三十年連遭歲荒，鄧主王主均經示諭辦理賑糶。

災荒歉收，不僅民生凋敝，各地財政收入也隨之減少。

加之閬中縣「缺分清苦，除稅契鹽釐外，別無進款」，所以丁知縣到任將近一年，共印契價二萬零五百餘串，「所得稅銀卻不夠解款，還得依賴減稅豐旺稍資彌補。但是遭此奇荒，民間生計且難，何能置業？既無買賣，稅從何來？更無水枯炭貴，井竈停燒，鹽釐收數異常減色。」南部縣作爲產鹽縣，鹽業歷來是南部縣的重要產業，也是保寧府稅收的要項，井竈停燒，對稅收衝擊不可小覷。此時的閬中縣已是公虧私累至日千餘斤，丁知縣不禁歎道：「將來交代不知如何了結？即使先期交卸，接任之員，處此荒瘠之地，亦難作五米之炊。臨渴掘井，貽誤滋多。」〔註60〕

另外，科舉制度本身調整，也對經費的籌集造成了影響。廢武科是清末新政議改科舉的重要內容。童生試有試考一項。武考相對於文考來說顯得更爲複雜，繳費也就更多。其不僅要準備紙質的試卷，還要搭建騎射、步射的場所，甚至是更換官炮以備武考，考試項目多必然致使話費的加大，而考試費也會大大地多於文科。光緒六年，巴縣因武童人數增加，武童考試支出達到一千二百多兩。光緒八年（1882），南部縣武童卷價每童取錢二百四十文，而文童卷價低至幾文。武童卷價創收大大高於文童。武試未裁時，保寧府可用卷價所入稍可補苴。可見在南部縣武考所得收入是平衡辦考經費的重要收入。光緒二十七年（1901），隨著科舉停廢的呼聲日益高漲，因卒以所習硬弓、刀石，馬步射無與兵事，將武科廢止，保寧府童試進即因此項驟減千金。〔註61〕保寧府非但沒有因武科裁撤獲得輕鬆，反而給辦考帶來更大的經費負擔，讓閬中縣陷入更深的「愁款」憂慮。〔註62〕

而備考、接待學政的相關準備，都需要提前置辦，經費的措解也理應提前。據丁稱，學憲已重慶考畢，已進再陽，九月初間即按臨保郡。而考試期間，一切應用對象，均需分赴省、渝購辦，往返又非兩月不完。所以飭各屬將原攤新增銀兩，如數措齊，彈兌封固，於七月內專差來府，以憑給發預辦，俾免遲誤。毋稍委延，致干咎提。此次南部縣應攤銀兩爲八折銀 500 兩，各

〔註60〕《南部檔案》（光緒三十年七月初一日），16-907-1。
〔註61〕商衍鎏，《清代科舉考試述錄》（北京：故宮出版社，2014 年），頁 215～216。
〔註62〕國家圖書館古籍館編，《國家圖書館藏近代統計數據叢刊》（第 13 冊），頁 199。
同一政策，對不同的地方影響不同，甚至截然兩端。以武科裁撤爲例。山東布政使發文稱「武試既停，用款自減，未便似舊飭攤」，在一定程度上減輕了辦考負擔。

折實銀 400 兩，□擬合各加新增一半，實銀 200 外，扣幫尖宿實銀 120 兩。
共實銀 720 兩。〔註63〕

　　災荒導致民生艱難，社會凋敝，買賣不興，稅收減少，閬中縣不能像
光緒八年那樣先行挪款墊辦。所以閬中縣不僅懇請增攤派款，還要求各州
縣提前解款。值得注意的是，此時的閬中縣與之前的謙卑的「懇求」態度
大相徑庭，其道：如獲准允，則飭知各屬務趕於七月以內，如數解清，以
便預備一切，俾免臨時貽誤；如果別有異議，或是「執王令前稟『下不爲
例』一語爲詞」作爲推脫，也因情況今非昔比，不得成立。當時王令在時，
武試未裁，卷價所入稍可補苴。而如今閬中縣辦考無可挪墊，閬中縣考慮
到當時的情形，懇請增加一半的攤派。其稱未請多加，已屬力顧同舟。倘
各州縣「再不蒙見，諒卑職無可如何，惟有援照從前辦過成案，仰求憲恩，
檄調外縣來郡辦理。卑縣應攤棚費，仍當按照此次稟案，如數加增絕不推
諉，免滋口實而昭大公。」態度之強硬，由此可見一斑。對此，府憲批示：
「近年棚費支款，較前加增，原攤解數不敷供用，本屬訪查尚非其飾，該
縣現擬援案酌加一半，想各屬必皆力顧要公，分任其難，如數照解，以免
貽誤。」〔註64〕

　　與光緒八年相似，增攤獲批雖易，但各州縣繳款卻不盡人意。飭文下發
兩月有餘，直至九月底，各屬應繳攤款仍是分釐未解。最新探得消息是學憲
已經於九月十二日開考綏棚，十月半就會按臨保寧府辦差。時間雖相較於之
前的九月按臨有延長，使得保寧府準備考試多了一些時間。也有可能是保寧
府爲了催款，故意將學憲按臨的時間在飭文中提前。無論何種原因，仍可見
辦考時間的緊張。一面是各州縣的攤款卻是分釐未到，一面是考試應用各物
亟需專人赴省渝兩處趕緊購辦。而所謂「院考援取九屬英才，用款自應九屬
均攤」〔註65〕。閬中縣辦考一事，本應眾擎易舉，卻成獨力難支，拮据萬分，
告貸既允，然卻挪墊無門，更乏閒款。丁知縣不禁感歎：「事開掄才大典，萬
一臨期有誤，咎將誰認？」〔註66〕

　　經費的困厄，令承辦考務的閬中縣苦不堪言，辦考儼然成爲丟不掉的燙
手山芋。情急之中，閬中縣再次懇請保寧府，「迅速飭飾各屬務將應解、新增

〔註63〕　《南部檔案》（光緒三十年七月初一日），16-907-。
〔註64〕　《南部檔案》（光緒三十年七月初一日），16-907-1。
〔註65〕　《南部檔案》（光緒三十年七月初一日），16-907-1。
〔註66〕　《南部檔案》（光緒三十年九月二十六日），16-907-2。

棚費銀兩，趕於月內如數申解，轉發下縣，以應急需而需要差」。如再有宕延，惟有「照案委提，俾免遲誤」。〔註67〕月初一日，閬中縣收到南部縣的解款。〔註68〕

以上因素，交相作用，使得考試經費籌集陷入一種難以扭轉的窘困漩渦。各州縣拖欠攤款，辦考州縣貼賠受累愈演愈烈。面對保寧府或是閬中縣，甚至是布政使的催繳，各州縣表現出一種「無關緊要」的態度。即使借助保寧府、藩司的威嚴，各屬仍多觀望躊躇。可能是名目繁多的攤派已經麻木，或者是對平級州縣的催繳的不重視，亦或是財務確實吃緊無款可解。

不僅辦考經費的攤派時常被拖欠，培修考棚的攤派款亦是如此，或是被挪用。早在道光年間，閬中黃姓知縣培修考棚，先行墊款，然後請各屬攤派此款，南部縣即久拖不解。閬中縣歷經胡、田、朱、秦、徐五任知縣（南部縣歷經李、王、高三任知縣）到道光二十八年（1848）才解清。〔註69〕修建尊經書院時，布政使先行挪用南部縣將攤派給保寧府的考棚經費。〔註70〕這即是曾小萍所稱的帝國財政的嚴重問題：挪移經費。〔註71〕類似此種考棚經費被更高層級藩司挪用的情況，在新政時期極爲常見，尤其是創建學堂對考試經費的爭奪尤烈。這種上級對下級經費的爭奪，也體現了經費管理無序的一面，從而增加了考試籌款的難度。而最初因經費「所短無多，賠累有限」，遂未引起重視。〔註72〕愈到後來，所欠多，局面越發難以維持，「愁款」問題凸顯，而承辦首縣「虧累」、「貼賠」的命運難以避免。

爲經費所累的閬中縣，在艱難中舉辦了歷屆考試。光緒三十年歲試不久，轉而又在籌備光緒三十一年的科考。但此次科試只進行到府試，便因八月停

〔註67〕《南部檔案》（光緒三十年九月二十六日），16-907-2。

〔註68〕《南部檔案》（光緒三十年十月初一日），16-907-3。其他州縣的攤解情況，囿於數據原因，不得而知。

〔註69〕據《南部檔案》（道光二十四年至道光二十八年），4-224、4-539。不僅南部縣存在普遍拖欠解款，巴縣亦是如此。

〔註70〕《南部檔案》（光緒元年三月初六日），7-76-1。

〔註71〕曾小萍著，董建中譯，《州縣官的銀兩——18世紀中國的合理化財政改革》（北京：人民大學出版社，2005年），頁167。張之洞在任山西巡撫時，在〈裁抵攤捐摺〉（光緒八年六月十二日）道：「攤捐欠解不能參迫，往往急需已至而本款不來，惟有於司庫移款墊付」，年年挪墊，致「侵耗正款而不止」（趙德馨主編，《張之洞全集》（第一冊）（武漢：武漢出版社，2008年），頁88）。童試經費作爲攤派的要項，亦面臨嚴重的挪墊問題。

〔註72〕國家圖書館古籍館編，《國家圖書館藏近代統計數據叢刊》（第13冊），頁135。

科舉的諭令下達，時任四川學政的鄭沅下發牌文稱停止歲科考試，且所有學政未考各棚當即行停止。保寧府科試尚未舉行，自應遵照停止，不需再預備試事。〔註73〕教化的重點轉向整頓學堂事務，普及教育。

四、餘　論

　　巧婦難爲無米之炊，頗爲弔詭的是，不管首縣們所言何等艱難，童試這一掄才大典直至科舉停止卻都是照常舉行。即檔案文本中所稱的「虧空」「賠累」「無米」或有誇大之嫌，這可能與晚清財權下移和當時州縣普遍稱「虧空」與隱匿資產有關，〔註74〕也提醒了檔案使用者當注意檔案文本的利用與辨別。但不可否認的是，晚清伴隨著各項新政事物的展開和賠款的攤派，州縣財政的確陷入了困難之中。

　　不同於鄉會試等經制項目，童試經費攤派不過是約定俗稱的「向例」「章程」，屬「非法之法」「無制之制」。各地攤派的標準做法不一，無標準可循，給各地很大的發揮空間，遭遇變革時運用「挪墊」等方式，雖在一定程度上保證了考試在經費欠解的情形下仍然順利舉行，卻讓各州縣對賠累問題未過早引起重視，以致後來「挪墊無門」。另外，晚清財權下移，攤派管理的無序與混亂，上級衙門對下級衙門經費的爭奪，同級別州縣催款缺少威嚴，上級催款呼應失靈，使得經費收入減少與攤派加增的矛盾更爲尖銳，給科舉制度和州縣社會造成很大影響。

　　受困於經費的不足，保寧府童試已漸入難以維繫的窘境，只是量變還未引起質變，童試便隨科舉制度的停止而終止。科舉停後，甩掉童試辦考這塊燙手的山芋，閬中縣也並未如想像的輕鬆，而是繼續爲清廷、省、藩司對考試經費的爭奪所煩擾，爲學堂及其他新政事務所累。

（作者簡介：張亮，女，中山大學歷史學系博士生）

〔註73〕《南部檔案》（光緒三十一年十月二十一日），17-345-5。
〔註74〕關於財權下移，詳見陳鋒，〈清代中央財政和地方財政的調整〉，《歷史研究》1997年第5期；隱匿資產，是各省地方爲避免戶部的干預而採取的一種措施。詳見周育民，《晚晴財政與社會變遷》（上海：上海人民出版社，2000年），頁293。

衝突、認同與融合：汕頭紳民與中西新學堂之關係——以清末民初嶺東同文、華英、聿懷中學堂為研究中心

周孜正、張曉琪

摘要：汕頭開埠後，傳教士和士紳開辦的新學校是年輕人獲得西方科學、宗教文明的最有效的途徑。然而，汕頭地方舊士紳與普通民眾心中的保守思想、愛國情懷，以及一波波的民族主義運動，讓新學在汕頭傳播和發展坎坷不斷。但是，無論是侵略者的天然同路人－傳教士，還是地方開明士紳，都能不斷因應環境，溝通紳民，以各種進步的方式來解決與地方的衝突與困難。本文通過梳理近代以來的史料，重現中西新式學堂與民眾間不斷的「衝突、認同與融合」的代表性場景，並分析各自的立場及轉變，以折射出汕頭（教育）近代化的複雜過程。

關鍵詞：汕頭；新學；長老會；嶺東同文學堂；聿懷學堂

　　1858 年（咸豐八年）5 月，天津大沽炮臺被英法聯軍攻陷，為保住帝都北京的安全，倉皇失措的咸豐皇帝決意屈服求和。1858 年 6 月，清廷派欽差大臣與俄、美、英、法各國代表分別簽訂《天津條約》。「大合眾國民人，嗣後均准摯眷赴廣東之廣州、潮州（汕頭），福建之廈門、福州、臺灣，浙江之寧波，江蘇之上海，並嗣後與大合眾國或他國定立條約准開各港口市鎮。」〔註1〕

〔註 1〕王鐵崖，《中外舊約章彙編》（第一冊）（北京：生活・讀書・新知三聯書店，1957 年），頁 92。汕頭在清朝隸屬於潮州府下的澄海縣，1921 年設汕頭市政廳與澄海分治。

1842 年《南京條約》曾規定「廣州、廈門、福州、寧波、上海」爲五口通商地點，16 年後，在西方炮艦的進攻下，汕頭成爲廣東省第二個對外開放的通商口岸。

五口通商後，西方在廣東又要求開放潮汕地區，這與汕頭當時是南中國活躍的商業重鎮有莫大關係。恩格斯在〈俄國在遠東的成功〉一文中曾提到，「其他的口岸幾乎根本沒有什麼貿易，而汕頭這個唯一有點重要作用的，卻不屬於那 5 個開放的口岸。」〔註 2〕

汕頭地處廣東北部的澄海縣之西南部，在廈門、廣州、香港等重要城市之間，「爲嶺東之門戶，亦爲潮梅商品出入口之要港」〔註 3〕，其得天獨厚的地理位置，造就汕頭在南中國商業貿易上的重要地位。《汕頭指南》中對開埠之前港口貿易之繁榮有如此描述：「揚帆捆載而來者，不下千萬計，犬牙錯處，民物資豐，握算持籌，居奇囤積，爲海隅一大都會」〔註 4〕，體現了當時汕頭在經濟貿易上的地位。事實在成爲通商口岸之前，外國文化就已經通過海外貿易活動傳入了這個商業港口，相比潮州府城，汕頭的民眾更早更多能接觸到西方的工商文明。

1860 年 1 月，清政府在汕頭設立了潮海關，汕頭自此開埠，外國人在汕頭的居住和傳教都成爲合法的事情。隨著西潮滾滾東來，清末民初的汕頭社會發生了巨變，這不僅表現在地方經濟的繁榮、貿易的增長，貿易活動中夾雜而來的西方文明，也讓汕頭民眾在謀生管道、娛樂方式、文化教育、甚至宗教信仰等諸多方面，都隨之發生了前所未有的變化。

當然，有變化就必然有衝突，汕頭民間的變化又非完全自發的產物，筆者注意到，文化衝突在汕頭最具有代表性的表現之一，就是汕頭民眾、士紳從開埠到民國初期對中西學堂所舉辦的新式教育之反應。隨著外部情勢的變化，以及汕頭紳民對新式教育的理解之變化，紳民與新學堂之間的「衝突、認同與融合」這三種情況是交替出現的。本文試圖以士紳邱逢甲所辦嶺東同文學堂，基督教所辦的華英學校、聿懷學堂這三所中等學校的建設爲研究中

〔註 2〕恩格斯，〈俄國在遠東的成功〉，中共中央馬克思恩格斯列寧斯大林著作編譯局，《馬克思恩格斯論中國》（北京：人民出版社，1993 年），頁 81。

〔註 3〕謝雪影，《汕頭指南》（汕頭：汕頭時事通訊社，1947 年），第 3 頁。

〔註 4〕謝雪影，《汕頭指南》，頁 3；另見（清）李書吉撰，《埠市》，《澄海縣志》（卷八），嘉慶二十年刻本，《中國方志叢書》（第 26 冊）（臺灣：臺灣成文出版社，1970 年），頁 82。

心，梳理出清末到民國汕頭地方人士對中西新學的心態變化和因應過程，以折射出開放口岸與內地城市在地方近代化中不一樣的歷史。

關於清末民初汕頭教育的研究，目前已有不少研究論文，如黃挺的〈近代潮汕教育概論〉〔註5〕對汕頭的學堂進行整體分類和分析；蘇文紀的〈近代外國教會在潮汕的辦學活動及其影響〉〔註6〕、程國強、鄭茵的〈從書院到學堂──以 1898～1905 年的潮汕地區為例〉〔註7〕、杜式敏的〈近代汕頭基督教會女校研究──以淑德女校為例〉〔註8〕等文章都是從教會學校、新式學堂單角度進行敘述。但是，這些文章鮮少從地方人士與中外力量所辦學校的關係變化進行研究，也沒有比較中國士紳和教會各自辦的學校的差異，因此本文試圖從汕頭中西新學堂與地方紳民的關係變遷進行深一步的研究，換個角度來觀察汕頭教育及地方紳民思想的近現代化。

一、汕頭開埠後的經濟增長與新學興辦

汕頭未曾開埠之前，千餘年來，其教育模式與中國各地基本一致，即：以儒學為教學內容，通過科舉考試的手段，造就統治層人才〔註9〕，注重老八股的教學模式，致使學生唯考試是從，而「對國家的興亡，民族的前途，科學文明，幾乎得不到重視」。〔註10〕隨著中西新學的一起興起，以及 1905 年科舉制度的停擺，原來的模式發生巨大的變化。

1861 年汕頭開埠後，外商紛紛湧入汕頭開設公司，「當時英、德、日、美荷等國在汕開設的洋行、商店、旅館等共有 56 家」，到 1928 年汕頭「已有出入口、綢布、日用品、燃料、食品、酒樓、茶樓、旅館等 64 個行業，2000 多家商號」〔註11〕。

〔註 5〕黃挺，〈近代潮汕教育概論〉，《韓山師範學院學報》1997 年第 3 期。

〔註 6〕蘇文紀，〈近代外國教會在潮汕的辦學活動及其影響〉，《汕頭大學學報》1997 年第 5 期。

〔註 7〕程國強、鄭茵，〈從書院到學堂──以 1898～1905 年的潮汕地區為例〉，《韓山師範學院學報》2008 年第 5 期。

〔註 8〕杜式敏，〈近代汕頭基督教會女校研究──以淑德女校為例〉，《汕頭大學學報》2012 年第 5 期。

〔註 9〕參見黃挺，〈近代潮汕教育概況〉，《韓山師範學院學報》1997 年第 3 期，頁 9。

〔註 10〕黃素龍編著，《潮汕文化擷芳》，（香港：天馬出版有限公司（HK），2012 年），頁 22。

〔註 11〕廣東省汕頭市地方志編纂委員會編，《汕頭市志》（第三冊），（北京：新華出版社，1999 年），頁 1。

　　外貿進出口的急劇增長，伴之而來的西方商業文明也洶湧而來，不斷衝擊汕頭原有的民族文化，隨貿易商人、外交官、水手等前來的，還有神職人員，他們是西方人中最活躍、最有力的一群文化傳播者。在他們看來，傳播西方宗教，最好的辦法就是辦學堂，在國外教會的雄厚資金支持下，「傳入潮汕的基督教、天主教，先後創辦了聿懷中學、道濟中學，礐光中學」﹝註12﹞，由之，在清廷 1905 年廢除科舉之前，汕頭的新學之風已經有所日盛了。

　　在西方經濟文化勢力進入汕頭的同時，另一股本地現代化的力量也開始在汕頭逐漸興起。19 世紀後期，在海外的潮商們「憑著自己的刻苦經營成就一番事業之後」，此時也開始「回到汕頭埠和各縣城斥資興辦（現代機器工業爲主的）實業」，希望發展家鄉汕頭的經濟。他們先後開設了「汕頭豆餅廠（1879 和 1893）、汕頭順利船廠（1884）、汕頭金源榨油廠（1892）、汕頭機器麵粉廠（1899）、汕頭熔鐵廠（1904）、汕頭適味罐頭廠（1908）、汕頭榮和盛機器碾米廠（1917）、汕頭耀昌火柴廠（1920），以及澄海振發織布廠（1909）、潮州張元昌機器碾米廠（1917）等實業，還開辦了與實業之配套交通、電力等企業，如「汕潮揭輪船公司（1890）、汕頭昌華電燈公司（1905）、開明電燈公司（1909）、汕頭自來水公司（1910）、汕潮揭電話公司（1921）等等」，並參與「築造潮汕鐵路（1903）、汕樟輕便鐵路（1915）」，大量的僑匯從汕頭、潮州、潮安等地的「僑批局、匯兌莊及其聯號、分號」紛紛匯回廣東。﹝註13﹞

　　地方經濟力量的增長，使得士紳、工商業主們更有能力通過辦新學，培養自己的人才，不僅是延續潮汕的儒家文化傳統，而且也能夠提高地方青少年的工商業技能，爲地方經濟服務，爲海外經商的潮汕商人提供來自家鄉的人才。汕頭地方創辦的新式中等學校，「首推邱逢甲、何士果等在潮州創辦的同文院，後移汕頭改爲同文學堂（1901 年）」﹝註14﹞。清末民初，在同文新學堂的榜樣下，潮汕地區士紳、海外華僑、成功商人在家鄉也紛紛創辦新學。

﹝註12﹞廣東省汕頭市地方志編纂委員會編，《汕頭市志》（第一冊），（北京：新華出版社，1999 年），頁 13。

﹝註13﹞林馥榆、彭濤，〈汕頭開埠‧汕頭 1860 的記憶〉，《潮商》2010 年第 5 期。（另參見《潮商》網址：http://cs.dahuawang.com/view.asp?newsno=648）。

﹝註14﹞廣東省汕頭市地方志編纂委員會編，《汕頭市志》（第一冊）（北京：新華出版社，1999 年），頁 13。

　　但是，無論是基督教的教會中學，還是士紳辦的商業學院等，都是傳播和教授新學的陣地，其造就的學過英文、地理、音樂、算術等科目的新人才，無疑對推動汕頭「由內陸型的農業文化向具有一定海洋型氣質的商業和工業文化轉型」〔註15〕起了重要的作用。

　　面對新學與舊學，中西兩方辦的中等教育之選擇，汕頭民眾究竟讓子女進何學堂，肯定是有其文化和價值判斷的，而青少年們在不同學校中的生活肯定也不一樣。在汕頭的近代教育中，對新學價值的如何認同，對是否接受的外語、宗教等新事物，民眾本身及其子女由此產生一定的內心衝突、群體抗爭，以及長期教育後，地方青少年與基督教的有所融合，都是汕頭近現代化過程的有意思之處，也是下文要進一步研究和探討的。

二、邱逢甲創辦新學的緣起與波折

　　1894 年朝鮮內亂，清廷「派兵援助，遂與日本開戰。海陸軍俱敗，日本陷臺灣」〔註16〕。甲午戰敗後，清廷在 1895 年被迫和日本簽訂了屈辱的《馬關條約》，割讓寶島臺灣。臺灣淪陷時，全國上下莫不以此為國恥，為防日軍另有動作，海峽對面的潮汕地區當時也一度「州境戒嚴」。〔註17〕

　　祖籍廣東鎮平（今蕉嶺）的邱逢甲當時在臺灣開辦新學，聞之憤而組織義軍在臺抗日，成立「臺灣民主國」，結果「抵抗受挫，傷亡慘重」。邱逢甲好友謝道隆建議說，「臺雖亡，能強祖國則可復土雪恥，不如內渡也」。1895年秋，抗日失敗後的邱逢甲「內渡回潮汕，入籍海陽縣」。〔註18〕面對當時連清廷的王公大臣都「還昧於世界大局」的國情，回到國內的邱逢甲痛定思痛，認為要改變國人當時「叩以六洲之名，茫勿知；詢以經世之條，瞠勿答」的狀況，只有開辦西式學堂，傳播新知以啟發民智，才能改變「遇交涉則畏首畏尾，值兵爭則百戰百敗」的現實。〔註19〕邱氏由此開始「在潮汕積極興辦

〔註15〕趙春晨、陳歷明編著，《汕頭百年履痕——近代潮汕文化與社會變遷圖錄》，（廣州：花城出版社，2001 年），頁 144。
〔註16〕饒宗頤，《潮州志》（汕頭：潮州修志館，1949 年），頁 1046。
〔註17〕饒宗頤，《潮州志》，頁 1046。
〔註18〕趙春晨、陳歷明編著，《汕頭百年履痕——近代潮汕文化與社會變遷圖錄》，頁 161。
〔註19〕參見楊毅周主編，《臺灣抗日人物傳》（北京：華夏出版社，2015 年），頁 260；楊群熙、趙學萍、吳里陽編輯點校，《潮汕教育事業發展資料》（汕頭：潮汕歷史文化研究中心，2005 年），頁 211。

新式學校，宣傳民主思想」。〔註20〕

邱逢甲的朋友何壽朋認為，「欲學新知，學習西政西藝，非先通曉外文不行」，但由於日文與中文較為相近，對於中國人來說，「學東文較西文便捷」，所以讓有志青年學習東文後赴日留學，「學成便可歸國為維新事業作出貢獻」，邱逢甲對此很讚同，所以先在潮州創辦一所「以學東文為主的學堂，聘請日本學者為教習，並準備其後續辦英語班」。〔註21〕但是，甲午戰爭中國敗於日本，戰後的潮州地方士紳中的保守勢力很大，他們對「對日人持有戒心，對學日文的用途也不清楚，故青年來學者不多」，而且一些「頑固保守派藉故多方阻撓、破壞」，以至學堂的教學沒法開展，只有停辦。剛剛開始辦學即受挫，這是邱逢甲等人沒有想到的，但地方勢力的保守，更讓邱氏認識到辦新學的必要，反而「堅定了興新學的決心」。由此，他邀請好友重新討論，決定辦學地點搬出保守的潮州府城，遷往附近剛剛開放的通商口岸汕頭，籌辦一所「與舊書院性質和內容完全不同而具有西歐教育性質的新學堂」，其目標是「培育出有改革精神的人才，出校門之後能夠肩負救國救民的使命」。〔註22〕

為了新學堂得到廣東省當局的支持，且能夠被潮汕地方所接受，邱逢甲吸取前訓，在向社會公開宣傳辦學的《創設嶺東同文學堂緣起》及所附的《辦學章程》）中，提出了較為溫和的辦學方案，即「學堂以昌明孔子之教為主義，讀經讀史，學習文義，均有課程」，且惠潮嘉道以及廣東省內之人士，均可「查照章程，入堂肄業，不分畛域，以廣造就」。〔註23〕同文學堂的教學「以中學為主，西學為輔，學其有用之學」，考慮到學習「西文非十年不能同，學東文不過一年即可成就」，而「西人有用之書，東人多譯之」，學堂準備「先聘東文教習，以期速成」，等「經費稍充，再聘西文教習也」。〔註24〕1901年初春，在兩廣總督陶模的支持下，「嶺東同文學堂正式開辦」，校址設於汕頭「外馬路原擬辦同慶善堂的地址，這（也）是汕頭辦新式學校的開始」〔註25〕。

〔註20〕趙春晨、陳歷明編著，《汕頭百年履痕——近代潮汕文化與社會變遷圖錄》，頁161。
〔註21〕楊群熙、趙學萍、吳里陽編輯點校，《潮汕教育事業發展資料》，頁210。
〔註22〕楊群熙、趙學萍、吳里陽編輯點校，《潮汕教育事業發展資料》，頁210。
〔註23〕楊群熙、趙學萍、吳里陽編輯點校，《潮汕教育事業發展資料》，頁211。
〔註24〕楊群熙、趙學萍、吳里陽編輯點校，《潮汕教育事業發展資料》，頁212、215。
〔註25〕廣東省汕頭市地方志編纂委員會編，《汕頭市志》（第一冊）（北京：新華出版社，1999年），頁345～346。

　　嶺東同文學堂成功開辦後，總教習溫仲和對學校課程的設置是中西並重的，「改變過去書院只注重經學，而對近代科學文明採取鄙棄的態度，除開設文學、史學等課程外，也重格致、化學、生理衛生、算學等學科的課程」，強調學生「應該學好外文」，學會繪圖；國學方面強調「古爲今用」，認爲學生「要知古今興廢沿革之由」，注意學習輿地，宜多讀「《水經注》、《讀史方輿紀要》、《天下郡國利病書》」這些經世致用的書；爲了「鍛鍊學生體魄，變文弱爲強健」，學堂還「增設兵式體操課程」。〔註26〕

　　另外，同文學堂的開辦經費有三方面的來源：

　　其一，校址同慶善堂是 1888 年汕商倡建的，地皮與房屋由「賴禮園、蕭鳴琴、楊禹臣」等人紳商集資數萬大洋購買和捐助建設的，一時「其屋閒置未用」，交於同文學堂接收並擴建。校址的獲得是因邱逢甲「上書兩廣總督陶模，請求撥一塊公地以供建校舍之用，陶模批示惠潮嘉道辦理」，地方政府對此盡心執行，「會同粵東商紳集議同意」，不僅捐出地皮，而且還帶有房屋。

　　其二，1900 年「廣東地方當局派邱逢甲到南洋考察僑民生活情況」，他在考察、會友之餘，還在華僑中「爲學堂募集一筆鉅款」。

　　其三，學堂接受地方士紳、海外僑胞中的「好義之士慨願捐資及有用書籍」；同時，對入學的學生收取一定的修金，因「爲廣開風氣起見，修金格外從廉」，「計學生一人每年收」六十元，其中修金三十元，伙食三十元。〔註27〕

　　由辦學資金來源可見，同文學堂的辦學得到了省府到地方的官員、從粵東到海外潮籍人士的廣泛支持。但是，這並不意味著新學堂的開辦就得到地方所有勢力的支持，在科舉未被正式廢除的 1901 年，邱逢甲辦新學堂的風光，被汕頭地方上的封建頑固派視爲「眼中釘，非拔掉不可」，劣紳一方面「收買了一批地痞流氓常到同文鬧事，欲使同文無法進行教學」，另一方面「至省誣告，羅織種種莫須有的罪名，誣陷邱氏」，雖然在兩廣總督和省府當局的支持下，劣紳們的兩手均未曾得逞，但卻使得邱逢甲爲「考慮同文的安全，採取以退爲進的策略，辭去同文監督，往省活動」，1903 年，邱氏將同文「全權移交知友溫仲和負責」，他離開後仍不斷關心同文。同年，潮州最有名的「金山

〔註26〕楊群熙、趙學萍、吳里陽編輯點校，《潮汕教育事業發展資料》，頁 213～214。
〔註27〕楊群熙、趙學萍、吳里陽編輯點校，《潮汕教育事業發展資料》，頁 212～213。

書院改制爲潮州中學堂」，也聘溫仲和出任學堂總教習。不久後同文也「改爲官辦」，地方政府仍「命仲和兼總其事」。〔註 28〕至此，嶺東同文學堂由民轉官，地方勢力再也難以對其騷擾。

1906 年，爲改變通商口岸的中國「商人僅有經驗，缺乏商業知識」的形勢，同文學堂的監督崔伯樾認爲「中學潮嘉都有設置，何不將同文舊基改爲中等商業學堂」，以培養掌握專門商業知識的青年人才，因此決定「把校址及設備移交給新設立的汕頭嶺東甲種商業學校」，1915 年，「該學堂改爲廣東省立嶺東甲種商業學校」。這樣的狀況一直持續到解放初，「該校結束，改爲小學」。〔註 29〕

作爲清末潮汕第一所由中國人開辦的有特色的新學，一時間吸引了很多優秀青少年報考。由於學堂在教學上注意「以西歐新法教育青年，『以革命維新精神鼓舞士氣』」，因此學生的「民族、民主的意識」和愛國精神都是很強的，而在汕頭更表現爲強烈的本地主義、本土思想。1905 年，因國人反對美國排斥和虐待華工，要求廢止《限制來美華工條約》，全國掀起了反美的政治運動，同文學堂地處赴美華僑甚多的潮汕地區，一時間，全校「師生積極投入，號召大家抵制美貨，支持再美華工的鬥爭」，總教習溫廷敬也公開「在會上發表演說」支持師生，然而，怕事的清廷「在對美交涉中」，對此進行追查，溫廷敬「爲保全同文免受牽累，只好向校方辭職」。〔註 30〕

同文學堂雖然存在時間不長，辦學過程也磕磕碰碰，但是邱逢甲開辦時希望培育出有改革精神、肩負救國救民使命的人才的目的是基本實現了。尤其是爲推翻清廷的革命輸送了人才，其中較爲突出的「有黃花崗起義的組織者李次溫、李思唐、林國英等人，黃花崗七十二烈士中的林修明，辛亥革命時廣東北伐軍總司令姚雨平、第二師師長林震，早期同盟會骨幹何天炯、何天瀚、謝良牧、劉維燾、張谷山等人。還有民國時期廣東省長黃慕松、民政廳長曾糾伯等人也都是同文出身的」。〔註 31〕

〔註 28〕參見汕頭金山中學學校網站：http：//www.stjszx.net/xstdnews.asp?id=1479 ；楊群熙、趙學萍、吳里陽編輯點校，《潮汕教育事業發展資料》，頁 214～215。

〔註 29〕參見廣東省汕頭市地方志編纂委員會編，《汕頭市志》（第一冊），頁 345～346；楊群熙、趙學萍、吳里陽編輯點校，《潮汕教育事業發展資料》，頁 215。

〔註 30〕參見楊群熙、趙學萍、吳里陽編輯點校，《潮汕教育事業發展資料》，頁 213～215。

〔註 31〕參見楊群熙、趙學萍、吳里陽編輯點校，《潮汕教育事業發展資料》，頁 215。

三、教會學堂的多面與民衆的不同反應

基督教早在 1848 年 5 月已經進入潮汕，「德國牧師黎力基停南澳之後宅、潮安之龍湖、澄海之鹽竈沿海一帶布道，於炎竈設堂傳教，歷時四載」。此後「英蘭宣道會先後派遣牧師馬太關、馬雅各、汲約翰、紀多納、醫師英成秉、乘愛力、教育家白爲廉、女教士李潔等來潮設教堂、傳教、施醫贈藥、開辦中小學校」〔註32〕。

基督教要想在汕頭擴大傳教規模，最需要的就是培養和籠絡熟悉汕頭當地情況的福音人才，其方法最重視辦學、辦醫院等。汕頭開埠後，一如基督教在上海、南京、廣州等城市的發展，許多培養基督教本地人才的教會學校，很快也在汕頭發展起來了。據地方史料的初步統計，到 1920 年代，「僅英國長老會在潮汕開辦的各級學校就有 72 所，擁有學生 2899 名；美國浸信會在潮汕開辦的各級學校有 188 所，擁有學生 6452 名」，〔註33〕其中最有名的教會中學就是 1877 年開辦的聿懷中學堂，以及 1907 年由中國教徒倡議捐資辦的華英中學。

顯然，資金雄厚的教會學校，在汕頭近代教育中扮演著重要的角色，且對被教育者產生複雜多面的影響，當然，在清末民初的紛繁變化的時代中，民衆對其看法和反應也的變化，也使兩者的關係因不同原因經歷了不斷的「衝突、認同和融合」之過程。下文就以英國基督教長老會潮汕總會所屬的華英、聿懷兩所學堂爲例，來進行一些分析。

（一）認同：提高文化、瞭解西方、學費減免、有益就業

教會學校不僅是傳播福音、培養宗教人才的場所，也是汕頭民衆提高文化水平、認識西方現代化的視窗。就教育本身的功能來說，教會中學與舊式學堂完全不同，其課程設置與嶺東同文學堂有所重合，在思想教育方面有教會特點。

1877 年創辦的聿懷中學，首任校長是汲約翰（1849～1919），他「是一個牧師，英國人，1869 年畢業於英國格拉斯哥大學。」〔註34〕建校時長老

〔註32〕 《僑中華基督教嶺東大會——有關演講稿件、經文、及潮汕福音史略、汕頭基督教會史略等材料》全宗號：12-11-015，汕頭市檔案局檔案館館藏。

〔註33〕 趙春晨、陳歷明編著，《汕頭百年履痕——近代潮汕文化與社會變遷圖錄》，頁 150。

〔註34〕 陳健，〈汕頭聿懷中學的歷史沿革〉，中國人民政治協商會議汕頭市委員會文史資料委員會編，《汕頭文史第 9 輯，潮汕教育述往》（汕頭：1991 年），頁

會取《詩經》中「昭事上帝，聿懷多福」中的「聿懷」二字命名學堂，顯然有以中式校名來拉近民眾對新學校的認可度，也可能希望「聿懷」二字前的「昭事上帝」四字，給基督教在華南辦學，帶來好運。〔註 35〕汲約翰為學堂安排的課程中有文化、宗教教育「以國、英、算 3 個專修科為教學內容，同時傳播基督教基本教程《聖經》。」〔註 36〕學校按照西方模式來設置課程，提供了當地一流的文化教育，「聿懷初辦時僅有寄宿生 33 人，走讀生 4 人，全校師生總數不過 50 幾人」，經過數年努力，聿懷中學的學制增加到「四年，學歷相當於初中。學生都是潮汕各地教徒的子弟，只招男生，不招女生」，且注重吸收普通貧苦人家的青少年來入學，接觸和學習西方的思想文化。〔註 37〕與聿懷中學幾乎同時創辦的淑德女學（光緒四年 1878 年創辦），該校的課程中雖然「《聖經》是最主要也是課時最多的課程」，但是「其他的文化課包括國文、算學、歷史、地理、體育、音樂、家政等」〔註 38〕，多樣化的學習內容讓女性學習宗教以外的西方文明，眼界得以開闊。顯然，教會學校為汕頭學子打開了一扇通往西方文明的窗。

在經費方面，早期基督教長老會來潮汕傳教時，就有英國教會的資金補貼，由於初期潮汕長老會「規模很小，費用自然不多」，因此聿懷初辦時，就執行「學生免繳學費，貧苦學生還可領到課本簿籍費及伙食補貼」〔註 39〕的惠利政策。隨著學校的擴大，則有中國信徒來程度部分負擔，據聿懷中學校長陳澤霖的回憶，教徒們當時常常自費幫助貧苦學生解決入學問題、醫療問題，教會則負擔牧師、神道學生、小學教師等的薪金，「平均起來每人約 60

31。汲約翰是一個神學博士，1874 年來華，在汕頭傳教 45 年，1919 年回國，同年 11 月 25 日在格拉斯哥家中逝世。著有《在華南的傳教問題與傳教方式》等書，還編有衛廉士《漢英拼音字典》及杜嘉德《廈門方言字典》的汕頭方言索引。

〔註 35〕「聿懷」二字選自《詩·大雅·大明》，原文為「維此文王，小心翼翼，昭事上帝，聿懷多福」。

〔註 36〕廣東省汕頭市地方志編纂委員會編，《汕頭市志》（第四冊）（北京：新華出版社，1999 年），頁 24。

〔註 37〕參見陳健，〈汕頭聿懷中學的歷史沿革〉，中國人民政治協商會議汕頭市委員會文史資料委員會編，《汕頭文史·潮汕教育述往》（第 9 輯），頁 32。

〔註 38〕杜式敏，〈近代汕頭基督教會女校研究——以淑德女校為例〉，《汕頭大學學報》2012 年第 5 期，頁 25。

〔註 39〕陳健，〈汕頭聿懷中學的歷史沿革〉，中國人民政治協商會議汕頭市委員會文史資料委員會編，《汕頭文史第 9 輯，潮汕教育述往》，頁 32。

元左右（硬幣）合計起來約 4000 元左右」〔註40〕。普通農民、小商販等因沒有錢，在子女入學、醫療問題上均有困難，教會對他們就通過幫助入學、送醫送藥的形式，吸引他們的孩子進入教會學校接受宗教文化教育。即使有些民眾只是口頭上信教，但他們的子女選擇了教會學校，在學堂接受福音，其實就是間接對教會學校表示認同。

據陳澤霖的回憶，最初「知識分子入教的只有陳樹全一人，地主資本家入教的，只有建築華英學校校舍的陳雨亭先生一人，其他聞所未聞」，但是，這並不是說「潮汕長老會裏面沒有知識分子沒有資本家」，教會經過數十年發展之後，這些人「有很多」。〔註41〕其原因就與中學堂學生的就業有關。

聿懷畢業生入校前，一般就是汕頭貧苦教徒的子女。由於入校後，學習內容多樣，學生在畢業後的去向多樣化。其中一部分在校時真誠接受了洗禮，被培養成了宗教人才，「一條是考進貝理神學院，另一條是入汕頭福音醫院做學徒，又一條出路是做教會初級小學的教師。」〔註42〕當然，這些都幫助了福音的傳播，進一步擴大了聿懷學堂和長老會的影響力。其他學生學到了西方知識後，為他們獲得了更好工作機會和發展前途提供了可能，如「有的入福音醫院當學徒，幾年後出來執行醫業，賺得很多金錢」；有的利用在聿懷學到的英語，出來「做抽紗生意，以至做洋商的買辦，成為大富翁，有買田地的便成為地主」。〔註43〕其中較典型的是馬祿孚抽紗洋行的著名買辦戴威廉（又名戴天縱），早年就讀於長老會的華英中學，學會英語後成為洋人買辦，之後又成為汕頭抽紗業的龍頭老大之一。〔註44〕

總之，教會學校通過幫助貧苦教徒解決子女就學問題，來吸引民眾入教，子女們進入教會學校學習，接受西方思想，提高了文化水平，畢業後又能經商或執教，因此他們樂於接近教會，送子女去接受教會教育，逐漸對教會學校產生認同感和歸屬感。

〔註40〕陳澤霖，〈基督教長老會在潮汕〉，廣東政協和文史資料委員會編，《廣東文史資料精編》（第 4 卷）（北京：中國文史出版社，2008 年），頁 448。
〔註41〕陳澤霖，〈基督教長老會在潮汕〉，《廣東文史資料精編》（第 4 卷），頁 441。
〔註42〕陳澤霖，〈基督教長老會在潮汕〉，《廣東文史資料精編》（第 4 卷），頁 446～447。
〔註43〕陳澤霖，〈基督教長老會在潮汕〉，《廣東文史資料精編》（第 4 卷），頁 440。
〔註44〕參見吳遊，〈追尋香園的主人〉，汕頭特區晚報 2014 年 10 月 17 日：
http://stwb.dahuawang.com/html/2014-10/17/content_568418.html

● 教会在汕头进一步兴办新式中学。1874年创建聿怀中学。
图为当年聿怀中学的校舍南新楼和西楼（左）

聿懷中學校舍

（圖片來源：趙春晨、陳歷明編著：《汕頭百年履痕——近代潮汕文化與社會變遷
圖錄》，第 155 頁。）

（二）衝突：毆打教民、反帝愛國和抵制宗教教育

　　帝國主義的商人，清末大量輸入鴉片及販賣華工的勾當，以及後來一系
列不平等條約的簽訂，讓汕頭當地人民對外國人充滿了敵視。雖然外國傳教
士是在軍艦打開汕頭這個通商口岸之後來辦學的，但是他們踏上潮汕這塊土
地時，已經被貼上了「侵略者」的標籤，所以跟隨這些外國「侵略者」入教
的中國教徒常會受到地方鄉民的排斥甚至毆打。

　　自 1858 年汕頭開埠基督教正式進入到 1925 年「五卅」慘案發生前，隨
著全國民族主義浪潮不斷掀起，以及地方華洋矛盾的出現，汕頭多次出現毆
打教徒、破壞教堂的事件，這些也影響和波及到教會學校。雖然不平等條約
《中美天津條約》中規定，對傳教習教之人官府要予以保護，顯然，在此保
護下進行的宗教傳播引起民眾反感，而民眾怒火難平，只能通過破壞教堂、
毆打教徒來發泄。但因官府的態度偏向保護教會，導致民眾平時不敢輕舉妄
動，而基督教會和當地民眾的矛盾並未化解，這種緊張，在適當的時候就會

表現出來。如 1864 年最先有人信教的鹽竈鄉的教徒，「不分男女，多被鄉民毆打，貨物被鄉民損壞」， 1887 年汕頭新溳的教徒則「被鄉民毆打後逐出鄉，在外地寄居 9 個月，後來由地方官出面保護，才能回鄉居住」。除此之外，民衆通過破壞教堂來表達對基督教的不滿，1868 年英國教士在菴埠教堂傳教，鄉民投擲碎瓦片、打砸桌椅，並高呼「打掉他的頭」，直到官府派人平息此事。〔註 45〕此種事例，汕頭各地常常發生，不勝枚舉，這讓貧苦信徒把自己的子女送入教會學校學習，增加了無形的壓力。

「英國教會辦聿懷的目的，是爲了培養親英、信教的學生」，但是，在強大的本土主義思潮下，這樣的目的就常常被衝的支離破碎，因爲聿懷的學生是中國人，他們本來就是「是愛國的」。〔註 46〕五四運動前後，反帝愛國、自由民主思想在汕頭迅速傳播，潮汕很多學校的學生紛紛行動起來，聿懷學生也不例外，「有不少人還是汕頭學生運動的活躍分子，如學生吳鳴崗就是當時汕頭市學生會負責人之一」，而聿懷校長白威廉卻不許學生參加反帝運動，「但學生仍自行停課前往市內參加反日運動，結果有 10 多個帶頭者被開除學籍」。〔註 47〕但是，如果我們換個角度來看，反帝情緒任其發展，人們對帝國主義的痛恨可能會變爲對在華教會學校的痛恨，此時，聿懷就被憤怒的民衆視爲危險的、帝國主義的租借地，這也許就是白威廉校長所擔心的。而這樣的擔心，在 1925 年變成了事實，發生在同爲教會學校的華英中學身上。

從聿懷學堂開辦的那天起，課程中就有宗教課程，而且「學級越高，宗教教育課越多」〔註 48〕，不信仰基督教的學生也必須修完這些課程，甚至周日都要參加宗教儀式，這些過度的宗教氣氛，常常引起學生的反感。如 1906 年開辦的汕頭華英中學，在校長華河力教徒的全權管理下，「學生生活學習各方面，充滿著宗教氣氛。全體學生每日早晨上課前，及晚間下溫習課前，必須齊集在禮拜廳舉行朝暮祈禱式」；到了周日學生則全天都陷入宗教之中，「每逢星期日上午，華氏派教徒教員，率領全體學生分班在課堂學習耶教聖經，

〔註 45〕參見陳澤霖，〈基督教長老會在潮汕〉，《廣東文史資料精編》（第 4 卷），頁 445。
〔註 46〕陳健，〈汕頭聿懷中學的歷史沿革〉， 《汕頭文史第 9 輯，潮汕教育述往》，頁 32。
〔註 47〕陳澤霖，〈基督教長老會在潮汕〉，載《廣東文史資料》（第 8 輯）；轉引自陳健，〈汕頭聿懷中學的歷史沿革〉，《汕頭文史潮汕‧教育述往》（第 9 輯），頁 32。
〔註 48〕陳澤霖，〈基督教長老會在潮汕〉，《廣東文史資料精編》（第 4 卷），頁 446。

約二句鐘。下午華氏敦請汕頭或礐石長老會牧師來校，由四時起，在禮拜廳舉行宗教儀式，一如校外教會各禮堂無異。全體學生必須齊集參加，至晚餐前散會」，不參加者則被視爲違犯校規。〔註49〕

但是，長期的壓制必然會造成學生的強烈反抗，尤其是華英辦校後不久，就迎來了辛亥革命、全國討袁、五四運動等重大事件，學生們爲外面「各次革命潮流所激盪，不能無感無覺，完全貼伏於外人統治之下」，前後多次有反抗鬥爭風潮，其中最激烈的一次是在 1919 年孔誕，華英學校的學生「照例舉行紀念大會，並在講臺上掛起孔子像，行拜孔子儀式」，校長華河力當眾扯下畫像並揚言開除學生，引起師生極端憤怒，第二天全體罷課以示反抗，學生們另在汕頭「商業街成立友聯中學」入學，一半多離開華英中學。〔註50〕

（三）融合：收回教育權與中國人出任校長

1925 年，英國巡捕開槍殺工人，上海五卅慘案發生，全國各地商界罷市，工人罷工，反帝示威越來越強，在此背景下，各地都有收回教會學校自辦的舉動。在汕頭，地方民眾收回華英學校的教育權，改爲自辦的「私立南強中學」〔註51〕，是自開埠以來汕頭教育界最揚眉吐氣和有代表性的事件。

華英學校，是 1906 年基督教長老會在汕頭開辦的，在 1920 年代「這所學校成爲（了）潮汕的最高學府」。〔註52〕但是，華英學校的主要投資人，卻並不是英國教士，而是上文提到的華僑資本家陳雨亭。陳雨亭是潮汕澄海人，幼時家境貧寒，爲謀生到南洋的商行當會計，後創辦盛源米店、裕盛長行等，成爲當時潮汕地區有名的富商。陳雨亭在南洋期間接觸並接受了西方思想文化，信奉基督教，「是一位善良的中國人」，回鄉後不忘造福桑梓，斥資建校。當時汕頭「交通口岸內外商人雲集，各地當寫中西文」的人才是很缺的，因此通曉商業貿易以及西方知識的人才，是社會急需要學校培養的，心繫家鄉的陳雨亭「即捐鉅資購地建築於市郊東北華英中

〔註49〕黃修達，〈汕頭華英學校歷次學潮與反英鬥爭〉，《廣東文史資料精編》（第 4卷），頁 19～20。

〔註50〕參見黃修達，〈汕頭華英學校歷次學潮與反英鬥爭〉，《廣東文史資料精編》（第4 卷），頁 20。

〔註51〕許崇清，〈關於收回教育權運動的會議〉，《廣東文史資料精編》（第 4 卷），頁813。

〔註52〕陳澤霖，〈基督教長老會在潮汕〉，《廣東文史資料精編》（第 4 卷），頁 439。

學」，希望通過辦學培養人才來「應地方之急需」〔註53〕。陳雨亭爲長老會
教友，因此他「把創辦學校全盤責任交給英教士代理」，1906 年 10 月華英
學堂（後改名爲華英中學）開學時，陳雨亭已經去世，因此學校在「閱報
室懸有陳雨亭遺像，以示紀念」。〔註54〕長老會則「於一九○七年由英國宣
道會派華何力籌建華英學校」，校長華何力被讚譽「治學有方，善幹數十年
如一日」〔註55〕。

　　1925 年 7 月，汕頭民眾受五卅運動的影響，也掀起了收回教會學校教育
權運動，舉行了大規模的示威遊行。教會學校培養的學生學習宗教課程，但
還是有強烈的本土主義情懷，對收回教育權運動進行積極回應。華英學校的
學生遊行示威反對英國帝國主義的行徑，此時校長華何力「知無法控制學生，
把學校暫交由教職員陳澤霖等代管，繼續上課，不久收到外面報紙批評，謂
爲換湯不換藥」，由於無法控制學校，爲防止成爲反帝運動殃及之魚池，於是
華何力在「8 月 22 日突然宣佈華英中學停辦」。〔註56〕

　　1925 年 10 月汕頭市收回教育權運動委員會成立，同年該委員會通過《外
人在汕捐資設立學校方法》〔註57〕。汕頭民眾對基督教文化入侵的激進反抗
最終得到成效，強烈打擊了教會學校的發展，教會學校走向本土化的發展趨
向成爲私立學校。

　　不久後，在當時汕頭交涉署署長馬文車的主持下，依據陳雨亭當初在
建學校的約書上之說明，即「自捐華英學校全地，交由教會建築學校，以
教育華人子弟」，將學校用地收回。馬文車認爲，「捐地原爲教育華人子弟，
今華英停辦，華人子弟失學，中國人民收回自辦南強中學，正與雨亭旨

〔註53〕 《僞中華基督教嶺東大會——有關演講稿件、經文、及潮汕福音史略、汕頭
　　　　基督教會史略等材料》，全宗號：12-11-015，汕頭市檔案局檔案館館藏。
〔註54〕 蘇文紀，〈近代外國教會在潮汕的辦學活動及其影響〉，《汕頭大學學報》1997
　　　　第 5 期，頁 90；黃修達，〈汕頭華英學校歷次學潮與反英鬥爭〉，《廣東文史資
　　　　料精編》（第 4 卷），頁 19。
〔註55〕 《僞中華基督教嶺東大會——有關演講稿件、經文、及潮汕福音史略、汕頭
　　　　基督教會史略等材料》，全宗號：12-11-015，汕頭市檔案局檔案館館藏。
〔註56〕 參見黃修達，〈汕頭華英學校歷次學潮與反英鬥爭〉，《廣東文史資料精編》（第
　　　　4 卷），頁 21。
〔註57〕 《外人在汕捐資設立學校方法》包括以下條例：（1）教會學校應在中國政府
　　　　立案，受中國政府管轄；（2）應由中國人任校長；（3）不准開設宗教課程。
　　　　參見陳三鵬，〈國民革命時期潮汕的收回教育權運動〉，《韓山師範學院學報》
　　　　1991 年第 2 期，頁 58～59。

合」。〔註58〕由此，潮汕民眾收回華英學校的教育權，改為私立南強中學。
〔註59〕在筆者看來，這正是老牌的教會學堂聿懷中學重新回到汕頭地方，
融入汕頭社會的開始。

另據聿懷舊校史記載，1919 年聿懷中學由於「白前校長返國，繼任乏
人，遂告停辦。所有學生，全數寄讀於鮀江華英中學。」〔註60〕而華英中
學又在 1925 年停辦，學校地皮等被地方收回。但是「聿懷中學、華英中學
相繼停辦後，潮汕各地教徒子弟深感升學不便。1929 年中華基督教嶺東大
會汕頭區決定復校，成立一個由 11 人組成的校董會。」。首任董事長侯乙
初（中國牧師），以後二至四任的董事長分別由徐人傑、李錫祥、鄭遷適擔
任（這三人都是出洋留過學的醫學博士）。並聘請陳澤霖為聿懷中學校長，
主持復校工作。〔註61〕這也是該校第一位由中國人擔任的校長。

雖然在當時，一些學校復校時進行了「註冊立案，學校的實權仍掌握在
外國人手中（用顧問或其他名義）」，〔註62〕但是，必須看到的是，「聿懷的復
辦和變革」，和 1928 年上海成立全國基督教總會以及後來中國基督教徒開展
自立運動有關。「在 1929 年至 1934 年的五年運動中，英教士逐漸將教會的領
導權交給中國牧師長老們。」英教士交出教會的領導權，也等於同時把學校
的領導權移交給中國的牧師長老。誠然，「復辦的聿懷中學，仍與英國教會、
英國傳教士保持千絲萬縷的關係，如仍聘英國教士為校董和教師，但無論如
何它已是中國教會辦的中國人做校長的學校了」。〔註63〕

〔註58〕黃修達，〈汕頭華英學校歷次學潮與反英鬥爭〉，《廣東文史資料精編》（第 4
　　　卷），頁 23。
〔註59〕許崇清，〈關於收回教育權運動的會議〉，廣東省政協學習和文史資料委員會
　　　編，《廣東文史資料存稿選編》（第 4 卷）（廣東：廣東人民出版社，2002 年），
　　　頁 813。
〔註60〕〈校史〉，載《聿中校刊》勝利後第乙期（1948 年 7 月 1 日），轉自陳健，〈汕
　　　頭聿懷中學的歷史沿革〉，《潮汕教育述往》，《汕頭文史》（第 9 輯），頁 32
　　　～33。
〔註61〕〈校史〉，載《聿中校刊》勝利後第乙期（1948 年 7 月 1 日），轉自陳健，〈汕
　　　頭聿懷中學的歷史沿革〉，《潮汕教育述往》，《汕頭文史》（第 9 輯），頁 32。
〔註62〕許崇清，〈關於收回教育權運動的會議〉，《廣東文史資料存稿選編》（第 4 卷），
　　　頁 813。
〔註63〕陳澤霖，〈基督教長老會在潮汕〉，載《廣東文史資料》（第 8 輯‧內部發行），
　　　轉自陳健，〈汕頭聿懷中學的歷史沿革〉，《潮汕教育述往》，《汕頭文史》（第
　　　9 輯），頁 33。

復校之後，聿懷中學「自然不可避免地帶有教會學校的特點。如校訓提倡超階級、超政治的『端、毅、誠、愛』」，但是，中國人做校長後，學校的宗教氛圍已經有了很大改進，如學生可「自願參加讀經班和聖歌班等等」，「課堂已不設宗教科目總之」，在汕頭民眾看來，1930 年代的聿懷中學「已經不是一所把宣傳基督教作為主要目的的學校，而是以傳授和普及現代文化科學知識為主要目的的學校了。拿它和過去英教士辦的前聿懷中學比，這不能不是一個進步。」〔註64〕到了 1940 年代，聿懷中學的還增設了公民、衛生、化學、操行等科目〔註65〕，課程設置更為全面和科學。

總之，教會學校在其發展過程中具有多面性，一方面汕頭民眾希望進入教會學校後，得到受教育的機會，通過學習知識改變人生命運；另一方面。教會學校不可避免強加給學生的異域文化，又常引起基督教與當地民眾之間的矛盾，最終引發反基督教運動。

四、士紳與華僑積極創辦新式學堂

1905 年清廷頒佈學堂改制令後，除了邱逢甲的嶺東同文學堂、基督教的教會學校，汕頭的地方商會，以及具有新思想的士紳、海外華僑也陸續投資創辦新式學堂，推動了汕頭新式教育的發展。數量激增的學堂，為汕頭地方人士提供了更多接觸新式教育的機會，很大程度上推動了近代汕頭教育的發展。

（一）辦學的原因：服務桑梓與人才需要

清朝中期開始，潮汕地區有大量的人口向海外移民，其中大部分是到「南洋」（現今東南亞一帶）工作、生活。這些海外移民人數眾多，從同治八年（1869年）20，824 人往海外移民開始，每年人數漸增，民國五年（1916 年）最多有 855，145 人移民。〔註66〕這些華僑去海外創業後，與家鄉的親人依然聯繫密切，常有書信來往，年歲大一點的，尤其是在商業上有所成就的，大部分

〔註64〕陳澤霖，〈基督教長老會在潮汕〉，載《廣東文史資料》（第 8 輯‧內部發行），轉自陳健，〈汕頭聿懷中學的歷史沿革〉，《潮汕教育述往》，《汕頭文史》（第 9 輯），頁 35。

〔註65〕參見《僑市府──汕頭市私立聿懷中學函送歷年來該校各項報告表學生名冊和成績等》，全宗號：12-5-695，汕頭市檔案局檔案館館藏。此處引用的是民國三十二年（1943 年）年度第一學期 初中十七班畢業生畢業成績表。

〔註66〕參見饒宗頤，《潮州志》，（汕頭：汕頭潮州修志館，1949 年），頁 1254～1255。

都選擇回鄉生活，如 1916 年就有 811，671 人返回故土。〔註67〕他們在國外接受了西方思想文化，回鄉後爲造福桑梓創辦新式學堂，一方面傳播的西方的新思想，一方面也推動家鄉教育事業的發展。當然，他們中比較特別的就是上文提及的陳雨亭，而其他眾多投資辦校的華僑，還有一個重要目的，就是培養更多潮汕青年，能夠出海幫助海外的親戚華僑做生意。

另外，潮汕宗族士紳向來力量強大，最開始受儒家傳統思想影響，注重經史而不是新式教育。隨著清末民初汕頭貿易的發展，地方士紳瞭解到學習西方學科的重要性，出於振興家鄉，以及「經商的需要」等，「要求自己乃至族中子弟掌握算術、外語、地理等知識」〔註68〕，於是他們興辦新式學校培養族中子弟，爲家族的生意及其他服務。

1905 年清廷宣佈廢科舉辦新學，汕頭地方的興辦新學之風也隨之興起。如林邦傑在同年創辦了林氏崇禮高等小學堂，「址在林家祠，專教族人，兼收外姓子弟，爲邑中家族學堂之始。」〔註69〕。1907 年林毓彥創辦林氏兩等小學堂，「址設世魁林氏祠，專教族人」〔註70〕。

（二）新學的特點：基礎教育與商業訓練並重

隨著汕頭開埠，海外貿易不斷得到擴大，而從事海外貿易的商人必備的就是外語能力和計算能力，對於汕頭商人來說，開辦新式學堂，教會族人、嫁人外語和數學，可能是「更全面和更實用的方式」。〔註71〕因此商人、士紳創辦新式學堂需要滿足他們培養商業人才的需要。

學堂改制後，原屬林氏宗族的私塾此時也改爲學堂，但這些學堂的老師原本學習的是舊式教育，傳授給學生的還是傳統思想；此外，進入私塾改造的學堂的學生，「因爲家庭經濟所限，多數在學時間不長，也只求略識文字、稍通算術而已。」〔註72〕這些學堂通過調整和地方宗族士紳的支持，課程上帶有新式教育的色彩，也滿足了商業訓練的需要。小學課程有「修身、讀經、

〔註67〕參見饒宗頤，《潮州志》，（汕頭：汕頭潮州修志館，1949 年），頁 1255。
〔註68〕程國強、鄭茵，〈從書院到學堂——以 1898～1905 年的潮汕地區爲例〉，《韓山師範學院學報》2008 年第 5 期，頁 18。
〔註69〕楊群熙、趙學萍、吳里陽編輯點校，《潮汕教育事業發展資料》，頁 219。
〔註70〕楊群熙、趙學萍、吳里陽編輯點校，《潮汕教育事業發展資料》，頁 220。
〔註71〕黃挺，〈近代潮汕教育概況〉，《韓山師範學院學報》1997 年第 3 期，頁 14。
〔註72〕黃挺，〈近代潮汕教育概況〉，《韓山師範學院學報》1997 年第 3 期，頁 13。

中國文學、算術、歷史、地理、格致、圖畫、體操」〔註73〕等，並採用商務印書館編印的教材。

再如時任泰國中華總商會主席的蟻光炎，在發家致富後致力於教育，興辦澄海東里南畔洲學校、南洲小學等，讓更多的學齡兒童有進入新式學堂學習的機會，在辦學中「積極提倡學習泰文」〔註74〕。信奉基督教的陳雨亭，「從『溝通中西學問』的願望出發」〔註75〕，其投資創建的華英學校在教會管理下「能文能武，成績卓著，於幾年就學益眾數」〔註76〕，因「課程中有一部分是文化課，一部分是聖經和宗教教育」〔註77〕，其發展最盛時有眾多教外青年在此就讀。

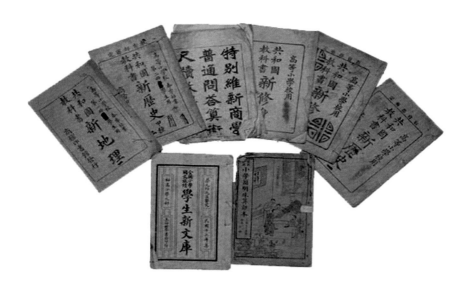

清末民初學生的新學課本

（圖片來源：汕頭市開埠文化陳列館，網址：http：
//www.swatow.org.cn/cangpin/yuedu/KBG0098）

〔註73〕群熙、趙學萍、吳里陽編輯點校，《潮汕教育事業發展資料》，頁223。

〔註74〕廣東省汕頭市地方志編纂委員會編，《汕頭市志》（第四冊）（北京：新華出版社，1999年），頁803。

〔註75〕蘇文紀，〈近代外國教會在潮汕的辦學活動及其影響〉，《汕頭大學學報》1997年第5期，頁90。

〔註76〕《僞中華基督教嶺東大會——有關演講稿件、經文、及潮汕福音史略、汕頭基督教會史略等材料》，全宗號：12-11-015，汕頭市檔案局檔案館館藏。

〔註77〕陳澤霖，〈基督教長老會在潮汕〉，廣東政協和文史資料委員會編，《廣東文史資料精編》（第4卷），頁446。

由上可見，汕頭作爲最先開放的口岸，其新學的創辦融入了很多地方特色。其一，除了傳統的士紳、宗族辦學外，華僑回國辦學是其特色，個別信教華僑將傳播基督教作爲其辦學的目標；其二，新式學堂的課程設置，與汕頭社會經濟的發展緊密聯繫，很重視會計、英語的教育，以服務於海內外的經商貿易。

五、「認同、衝突與融合」中發展的汕頭中等教育

華南的廣州、汕頭成爲通商口岸並非清廷主動，而是在不平等條約下被迫開埠的。對於隨之而來、逐年增加的傳教士，有學者認爲「在近代中西關係發生歷史性轉變的時期，傳教士成爲侵略勢力的天然同路人」，但是，同路人只是天然的，其最初進入中國所進行的傳教運動，如上文所論的開辦學校、設立西醫等活動，卻並一定就是「西方殖民侵略陰謀的組成部分」，也不意味著傳教士與侵略勢力間存在「實際上的共謀關係」，其基本動機和動力往往是爲了「達到宗教目的」，以及部分傳教士所具有的「慈善心理、人道主義精神」。〔註78〕

縱觀上文所論汕頭聿懷、華英中學堂的投資創辦與歷史發展，傳教士與侵略勢力共謀關係的是幾乎不存在的。當然對此情況也有很有意思的例子，比如 1860 年代來汕頭的英國牧師汲約翰，曾「見鴉片對國人毒害，而奏維多利亞女王限賣」此物，汕頭當地民眾因他「禁勸之功甚偉」〔註79〕，特將其事跡寫入地方歷史。

就嶺東同文、聿懷、華英中學堂的開辦，以及他們在「認同、衝突與融合」過程中的不斷成長，甚至不得已交出校舍土地，最後又不得不重新組建新學校，做出聘請中國人做校長，減少宗教課程的設置等等讓步，以融入中國社會。因此，誠如吳義雄教授的觀點，早期（1807～1851 年）在華的新教傳教士「在很大程度上將近代西方資本主義文明與基督教文明等同」，將「宗教熱情體現在對西方科學知識的傳播方面」〔註80〕，而在汕頭開辦聿懷學堂、

〔註78〕 參見吳義雄，《在宗教與世俗之間：基督教新教傳教士在華南沿海的早期活動研究》（廣州：廣東教育出版社，2000 年），頁 520～521、523。

〔註79〕 《僑中華基督教嶺東大會——有關演講稿件、經文、及潮汕福音史略、汕頭基督教會史略等材料》，全宗號：12-11-015，汕頭市檔案局檔案館館藏。

〔註80〕 參見吳義雄，《在宗教與世俗之間：基督教新教傳教士在華南沿海的早期活動研究》，頁 523。

華英學校的正是作爲基督新教的一派的長老會。從清末民初到民國的歷史發展來看，傳教士對辦學的目的、態度，是基本不變的。隨著國內反帝國主義、反基督教運動興起，中國人不斷收回主權，在教育權、關稅權、租借權、領土領事權等不斷被收回的過程中，教會對其所掌握的教育權，往往是最先做出讓步的。

汕頭開埠後，中外日益繁榮的貿易給這個小城帶來許多新事物、新思想以及新學堂，在紛繁複雜的情勢下，汕頭民眾、士紳們並未對西人所辦學堂抱著決然排斥或全盤接受的態度，而是既注意以開放、包容、實用和學習之精神，向西人老師學習，也非常注重本地自辦，這樣更可以保持民族獨立、文化傳承，他們一方面防備地方被過度的西化、基督教化，另一方又利用各種可能，培養地方青年，不僅增加了宗族力量，也爲世界各地的潮汕商人提供了知識後備人才，最大可能的推動汕頭地方的現代化和國際化。

在率先開辦新學的嶺東同文、聿懷、華英中學堂的帶動下，汕頭近代化教育可謂開風氣之先，各種人才輩出，到了民國年間，隨著更多汕頭「新式學堂的建立」，「從國外聘請『洋教習』來潮汕任教」，地方青年甚至主動「赴國外留學」，直接的接受西方文化的教育，這都成爲了潮汕平常事情。〔註81〕

（作者簡介：周孜正，華南師範大學歷史文化學院講師，中山大學中國家族企業研究中心研究員（兼）；張曉琪，華南師範大學歷史文化學院本科生）

〔註81〕參見趙春晨、陳歷明編著，《汕頭百年履痕——近代潮汕文化與社會變遷圖錄》，頁150。

四、「五四」新文化與新文學教育

「到北海去」——「新青年」的美育烏托邦

林　崢

一、北海公園：現代美育空間的崛起

　　1931 年 5 月，蔡元培發表〈二十五年來中國之美育〉一文，開篇言：「美育的名詞，是民國元年我從德文的 Asthetische Eriziehung 譯出，爲從前所未有。」〔註1〕作爲民國首任教育總長、新文化運動時期的北京大學校長、著名的教育家，蔡元培自民國元年（1912）起便堅持提倡和推行「美育」的教育理念。他認爲，美育「便是使人類能在音樂、雕刻、圖畫、文學裏又找見他們遺失了的情感。我們每每在聽了一支歌，看了一張畫、一件雕刻，或是讀了一首詩、一篇文章以後，常會有一種說不出的感覺：四周的空氣會變得更溫柔，眼前的對象會變得更甜蜜，似乎覺得自身在這個世界上有一種偉大的使命。這種使命不僅要使人人有飯吃，有衣裳穿，有房子住，他同時還要使人人能在保持生存以外，還能去享受人生。知道了享受人生的樂趣，同時便知道了人生的可愛，人與人的感情便不期然而然地更加濃厚起來」。〔註2〕蔡元培期望通過家庭教育、學校教育和社會教育三個途徑達成其美育理想。社會教育既包括美術館、音樂會、博物館、劇院一類現代市政機構，也包括市政的美化。〔註3〕他在〈二十五年來中國之美育〉一文中指出：

〔註1〕蔡元培，〈二十五年來中國之美育〉，高平叔編，《蔡元培美育論集》（長沙：湖南教育出版社，1987 年），頁 216。
〔註2〕蔡元培，〈與《時代畫報》記者談話〉，《蔡元培美育論集》，頁 215。
〔註3〕參見〈美育實施的方法〉及〈美育〉，《蔡元培美育論集》，頁 159～165，208～212。

> 美育的基礎，立在學校；而美育的推行，歸宿於都市的美
> 化。……首都大市，雖有建設計劃，一時均未能實現；未有計劃
> 的，更無從說起。我們所認爲都市美化的一部分，止有公園了。
> 〔註4〕

自 1925 年 8 月 1 日起正式對外開放的北海公園，正是以物質空間的方式，淋漓盡致地詮釋了蔡元培的美育理念。公園是一個多功能的空間，它除了提供娛樂設施外，還兼有商業、教育、文化、社會、政治等多種作用，像北海這樣新起的公共空間，各種機構、設施都有意願佔據一席之地，其選擇什麼、排斥什麼，體現了設計者對於公園的設想和定位。北海特別典型地體現了民國公園對於教育（包括德育、智育、體育）、尤其是美育功能的關注，作爲新興的美育空間，陶養和教化民國理想的現代公民。〔註5〕

首先，北海作爲歷代皇家御苑，風景優美，匠心獨運。其基本格局是在金代太寧宮時期奠定的，採取中國皇家園林「一池三山」的傳統佈局，以疏濬湖泊的泥土在湖中堆築起三座島嶼，即瓊華島（今北海瓊島）、圓坻（今團城）和犀山臺（位於今中海），分別象徵著太液池中的蓬萊、瀛洲、方丈三座仙山。此後元明清歷代帝王又多次對其進行了大規模的修繕，在團城上構築承光殿，在瓊島萬歲山頂營造藏式白塔，興建大小西天、闡福寺、五龍亭、九龍壁等景點，以及濠濮間、畫舫齋、靜心齋諸園中園，不勝枚舉。因此，北海的景致宛若仙境，超塵脫俗。主景瓊島非常突出，以「瓊島春陰」聞名的如雲綠蔭襯托著恢弘莊嚴的白塔，在空間、高度、色彩、意境上都獨佔鰲頭，並以一碧萬頃的湖水和藍天作爲前景和背景，大佈局十分簡潔開闊。登白塔之巔，可眺望北海全景，及毗鄰的景山、故宮、鐘鼓樓、遠處的西山等，盡收眼底。園林建築大格局氣勢奪人，小局部則精緻幽雅，東岸的濠濮間、畫舫齋及北岸的靜心齋三處園中之園，將江南文人園林引入北方皇家園林，造就大園林中自成一體的獨立小園，構成對立統一的美景。因此，北海汲取了南北方園林的精華，兼有宏大的氣魄和婉約的風韻，特別富於詩意，給人以藝術的美感。

〔註4〕蔡元培，〈二十五年來中國之美育〉，《蔡元培美育論集》，頁 229。

〔註5〕在蔡元培的理念中，教育體系包括德育、智育、體育、美育四個方面。蔡元培認爲，早期的宗教承擔與教育相等的功能，後來隨著人類發展，德育、智育、體育逐漸從宗教中分離出來，只有美育與宗教有關，因此提倡「以美育代宗教」。參見〈美育代宗教〉，《蔡元培美育論集》，頁 274～279。

　　而北海大大小小的茶座、咖啡館，就有意識地選址於北海的名勝景點營業，從上午八九點一直到深夜十二點鐘，可供遊人在品茗就餐之時，觀景怡情，相得益彰。根據鄧雲鄉的回憶，「幾十年前北海的茶座有十幾家之多」，其中最有特色的幾家，當屬漪瀾堂、道寧齋、濠濮間、五龍亭、仿膳等。漪瀾堂和道寧齋座落於瓊島上，雕廊畫棟的樓閣呈扇面形沿北海水邊展開，與對岸的小西天與五龍亭遙相呼應，是當時北海最大的茶座，「有最好的座位，最好的茶食，最好的點心」。沿欄杆和長廊，上下兩層，約一百二三十張桌子，每張桌子配四張大籐椅，可以同時招待近五百人喝茶。

　　　　每到春夏之交，一到下午三四點鐘，太陽偏西之後，是漪瀾堂、道寧齋最熱鬧的時候。坐在水邊，喝著香片茶，嗑著瓜子，吃著玫瑰棗等茶食，閒談著，望著龍樓鳳闕邊特有的藍天和變幻的白雲，聽著划小船的人的笑聲、槳聲，在大藍布遮陽下面水中陽光閃動著金波，小燕子像穿梭一樣飛來飛去……這時你會自然想起王子安的「滕王高閣臨江渚，佩玉鳴鸞罷歌舞，畫棟朝飛南浦雲，朱簾暮捲西山雨」的詩句。雖然這裡不是滕王閣，而藝術的意境會促使你產生共鳴。

東岸的濠濮間，頗為幽邃，是北海最安靜的茶社，這裡「是作家寫作的好地方，也是情侶海誓山盟的好地方。有個時期，曾經有幾位老詩人定期在這裡雅集，分韻刻燭」。五龍亭與仿膳位於北岸。五龍亭以居中最大的龍澤亭為主體，之間以白石欄橋相連，狀若遊龍，翼然臨水，只有中間三座大亭子擺茶座，四面軒窗大開，臨窗設座位，可在此眺望瓊島，「離水面近，接受南風吹拂，視野又開擴，瓊華島的塔影波光，齊收眼底，在這裡喝茶是別有情趣的」。仿膳依山面水，搭著高大的舒捲自如的天棚，也擺有很多茶座，以仿製清宮御膳房的茶肴點心為特色。〔註6〕

　　由上觀之，北海茶座的設置，深得借景之妙意，充分利用其得天獨厚的開闊水景和園林情趣，營造出一種詩意的氛圍。正如鄧雲鄉所言，這種「藝術的意境」會使品茗觀景的遊客產生共鳴，聯想起「畫棟朝飛南浦雲，朱簾暮捲西山雨」一類充滿古典情致的詩句，受到美學的薰陶。而相應地，北海也成為能夠激發遊人詩情和靈感的審美空間，甚至在想像的層面上成為一種象徵性的美學符號。

〔註6〕以上皆出自鄧雲鄉，〈瓊華島夏夢〉，《燕京鄉土記》（石家莊：河北教育出版社，2004年），頁112～114。

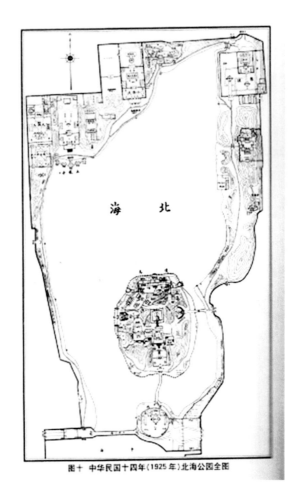

圖十　中华民国十四年(1925年)北海公园全图

圖一　民國時期北海公園全圖

　　除茶座外，北海公園的另一個顯著特點便是其豐富而權威的圖書館資源。早在 1923 年北海尚未正式開放時，梁啓超即動用他與北洋高層的關係，由總統黎元洪親自批示，在快雪堂設立了松坡圖書館，以紀念護國有功的蔡鍔，期待「『高山仰止，景行行止』，入斯室者，百世之後，猶當想見蔡公為人也」，以蔡鍔的精神感化和教育公眾。〔註7〕松坡圖書館之創設肇始於 1916 年蔡鍔病逝，梁啓超撰文〈創設松坡圖書館緣起〉發起倡議，在文中振聲發聵地強調中國開設圖書館的必要性：

〔註 7〕梁啓超，〈松坡圖書館記〉，《飲冰室合集》（北京：中華書局，1989 年）（卷五・
　　　文集之四十），頁 29。

同人僉然同聲曰：今世各文明國圖書館之設，遍於都邑，蓋歐美諸國雖百數十家村落，猶必有一圖書館。其大都會之圖書館，規模宏敞，收藏浩富，古代帝室之天祿石渠，視之猶瞠乎若其後也。然皆廓然任人借觀流覽，使寒士之好學者，得以盡窺秘笈。夫豈惟寒士，雖素封之家，亦豈能於書無所不蓄？我有圖書館，然後學問普及之效，乃可得而睹也。今以中國之大，而私立圖書館，竟無一焉。即京師及各省間有公立之館，亦皆規模不備，不能收禪益公眾之功用。昔美國豪紳卡匿奇氏，嘗云一國圖書館之有無多寡，可以覘其國文野之程度。此言若信，則我國民與世界相見，其慚汗爲何如哉！〔註8〕

在當時，圖書館與公園一樣，都是新興的舶來品，是西方現代市政文明的代表，任公終其一生都致力於中國圖書館事業的建設，且與北海有莫大淵源。〔註9〕在梁啓超的運作下，1923 年 6 月 20 日，松坡圖書館終於擇定館址，在北海快雪堂；11 月 4 日，松坡圖書館正式成立，梁啓超親任館長。

松坡圖書館位於北海北岸的一個斜坡上，四周環繞著蓊鬱的槐林，內分三進，分別爲閱覽室、藏書室和蔡公祠，環境雅潔肅穆。其藏書主要來自梁啓超搜求的十萬餘冊中外書籍（其中包括梁啓超創建的「圖書俱樂部」所收尚志學會、亞洲學會捐贈的 2000 多冊日文圖書和其他外文圖書約 6000 多冊）、《四庫全書》複本，以及政府撥給的楊守敬藏書兩萬四千餘冊。由於松坡圖書館屬於紀念性質的私立圖書館，另行售票，因此環境清幽，讀者不多，以從事研究的學者爲主。

據梁啓超致長女的家書，他當時執教於清華國學院。因此每到暑假前夕，他都會邀集清華學生同遊北海，並延請名師在松坡圖書館講學，如 1926 年夏邀請張君勱講宋代理學。（見圖二）而梁啓超本人亦於 1927 年 5 月間

〔註 8〕原刊於 1916 年 12 月 17 日～18 日《時事新報》。梁啓超著，夏曉虹輯，《〈飲冰室合集〉集外文》（北京：北京大學出版社，2005 年）（中冊），頁 655～656。

〔註 9〕梁啓超可謂中國圖書館事業的奠基人。早在 1903 年遊歷北美時，即對圖書館十分關注，在《新大陸游記》中多有論述。回國後他不僅主持創立了松坡圖書館，還擔任中華圖書館協會董事部部長，後又兼任京師圖書館及北京圖書館館長，並促成了兩館的合併，以及組織編纂《中國圖書大辭典》。詳見夏曉虹，〈梁啓超與《中國圖書大辭典》〉，《清華大學學報（哲學社會科學版）》2011 年第 1 期；筆者論文，〈梁啓超的現代都市經驗與構想〉，《漢語言文學研究》2011 年第 4 期。

親自爲同學演講，後由周傳儒、吳其昌筆錄成〈北海談話記〉。〔註10〕「北海談話」是梁啓超晚年非常重要的一篇論述，〔註11〕而其與北海、松坡圖書館有著密切的內在聯繫。梁啓超先以松坡圖書館與蔡鍔的因緣入題，指出「本來此地是風景最美的地方，也可以說是我們先後同學的一個紀念的地方」。由此借三十多年前在長沙時務學堂培養出蔡鍔等一班棟樑之才的經驗，反思現代教育的弊病，批評「現在的學校，多變成整套的機械作用」。但同時，他也深諳傳統教育之不足，希望「斟酌於兩者之間」，以人格的修養糾補智識之偏弊，遂以曾國藩、胡林翼諸人爲典範，宣導人格的砥礪和相互感化。

　　梁啓超對清華學生的教育，便是身體力行他自身的這種教育理念。這種實踐，包括他所提到的清華研究院近於學院式（college）的教育制度：「諸同學天天看我的起居，談笑，各種瑣屑的生活，或者也可以供我同學們相當的暗示或模範」。〔註12〕而最爲典型的，即每年初夏帶領清華學生「作北海之遊」，觀當時國學院學生吳其昌的記述：「俯仰詠嘯於快雪浴蘭之堂」，頗有孔子所稱許的「浴乎沂，風乎舞雩，詠而歸」的境界；以及延請張君勱等名師於北海講宋賢名理，「穆然有鵝湖、鹿洞之遺風」，可謂私淑傳統書院的精神。〔註13〕種種手段，皆是希望以這種方式補現代教育之弊，而北海，即爲承載梁啓超教育理念的試驗場。北海的文化氛圍與名師的言傳身教、人格的耳濡目染相輔相成，於潛移默化中影響和感染著青年學子，從而形成了對於現代學校教育的輔助與補充。

　　「北海之遊」對於清華國學院學子具有特殊的意義，1927 年吳其昌編纂《清華學校研究院同學錄》，將〈梁先生北海談話記〉排在篇首，總領全書，

〔註10〕 梁啓超口述，周傳儒、吳其昌筆記，〈北海談話記〉，梁啓超著，夏曉虹輯，《〈飲冰室合集〉集外文》（中冊），頁 1033～1039。

〔註11〕 對於梁啓超〈北海談話記〉思想的具體分析，詳見夏曉虹，〈書生從政：梁啓超與伍莊〉，《中國文化》2012 年秋季號。

〔註12〕 學院制（college）發源於歐洲中世紀大學，最初是爲了接待或幫助來自其他國家和地區的貧困學生而提供的住宿場所；後來逐漸發展成爲師生共同生活和學習的場所，構成大學最基本的教學和行政單位。據梁啓超寫給長女梁思順的信自述，其在清華國學院執教期間，每周有四天住在清華，其餘三天入城住在松坡圖書館，參見丁文江、趙豐田編，歐陽哲生整理，《梁任公先生年譜長編》（初稿）（北京：中華書局，2010 年），頁 533。

〔註13〕 吳其昌，〈北海談話記〉題記，梁啓超著，夏曉虹輯，《〈飲冰室合集〉集外文》（中冊），頁 1033。

其後才是國學院「四大導師」等教師的相片，以及每位學生的小傳等。〔註14〕
這種安排本身即意味深長，暗示了吳其昌等清華國學院學子對於國學院教育
的理解，在他們看來，「北海之遊」及其所象徵的精神的感召和人格的砥礪，
才是清華國學院的靈魂所在。在這個意義上，梁啟超的「北海之遊」與蔡元
培的美育理念有異曲同工之妙。

圖二　梁啟超、張君勱與清華國學院學生在北海松坡圖書館

松坡圖書館而外，1925 年 5 月，位於方家胡同的京師圖書館聞悉北海即
將開放爲公園的消息後，亦呈請教育部飭撥北海場地，意欲在北海公園內設
立總館，其方家胡同原址則作爲第一分館。京師圖書館主任在上呈教育部的
檔中陳述選址緣由，嫌方家胡同原址偏於東北一隅，看中「北海處四城之中，
地方遼闊，官房碁多」，且指出圖書館係社會教育的主要事業，可以輔助學校
教育的不足。〔註15〕民國北京公園的一大特色，就是圖書館多附設於公園之
內，公園與圖書館合二爲一，共同發揮美育（教育）的功能，與學校教育相互

〔註14〕《清華學校研究院同學錄》（影印本），見夏曉虹、吳令華編，《清華同學與學
　　　術薪傳》（北京：三聯書店，2009 年）。
〔註15〕〈1925 年 5 月 13 日呈教育部請撥北海官房作爲京師圖書館總館〉，北京圖書
　　　館業務研究委員會，《北京圖書館館史資料彙編（1909～1949）》（北京：書目
　　　文獻出版社，1992 年），頁 119。

補益，北海公園即此中的集大成者。〔註16〕1925 年 11 月 3 日，中華教育文化基金會與教育部協商訂約，合辦「國立京師圖書館」，決定由中基會與教育部共同支出年費，租用北海公園內慶霄樓、悅心殿、靜憩軒、普安殿一帶房屋爲館址，並聘請梁啓超與李四光爲正副館長。可惜，由於當時北京政府國庫空虛，無法履約撥給費用，中基會只好中止與教育部的契約，轉爲獨立籌辦，館址沿用此前選定的北海慶霄樓、悅心殿等處，改名爲「北京圖書館」，仍以梁啓超、李四光爲正副館長。所以，最終在北海成立的，是中基會創辦的北京圖書館。1928 年，北伐成功，北京改爲北平，北京圖書館也相應更名爲北海圖書館。北海圖書館十分鼓勵公眾養成閱讀的習慣，不僅規定閱覽人隨意取書，不收費用，甚至出圖書館時，可獲贈公園門票一張。〔註17〕此例典型地體現了當時公園與圖書館相輔相成，共同推進社會教育、啓迪民智的特點。

與此同時，1928 年國立京師圖書館亦改名爲北平圖書館。1928 年 8 月 7 日，國民政府電撥中海居仁堂歸北平圖書館使用；1929 年 2 月 10 日，北平圖書館在居仁堂開館。在梁啓超的促成下，1929 年 8 月，教育部正式決定將北平圖書館與北海圖書館合併爲「國立北平圖書館」，原居仁堂部分爲第一館，原北海部分爲第二館。由於梁啓超彼時已因手術意外辭世，遂聘請蔡元培與袁同禮任正副館長，並且選定北海西岸御馬圈舊地及公府操場建造新館。〔註18〕1931 年 6 月 12 日，國立北平圖書館新館在北海落成，7 月正式開館。根據時人的回憶，國立北平圖書館是當時遠東最現代化的圖書館，其「外觀是十分華美的，它的內部更爲精美。外部完全是中國宮殿式的，而內部則完全是西方式的，在 30 年代初，它的內部設備，比之於大洋彼岸的美國國會圖書館毫不遜色」。〔註19〕圖書館藏書分爲舊藏、新增與寄存三部分，藏有各類中文、滿蒙文、藏文、西文、日文書籍，以及《文津閣四庫全書》、善本書、經卷輿圖、金石拓本、文物等等，蔚爲大觀。想任公於 1916 年篳路藍縷草創松坡圖

〔註16〕 除下文將具體討論的與北海有關的圖書館外，又如中央公園的教育部中央圖書閱覽所，天壇公園閱覽室，香山教育圖書館，京兆公園通俗圖書館，故宮博物院圖書館及其景山分館、太廟分館、頤和園圖書館，以及中海居仁堂的北平圖書館等。

〔註17〕 參見〈北平圖書館指南〉，《北京圖書館協會會刊》第 2 期（1929 年）。

〔註18〕 新館館址東起金鰲玉蝀橋，西迄西安門大街一段，從前沒有專門的名字，由於國立北平圖書館選址於此，以其文津閣四庫全書收藏而聞名，因此決定改名爲「文津街」。

〔註19〕 鄧雲鄉，〈國立圖書館〉，《文化古城舊事》（北京：中華書局，1995 年），頁 171。

書館之時，尚感慨：「我國民與世界相見，其慚汗爲何如哉」；而 1931 年北海已落成此「比之於大洋彼岸的美國國會圖書館毫不遜色」的國立北平圖書館，雖然任公不逮親眼目睹，庶幾可慰藉其於九泉之下。身處這樣的圖書館裏閱讀學習，本身就是一種審美體驗，給人以文明的薰陶，正如當時青年學生的感受：「那眞是一個肅穆的讀書環境，那氣氛正是顯示了高度的文明」。〔註20〕

除了智育功能外，北海還十分重視提倡體育事業。1926 年，北海在公園內建成大型公共體育場與兒童體育場，布置完備，應有盡有。每日自上午七時至下午七時開放，不設門票，可見其獎掖公眾運動之意。場內並設有指導員，指導健身者的行爲，要求他們遵守運動場制定的各項規則、甚至包括運動的方式。這是民國公園的普遍特點，即以精英主義的姿態自居，認爲自己負有教育、指導遊人行爲規範的職責。兒童體育場在當時尤受民眾歡迎：「兒童體育場裏充滿了孩子們的笑聲，也有不少的成人坐在旁邊的椅子上，微笑地望著孩子，他們有的在追尋自己失去的童年，有的在分享孩子們的快樂。」〔註21〕除運動場外，公園內還設有多處球房，如漪瀾堂西餐球房、翠雅球房、大西天球房等等。

北 海 公 園 公 共 體 育 場 南 部

圖三　北海公園公共體育場

〔註20〕鄧雲鄉，〈國立圖書館〉，《文化古城舊事》，頁 171～177。
〔註21〕謝冰瑩，〈北平之戀〉，姜德明編，《如夢令──名人筆下的舊京》（北京：北京出版社，1996 年），頁 245。

圖四　北海公園兒童體育場

　　此外，北海充分利用其得天獨厚的廣闊湖面，冬季可溜冰，夏季能划船。民國時期，北海的冰場享譽京城。由於溜冰這項運動對於身體素質有特殊的要求，因此，除了個別高手如曾爲慈禧表演的「老供奉」吳桐軒之外，冰場的常客大多爲青年男女，其中各校學生占大多數，包括北京大學、匯文中學、慕貞女校等。〔註22〕而一年一度的化妝溜冰大會，更是萬眾期待的盛事。1926年 1 月 31 日，漪瀾堂餐館在其經營的溜冰場首開化妝溜冰會，《晨報星期畫報》特闢專號報導了這一盛會（如圖五）：

　　　　前星期日，北海漪瀾堂前，舉行化裝溜冰大會，觀者數千人，
　　　　比賽人數達一百三十餘人。中外男女各半，怪裝異飾，無奇不有，
　　　　或捉襟見肘，或腰大盈丈，更有西婦九人飾馬牛羊兔之屬，觀者無
　　　　不捧腹。最奇者，飾火鍋，白菜，蓮花，蝴蝶，汽船，印度婦人等
　　　　等，使人絕倒。是日先舉行跳舞，次爲各項競走，三時開會，至五

〔註22〕〈北海男女青年溜冰熱〉，《時事彙報》第 1 期（1934 年 12 月 9 日）。

時半分，則給予獎品盡歡而散。如斯盛會，實爲北京歷年來冬令所未有，本報特爲刊行專號，以供未與會者覽觀焉。〔註23〕

圖五　北海首屆化妝溜冰大會

此後北海每年都舉行化妝溜冰大會，參賽者與觀眾絡繹不絕，中外兼有，「實北平冬令一種特別娛樂也」。〔註24〕到了 1930 年代，規模愈發盛大，如 1932

〔註23〕〈北海化妝溜冰大會記〉，《晨報星期畫報》第 1 卷第 22 期（1926 年 2 月 14 日）。

〔註24〕《大亞畫報》第 137 期，1929 年 2 月 10 日。報導曰：「北平北海公園溜冰場，於上月二十七日，舉行化裝溜冰大會。雪後天寒，冰平如鏡。是日一時餘，各界女士陸續到場，紅男綠女，飄飄然戲滑於冰上，洵爲奇觀。在場溜冰者約四五百人，場外觀眾，亦不下二千人，實北平冬令一種特別娛樂也。」

年的溜冰大會，從下午一時一直持續到日暮，觀者多達三萬餘人。比賽分成人組四圈賽、四十圈賽、跳高賽，女子組百米提燈賽，兒童組二圈賽，以及最吸引人眼球的化妝比賽，可見此時比賽規制已發展得十分成熟。激烈的爭逐賽結束後，情緒高漲的觀眾紛擁入場，追隨化妝比賽的選手一道在場中奔馳，場面十分壯觀。「但見糞夫、老農、強盜、旗裝少女，扮相畢肖。更有一老嫗化裝跛僧，鬚髮滿面，不辨雌雄。一白鬚老者服玄色戎裝，有如綠林好漢，英氣煥發。復有少女數人，輕衫飛舞，儼若雲中天使。又有童子數人，黃髮垂髫，碧褲丹衫，有如僻鄉村女。此外有無常大鬼，裸體黑人，復有常娥之夫，披髮張弓，以樹葉蔽體者，日爾曼式伉儷比肩而馳者。」〔註25〕從民國時期的老照片，略可窺得當年盛況，民國時人的時尚嗅覺和想像力，即使在一個世紀後仍令人驚歎。

其餘的季節裏，在北海泛舟更是遊人鍾愛的消遣。道寧齋、雙虹榭、五龍亭碼頭均有小船可供租用，根據鄧雲鄉的回憶，「北海划船，在春日宜於午前，暖日薰人，波平浪靜，最為舒暢」；「夏秋兩季則宜於清晨和夜晚，在夏夜把小船放在黑黝黝的水中央，不用划，任其飄蕩，望著夏空繁星與瓊華島之明滅燈火交相輝映，蛙聲、語聲、水香、荷香、衣衫鬢影香，那真是『仲夏夜之夢』境了。」〔註26〕這種浪漫的意境尤受青年人的青睞，正如謝冰瑩〈北平之戀〉中的描寫：

> 年輕的男女們，老喜歡駕一葉扁舟，漫遊於北海之上：微風輕搖著荷葉，發出索索的響聲，小魚在碧綠的水裏跳躍著；有時，小舟駛進了蓮花叢裏，人像在畫圖中，多麼綺麗的風景！
>
> 有時風起了，綠波激蕩著遊艇，發出「的凍」「的凍」的響聲，年青的男女有的對著綠波微笑；有的輕吟低唱；有的吹奏口琴；或者哼著自己心愛的調子，他們真像天上的安琪兒那麼無憂無慮，快樂非常。〔註27〕

綜上所述，北海公園的美育功能十分突出，一切設施皆出自美術的匠心，希望給予遊人審美的享受。一方面，北海特別重視對於公眾進行智育的薰陶，

〔註25〕〈北平溜冰大會參觀男女竟達三萬餘人〉，《浙江體育半月刊》第 3 期（1932年 2 月 16 日）。

〔註26〕鄧雲鄉，〈太液好風光〉，《燕京鄉土記》（下冊）（石家莊：河北教育出版社，2004 年），頁 277。

〔註27〕謝冰瑩，〈北平之戀〉，《如夢令——名人筆下的舊京》，頁 244～245。

公園內先後設立有松坡圖書館、北京圖書館（北海圖書館）和國立北平圖書館，這種盛況即使是在民國時期圖書館與公園普遍共存的前提下，也是十分罕見的。而另一方面，北海也非常注重對於民眾體育愛好的養成，公共體育場、兒童體育場的設立，以及最富特色的化妝溜冰及泛舟，青年男女飛馳冰面或泛舟湖心的身影，不啻為北海最為動人的風景。這一切遂造就了北海成為獨一無二的美育空間，在民國北京的教育史和文化史上成就自身不可替代的影響。

二、「到北海去」：新青年與新文學的相互建構

前文述及，京師圖書館看中北海的地理位置，向教育部呈請將館址遷到北海，陳述的理由為「北海處四城之中」、交通便利，這背後的考慮實際上基於民國時期北京城市空間重構的大背景。民國之後，內城封閉的格局被打破，文化中心、商業中心都呈現由外城向內城轉移的趨勢。尤其是北海所處的以紫禁城為核心的內城中心地帶，在昔日皇家禁苑、壇廟的基礎上，開闢了各式公園、博物院，除北海外，還有中央公園（社稷壇）、和平公園（太廟）、景山、中南海〔註28〕、古物陳列所〔註29〕、故宮博物院等，且公園內大多兼有圖書館、講演廳、陳列所、音樂堂、體育場等文化設施，這片區域遂形成新式公共文化空間的集大成。同時，中國現代教育的最高學府、新文化運動的發源地──北京大學也位於這一帶。時任北大校長的蔡元培曾於1919年新文化運動方興未艾之際，發表〈文化運動不要忘了美育〉一文，呼籲致力新文化者不要忽略美育，在文中勾勒出其理想的美育烏托邦──

> 文化進步的國民，既然實施科學教育，尤要普及美術教育。專門練習的，既有美術學校、音樂學校、美術工藝學校、優伶學校等，大學校又設有文學、美學、美術史、樂理等講座與研究所。普及社會的，有公開的美術館或博物院，中間陳列品，或由私人捐贈，或由公款購置，都是非常珍貴的。有臨時的展覽會，有音樂會，有國立或公立的劇院，或演歌舞劇，或演科白劇，都是由著名的文學家、音樂家編製的，演劇的人，多受過專門教育，有

〔註28〕景山、中南海分別於1928年、1929年才正式開闢為公園，但此前也已向公眾開放。

〔註29〕古物陳列所1914年於故宮文華殿與武英殿成立，是我國第一個以皇家藏品為主的博物館，1948年3月與故宮博物院合併。

理想有責任心的。市中大道，不但分行植樹，並且間以花畦，逐
次移植應時的花。幾條大道的交叉點，必設廣場，有大樹、有噴
泉、有花壇、有雕刻品。小的市鎮，總有一個公園。大都會的公
園，不止一處。又保存自然的林木，加以點綴，作為最自由的公
園。一切公私的建築，陳列器具，書肆的印刷品，各方面的廣告，
都是從美術家的意匠構成。所以不論那種人，都時時刻刻有接觸
美術的機會。〔註30〕

在蔡元培的理念中，美育是新文化運動一個不可或缺的要素，而北海所處的
地帶，正是蔡元培這種美育烏托邦一個具體而微的實現，從而取代清時作為
文化中心的宣南，成為北京新型的文化空間。

蔡元培長校期間，除了身體力行推行其美育理念外，〔註31〕還為北大
奠定了相容並包的學風，因此這片區域除了北大正式的學生外，還匯聚了
無數有志於新文化、新文學的青年，「他們被北大開放的校風、自由旁聽的
制度，以及周邊濃鬱的文化氛圍所吸引，遊走於課堂、圖書館、街道和公
寓之間，彼此聯繫，互通聲息，構成了獨特的文化生態，沙灘一帶甚至有
了北京『拉丁區』的美名。」〔註32〕這些年輕人棲身於北大附近沙灘、北
河沿一帶大大小小的公寓中，如沙灘附近銀閘胡同的公寓中居住著沈從
文、黎錦明、陳煒謨、趙其文、陳翔鶴等，北河沿附近著名的漢園公寓中
寄寓有張采眞、焦菊隱、于賡虞、王魯彥、顧千里、王三辛、蹇先艾、朱
湘、劉夢葦、丁玲、胡也頻等。〔註33〕正如沈從文晚年的回憶，「就中一部
分是北大正式學生，一部分和我情形相近，受了點『五四』影響，來到北
京，為繼續接受文學革命薰陶，引起了一點幻想童心，有所探索有所期待
而來的。當時這種年輕人在紅樓附近地區住下，比住在東西二齋的正規學
生大致還多數倍。有短短時期就失望離開的，也有一住三年五載的，有的

〔註30〕 蔡元培，〈文化運動不要忘了美育〉，《蔡元培美育論集》，頁58。
〔註31〕 蔡元培在北大建立了畫法研究會、書法研究會、音樂研究會等。對於蔡元培
　　　　在北大推行美育的討論，詳見陳平原，《觸摸歷史與進入五四》（北京：北京
　　　　大學出版社，2005年），「老北大的藝術教育」一節，頁135～156。
〔註32〕 姜濤，〈從會館到公寓——空間轉移中的文學認同〉，《中國現代文學研究叢刊》
　　　　2008年第3期。
〔註33〕 參見沈從文〈憶翔鶴——二十年代前期同在北京我們一段生活的點點滴滴〉、
　　　　〈記胡也頻〉，《沈從文全集》（卷12、13）（太原：北嶽文藝出版社，2002年）。
　　　　沈從文亦住過漢園公寓。

對於文學社團發生興趣，有的始終是單幹戶。共同影響到三十年代中國新文學，各有不同成就……以紅樓爲中心，幾十個大小公寓，所形成的活潑文化學術空氣，不僅國內少有，即使在北京別的學校也希見」。〔註34〕這片區域遂成爲青年學子的烏托邦──

> 因爲這是一個最理想的學習區域，公寓的房錢，好一點的四五塊錢夠了，壞一點的一兩塊就成，茶水、電燈、用人、一切在內。吃飯，除附近的便宜小飯館外還有最便宜者，幾分錢就可以吃飽一頓。讀書則窗明幾淨的北大圖書館，不論你是不是北大學生，絕對將你當做北大學生似的歡迎你進去。如果你高興溜躂溜躂，順便檢閱一下崇禎殉國的煤山，宣統出宮的神武門，供玉佛的團城，和「積翠」、「堆雲」的金鼇玉蝀橋，你可以大模大樣走進那釘著九九八十一個金黃釘子的朱紅大門，踱過那雕龍舞爪的玉石華表，以一位主人翁的姿態進入金碧輝煌的北平圖書館。〔註35〕

由此可見，在 20 世紀 20 年代，隨著「新文化」運動愈發深入，北海所在的內城中心區崛起爲新文化的中心，而與此同時，五四運動下成長起來的一代「新青年」也已經成熟。由於同一區域的中央公園早已爲上一代際的新文化人所佔據，他們遂選擇 1925 年新興開放、且與自身氣質相投的北海作爲自己的領地。借用當時居於北河沿寓所的青年作家沈從文一篇自敘傳小說的題目，「到北海去」成了這些青年學子的日常功課。

北海自辟爲公園伊始，即對學生特別優待，規定學校及公益團體可以免票入園。〔註36〕加諸北海地處內城中心，交通便利，因此，自開放之後，組織前來參觀的北京各大、中、小學校及教育機構便絡繹不絕。如根據第一屆北海公園事務報告書，1925～1926 年間來北海參觀的團體幾乎全是學生，共六十一次，約四十個團體，四千餘人，其中甚至包括外省的學校。〔註37〕有些中小學校（以小學爲主）還會組織學生在歸來後寫作北海遊記，並挑選優

〔註34〕 沈從文，〈憶翔鶴〉，《沈從文全集》（卷12），頁 254～255。

〔註35〕 朱海濤，〈北大與北大人‧「拉丁區」與「偷聽生」〉，陳平原、夏曉虹編，《北大舊事》（北京：北京大學出版社，2009 年），頁 318。

〔註36〕 〈北海公園免費遊園辦法〉，北海公園編，《北海公園規章匯覽》（1927 年），頁 90。

〔註37〕 〈北海公園事務報告書（第一屆）‧本園各項參觀統計表〉，北京市檔案館編，《北京的名山名園》（北京：新華出版社，2013 年），頁 213～215。

秀作品刊登在校刊上。〔註38〕此外，北海公園內廣設茶座、餐廳，環境幽雅，即便如董事會辦公的畫舫齋，只要董事會不需用時，皆可得租用，因此為青年學生團體的各種集會，提供了充裕的公共空間。以〈北海公園事務報告書〉記錄的 1925～1926 年間公園內的集會為例，同樣以學生團體的同學會、同鄉會占絕大多數。〔註39〕更毋論近在咫尺的北京大學，查《北京大學日刊》，北大各學生社團常於北海濠濮間、五龍亭、漪瀾堂等處舉行茶會、聯歡會。

　　同時，青年學生、藝術家的氣質、性情以及自我定位，也與北海最為相契。民國時期北京的各大公園自有格調、品味的分野，正如青年作家高長虹在一篇題為〈南海的藝術化〉的散文中談到：「北平的四處公園，在她們的品格上分類：先農是下流傳舍，中山裝滿了中流人物，北海略近於是紳士的花園，那麼，南海！讓我贈你以藝術之都的嘉名吧！」〔註40〕高長虹在同期刊物上一併發表有〈北海漫寫〉，在文中以詩意的筆觸描寫、贊美北海：

> 平庸的遊人們當然是最好到那平庸的中山公園去寫意了！因為一切都是對的，所以三海留給詩人和藝術家以不少的清淨。我在北海停了兩點鐘，沒有看見五十個人，所以她做了我的最好的工作室了！荷花的芬芳，你試也夾在風中一息，吹送入我的文字中吧！

〔註41〕

在高長虹看來，城南公園（先農壇）太低俗，中山公園太平庸，惟有三海充滿了藝術氣息，「留給詩人和藝術家以不少的清淨」。北海遊人越少，越清靜，越能標榜自己品味的不俗：「我在北海停了兩點鐘，沒有看見五十個人，所以她做了我的最好的工作室了！」這不是高長虹個別的見解，而是在當時的年輕人中頗具普遍性。如青年作家沈從文在自敘傳小說〈老實人〉中，亦借主

〔註38〕 如 1925 年第 18 期《北京孔德學校旬刊》刊有錢秉穹〈到北海公園去〉，1936 年第 70 期《孔德校刊》刊有一年級學生樂莉莉〈北海〉與馮小美〈夏天〉，1934 年第 16～17 期《崇實季刊》刊有五年級學生陳從善所作〈北海旅行記〉，1934 年第 1 卷第 2 期《成師月刊》刊有師範部三年級學生拜士俊〈到北海公園〉，等等。這種集體組織去公園遊玩之後寫遊記的傳統一直延續到共和國時期，筆者這一代於 1990 年代上小學的時候。

〔註39〕〈北海公園事務報告書（第一屆）·本園各項集會一覽表〉，《北京的名園名山》，頁 211～213。

〔註40〕 高長虹，〈南海的藝術化〉，《長虹週刊》第 22 期（1929 年 8 月）。

〔註41〕 高長虹，〈北海漫寫〉，《長虹週刊》第 22 期（1929 年 8 月）。

人公自寬君之口道：「人少一點則公園中所有的佳處全現出」，「在自寬君意思中，北海是越美，就因爲人少！」且他一聽到附近茶座的女學生表示不願（或曰不屑）去中央公園那樣人多的地方，立即引爲同調。〔註 42〕又如女師大學生陳學昭亦在散文〈北海浴日〉中這樣結尾：

> 走出北海，陽光已照到了屋頂，照遍了大地了！行人雖已多，
> 卻還不見有如我一樣的第二個遊人進門去。他們掉首不顧的來往，
> 可憐，寂寞的北海！北海的寂寞，也就是我所感到的寂寞罷？〔註 43〕

「北海的寂寞，也就是我所感到的寂寞罷？」一方面，北海越是少人問津，越是能凸顯自我與眾不同的格調，惟有自己能欣賞北海的佳處；而另一方面，寂寞的北海，正與孤芳自賞、自命不隨波逐流的文學青年惺惺相惜，如同他們的精神鏡像。他們欣賞北海的寂寞，同時也以這種寂寞自許。因此，青年學生、藝術家們喜歡在此閱讀、創作、進行文學探討和批評，北海詩意的審美氛圍滋養著他們的靈感；而同時，他們的創作也進一步渲染了北海浪漫的藝術氣息。本文擬選取當時都居住在北海附近、且彼此私交甚密的一組青年作家沈從文、蹇先艾、朱湘、劉夢葦等作爲個案，以揭示北海公園與 1920 年代以來以「新青年」爲主體的新文學之間相互建構的關係。後者賦予前者以詩意的烏托邦色彩，前者則幫助後者確立自身的某種群體性的精英身份。

以沈從文爲例，初到北京的湘西青年沈從文原本住在前門外楊梅竹斜街的酉西會館，其表弟卻很快爲他重新找了沙灘附近銀閘胡同的公寓，「用意是讓我在新環境裏多接近些文化和文化人，減少一點寂寞」。〔註 44〕於是，沈從文搬到了這片新興的新文化中心區。〔註 45〕此處距離北海公園相當近，步行可及。沈從文有一篇小說就直接題爲〈到北海去〉，〔註 46〕作品發表於 1925年 8 月 25 日，而北海公園同年 8 月 1 日才正式向公眾開放，可見他對於北海高度的關注和興趣。在另一篇自敘傳小說〈老實人〉中，自敘傳主人公自寬

〔註 42〕沈從文，〈老實人〉，《沈從文全集》（卷 2），頁 76，78。

〔註 43〕陳學昭，〈北海浴日〉，《京報副刊》第 308 號（1925 年 10 月 25 日）。

〔註 44〕沈從文，〈憶翔鶴〉，《沈從文全集》（卷 12），頁 252。

〔註 45〕關於沈從文從會館到公寓空間轉移的背後所折射的北京文學、文化地圖以及社會網絡的變遷，參見姜濤〈從會館到公寓：空間轉移中的文學認同──沈從文早年經歷的社會學再考察〉以及〈沈從文與 20 世紀 20 年代北京的文化消費空間〉，《都市文化研究》2012 年 12 月。

〔註 46〕沈從文，〈到北海去〉，《晨報副刊・文學旬刊》第 79 號（1925 年 8 月 25 日）。

君的愛好便是「每日到北海去溜」，〔註47〕作者讓自寬君的腳步追隨邂逅的女學生，從瓊島——五龍亭——九龍碑——靜心齋——濠濮間——船塢——白塔，勾勒出一條爛熟於心的遊覽路線。沈從文對北海的好處十分體貼，特別讚賞北海的清靜之美：

> 人少一點則公園中所有的佳處全現出。在一些地方，譬如塔下
> 頭白石欄杆，獨自靠著望望天邊的雲，可以看不厭。又見到三三兩
> 兩的人從另一處緩緩的腳步走過，又見到一兩個人對著故宮若有深
> 喟的瞧，又見到灑水的車夫，兩人用膀子扛了水桶在寂靜無人的寬
> 土路中橫行，又見到……全是詩！〔註48〕

北海為沈從文這樣的初學寫作者提供了構思和閱讀的場所。〈老實人〉談到自寬君「有時他卻一個人坐到眾人來去的大土路旁木凳上，就看著這來去的男女為樂。每一個男女全能給他以一種幻想，從裝飾同年齡貌上，感出這人回到家中時節的情形，且胡猜測日常命運所給這人的工作是一些什麼。」〔註49〕這其實也是作者切身的經驗之談，沈從文素有「看人」的喜好，〔註50〕在公園中這樣觀察往來的遊客，可以激發構思的靈感，搜集寫作的素材，「把每一類人每一個人的生活，收縮到心頭，在這觀察所及的生活上加以同情與注意」，以之作為自己的「日常工作」，是作家進行自我訓練的有效手段。

去北海，除了看人以外，「還有一件事，自寬君，看人還不是理由，他是去看書。」——「北海的圖書館閱覽室中，每天照例有一個坐位上有近乎『革命家式』的平常人物，便是自寬君。」〔註51〕此「北海的圖書館閱覽室」，即為 1926 年落成的北京圖書館，沈從文此文作於 1927 年，從敘述中對於圖書館之書刊種類、作息時間的熟稔程度看來，作者早已是北京圖書館的常客了。公共圖書館對於沈從文自身的人生軌跡具有重要意義。據

〔註47〕沈從文，〈老實人〉，《沈從文全集》（卷2），頁74。作於「十六年冬於北京某夾道」，發表於 1927 年 12 月 7 日～9 日、12 日～17 日《晨報副刊》2144～2147號，2149～2154 號。

〔註48〕沈從文：〈老實人〉，《沈從文全集》（卷2），頁76。

〔註49〕沈從文，〈老實人〉，《沈從文全集》（卷2），頁75。

〔註50〕沈從文在多篇自敘傳小說、日記、書信中提到自己這種在公共空間觀察陌生人的愛好，如〈怯漢〉、〈煥乎先生〉、〈善鐘里的生活〉、〈一個天才的通信〉等。

〔註51〕沈從文，〈老實人〉，《沈從文全集》（卷2），頁74。

他自己回憶，到京後最初住在酉西會館的那段時期內，他由於報考大學失敗，不再作升學打算，代以每日到京師圖書館分館去看書自學，許多新舊雜書都是在這階段讀到的。〔註 52〕而遷到沙灘一帶的公寓後，想必沈從文也是同小說的自敘傳主人公一樣，每日到藏書更為豐富、也更為權威的北京圖書館報到。〔註 53〕這種習慣即使到他成名後也未曾改變，巴金在回憶沈從文時就談到：「北京圖書館和北海公園都在附近，我們經常去這兩處。」〔註 54〕這種在公共圖書館涵泳、自學的經歷，為沈從文這樣一個來自湘西邊城、不曾受過現代高等教育的「邊緣知識分子」，〔註 55〕日後成長為知名的新文學作家，打下了最初的基礎。

待到 1930 年代，沈從文執掌《大公報・文藝副刊》，亦不忘再續與北海的因緣，定期邀請在《文藝副刊》上嶄露頭角的新秀作者們到北海公園的漪瀾堂和五龍亭，或是中山公園的來今雨軒聚會。如曾經的文學青年嚴文井於晚年時回憶：「從文先生大約每隔一兩個月就要邀約這批年輕人在北海或中山公園聚集一次，喝茶並交談。用今天的話，也可以說是開座談會。不過每次座談都沒有主席和議題。如果說有一個核心人物，那就是從文先生。」〔註 56〕又如王西彥亦在〈寬厚的人，並非孤寂的作家〉中談到：

> 除了去拜訪他，當時還有另一種見面聚談的方式，就是由從文先生發通知邀約我們一些年青人到公園裏去喝茶。我們常去的地方，是中山公園的來今雨軒，還有北海公園的漪瀾堂和五龍亭。大概是每隔一兩個月就聚會一次，所約的人也並不完全相同，但每次都是從文先生親自寫簡短的通知信，且無例外地歸他付錢作東。大家先先後後地到了，就那麼隨隨便便地坐了下來，很自然地形成了一個以從文先生為中心的局面。

〔註 52〕吳世勇編，《沈從文年譜》（天津：天津人民出版社，2006 年），頁 17。

〔註 53〕此後，1925 年 8 月至 1927 年 8 月，沈從文經由梁啟超推薦，到熊希齡創辦的香山慈幼院擔任圖書管理員。其間，熊希齡還派遣他到北京大學圖書館在職進修數月，師從袁同禮學習圖書編目等方面的業務知識。

〔註 54〕巴金，〈懷念從文——代序〉，《長河不盡流——懷念沈從文先生》（長沙：湖南文藝出版社，1989 年），頁 7。

〔註 55〕「邊緣知識分子」的概念詳見羅志田〈知識分子的邊緣化與邊緣知識分子的興起〉一文，羅志田，《權勢轉移：近代中國的思想、社會與學術》（武漢：湖北人民出版社，1999 年），頁 191～241。

〔註 56〕嚴文井，〈誰也抹煞不了他的存在〉，《長河不盡流》，頁 113。

可是，交談的時候，你一句，我一句，並不像是從文先生在主持什麼會議，因而既沒有一定的議題，談話的內容雖大致以文學和寫作爲主，也可以旁及其他，如時局和人生問題，等等。時間也沒有規定，每次總是兩三個小時的樣子。完全是一種漫談式的聚會，目的似乎只在聯絡聯絡感情、喝喝茶，吃吃點心，看看樹木和潮水，呼吸呼吸新鮮空氣。在這樣的時候，從文先生總是最先到，最後走，心情顯得很輕鬆愉快。在我們的心中，他只是一位年齡稍長的大朋友，他也從不擺出一副導師或主編的架式。〔註57〕

有時，沈從文也會邀請外地來平的客人參加，王西彥就是在一次北海五龍亭的聚會上，認識了陳源和淩淑華夫婦。沈從文曾經作爲一個文學青年，深受北海及其周邊美育氛圍的惠澤；而當他主持京派文壇之時，又不遺餘力地發掘、提攜新人。北海遂成爲沈從文延續新文學代際之間的薪火、扶植青年作家的基地。

而與沈從文同時期的另一位青年作家蹇先艾，更是與北海、尤其是北海的圖書館結有深厚的淵源。蹇先艾與沈從文曾一同寄寓過北河沿的漢園公寓，且彼此熟識，共用相同的社交網絡如朱湘、劉夢葦等。而蹇先艾由於叔父蹇念益的關係，〔註58〕早在北海正式開放爲公園之前，即能自由出入松坡圖書館。他經常利用節假日去松坡圖書館看望叔父，同時借閱圖書，從中汲取養分。因此，早在 1923 年 10 月 2 日，北海公園遠未開放、甚至連松坡圖書館都還沒有正式成立之前，〔註59〕蹇先艾便於松坡圖書館作詩〈北海夜遊〉，發表在《晨報副鐫·文學旬刊》。〔註60〕全詩分三節，渲染北海秋夜一種神秘、詩意的氣氛：「淼淼茫茫，是海流之暮望，/淒淒瑟瑟，是秋氣之蕭森。」在這樣淒冷的氛圍中，有一個孤獨的「我」繞水濱彳亍獨行，獨自體悟自然

〔註57〕 王西彥，〈寬厚的人，並非孤寂的作家——關於沈從文的爲人和作品〉，《長河不盡流》，頁 86。

〔註58〕 蹇念益與梁啓超是莫逆之交，也是松坡圖書館的創辦人、常務幹事之一。1929 年梁啓超逝世後，松坡圖書館沒有再推舉過館長，改由常務幹事總理館務，蹇念益任主任幹事，相當於繼梁啓超之後的第二任松坡圖書館館長。具體參見熊樹華，〈蹇先艾與松坡圖書館〉，《貴圖學刊》2006 年第 3 期。

〔註59〕 松坡圖書館於 1923 年 11 月 4 日正式成立。

〔註60〕 蹇先艾，〈北海夜遊〉，《晨報副刊·文學旬刊》第 17 號（1923 年 11 月 21 日）。〈北海夜遊〉初稿與後來收於文集中的修改版本略有出入，此處以初稿爲準。詩尾題：「1923.10.2 於北海松坡圖書館」。

的眞諦──

> 瞻仰宮殿之雄偉，
>
> 諮嗟風景之荒淪。
>
> 細聽！
>
> 細聽池畔，樹間……
>
> 小鳥啁啾爭鳴。
>
> 我感觸一切的空洞虛僞，
>
> 願攜手與此自然之神。

　　蹇先艾彼時雖是新詩的初學者，〔註61〕〈北海夜遊〉卻已嶄露其後所探索的新格律詩的面目。借由松坡圖書館的因緣，蹇先艾得以接觸時任館長的梁啓超。任公在報刊上閱讀了蹇先艾發表的新詩後，甚是高興，特意爲他題寫了一把摺扇，上書周邦彥〈瑞仙鶴〉詞，詞後還題贈：「先艾學詩宜致力」，勉勵他作出更多更好的新詩。〔註62〕

　　此外，蹇先艾還通過松坡圖書館結識了當時已蜚聲文壇的詩人徐志摩。因徐志摩的父親與蹇念益是好友，故徐志摩由歐洲回國後，便寄居松坡圖書館位於石虎胡同的分館，蹇先艾常去館中探訪他。徐同他討論新詩的創作，將自己的詩集《志摩的詩》贈予他，蹇先艾引以爲自身寫詩的範本；徐還指點原本對英詩一竅不通的蹇先艾閱讀拜倫、雪萊、濟慈等人的詩選；並介紹不少當時已有名氣的詩人和作家給他，使蹇先艾受益匪淺。〔註63〕而此後蹇先艾與聞一多、劉夢葦、朱湘、饒孟侃等一班年輕人探索新格律詩的創作，商討創辦《詩刊》，也是由於蹇先艾（也包括聞一多）與徐志摩的因緣，才得以在《晨報副刊》問世，這是後話。

　　蹇先艾大學畢業之後，更是在北海快雪堂的松坡圖書館工作長達近十年的時間。據他自己回憶，他「每天早晨八點到館，把那些瑣碎的事情料理清楚，便跑到書庫去翻看自己愛看的書，或者把稿紙鋪在桌子上寫一點文章。疲乏了，或者是看得太沉悶了，便夾著一本書，走出門，在海邊大樹下的長椅上坐著，看看書，又看看風景。有時我毫無目的地沿著海岸散步，不知不

〔註61〕蹇先艾發表的第一篇處女作〈二閘舟中〉作於1923年5月6日。
〔註62〕蹇先艾，〈我與新詩──「五・四」瑣憶之三〉，《蹇先艾文集》（卷3）（貴陽：貴州人民出版社，2003年），頁342～343。
〔註63〕參見蹇先艾，〈向艱苦的道路走去〉、〈《晨報詩刊》的始終〉、〈我與新詩〉等，《蹇先艾文集》（卷3）。

覺就走得很遠，一直要到下午五點才回家去。如果遇著月夜，我往往就坐到深夜，要感覺到涼意襲人的時候，才起身。在這座公園裏，我幾乎這樣過了十個春夏秋冬。」〔註64〕因此，不僅松坡圖書館豐富的藏書賦予蹇先艾的新文學創作有形的裨益，北海公園詩意的美也於潛移默化中給詩人以無形的陶染，滋養其文學的靈感。在北海涵泳十年之久，這裡的春夏秋冬、一草一木他都了然於心：

> 我看見春花怒發，春水綠波；我聽見各種鳥類的歌喉的婉囀，知了不斷的長吟，秋蟲在古宮殿的石砌中，草堆裏唧唧的悲鳴，他們好像憑弔著瓊樓玉宇的荒涼；我有時和幾個朋友泛著小舟，從五龍亭出發，用船槳拍打著殘荷，經過「瓊島春陰」，往金鰲玉蝀橋下穿過，又緩緩地歸來，只聽見一船的輕碎的笑聲與咿啞的槳聲。冬天來到，我很喜歡孤獨地踏過冰海，跨上白塔去俯瞰負雪的古城，故宮的紅牆黃瓦，迤邐的西山，都換上了銀裝。雪慢慢的溶化了，紫禁城的朱垣，松柏的青蒼，琉璃屋頂的澄黃，和東一片西一片的皓雪交映著，更覺得眩目動心。我以前對於自然是比較淡漠的，從那個時期起，才開始知道自然的偉大，才開始領略自然的偉大！〔註65〕

「我以前對於自然是比較淡漠的，從那個時期起，才開始知道自然的偉大，才開始領略自然的偉大！」恰呼應了其早年的詩作：「我感觸一切的空洞虛偽，願攜手與此自然之神。」北海能令詩人和作家領略自然的美，達到精神淨化的作用，正如高長虹亦在〈北海漫寫〉中寫道：「在那有樹木和水的地方，風吹過我們身邊的時候，就像是風吹過水和樹木的身邊，也像是水和樹木吹過我們的身邊。這種感覺，不但涼爽，而且潤潔，的確像是女性的陶融，自然是一個最美的女子，而美的女子也是自然！」〔註66〕

　　文學青年們除了在北海汲取知識和靈感外，也可以直接在北海進行文學創作和批評。青年詩人朱湘在其名篇〈北海紀遊〉開篇即提到自己打算去北海作完〈洛神〉，並以富於詩意的筆觸勾勒北海兼具大氣與含蓄的美景：

〔註64〕 蹇先艾，〈憶松坡圖書館〉。
〔註65〕 蹇先艾，〈憶松坡圖書館〉。
〔註66〕 高長虹，〈北海漫寫〉。

　　九日下午，去北海，想在那裏作完我的〈洛神〉，呈給一位不認識的女郎，路上遇到劉兄夢葦，我就變更計劃，邀他一同去逛一天北海。那裏面有一條槐樹的路，長約四里，路旁是兩行高而且大的槐樹，倚傍著小山，山外便是海水了；每當夕陽西下清風徐來的時候，到這槐蔭之路上來散步，仰望是一片涼潤的青碧，旁視是一片渺茫的波浪，波上有黃白各色的小艇往來其間，襯著水邊的蘆荻，路上的小紅橋，枝葉之間偶而瞧得見白塔高聳在遠方，與它的赭色的塔門，黃金的塔尖，這條槐路的景致也可說是兼有清幽與富麗之美了。〔註67〕

於是朱湘改變計劃，與劉夢葦一邊遊北海，一邊暢談彼此對於新詩的主張和見解。他們在濠濮間對話，在槐路上漫步，在雨中泛舟，在漪瀾堂用點心，在琉璃牌樓下聽雨，北海的美景、詩意完美地與新詩批評融合在一起。〈北海紀遊〉既是一篇書寫北海的優美遊記，又被公認為朱湘早期詩論的代表作，它以年輕人特有的意氣風發、甚至不乏激進的方式，表達了他們充滿鮮活恣肆的生命力與創造性的新詩主張。饒有意味之處在於，若朱湘是想藉此文表達他的詩論主張，又為何要凸出「北海」？談論新詩，似乎必須且只能在北海，而非其他的公園，如更契合舊體詩趣味的中央公園或萬牲園，更毋論市井氣濃厚的城南公園之流。而北海富有詩意的情致，似乎也更能觸動詩人的靈感和詩性，這篇新詩批評的經典之作，正是因北海才得以完成。由此可見，北海在象徵層面的美學意蘊，與新詩的精神內質，具有某種一致性。

　　在富有詩情的環境中談論詩，的確是相得益彰的風雅之舉，尤其是雨中划船的情致與篷下聽雨的趣味，被朱湘以詩人的筆致娓娓道來，委實饒有意味。於是詩人在泛舟北海之時引逗了詩意的靈感，作〈棹歌〉一首，分「水心」、「岸側」、「風朝」、「雨天」、「春波」、「夏荷」、「秋月」、「冬雪」各節，每節皆以「仰身呀槳落水中，/對長空；/俯首呀雙槳如翼，/鳥憑風」總起，以嚴整對仗的格律，描摹不同情境下北海泛舟的種種情致。朱湘將〈棹歌〉全詩錄於《北海紀遊》中，〔註68〕這是他對於新格律詩的嘗試，與其作於同時期的代表作〈採蓮曲〉在格式、情致上非常相似。〈棹歌〉、尤其是〈採蓮曲〉，都富有代表性地體現了朱湘對於新格律詩「音樂美」的追求。

〔註67〕朱湘，〈北海紀遊〉，《小說月報》第17卷第9號（1926年9月10日）。
〔註68〕《北海紀遊》所錄〈棹歌〉後標有寫作時間，為1926年6月10日。

　　朱湘在《北海紀遊》中曾討論新詩與音樂的關係，認為「文學與音樂的關係，我國古代與在西方都是好的抒情詩差不多都已譜入了音樂，成了人民生活的一部分；新詩則尚未得到音樂上的人材來在這方面致力。」因此，當好友蹇先艾將其北大法學院同學聞國新專門為〈採蓮曲〉創作的曲譜帶給朱湘的時候，朱湘會那麼高興，這相當於對他詩歌理念的一種實踐。朱湘請蹇先艾代為向聞國新轉達謝意，並表示：「要是我們能找幾個年輕人來合唱一下〈採蓮曲〉，那就太有意思了。」於是當蹇先艾將朱湘的意思轉告之後，有一天，聞國新果然帶了幾個女孩子來找蹇先艾，一同約了朱湘到北海去划船。有趣的是，當朱湘等人設想吟唱〈採蓮曲〉時，北海再一次成為了詩人的不二之選，北海在詩人心中所代表的詩學意象和美學符號，由此可窺得一般。

> 　　原來早已經過國新的排練，在一葉扁舟上，那幾個女孩子曼聲
> 地把〈採蓮曲〉唱起來了，一唱再唱，有些遊人都遠遠地停舟靜聽。
> 　　朱湘簡直被宛轉的歌聲陶醉了，他不住點頭，表示贊賞，還連聲朗
> 誦著古人的詩句：「不識歌者苦，但傷知音稀」，「知音如不賞，歸臥
> 故山秋」。〔註69〕

蹇先艾的這段敘述文字，其精彩和動人處並不下於朱湘在《北海紀遊》中的描寫。北海在詩人的生活與創作中，在文學史內外，都書寫下濃墨重彩的一筆。

　　實際上，朱湘與劉夢葦在北海探討新詩創作的問題，以及與蹇先艾在北海泛舟吟唱〈採蓮曲〉都並非個案，而是當時他們一班探索新格律詩的青年詩人的生活常態。這一群具有相近美學追求的文學青年，聞一多、劉夢葦、朱湘、蹇先艾、饒孟侃、于賡虞、朱大枬等人，除了時任教授的聞一多外，大多住在北河沿附近的公寓中。〔註70〕他們都不滿於當時粗製濫造的詩風，都希望在新詩的形式與格律上作些有益的試驗。暑假裏，他們常在北海濠濮間聚會，有時也在劉夢葦、聞一多的寓所中，切磋詩藝，討論作品。就是在這樣的基礎上，有了新格律詩派與《晨報詩鐫》的誕生。〔註71〕經他們商議，由蹇先艾與聞一多出面，與當時主編《晨報副刊》的徐志摩交涉，《詩刊》遂於 1926 年 4 月 1

〔註69〕蹇先艾，〈再話《晨報詩鐫》〉，《蹇先艾文集》（卷3），頁339。

〔註70〕根據蹇先艾的回憶，他與劉夢葦等人當時都住在北河沿的震東公寓，參見蹇先艾〈向艱苦的路途走去〉、〈《晨報詩刊》的始終〉，〈蹇先艾文集》（卷3）。

〔註71〕參見杜惠榮、王鴻儒，《蹇先艾評傳》（貴陽：貴州人民出版社，1986年），頁26；徐志摩〈詩刊弁言〉，《晨報副刊‧詩鐫》第1號（1926年4月1日）。由於《晨報副刊》的「刊」字由當時總編蒲伯英以漢磚字體寫作「鐫」，因此《詩刊》也沿用，題為「詩鐫」。

日作為《晨報》的副刊面世，徐志摩親自撰寫發刊詞並擔任主要的編輯工作。
〔註72〕《詩刊》是這一群青年詩人探索新詩變革的陣地，正如朱自清在〈中國
新文學大系‧詩集導言〉中的評價：「他們要『創格』、要發見『新格式與新音
節』……他們真研究，真實驗；每週有詩會，或討論，或誦讀。梁實秋氏說，『這
是第一次一夥人聚集起來誠心誠意的試驗作新詩。』雖然只出了十一號，留下
的影響卻很大」，〔註73〕對於新詩的發展有很大的突破。而北海對於《晨報詩鐫》
的誕生以及新格律詩的建設，也發揮了不可或缺的一份作用。

　　由上可見，北海公園與以「新青年」為主體的「新文學」存在相互建構的
關係，一方面，北海賦予了文學青年養分、靈感和構思、書寫、批評文學的空
間；另一方面，他們的文學活動和書寫也幫助建構了北海烏托邦的意象。

三、北海的烏托邦意象

　　如前文所述，由於北海審美與詩意的氣息十分濃重，在人們心中形成了
固定的文化象徵和美學形象，從而使它具有了一種與現實有些疏離、甚至對
立的烏托邦特質。且這種烏托邦意象的內涵，因應不同的時代環境、不同的
社會主體，會有相應的變化。

　　首先，自「五四」新文化運動方興未艾的 1920 年代，至北平作為「文
化城」的 1930 年代，對於文學青年而言，北海的意義不僅在於它位於新興
的文化中心區，是有力地輔助與補充現代學院教育的美育空間，亦在於它
是一處逃離現實的庇護所、精神的烏托邦。民國時期北京公寓的住宿條件，
從物質層面而言不盡如人意，如沈從文的早期作品中就多有呈現，由於經
濟困窘，天冷生不起爐子，「窄而黴小齋」潮濕逼仄，迫使他不得不到公園
或馬路上散步，或者去圖書館看書，以打發時間，也順便取暖。〔註74〕陳
學昭〈北海浴日〉亦抱怨：「北京的矮矮的屋子，悶悶的不通空氣的窗戶，既

〔註72〕據寒先艾回憶，《詩刊》最初採取輪流主編的制度，參加的人每人編兩期。第
　　　一、二期是徐志摩編的；第三、四期是聞一多編的；饒孟侃只編了第五期；
　　　為方便起見，從第六期起輪流製取消，完全交由徐志摩主編。

〔註73〕朱自清，〈中國新文學大系‧《詩集》導言〉，《1917～1927 中國新文學大系導
　　　言集》（天津：天津人民出版社，2009 年），頁 149～150。沈從文雖不是詩人，
　　　由於當時與這一群人走得很近，也是《詩刊》同人在聞一多家「讀詩會」的
　　　常客，在其〈談朗誦詩〉一文中曾詳細追憶當年讀詩會的情境。

〔註74〕沈從文早年這種窮愁潦倒的境遇在其 1920 年代自敘傳性質的作品中多有體
　　　現，參見〈公寓中〉、〈絕食以後〉、〈到北海去〉、〈一天是這樣度過的〉、〈棉
　　　鞋〉、〈老實人〉、〈怯漢〉等。

不能高眺，又不能遠望，這樣的拘拘，我終不能自釋。」〔註75〕她因此常常去豬市大街「擺步」，然而豬市大街上風大塵多，又需要時時躲避橫衝直撞的牲畜，十分不適宜散步，最終才覓得了北海這樣一方清靜地。從精神層面而言，姜濤曾分析沈從文〈公寓中〉等早期文本，指出公寓於以沈從文為代表的邊緣知識分子而言，不僅是物質的空間，同時也是心理的、社會的空間，折射出一代邊緣青年的歷史位置。姜濤認為，公寓與沈從文「城市漫遊」路線所頻經的北海公園、電車、真光影院等區隔化的消費空間相對立，後者體現了某種現代文化秩序和生活幻境，「作為一個遊手好閒者、一個無法參與歷史的邊緣青年，他事實上是被北京城裏新興的精英群落和消費生活所拒絕。他雖然能漫步其中，但最終還是作為落敗者，回到公寓的掙扎之中。」〔註76〕而從沈從文等人的角度看，北海公園正為這些試圖超越困窘的公寓生活的邊緣知識分子，提供了一片暫且逃離現實的精神空間。它甚至作為一種新式的文化符號，為這類沒有機會進入高等學府的邊緣青年貼上一個新型知識分子的標籤，使他們獲得了一種具有象徵意味的文化資源，恰如姜濤所言：「這些新式的文化空間，並非真正是普通市民可以隨意消費的地方，而是充滿了社會的、文化的區隔，或許只有一般的社會精英和時尚青年才可享用」。〔註77〕沈從文青年時期在北海這一具有象徵意義的文化空間獲得了文化身份的認同，而在成名後又選擇重回北海，在此庇祐、扶植新的文學青年。正如王西彥等參與者的回憶：「在我們的心中，他只是一位年齡稍長的大朋友，他也從不擺出一副導師或主編的架式」。〔註78〕沈從文在北海茶座營造的這一公共文化空間具有相當的平等性，是一個去等級化、去中心化的公共空間，在座的後生晚輩皆可以自由地表達自己的觀點，從而「超越了單一性，成為眾多京派文人、尤其是學生輩的文人建立社會網絡的黃金通道。」〔註79〕而公園也由此與封閉的、世俗的公寓空間相區隔，對於青年學生、藝術家而言，

〔註75〕陳學昭，〈北海浴日〉，姜德明編，《北京乎——現代作家筆下的北京（1919～1949）》（上冊）（北京：三聯書店，1992年），頁144。

〔註76〕姜濤，〈「公寓空間」與沈從文早期作品的經驗結構〉，《中文自學指導》2007年第2期。

〔註77〕同上注。

〔註78〕王西彥，〈寬厚的人，並非孤寂的作家——關於沈從文的為人和作品〉，《長河不盡流——懷念沈從文先生》，頁86。

〔註79〕許紀霖，《近代知識分子的公共交往（1895～1949）》（上海：上海人民出版社，2007年），頁340。

象徵了一處相對具有開放性與包容性的精神的烏托邦。

本田和子曾在其專著《女學生的譜系——彩色的明治》第一章〈被裝飾的都市〉中解讀一幅明治三十六年（1904 年）十月《風俗畫報》上的漫畫〈在日比谷公園憩息的人們〉，漫畫前景中有兩位十分惹人注意的、身著當時典型女學生裝束、正在親密交談的女大學生。作者分析道，作為日本近代首座向平民開放的西歐式公園，日比谷公園中花木叢生、四季如春，內設音樂堂、圖書館，這樣的公園是與現實的生活無關的，是近代東京都市的象徵、市民的驕傲；而明治時期誕生的女學生，也是這樣的產物，她們沒有直接明確的效用性，而是作為近代的象徵、「都市之花」而存在，是明治時代的隱喻。因此，公園與女學生相映成趣，女學生是超越傳統、超越鄉土的現代公園中不可或缺的裝飾。〔註 80〕中國與日本的實際情況自然有所差異，然而，如花園夢境一般具有烏托邦色彩的北海公園，與狂飆浪漫的「五四」大背景下現代學院體制產生的青年學子，確實具有某種類比性，意氣風發的「新青年」、尤其是「新女性」，成為公園中最引人注目的風景，是攝影師、新聞記者與作家熱衷於捕捉和表現的對象。風景如畫的北海，與舉手投足間都流露出詩意與美的韻味的「新女性」，完美地結合在一起，象徵了一種超越世俗的、都市主義的美，而獨立自信、身心健康的「新女性」形象也成為民國北海最佳的代言人。（如圖六）如朱湘〈北海紀遊〉描寫與劉夢葦泛舟北海時，為一位時髦女郎獨自划船的風采所傾倒——

> 　　我們看見一個女郎獨劃著一隻綠色的船，她身上穿著白色的衣裙，手上戴著白色的手套，草帽是淡黃色的，她的身軀節奏的與雙槳交互的低昂著，在船身轉彎的時候，那種一手順劃一手逆劃兩臂錯綜而動的姿勢更將女身的曲線美表現出來；我們看著，一邊艷羨，一邊自家划船的勇氣也不知不覺的陡增十倍。〔註 81〕

又如沈從文〈老實人〉中自寬君在北海邂逅的兩位女子，作者直接點出「這是兩個學生模樣的女人，髮剪了以後就隨意讓它在頭上蓬起似的聳得多高」，剪髮——時髦女學生的標誌——是沈從文對她們唯一具體的相貌描寫。而且

〔註 80〕參見本田和子，《女學生の系譜・增補版》，青土社，1990 年，感謝日本神戶大學濱田麻矢老師提示我日本的相關研究，以及東京大學的博士生山口早苗為我解釋日語文獻。
〔註 81〕朱湘，〈北海紀遊〉。

這兩位女學生不止容顏美,她們還攜了兩本自寬君的著作,並且頗具鑒賞品味,能批評自寬君的作品有「一種樸素的憂鬱,同一種文字組織的美麗」,還欣賞周作人和廢名的文字。〔註82〕這兩位女學生象徵著知識與美,同時也與她們所最契合的環境——優美如詩的北海一般,象徵著自寬君所渴望進入的那個現代空間與文化秩序。

圖六　迴廊閒步北平北海公園所見(《中華》1933 年第 20 期)

〔註82〕沈從文,〈老實人〉,《沈從文全集》(卷 2),頁 78～86。

　　然而，正如自寬君為兩位女學生所拒絕，並且被維持秩序的警察所逮捕一樣，北海是存在等級與趣味的區隔的。北海作為具有開放性與包容性的精神烏托邦，只是面向青年學生與藝術家而言。而對於普通的平民大眾來說，首先，不算低廉的門票價格就限制了他們進入這個新興的都市空間。如作家張向天在 1937 年撰文討論故都消夏方式時，依然談到「如北海公園、中山公園、中南海公園等等到底不能算是平民消夏地，因為那二十枚的門票限制，許多儉食省用的住戶小家，是隔在外面了」。〔註83〕鄧雲鄉也曾提到：「當時一般人家去趟北海也是樁大事，一年中是難得有一兩次的。比不得豪富之家或高薪階層，可以每天坐包車或汽車去北海坐茶座，不當回事。一般人家經常去是去不起的，但偶去一次總也要坐坐茶座，全家每人吃碗餛飩或吃盤包子，花個塊兒八毛的，這就是北京人的譜兒。」〔註84〕可見北海在民眾間並不普及，至少是一種奢侈的消費。又如北海時興的划船、溜冰等消遣，都是具有一定階級性的。北海公園內的划船和渡船多數為權貴私船及董事會用船，餘下由私商經營的船隻，出租費用也相當可觀，據鄧雲鄉回憶，「『七七』戰前，押金一元，租金每小時三角，可買芝麻醬燒餅三十九個，還餘銅錢一大枚。其價不為不貴矣」。〔註85〕溜冰亦然，據市政檔案，1943 年北平市政府嫌北海、中南海各冰場票價過高，要求「冰場所訂票價，自應力求低廉，以期普及」，始以強硬的行政手段統一票價，日券合門票、存儲費共三角。〔註86〕可即便如此，若根據上述鄧雲鄉的標準，也算不得便宜。

　　實際上，即使不考慮消費的問題，也還存在著格調、趣味的差異。如朱光潛就表示，相較於北海，他更傾向平民化的後門大街：

　　　　這並非北海對於我沒有意味，我相信北海比我所見過的一切園子都好，但是北海對於我終於是一種奢侈，好比鄉下姑娘的唯一一件的漂亮衣，不輕易從箱底翻出來穿一穿的。有時我本預備去北海，但是一走到後門，就變了心眼，一直朝北去走大街，不向西轉那一個彎。到北海要買門票，花二十枚銅子是小事，免不著那一層手續，

〔註83〕張向天，〈故都消夏閒記〉，姜德明編，《如夢令：名人筆下的舊京》，頁414。
〔註84〕鄧雲鄉，〈瓊華島夏夢〉，《燕京鄉土記》（上冊），頁113。
〔註85〕鄧雲鄉，〈太液好風光〉，《燕京鄉土記》（下冊），頁277。
〔註86〕〈訓令整理中南海公園臨時委員會、中央、北海公園委員會：為本市各冰場票價及各項費用參差不一茲經核定日券以三角為原則連門票存儲費在內除分令外仰轉飭園內冰場遵辦由〉，《市政公報》第188期（1943年）。

> 究竟是一種麻煩：走後門大街可以長驅直入，沒有站崗的向你伸手
> 索票，打斷你的幻想。這是第一個分別。在北海逛的是時髦人物，
> 個個是衣裳楚楚，油頭滑面的。你頭髮沒有梳，鬍子沒有光，鞋子
> 也沒有換一雙乾淨的，「囚首垢面而談詩書」，已經是大不韙，何況
> 逛公園？後門大街上走的盡是販夫走卒，沒有人嫌你怪相，你可以
> 徹底地「隨便」。這是第二個分別。逛北海，走到「仿膳」或是「漪
> 瀾堂」的門前，你不免想抬頭看看那些喝茶的中間有你的熟人沒有，
> 但是你又怕打招呼，怕那裏有你的熟人，故意地低著頭匆匆地走過
> 去，像做了什麼壞事似的。在後門大街上你準碰不見一個熟人……
> 這是第三個分別。〔註87〕

「在北海逛的是時髦人物，個個是衣裳楚楚，油頭滑面的」，就連朱光潛這樣
的文化名人、大學教授，都嫌北海「是一種奢侈」，有品味上的諸多限制，更
別提平民百姓了。不惟公園無形中有門檻，公園茶座亦如是。譬如沈從文〈老
實人〉中即提到自寬君「以前不敢在五龍亭吃東西」，惟當天氣轉涼遊人稀少
時，才「大膽獨自據了一張桌子用他的中飯晚飯了。因所吃的並不比普通館
子為貴，自寬君，便把上午十二點鐘那一次返寓的午餐全改作在這地方來吃。」
〔註88〕餐費並不昂貴然而自寬君平時不敢光臨的緣故，在於其自慚形穢自身
的裝束、地位。正如前文所引高長虹的論述，北京各大公園品味與階級的分
野十分鮮明，處於何種階級、何種社會秩序中的人，去什麼樣的公園，在民
國時人心中是有約定俗成的共識的。

正是由於北海在文化、消費以及品位上都具有階級性和區隔性，1930 年
代中期以後，隨著日軍侵華態勢愈演愈烈、時代危機感愈發深重，這種矛盾
與張力就更加強烈。對於北海的書寫由此產生了微妙的變化，呈現一種普遍
的趨勢，即視北海為隔絕了時局與階級的烏托邦的所在，語帶微諷甚至是批
評。如發表於 1935 年《市政評論》上的〈北海泛舟記〉，作者開篇即曰：「北
平確是一個有閒人們好消遣的所在，假如你在北平北海消磨一夕，你一定不知
道時代的危機了。讓我告訴你一些北海之夜的景況，你作回夢遊吧。」〔註89〕

〔註87〕朱光潛，〈後門大街〉，姜德明編，《北京乎——現代作家筆下的北京（1919～
　　　　1949）》，頁 525。

〔註88〕沈從文，〈老實人〉，《沈從文全集》（卷2），頁 77。

〔註89〕凱，〈北海泛舟記〉，《市政評論》第 3 卷第 16 期（1935 年）。

這種具有諷刺意味的「夢遊」定下了全篇的基調，北海雖美，卻是虛幻的、與現實隔絕的。而發表於 1934 年《市政評論》上的詩歌〈北海公園之秋〉，則徑直將公園中歌舞昇平的遊人與前線浴血奮戰的將士並舉，產生鮮明的對比：「這兒的遊客時發出歡樂之聲，/豐盛筵席上縱情沈湎地痛飲，/他們何曾憶及前線上的將士，/這時正在血流裏爲國而亡命」，〔註90〕頗有「商女不知亡國恨，隔江猶唱後庭花」的批判意味。北海的綠樹紅牆隔擋了時代的危機和戰事的硝煙，也阻隔了勞動階級的進入。1930 年代以後左翼思潮盛行，對於北海階級性的思考變得尖銳，當 1920 年代時如高長虹僅是以幽默的口吻輕描淡寫地一筆帶過：「而今是民主時代，所以每一個老百姓──但也已腰藏二十枚銅元者爲限──都是無冕帝王了！」〔註91〕而到了 1930 年代中後期，作者的階級立場就表現得十分直白：「人力車夫的汗臭，無疑的，和他們的身軀，都被關在這美麗的園門之外」；〔註92〕或是在白塔之巔眺望遠方的煙霧，也要感歎一句：「雖然是人所不喜歡的煙霧，但我卻以爲是最偉大的東西，這濃濃的煙霧中，包藏著無數勞動者的心血，勞動者的汗珠！啊，偉大的力啊！我同情你。」〔註93〕

　　在作者眼中，與園外的現實世界相對應的，是園內有錢有閒、歌舞昇平的「紅男綠女」、「布爾喬亞階級」。如前文所述，北海本是深受文學青年、藝術家青睞的美育烏托邦，在「五四」狂飆浪漫背景下孕育的「新青年」、「新女性」，與北海夢幻的、詩意的氣質相映成趣，作爲北海的精神象徵，曾經是詩人、作家謳歌的「繆斯」。而現在，這些「新青年」同樣作爲北海的代表，體現了北海與大時代背景不符的安逸、閒適、不切實際的小資情調，成爲作家質疑和批判的對象。如〈北海之秋〉對園內遊客的速寫：

　　　　白塔寫實的畫家，運筆掇拾天邊的嬌顏，一片落葉，一隻飛鳥，都感動了藝術家易感的心腸，都是藝術家筆下極珍貴的材料，他們幻想著，偉的藝術作品，陳列在壯麗宏偉的宮殿的光榮，他們要使這人間的廢墟美化──詩人呢？爲一首美麗的戀歌，微笑著在海濱散步，許是沉醉了罷，在下意識中，詩人是望見了中世紀，英雄與

〔註90〕 文霞，〈北海公園之秋〉，《青年評論》第 12 卷第 15 期（1934 年）。
〔註91〕 高長虹，〈北海漫寫〉。
〔註92〕 石光，〈北海之秋〉，《崇實季刊》第 21 期（1936 年）。
〔註93〕 撼旻，〈北海〉，《交通職工月報》第 5 卷第 2 期（1937 年）。

> 美人的豪華！而厭世的哲人，也卻在這裡輕微的歎息著：「可詛咒的
> 人生！」

「種種的，這些閒靜的感情，這些帶有近代羅曼期意味的情調，配合這古雅的建築與清碧海，深沉的海，造就了古典與浪漫混成功了的『美』！」〔註94〕作者對於原來最能體現北海審美特質的畫家、詩人、哲學家之流，以反諷的形式表現；被加諸引號的「美」字，是新的時代對於北海美學的質疑。北海被視作一個與現實脫節的烏托邦，與之相呼應的是流連其間的「大都把身上修飾得很整潔，臉上不帶一絲憂慮」的年輕男女，「不曾嘗過甜酸苦辣的幸運兒，說說笑笑地在享受著這幽靜明媚的晨光」，〔註95〕似乎與園外動盪的時局、慘澹的現實無涉。前文提及的詩歌〈北海公園之秋〉更是將這些「不知亡國恨」的「紅男綠女」與前線為國亡命的將士作對比，引起作者「憎惡」、「迷茫」、「憤怒」的情緒：「在這兒有紅男綠女三五成群，/狂歡的聲浪從他們中間飛進，/他們陶醉於這粉紅色的氛圍，/忘了青春的努力人生的華貴」。〔註96〕可以看到，北海閒適的、愉悅的氛圍，以及代表北海的、浪漫美麗的青年男女，象徵了一種超越世俗現實的、脆弱的、無用的審美，在時代危機感的壓迫下，成為了人們寄託不滿與批評的箭靶。

由此可見，在不同的時代背景、階級立場和相應的美學觀下，對於北海的看法會發生變化。而待抗戰的非常時期結束後，北海所承載的文化和美學形象又恢復了常態。對於戰後如何重建北平，不同政治立場、美學趣味的主體有不同的構想，但又具有內在思路的一致性，即他們對於整體的城市都有一種烏托邦的想像，而北海則被不約而同地選作其烏托邦藍圖的核心意象。

1947～1948 年間，沈從文署名巴魯爵士，發表了一組北平通信，以豐沛恣肆的想像力，描繪重建故都的烏托邦藍圖。沈從文早年作為紅樓旁聽生時，就是蔡元培美育理念的親身受惠者，他始終十分服膺蔡元培的思想，甚至曾製象牙圖章一枚，上刻小篆「美育代宗教之真實信徒」。〔註97〕因此，沈從文的這組北平通信，提倡以「美育代宗教並改造政治」，或曰「美育重造政治」，相當於遙遠地向蔡元培致敬，也是他在新的時代背景下，對於中國政治和文

〔註94〕石光，〈北海之秋〉。
〔註95〕撼旻，〈北海〉。
〔註96〕文霞，〈北海公園之秋〉。
〔註97〕沈從文，〈北平通信第一〉，《沈從文全集》（卷14），頁360。

化走向的一種新的理解。〔註 98〕特別是其中〈蘇格拉底談北平所需〉一文，以美育的指導思想，暢想將北平的「市政機構全部重造」，就整頓北平市政、改造美術專科學校、北平圖書館、故宮博物院及高等院校等公共機構，提出了一系列天馬行空的具體設想，既隱約脫胎於蔡元培的〈文化運動不要忘了美育〉，又有淋漓盡致的引申發揮。

沈從文對於北平的整體想像基於一種「公園」意象：「西人遊故都者，多以北平實如一大花園。……故余意此大城市市政管理技術亦宜從管理有條理之小花園借鏡。如西郊外之頤和園管理方式，即大足取法。」〔註 99〕故期待將整個北平建設得有如一個大公園，以公園管理方式爲市政取法——市長爲一「治哲學，習歷史，懂美術，愛音樂」的全面美育的化身；警察數目和待遇與花匠相等，以社會服務、公共衛生與園藝學爲主業；警察局長首選戲劇導演或音樂指揮，其次爲第一流園藝專家；工務局長由美術設計家出任；教育局長則由工藝美術家就職。

在沈從文打造的這個美育烏托邦中，北海佔據了其美育藍圖的中心。他設計在北平圖書館附近，面朝北海，建造一棟恢弘的文化宿舍，「此建設不甚高矗，深得平面調和之美」，「有單人房間約三百，雙套房間約二百，開間大，陽光空氣均極佳，設備尤完全」，供國內各學校圖書館員及休假進修教授寄住。建築物前面寬闊的草地上，有一極美麗的銅像，係曾棲息於此文化宿舍的一位知名雕刻家，有感於北平圖書館長爲建築文化宿舍四處奔走的傳奇，而自發爲其塑像以誌紀念的。距文化宿舍約五百步外，另有格局較小的房屋數間，「一係中國博物美術協會公寓，一係故宮博物院六十位專家助手宿舍」。前面瀕臨北海的大草地上，將有六組白石青銅像群，及一高約十米的石華表柱：

〔註98〕 錢理群《1948：天地玄黃》中〈北方教授的抉擇〉一章中談到，對於中國所經歷的戰爭和災難的思考，使沈從文得出體悟，希望承繼並光大蔡元培所提倡的「以美育代宗教」的啓蒙事業，「通過文學藝術類似宗教的作用，改造（昇華）人的精神，進而實現國家民族的重造」。詳見錢理群，《1948：天地玄黃》（濟南：山東教育出版社，1998 年），頁 247～256。

〔註99〕 沈從文，〈蘇格拉底談北平所需〉，《沈從文全集》（卷 14），頁 370～381。本文最初連載於 1948 年 1 月 3 日、10 日《益世報・文學週刊》第 72、73 期，署名王運通，1948 年 2 月 16 日曾與〈故都新樣（北平通信三）〉一同發表與《知識與生活》第 21 期，〈故〉文相當於將本篇「轉介於讀者」的引言，署名巴魯爵士，因此可將此文視爲〈北平通信〉的一部分。

> 像雕群係紀念文學，藝術，戲劇，音樂，建築，電影六部門半
> 世紀以來新發展貢獻。石華表柱乃由一名詩人設計，下部環刻火焰
> 和由火焰中進行之戰爭，如一種民族集團在歇司疊里亞〔註100〕之痙
> 攣中掙扎，人人面作悍惡困頓之像，雖痛苦異常，實無意義，少結
> 果，此伏彼起，如連環之無端。末後始由六像群中諸人，努力作各
> 種設計，將此環捶斷。人民情緒觀念得真正解放，亦得重新黏合。
> 上部則刻現代史由於心智積累在文化各部門中之發展，及努力過
> 程，象徵此部門之不朽性和獨立性。〔註101〕

「文學，藝術，戲劇，音樂，建築，電影」六部門，即美育的象徵，由此「六
像群中諸人」將民族集團於「歇司疊里亞之痙攣」而無意義、少結果的苦痛
掙扎中救出，使「人民情緒觀念得真正解放，亦得重新黏合」，象徵了美育拯
救中華民族。將沈從文這組紀念美育與文化之「不朽性和獨立性」的極富史
詩氣質的石華表柱，與他的好友、也是其美育烏托邦之理想市長的梁思成在
共和國成立後為新中國設計的人民英雄紀念碑作一比較，可窺見沈從文有別
於共產黨的政治美學。〔註102〕

在沈從文的構想中，北海附近的故宮博物院、北京大學也得到重新改造。
尤其是「實行美育代宗教學說之北京大學」，代表了沈從文理想的美育模式，
有如一具體而微的小公園：

> 至此學校時，吾人必適如由一大花園轉入一較小而精之花圃。
> 所有建築四周均有廣闊整齊之草地與花木，一片草地接連一片草
> 地，課室宿舍，辦公室，均分別位置於花草間。草地上有無數適合
> 身體舒適之新靠椅，學生多於溫暖陽光下讀書談詩。〔註103〕

如此，北海公園與其附設的北平圖書館、文化宿舍、中國博物美術協會公寓、
故宮博物院專家助手宿舍、紀念美育與文化的群雕與華表，再加上周邊的故

〔註100〕Hysteria，今譯作「歇斯底里」。
〔註101〕沈從文，〈蘇格拉底談北平所需〉，《沈從文全集》（卷14），頁376～377。
〔註102〕人民英雄紀念碑位於天安門廣場中心，係中華人民共和國政府為紀念中國近
　　　　現代史上的革命烈士而修建的紀念碑，由著名建築學家梁思成、林徽因夫婦
　　　　主持設計，碑身正面刻有毛澤東題寫的「人民英雄永垂不朽」八個鎏金大字，
　　　　碑座上鑲嵌有十塊漢白玉大浮雕，分別繪有「虎門銷煙」、「金田起義」、「武
　　　　昌起義」、「五四運動」、「五卅運動」、「南昌起義」、「抗日游擊戰爭」、「勝利
　　　　渡長江」、以及「支持前線」和「歡迎中國人民解放軍」等主題。
〔註103〕沈從文，〈蘇格拉底談北平所需〉，《沈從文全集》（卷14），頁378。

宮博物院、北京大學等等，相互呼應，在沈從文重建「此美麗都城」北平的藍圖中，北海一帶無愧爲其美育烏托邦的新文化中心。由此可見沈從文對北海寄寓的深情，也可從一側面反映北海對於民國時期文學青年身心的洗禮，成爲其一生念茲在茲、揮之不去的精神原鄉。

由於北海作爲陶冶青少年的美育空間的形象深入人心，新中國時期對於北海的定位設計，延續並強化了這一特質，面向青少年兒童，以期養成新中國未來的公民；並有意識地以公園中快樂嬉戲的「祖國的花朵」象徵「新中國」朝氣蓬勃的未來，這在共和國初期出版的畫報、電影、小說中皆有體現。

建國後，北海著重改善公園的文化設施，舉辦各種展覽和活動，如在北海智珠殿開展遊藝活動，悅心殿及慶霄樓舉辦美術及圖片展覽，萬佛樓修建露天劇場，慧日亭、悅心殿、慶霄樓開辦圖書閱覽室，陟山橋內東房開設暑期兒童閱覽室，新建兩處兒童運動場，西岸 100 多間房屋辟爲文化廳；同時，在公園內開展各類焰火遊園會、體育文藝遊園會、衛生宣傳遊園會、少年兒童冰上聯歡遊園會、划船比賽、體育運動大會等豐富多彩的文娛活動。特別是 1953 年，團市委在闡福寺建立「北京少年之家」，將正殿作爲少年廳，經常放映電影；東西配殿和鐘鼓樓等，分爲物理、化學、生物、美工、音樂五個教室；這裡還保存有兩架中國空軍贈送給少年兒童的「少年先鋒號飛機」，以及「少年先鋒號汽艇」等。1956 年，又在蠶壇南建立了「少年先鋒水電站」，這是全國唯一一座爲少年兒童建造的水電站，也是我國第一座供少年兒童觀摩和由他們自己操縱的全自動化的水電站。﹝註104﹞這些科技設施爲首都的少年兒童開展科技活動提供了最佳場所。北海遂成爲少年兒童徜徉的天堂，共青團員、少先隊員到北海開展團、隊日活動，划船、乘遊艇等，是令他們引以爲豪的事。1955 年問世的電影《祖國的花朵》，其主題歌〈讓我們蕩起雙槳〉即描述了一群少先隊員在北海泛舟的歡樂場景，「讓我們蕩起雙槳，小船兒推開波浪，海面倒映著美麗的白塔，四周環繞著綠樹紅牆」，成爲膾炙人口的歌詞。而最終的點睛之句在於：「我問你親愛的夥伴，誰給我們安排下幸福的生活」，共和國時期以少年兒童爲核心受眾的公園最根本的功能，在於生發新中國未來的公民當家做主的自豪感，喚起對於「給我們安排下幸福的生活」的執政黨的感念。

﹝註104﹞北海景山公園管理處，《北海景山公園志》（北京：中國林業出版社，2000 年），頁 330、334。

　　以「祖國的花朵」譬喻新中國的少年兒童，是共和國時期屢見不鮮的意象，又如另一首傳唱不衰的新疆兒歌：「我們的祖國是花園，花園的花朵真鮮豔。和暖的陽光照耀著我們，每個人臉上都笑開顏……」祖國如同一個大花園，少年兒童有如花園中最鮮豔的花朵，孩子們在公園中遊戲，鮮妍的笑顏與美麗的鮮花交相輝映，這場景能象徵新中國欣欣向榮的前景。1954 年由外文出版社印行的紀念新中國建立五週年的英文圖冊《北京》（*Peking*），以圖像的方式向外語世界的讀者展示新中國的面相，便多以人民群眾、尤其是少年兒童在公園中游憩的場景表現中國人美好的新生活。如題為「北海之春」（「Spring in Peihai」）的一張圖片，即一群戴著紅領巾的小學生坐在面向北海的長椅上看書和嬉戲，遠處是北海標誌性的白塔和綠樹。（如圖七）有別於民國時期作為北海形象代言人的「新女性」，而今，北海與少年兒童的形象緊密地結合在一起，承載了新中國對於光明未來的期許。

圖七　Spring in Peihai

　　1953 年，19 歲的青年作家王蒙創作小說《青春萬歲》，表現 50 年代初期一群高三女中學生的生活。在小說結尾，即將畢業的少女們聚集於北海白塔旁的山頂，俯瞰夜色中的北京城。

> 　　一下子，路燈亮了；商店、住宅的電燈也先後放光；金鼇玉蝀橋的上空映出一片白霧，橋上汽車照明的光帶子相互交錯⋯⋯

> 　　近看腳下，綠樹紅牆已經模糊隱藏，發亮的湖面搖曳著稀疏的燈影，在五龍亭旁邊過團日的年輕人的哄笑與水上的笙歌同時傳來。往遠看，西邊聳立著白塔寺的小白塔，北邊有鐘樓和鼓樓，南邊是巍峨重疊的金色宮殿⋯⋯雖然在暗中，也分辨得清清楚楚。

> 　　豈止這樣呢，她們在白塔上還紛紛尋找自己的家、學校、常去的商場、書店和影院，以及曾經在那裏參加過義務勞動的街道和廣場，她們甚至想找出自己練習騎自行車時候撞了人的地方和國慶日遊行時常在那兒休息的馬路牙子⋯⋯她們都有把握地找到了，千真萬確地用手一指：「就是那兒，就是那兒！」於是大家都知道了，「就是那兒，就是那兒！」〔註105〕

共和國的新主體們，站在北海之巔，眺望新國家、新首都的全景，通過具體可感地一一辨識和指認自己親身經驗過的都市空間──家、學校、常去的商場、書店和影院、參加過義務勞動的街道和廣場，以及國慶遊行時休息過的馬路牙子，去認知這座「和她們一起開始了新生命的古老的城市」。而它似乎在向她們低語：

> 　　「你們好？祝賀你們！好好地看看我吧，也許我們要離別呢，你們愛我，我知道。你們的祖先把我建設得嚴整而且壯麗，你們的父兄從敵人的魔爪裏奪得了我，你們的同代人恢復了我的青春。可我最盼望，最盼望的是你們，盼望你們快快成長，好好地打扮一下我，就像剛才打扮你們自己一樣！」〔註106〕

在這種俯瞰和認知北京城的經驗中，這些共和國的「新人」們獲得了一種新中國主人翁的自我意識和自豪感、責任感，從而湧起對建設新北京的想像。她們期待著投入首都的建設事業之中，甚至開始暢想新的規劃藍圖：「知道嗎，我的志願是學建築，看到北京新蓋的樓房這樣多，我真害怕將來畢業以

〔註105〕王蒙，《青春萬歲》（北京：人民文學出版社，1979 年），頁 304。
〔註106〕王蒙，《青春萬歲》，頁 304。

後沒有我設計的份兒啦。如果我設計，我準得把市中心建設成一個花朵形，放射線般的街道把花瓣分開，中間高大的樓房就像花蕊……」〔註107〕這花朵般的城市，與蔡元培、沈從文的公園意象遙相呼應，寄託了新一代青年在北海的美育陶染下，對於北京的另一種烏托邦想像，雖然很快即成絕響。〔註108〕

（作者簡介：林崢，女，香港中文大學（深圳）人文社科學院講師）

〔註107〕王蒙，《青春萬歲》，頁339。
〔註108〕筆者在2015年4月重遊北海公園時，發現北海公園新建了一組少年兒童的雕像群，應係以電影《祖國的花朵》為藍本，有泛舟於北海之上的，有聽解放軍叔叔講話的，有牽手向前奔跑的，可以說是新的時代對於北海的美育功能，及其與少年兒童淵源的回應與致敬。

從「浙一師風潮」看五四時期師範教育中的青年問題

周　旻

摘要：1920 年 2 月至 3 月底發生的「浙一師風潮」是繼五四運動後全國最重要的學生運動。這起事件起因於省廳政府撤換經亨頤校長，最後轉換爲影響甚遠的浙江「新文化運動」，其中起到關鍵作用的是兩份學生自創的刊物，《浙江新潮》和《校友會十日刊》。事件中的浙江省立第一師範的學生相繼走上了政黨革命的道路，背後也折射著不同層面的青年問題。

關鍵詞：浙江省立第一師範；浙一師風潮；《浙江新潮》；《校友會十日刊》

1920 年 3 月 29 日，在浙江省立第一師範學校操場上，接近 700 名軍警將學生圍成一圈，年輕的學生們情緒激動，對於軍警以及背後的省長、教育廳長充滿不滿，而荷槍實彈的警察也絲毫不讓，他們要執行省長發佈的驅散一師的命令。這是自 2 月 9 日學生爲保存經亨頤校長而發動的「浙一師風潮」以來，最艱難的一天。

事實上，從五日前教育廳在學校門口貼出「休業令」起，情況就越來越糟糕：25 日，警察廳派駐四十幾名警察，「託辭保管校舍，八字式的立在校門口，並要童子軍退到二門」；26 日，校內施行宵禁，警察查禁學生自治會；27 日，在校學生到教育廳和省公署請願，教育廳長夏敬觀提出了解散一師、全部轉學等要求；28 日，學生再往請願，卻被省公署衛隊刺傷，憤怒的學生將

傷者抬至檢察廳遞交上訴，並往督軍處繼續請願〔註1〕。28 日，《晨報》刊登〈梁任公等電浙維持一師〉〔註2〕，這封由梁啓超、蔡元培、湯爾和、孫寶琦、范源廉等多位北京要人聯署的電報成為了軍警圍校事件的導火索。連日的學生遊行、請願、罷課，再加上北京當局文化人士的敦促，省長齊耀珊惱羞成怒，連夜要求警察廳長夏觀調派軍警將浙江一師強行解散，在校學生一律轉學。

一直關注「浙一師風潮」的《申報》在 3 月 30 日最先對「圍校」事件進行了報導〔註3〕。但這則快訊，錯誤較多，對於事件也只做了輪廓式的報導。當時一直給滬上報紙供稿的曹聚仁，在當天晚上寫下了長篇通訊，寄往《民國日報》、《新聞報》和《申報》，由於通信受阻，特稿在 31 日才面世。作為最早的親歷者的報導，這篇〈杭州特約通信〉像一紙速寫，如實地記錄了圍困事件最緊張的瞬間：

> （四）警察和學生們說：我們是奉軍省長命令，來促你們出校的，你們還是早點出去罷，如果不出去，等到第四師兵來底時候，恐防還要受痛苦呢！他就連忙叫警察們再拉。學生們大家都很有決心，有「寧死在操場裏，暫不出校門」這一類話，試想可憐不可憐呢！這時候有幾個教員也都來校了，他們對警士演說，也哭個不住，淚人似的！聽說在校門外探望的人，也都掉下淚來，好傷心啊，到底我們犯什麼罪！

> （五）一師學生朱贊唐看見這樣的慘狀，他和一個警官談話：「你們究竟為什麼做自相殘殺的事？」警官說：「我奉長官命令，不得已耳，我每月賺十塊的錢，也是逼做的。」朱問：「每月十塊底錢，可犧牲嗎？」警官說：「不能」。贊唐氣恨不過，就把警官底指揮刀一把抽出，要自殺了。後來那警察看見這種情形，也掉下淚來……

〔註4〕

這些帶著強烈感情色彩的片段，讀來不免讓人心驚。當日，《民國日報》頭版社論以〈新文化運動的結晶〉一文對紀實報導做了回應，邵力子開篇既歎道：

〔註1〕「紀事」，浙江省立第一師範學校學生自治會編訂，《浙潮第一聲》（1920 年）。據曹聚仁的回憶，他有參與編訂。

〔註2〕〈梁任公等電浙維持一師〉，《晨報》1920 年 3 月 28 日。

〔註3〕宣，〈浙江學潮志（九）〉，《申報》1920 年 3 月 30 日。

〔註4〕〈杭州特約通信〉，《民國日報》1920 年 3 月 31 日。

「讀杭州特別通訊，我心爲之酸，我氣卻爲之一壯。」他心酸於一班學子赤手空拳只能用眼淚做對抗暴力的武器，言及一師學子的不怕、不懼、不屈，最終維持自己的學校，又「實在佩服一師學生的壯志」〔註5〕。

浙江第一師範的學潮到3月29日算是落下了一個結果，雖然當局沒有同意留用經亨頤校長及四位國文教師，但撤退軍警、保存一師，繼任校長由學生自治會公開選舉，省廳的讓步已經是一種勝利。同年5月，學生自治委員會集議了象徵學潮結束的方法：印行《思痛集》（即《浙潮第一聲》）、發宣言書，並在11日舉行了歡敍大會。經歷風波的浙江省立第一師範，迅速成爲全國中等以上學校的榜樣。

浙江省官廳和教育廳強行撤換經亨頤校長，是浙一師風潮發生的導火索。如果簡單地將風潮看作學生挽留校長的一次學潮，那麼它不過是五四時代橫切面中的一個。事實上，1919年8月至1922年底，全國發生的學潮中就有70起與校長有關〔註6〕，而罷課爭權以至直面軍警的暴力也是當時很多學校都經歷過的動盪。事件之所以轉化爲全國聞名的「風潮」，除了京滬兩地媒體的幕後推力外，有兩件事起到了重要的作用，其一是作爲「前史」的兩份學生刊物：《浙江新潮》和《校友會十日刊》，在激進運動和校園改革的兩端搭建起了風潮的基礎；其二則是浙一師學生在複製五四學運模式的過程中，表現出的不同於北京、上海的同齡人的青年問題。而這個問題背後關涉的則是自晚清新學的師範教育。

一、《浙江新潮》與《校友會十日刊》

在「後五四」時期，浙江省出現了134至150種學生刊物，大約2/3近100種出現在1919年10月到1920年3月間；超過80%的學生刊物，大約127種，在省會杭州發行，而浙一師學生參與了半數以上刊物的編輯、寫稿工作，其中最爲著名的就是《浙江新潮》。

這份刊物的誕生過程較爲複雜，〈發刊詞〉中提及《浙江新潮》是由《雙十》「所改組的一種週刊」〔註7〕，「每逢星期六出版」，「每份零售銅元二枚」

〔註5〕力子，〈新文化運動的結晶〉，《民國日報》1920年3月31日。

〔註6〕呂芳上，《學生運動到運動學生》（臺北：中央研究院近代史研究所，1994年），頁76～88。

〔註7〕俞秀松，〈發刊詞〉，《浙江新潮》第1期（1919年11月1日）。

〔註8〕。1919年10月10日，第一中學的查猛濟、阮毅成，甲種工業學校的汪馥泉、孫錦文、倪偉雄、沈乃熙（夏衍）〔註9〕等人合作創辦了《雙十》半月刊，出版兩期後，浙一師的學生施存統、俞秀松、周伯棣、傅彬然陸續加入，刊物改組爲《浙江新潮》，出刊形式也由原先的半月刊改爲週刊，「經費自由捐助，編輯各校輪流」。《雙十》的宣言書中闡述其發刊的目的在於：「一方面竭力把『新思潮』傳佈，一方面對於守舊派立於指導者的地位，下一種誠懇的勸告，使他們漸漸的新陳代謝。」〔註10〕在第二期出版以後，當時上海的《時事新報》對這份刊物進行了宣傳。這篇名爲〈浙江之文化運動〉的報導很快得到了《浙江新潮》學生編輯的回響，他們寫信說明了自己的改組和今後的期望，這封信被當成另一種形式的「發刊旨趣」和「宣傳廣告」，在《時事新報》的副刊《學燈》上刊載出來，信中提到：「我們的宗旨仍舊是把杭州社會上的黑暗情形盡情揭曉出來，下一種誠懇的宣告和切實的批評。」〔註11〕指明《浙江新潮》將延續《雙十》打破杭州思想界的黑暗，宣傳「新思潮」。

　　雖說編輯再三申明，其旨趣還是在改組後有了重要的變化，增添了不少激進的色彩。《浙江新潮》宣稱：「本報的旨趣，要本奮鬥的精神，用調查，批評，指導的方法，促進勞動界的自覺和聯合，去破壞束縛的競爭的掠奪的勢力，建設自由、互助、勞動的社會，以謀人類生活的幸福和進步。」〔註12〕身爲學生一輩，或可實施的步驟爲：第一步以學生的自覺和聯合，促進勞動界的自覺和聯合；第二步使學生和勞動者聯合；第三步使學生都成爲勞動者。將批判對象擴大到「非法」的政府和「非新」的民眾意識上，再三強調學生界、勞動界的聯合，正是改組後《浙江新潮》的最大志向。

　　到了第二、三期，問題更具體也更爲激進。施存統在〈非孝〉一文中說「自己覺悟起來根本革命，把這萬惡的家庭推翻，做一個堂堂正正的自由的人」，否定了三綱五常中最關鍵的父爲子綱；《婚姻問題》則對夫妻一倫做了根本性的批評：「婚姻根本不應當有，有了便是罪惡」，文中大談自由戀愛、不結婚、絕婚、離婚等；〈爲什麼要反對資本家〉提到「打破資本家的淫威，

〔註8〕　第一期的刊頭部分，《浙江新潮》第1期（1919年11月1日）。
〔註9〕　夏衍，〈一個過來人的回憶與反思〉，《求是》第8期（1989年）。
〔註10〕〈浙江之文化運動〉，《時事新報》1919年10月27日。
〔註11〕〈浙江新潮社致《時事新報》編輯〉，《時事新報・學燈》1919年11月1日。
〔註12〕〈發刊詞〉，《浙江新潮》第1期（1919年11月1日）。

恢復無產階級的自由。」〔註 13〕兩篇觸及核心家庭的論文都有強烈的「毀家廢婚」意識，而第三篇則明顯是受了馬克思主義的影響。日後，浙江省議會查禁《浙江新潮》提出了四條罪名：非孝、廢孔、公妻、共產，質問書中時常出現「過激主義」、「提倡邪說」等字眼；就此刊言論的激進程度而言，除去「公妻」，其他三條也並非完全的誹謗，的確有「無政府主義」的色彩。

《浙江新潮》上這些激進的言論，在浙江省立第一師範學校的青年眼中，究竟是集體的代言，還是過於超前呢？

在另一種由一師師生自辦的刊物《校友會十日刊》的第三期上，曾有過一場關於「什麼是師範學生應該做的刊物」的小小的討論，雖然發生在 1919 年 10 月 30 日，但其內容的輻射仍然可以涵蓋《浙江新潮》的問題。該號「通訊」收到陳福祥君的一封信，信言：

> 第一第二這二期，表面上雖是沒有一點兒空白，但是把師範學校的《校友會十日刊》的眼光看起來，那空白的地方很多呢！什麼關於國家的事情，什麼關於商業上的事情，都在我們師範學校的《校友會十日刊》上登載；這種的多事，豈不是間接的空白。……肆意謾罵，非教育者所宜。匡時救世，果然教育者惟一的責任。但是總不可處於極端，能夠用和平的態度，懇摯的寸心，堅決的志向；去擔任這樁事情，那沒有不達到目的的一日。試問現在所出的這種《校友會十日刊》，能不能夠平心靜氣的從事教育，那麼，現在所出的這種《校友會十日刊》，難道算是我們師範學校的《校友會十日刊》嗎？
> 〔註14〕

陳君因《校友會十日刊》的辦理宗旨沒能區別於流行的出版物而擔憂，希望這份「校友會」組織的報紙能「以師範生的地位來質問和傳達」關於教育的種種，例如一些切實的施教的方法、教育中小學生的技巧、未來教育的

〔註13〕以上引文都來自〈浙江省議會民國八年常年會議員質問書〉，轉引自沉曉敏，《處常與求變──清末民初的浙江諮議局和省議會》（北京：三聯書店，2005年），頁 302。《浙江新潮》第三期因為杭州的查禁，被迫前往上海印刷，發行時間是 1919 年 11 月 15 日，目錄：汪馥泉〈改造同監獄〉、諸保時〈為什麼要反對資本家〉、施存統〈婚姻問題〉，TM〈忠告浙江某學校〉，周伯棣〈十一月六日販賣書報記〉，詳見董舒林，〈震撼全國的「一師學潮」〉，收入校慶籌備辦公室編，《杭州第一中學校慶七十五週年紀念冊》（杭州：杭州市第一中學，1983 年），頁 65。
〔註14〕陳福祥，〈通訊三〉，《校友會十日刊》第 3 期（1919 年 10 月 30 日）。

趨勢等等，無關的或極端的國事言論，棄之亦可。編輯收信後給予回覆，認爲陳解讀教育的角度過於狹隘，「廣義的說起來，凡是人事，都在『教育』範圍的裏面」，要討論教育，尤其是新教育，「就不能不議論到一切的思潮和社會現象」。在爲師範學校談教育爲什麼要關乎思想、社會問題辯護的同時，也不忘表達刊物的宗旨：「不過我們對於一切問題，應當用教育的眼光去觀察批評罷了」〔註15〕、「凡是教育上的思潮學術，以及與教育有重要關係的問題，──如人生問題，社會問題，道德問題，……──都是本紙應有的內容。」〔註16〕編輯的這番陳述，或許更能代表學運時期師範院校師生對教育與社會的關係，新教育於民族國家的作用等問題的思考。

兩份刊物略作對比不難發現，不僅組織形式有別，其奉行的宗旨其實並不能簡單地規約到「新文化」中。《浙江新潮》是學生私下的刊物，有較爲統一的思路，對家庭、勞動等問題的論述背後有鮮明的階級立場。在這點上，《校友會十日刊》就顯得寬鬆自由，文章組成也更寬泛，不僅有對經亨頤校長施行的教育改革措施的呈現；也會涉及校內切實發生的各種事件及討論，如第一、第二勞動團的成立、關於體育運動的討論、關於美工課程的討論等，不失爲一種觀察學生、校園的材料。作爲一份典型的校園刊物，《校友會十日刊》一方面側重學生在師範體制中的需求，另一方面則立足教育。出版兩期後，就有滬上媒體注意到其「偏重教育一方面」〔註17〕。可以說在納入社會問題、思想問題的同時，《校友會十日刊》也一直警惕是否偏離教育。第五期上，夏丏尊、袁新產（袁易）、陳望道聯名寫道：「近來有人主張『少談些主義，多研究些問題』，我們幾個人也認爲應該這樣」，倡議開闢「共同研究」和「校友服務狀況」兩個新欄目；前者是收集校友（老師）教學中的問題，後者是分享校友教學的經驗〔註18〕。在他們眼中需要「多研究些」的問題是教育，這也正是師範學生從受教到施教在身份轉換過程中最重要的知識儲備。

雖然《浙江新潮》也是一份學生刊物，但它的定位卻是要做浙江的「新思潮」第一刊，以官方媒體《之江日報》、《全浙公報》、《浙江民報》爲辯難

〔註15〕〈通訊三〉，《校友會十日刊》第 3 期（1919 年 10 月 30 日）。

〔註16〕〈發刊詞〉，《校友會十日刊》第 1 期（1919 年 10 月 10 日）。

〔註17〕〈浙江之文化運動〉，《時事新報》1919 年 10 月 27 日。

〔註18〕夏丏尊、袁新產、陳望道，〈通訊一〉，《校友會十日刊》第 5 期（1919 年 11 月 20 日）。

對手，對《杭州學生聯合會週刊》也不甚滿意〔註19〕。主編群體普遍接受無政府主義思想，這一部分源自時任《教育潮》主編的沈仲九的指導；一部分賴於《新青年》上出現的「十月革命」專刊所掀起的「時尚」。雖然在思想上，這份刊物只「是《新青年》思想的幼稚複寫」〔註20〕，嚮往新文化運動的學生只把激烈、突進的言論和赤化的色彩，當作一種批判社會的出口，或是揚才露己的話語素材庫。但值得注意的是，一種「從匿名的消費者躍升為新文化的參與者乃至代言人」〔註21〕的想法，在幾位主筆身上都有折射，施存統尤為明顯〔註22〕。可以說《浙江新潮》只是少數學生「超越」校園的發言，卻並不能折射五四時期廣大師範學子的所感所想。這也就不難解釋，為什麼《浙江新潮》查禁後，會有「本刊係少數學生所為，和各校廣大師生無關」〔註23〕的「特此聲明」。一師的幾位主筆學生在校園裏待不住，紛紛北上參加「工讀互助團」，可能他們所要追求的已經不是一校一市一省的教育革命。《校友會十日刊》像是安全、平和、漸進的二十年代校園生活，《浙江新潮》則是過渡到十字街頭時的產物。

二、師範教育的危機與改革

《浙江新潮》成為事態發展的導火索，背後牽扯的是省議會、校長會與經亨頤之間複雜的人事糾葛〔註24〕，多少是一次借題發揮的「偶然」，它的出現和

〔註19〕 馥泉，〈寄《之江日報》《全浙公報》《浙江民報》的主筆〉，《浙江新潮》第 1 期（1919 年 11 月 1 日）。

〔註20〕 周柏棣，〈五四前後在杭州〉，收入沈自強編，《浙江一師風潮》（杭州：浙江大學出版社，1990 年），頁 406。

〔註21〕 袁一丹，〈雜誌聯盟與閱讀共同體——以《新青年》的交換廣告為線索〉，《中國現代文學研究叢刊》第 7 期（2015 年），頁 31。

〔註22〕 可參見施存統在 1921 年寫成的回憶錄〈回頭看二十二年來的我〉，不難讀出這位 22 歲的青年年少氣盛、目空一切的胸懷和對投身新文化事業的抱負。《民國日報 覺悟》，1921 年 9 月 21、22、23 日。後夏丏尊在 1921 年 10 月 27 日《民國日報 覺悟》中發表〈評論 讀存統〈回頭看二十二年來的我〉〉中說：「存統這篇文字，把家庭、學校、團體……等等一切制度底衣服，盡情地剝去：一切制度因了這篇文字，已經裸了體，破了產！」

〔註23〕 《浙江新潮》第 3 期（1919 年 11 月）。

〔註24〕 關於省議會與浙一師的矛盾由來，詳見沈曉敏，《處常與求變——清末民初的浙江諮議局和省議會》一書中第五章。此章對「浙一師風潮」發生的原因做了詳細的耙梳和分析。關於風潮發生的原因，一師學生自編《浙潮第一聲》概括為：1、杭州教育界的同行嫉妒；2、浙江省議會廳的報仇主義：3、浙江省官僚的傀儡生涯。

被禁，只是推動「新文化」成爲「運動」或「風潮」的催化劑。如果以浙一師的「新文化」、教育變革爲核心的話，《校友會十日刊》無疑是較爲全面的材料。

《校友會十日刊》是「浙江第一師範學校校友會」於 1919 年 10 月 10 日創辦。這份刊物客觀地記錄和反映了 1919 年秋季學期開始，浙江省立第一師範在教育制度上的改革。在校長經亨頤的支持、推進下，該校試行了四種新式的制度，分別是：學生自治、國文改授國語、教員專任、學科制，其中又以前兩種最爲關鍵。

從清末「癸卯學制」開始，「中國文學」就是初級、優級師範學堂的重要課程。在第一份關於師範學制的章程中，這門課程的基礎內容被規劃爲：文義、文法、作文三項，「次講中國古今文章流別、文風盛衰之要略，及文章與政事身世關係處。」〔註 25〕民國建立後，1912 年年底〈教育部公佈師範教育令〉中改「中國文學」爲「國文」，要旨爲「國文首宜授以近世文，漸及於近古文，並文字源流、文法要略即文學史之大概，使熟練語言，作實用簡易之文，兼課教授法。」〔註 26〕由晚清到民國，國文課程與舉業制度下的文章學仍有千絲萬縷的關係，或可說借鑒或可說習承。次年，教育部召開讀音統一會，議定了注音字母的問題，希望將言文合一中語言、語音的問題正式納入語文教學中。但這個計劃延宕了近五六年，直到 1918 年，教育部才正式頒佈了注音字母表，並正式改「國文」爲「國語」。該年 6 月，改革計劃首先在全國高等師範學校中推行，〈高等師範學校附設國語科簡章〉中大致規劃先實行暑假修業、每個區域 30 人的「短期講習會」；設置科目爲「注音字母、聲音學、國文讀本、會話、文法、成語、翻譯、演講、國語練習、國語教授之研究」。雖然這一時期的改革著重在「語」，統一語言的目的是爲了破除「政教上之大障礙」，這也與民國政府對師範教育的定義相吻合：「悉以國家之精神爲精神，以國家之主義爲主義，以收統一之效。」

國語改革的同時，關於它的課程也發生了複雜的變化，除了課時增多以外，不難覺察到語體文，即白話文開始逐漸進入國民教育系統。在配套國語、注音字母的層面上，師範學校改革語言體式有了合法性，白話文運動的開展

〔註 25〕〈奏定初級師範學堂章程〉，璩鑫圭、唐良炎編，《中國近代教育史資料彙編·學制演變》（上海：上海教育出版社，2007 年），頁 402。

〔註 26〕〈教育部公佈師範學校規程〉，璩鑫圭、唐良炎編，《中國近代教育史資料彙編·學制演變》，第 678 頁。

在師範師生中擁有先天的優勢。到了 1919 年五四運動發生之後，教育資源較為充沛的浙江省立第一師範學校著手開始研究如何向學生教授白話文。經亨頤校長專程聘請四位國文老師——夏丏尊、陳望道、劉大白、李次九——改革國文課，自編白話教材，其目的不在迎合新思潮，而在於教育，即認定「中國文字不改革，教育是萬萬不能普及」〔註 27〕。課改的具體實施是大刀闊斧的，教師一改以往「說文」〔註 28〕為主的授課模式，「取研究的態度」〔註 29〕，挑選新式出版物中的白話文章，分為十六類人生的問題進行討論，如人生觀、家庭、婦女、勞動等，學生自主研究，教員處指導的位置。上課時，先由教員提出問題、指定篇目，學生就教材文意和教師問答，隨後學生作全文的分析札記，經過口頭的批評或講演或辯難，最後由教師批改札記並作總結性的講演〔註 30〕。這場校內「白話文運動」，在形式與內容的兩端發動，一方面在課堂上，學生討論白話文的書寫內容；另一方面，以《校友會十日刊》為平台，發表語法的指導的論文、學生演練白話文的習作等。〈文字為什麼要橫行〉中聲稱：「本刊發行，引起社會上許多非議。單就形式而論，一則文體都用白話，二則標點都用新式，三則文列都用橫行」，這三點也對應了當時經亨頤校長改革國文課後校內師生改文言為白話書寫的三條基本原則〔註 31〕。除了此文，《校友會十日刊》還另有「學術研究」欄目，專事講解白話文的使用方式，連載論文〈新式標點的用法〉和〈「的」字的用法〉〔註 32〕。到 1919 年底，作為教學成果的「國語叢書」和「新文學」〔註 33〕第一集均已付梓，類似課

〔註 27〕 經亨頤，〈對教育廳查辦員的談話〉，《校友會十日刊》第 6 期（1919 年 11 月 30 日）。

〔註 28〕 關於 1919 年前的國文課授課情況可以參看梁柏臺 1918 年的數則日記，當時他正在浙江省立第一師範學習，收入中共新昌縣委黨史研究室、新昌縣檔案局（館）合編，《梁柏臺遺著》（2007 年），頁 15～20。

〔註 29〕 〈五四運動後之浙江第一師範〉，《時事新報》1919 年 12 月 15 日。

〔註 30〕 詳細的教學步驟有十步，分別是說明、分析、綜合、書面的批評、口頭的批評、學生講演、辯難、教員講演、批改札記，〈浙江學潮底動機〉，《星期評論》1920 年 2 月 29 日。

〔註 31〕 學生汪壽華就曾在 1919 年的日記中記載了一堂改革後的國文課，上課內容正是陳望道以此三項說明文學改革的方法。汪壽華，〈日記兩則（1919 年 7 月 23 日）〉，《杭州第一中學校慶七十五週年紀念冊》，頁 193。

〔註 32〕 陳望道，〈新式標點的用法〉，《校友會十日刊》第 1～5 期；夏丏尊，〈「的」字的用法〉，《校友會十日刊》第 6 期（1919 年 11 月 30 日）。

〔註 33〕 〈國語叢書出版預告〉，《校友會十日刊》第 5 五期（1919 年 11 月 20 日），叢書三種分別是：陳望道的《新式標點用法》、四位國文教員合編的《國語法》、

堂札記的「隨感錄」也成爲《校友會十日刊》的重要欄目。

　　除了提倡白話文，關於校長改革的另一個重點——學生自治會，也能在《校友會十日刊》找到師生集中的討論。「本校消息」一欄跟蹤報導了「自治會」從醞釀到誕生的過程，如 10 月 20 日的〈試行自治制〉〔註 34〕條率明晰地羅列了「自治大綱」九條、自治範圍十二條；11 月 20 日的〈學生自治會成立〉〔註 35〕記錄了 16 日成立自治會的過程。爲了詳細闡發校長將「自治」視作一種教育的「訓練」的觀點，國文教師袁易在「評論」欄目發表〈自治主義的訓練〉及續文〔註 36〕。兩文發表時，《浙江新潮》已被查禁，經校長也受到了省議會和教育廳的壓力，經歷去職的風波。袁易發表兩篇長文，細緻分析學生、學校、自治、做人之間的關係，實則是通過《校友會十日刊》向社會和官廳喊話，爲經校長辯護。這份本爲聯繫校友、溝通有無的「學校新聞」〔註 37〕，發行到 1919 年末已經擔起了學校存亡的責任。這樣的立場也爲彈劾一師的省議員所忌憚，在一份致大總統電中，《校友會十日刊》就與《浙江新潮》並列，認爲其「貽害青年，滅論傷化」，應當「嚴令法辦，與民共棄」〔註 38〕。

　　以上兩點，是經校長四項改革措施中最爲人矚目的，也是日後人們提到五四時期的浙一師最爲樂道之處。但眞正濃縮了經校長對師範教育體制的思考的，卻是最後一項，學科制改革。在 1919 年 10 月舉行的第五屆全國教育聯合會大會上，浙江省教育會針對教育分散主義，提出了廢止「師範」的提議。當時教育會的會長正是經亨頤，該年早些時候，他曾在《教育潮》上發表〈改革師範教育的意見〉，提出「廢止高等師範的名稱」、「改革高等師範的

　　陳望道和劉大白合編的《注音字母教授法》。另有一種《國文教授法大綱》也可能屬於此種書系，見林正範主編，《杭州師範大學百年史稿》（杭州：杭州教育出版社，2008 年），頁 40。〈「新文學」出版預告〉，《校友會十日刊》第 6 期（1919 年 11 月 30 日）「同人等，爲傳播新文化起見，搜集新出版物中，最顯明切實的國語文學，累成一編先後付印，第一集已經出版了。」此第一集確切名字應爲《青年必讀・現代思潮》，廣告中聲稱可作「高小、中學一、二年級教材。」
〔註 34〕〈試行自治制〉，《校友會十日刊》第 2 期（1919 年 10 月 20 日）。
〔註 35〕〈學生自治會成立〉，《校友會十日刊》第 5 期（1919 年 11 月 20 日）。
〔註 36〕袁易，〈自治主義的訓練〉，《校友會十日刊》第 7 期（1919 年 12 月 10 日）。〈自治主義的訓練（續）〉，《校友會十日刊》第 8 期（1919 年 12 月 20 日）。
〔註 37〕〈發刊詞〉，《校友會十日刊》第 1 期（1919 年 10 月 10 日）。
〔註 38〕〈浙江省議員黃尚傳等致大總統等電（1919 年 12 月 7 日）〉，北洋政府國務院檔案〔（一〇二）51〕

內容，減少高等師範的責任」〔註39〕。爲了支撐實行分期師範這個改革措施，在上呈教育部的提議中詳細分析了師範體制建立以來出現的種種問題，包括不夠經濟、目的不明、付出回報不公平等等，還懇切地談到了師範學生的尷尬處境：

> 現在師範學校學生的心理，畢業之後叫他去做國民學校教員都有點不願，國民學校的教員本是不容易做，但不容易做的是方法問題，不是學力問題，叫大學畢業生去做國民學校教員，也是不容易的。現在師範學校的課程爲養成國民學校教員，實在不太經濟，爲養成高等小學教員，卻未必能勝任愉快。畢業後要去升學，更覺不充分。一個學校裏面的學生畢業之後，有三種式樣，做校長的實在是辦不了。〔註40〕

提議者談到師範生在複雜又重複的體制中消耗光陰，不知所措，「現行的師範教育，處處絕了師範生進取的路」。之所以會有這樣嚴重的結論，是與民國運行的師範學制的幾個基本問題息息相關的。首先是生源問題。無論是國家一級的高等師範還是縣一級的初級師範，全部採取公費教育，學生不必繳納學費，有些經濟富庶的地區更是減免膳宿費和雜費。這點對學籍區域內的貧寒而優秀的學子極有吸引力，也促成了民初師範教育的發展。其次是卒業後服務的問題。因爲師校基本是免費的，政府投入資金是爲了建設基礎教育，師範學校的畢業生必須履行服務的義務。按照 1912 年的規定，「本科畢業生應在本省小學校服務。其期限自受畢業證書之日起算：第一部公費生七年，半費生五年，自費生三年。」〔註41〕1913 年，教育部修改條款，將服務時間改爲本科公費生六年可減至四年，專科公費生四年可減至三年。從七年到最少的三四年，雖然教育部在減少服務的年限，但畢業生們還是無法忍受鄉村小學教育的困苦。1915 年，面對公費生逃避畢業後服務的情況，有校長提議教育部「師範畢業生服務任用之法，宜嚴定也。」〔註42〕最後是升學、晉升的問題。因著上述學制的環環相扣，能夠有時間、金錢、能力升學的師範畢

〔註39〕 經亨頤，〈改革師範教育的意見〉，《教育潮》第 1 卷第 4 期（1919 年），頁 53。
〔註40〕 〈浙江省教育會提議〉，璩鑫圭、童富勇、張守智編，《中國近代教育史資料彙編 實業教育‧師範教育》（上海：上海教育出版社，2007 年），頁 840～841。
〔註41〕 同上，頁 686。
〔註42〕 同上，頁 823。

業生，幾乎寥寥無幾。而到下一級基礎教育部門服務的畢業生也面臨著無法晉升的痛苦。有學者分析：「師範畢業生不願下鄉的原因除了薪俸太薄外，社交、學術生活貧乏、與世隔絕、缺少進修機會以提高業務水平，職務上無法晉升等等都是重要原因。」〔註43〕鄉村基礎教育的破敗、脫節，是師範教育垮臺的潛在原因。優秀的寒門學子因為師範體制，從鄉村社會進入省會求學，有了接觸新知識、新文化、新教育的機會，然後學成後卻要面對不容選擇的道路。他們在師範學制中習得的知識，對於鄉村、縣城的小學是多餘的。在那裏，或者說廣大的中國農村，還在實行最簡陋的學塾教育。浙江省教育會正是看到了這種職業的落差，心理的落差，才發出提議，將師範體制改造成師範大學、甲種師範學校、乙種師範學校。乙種師範學校畢業生服務一年以上即可升入甲種師範學校，甲種服務一年以上即可升入師範大學本科，本科畢業服務三年以上，可升入研究課繼續深造。這一提案的出現，也為「中（學）師（範）合併」埋下了伏筆。

三、青年的出路

　　師範學校一方面成為底層青年接觸新文化、都市文明、新知識的紐帶；另一方面也因為五四運動，激化了教育體制中的很多弊病，身處其中的青年不得不直面關於出路的問題。換言之，師範教育的免費、高效、開放，使一部分青年具有了強烈的自我意識；而它被學制所限制的升學和服役制度，又將青年們剛剛打開的窗戶關上。為了具體地展開、說明問題，不妨對照兩位出走的學生俞秀松和梁柏臺在 1919 年末的心路歷程。

　　俞秀松本名俞壽松，是浙北諸暨市溪埭村人，父親是前清秀才，後回鄉辦新式小學，算是鄉紳家庭出身。省立一師當時的學制是五年：預科一年，本科第一部四年，俞秀松 1916 年入學，本應在 1921 年畢業進入師範附小或回到諸暨市的中小學任教，但 1919 年改變了他的命運。該年的上半年，俞秀松從校園生活轉而「參加社會運動」〔註44〕──十字街頭遊行、杭州學聯的宣傳隊和一師所辦的平民夜校〔註45〕。下半年，他投身《浙江新潮》的編輯工作。雜誌被禁後他和另外三名同學──施存統、周伯棣、傅彬然，於 1920

〔註43〕璩鑫圭、唐良炎編，《中國近代教育史資料彙編·學制演變》，頁 148。
〔註44〕陳秀萍，《俞秀松評傳》（北京：中共黨史出版社，1999 年），頁 228。
〔註45〕《俞秀松的故事》（北京：當代中國出版社，1994 年），頁 17～18。

年1月選擇放棄學業，北上謀求新的出路。在1919年12月21日寫給父親的信中，俞秀松大談家庭的問題：

> 現在打破家族制度的聲浪一天高似一天，家族制度，兒是絕對主張打破的，但是打破家族制度，就丟棄父母而不顧養，這是兒萬萬不忍出此的。〔註46〕

他對父親說「從此可以減輕負擔」，請母親「萬千放心」，所指的是即將前往北京加入「工讀互助團」，經濟獨立，不再作為農耕家庭的負擔。出身農村，家境清貧，家中唯一的讀書種子，這些並不是俞秀松一人的特徵，而是浙一師大部分學生共同的「背景」〔註47〕。省立師範在全省有十一所，全部採取食宿全免、膳食交半的政策。每學期18元伙食費，加上生活零用，這20元上下的「讀書經費」，仍然是一筆不小的負擔，大約相當於20擔新穀近10畝田的收成〔註48〕。像省立第一師範這樣中等師範的畢業生，教書幾乎是唯一的出路。一方面為了衝破職業的限定，一方面為了擺脫經濟的桎梏，俞秀松很自然地被「實行半工半讀主義」的「工讀互助團」所吸引。這處實驗中的桃花源所要解決正是信中提到的「家族制度」的問題：「父兄養子弟，子弟靠父兄，這種寄生的生活，不但做子弟的有精神上的痛苦，在這財政緊張的時代，做父兄的也受不了這種經濟上的重累。」〔註49〕離開故鄉和省城進入都會謀理想，俞秀松最初非常興奮，他寫道：「我來的目的是：實驗我的思想生活，想傳播到全人類，使他們共同享受這甘美、快樂、博愛、互助、自由……的新生活才算定事！」〔註50〕工讀的生活受到挫折後，他並沒有聽從李大釗、陳獨秀等人「做苦學生的辦法」，而是宣誓：「我此後不想做個學問家（這是我本來的志願），請願做個『舉世唾罵』的革命家」〔註51〕，要用急進的方法

〔註46〕 俞秀松，〈1919年12月21日給父親的信〉，《俞秀松評傳》，頁180。

〔註47〕 可參見幾位一師學生的回憶性文章，包括傅彬然，〈回憶浙江新潮社〉；周伯棣，〈五四前後在杭州〉；趙並歡，〈「一師」學潮有關情況的回憶〉，沈自強編，《浙江一師風潮》。還有趙帝江，〈深厚的師生情誼〉，收入衡陽市文史委、衡陽縣文史委合編，《衡陽文史第10輯‧王祺紀念集》（1990年）。該文是柔石的兒子回憶父親進入浙江省立第一師範學習的經過。

〔註48〕 曹聚仁，《我與我的世界》（臺北：龍文出版社，1990年），頁147。

〔註49〕 王光祈，〈工讀互助團〉，文中附有「工讀互助團募捐啟事」，《少年中國》第1卷7期（1920年1月15日）。

〔註50〕 俞秀松，〈1920年3月8號所寄照片背面的附言〉，《俞秀松評傳》，頁182。

〔註51〕 俞秀松，〈1920年3月給駱致襄的信〉，《俞秀松評傳》，頁184。

去改造社會。當長輩勸其回鄉安穩謀生時，俞秀松對於過往生活和原生家庭是決絕地拒絕：「你說要我不要再寄身滬上，回到杭州來。我正莫名其妙，我是世界的人，決不是什麼浙江，什麼諸暨，什麼底人。」〔註52〕從鄉人、師範學生、小鎮青年到革命家、世界的人，彷彿出路、身份越是宏大，離原來的命運就可以越遠。

與俞秀松稍有不同，梁柏臺在1918至1920年的九十一封私人通信，更完全地展現了一個「小鎮青年」完成對自我思考的過程，以及五四運動的影響。與俞秀松同年的梁柏臺出生在一個農民家庭，到1918年（19歲）才有機會進入省立一師學習。剛入校時，經濟問題是他書信的核心。因為經濟異常拮据，幾乎需要靠借貸和接濟度日，他給父母的信中則總是充滿著愧疚和思念。到1919年初，除了浙一師的學習生活外，信中開始出現對時下教育問題的思考。五四「北京大學之事」發生後不久，他就興奮地將事件的來龍去脈寫信告知新知中學的老師、同學和父母，並報告杭州回應五四的種種行動〔註53〕，儼然成為省城杭州與故鄉新昌之間的新文化傳送者。在9月的一封信中，梁柏臺告訴友人：「所以我主張的是新思想，所看的書是《新青年》，家庭是應該革命的。」〔註54〕而此時，他對於自己未來的出路也有了新的規劃：

> 往法華工一節，家庭嚴屬禁止，心中異常抑悶，然雖非弟之素願，不過為終身求學之計耳。倘我到法習普通之語言文字，可以入勤工儉學會，由中學升入大學不費一錢，可以求學，不過出其一身而已……〔註55〕

赴法勤工儉學的想法是梁柏臺從教育會所辦的《教育潮》雜誌上習得的，省教育會開設法文專修科，授課一年，作為留法的基礎。一邊讀書一邊賺錢，不需要再為生計奔波，又可繼續從事讀書勝業，這成為了梁柏臺的理想。而遠在鄉間的父母無法理解，寫信希望他回鄉成婚。1919年9月末，梁柏臺接連寫信給父母與岳父，希望解除婚約。他給未來岳父的信還能較為恭敬地說：「竊思不能生物，尚且耗廢，如此之人難以容留天地。敢害貴門之愛女哉。」

〔註52〕俞秀松，〈1920年4月4日給駱致襄的信〉，《俞秀松評傳》，頁185。
〔註53〕1919年5月9日至5月17日共有五封信，《俞秀松評傳》，頁128～132。
〔註54〕梁柏臺，〈給周相標、梁岳生的信〉（1919年9月20日），《梁柏臺遺著》，頁142。
〔註55〕梁柏臺，〈給某某的信〉（1919年9月21日），《梁柏臺遺著》，頁146。

〔註 56〕給父母的信就堅決得多，不僅拋出「娶歸則可，婚則非所願也」的言論，還用生理學知識、唯物史觀中的男女關係〔註 57〕的道理說服父母。梁柏臺向朋友宣誓說：

> 我是抱獨身主義的，什麼家庭呀！什麼妻子呀！鬧得我一身〔生〕一點兒事體也沒有。

> 但我所說的獨身，不是「離群索居」的話頭。我的獨身主義，是共同的單身主義，社會為一個大家庭，兒子是共養，男女是平權，不願再有這是「我的妻」，這是「我的兒子」，弄出許多專有名詞。〔註 58〕

拋卻孝子身份的羈絆，這樣的言論愈演愈烈。到了 1920 年 1 月，他先給父母去信表示決不婚娶，又給袁修昌寫信，宣佈：「我已經廢姓了……假使硬要成婚，我情願犧牲生命，斷不肯承認這畜生的婚姻」。考慮到與父母割斷關係意味著失去唯一的經濟來源，梁柏臺放棄了去法國的打算，轉而決定要去北京的「工讀互助團」。

　　無論是受到外部力量不得不離開學校的俞秀松，還是內在問題驅使做出反抗的梁柏臺，解決經濟來源都成了走出師範體制後需要面對的首要問題，而北京的「工讀互助團」則成為了彼時青年心目中扭轉命運的烏托邦。1920年 6 月，互助團解體，其中的青年學生不得不再找出路。俞秀松回到上海加入《星期評論》，後經戴季陶的介紹進入厚生鐵廠，一面做工一面組織社會主義青年團。1920 年 9 月，在計劃相繼失敗後，梁柏臺放棄學業來到上海加入了俞秀松組織的外國語學社，學習俄語決心前往蘇聯。在烏托邦瓦解後，青年們不約而同地選擇了革命以繼續自己的理想。

　　姜濤在論述後五四時代的青年出路時，提出了兩個面向的前提：「一方面，『個人的發現』被看作是『五四運動的最大的成功』，從傳統、地方、家庭等限制性環境中解放出來，『脫域』的自我似乎擁有了全新的可能」，即青年能動的一面；另一方面，「大量被『發現』的、可以自由流動的『個人』，實際上並不能被社會有效吸納」〔註 59〕，即青年難動的一面。這兩個面向的

〔註 56〕梁柏臺，〈給岳父的信〉（1919 年 9 月 27 日），《梁柏臺遺著》，頁 150。
〔註 57〕梁柏臺，〈給父母的信〉（1919 年 9 月 28 日），《梁柏臺遺著》，頁 151。
〔註 58〕梁柏臺，〈給袁修昌先生的信〉（1919 年 10 月 20 日），《梁柏臺遺著》，頁 164。
〔註 59〕姜濤，《公寓裏的塔──1920 年代中國的文學與青年》（北京：北京大學出版社，2015 年），頁 14。

拉扯作用在廣大經歷了學運浪潮的學生、青年身上。學生領袖也好，普通青年也罷，在1919年經歷學運洗禮的同時，更爲迫切的是要解決自身的問題：經濟、家庭、婚姻、學業、出路、未來。在俞秀松和梁柏臺的故事中，這些問題被用相同的方式解決：半工半讀和不要婚姻，對應的實際行動對師範學制的「出走」。這似乎也提示了從晚清癸卯學制以來舉國投入的師範教育體系由繁盛到失落的根本原因：過份體制化、統一化的師範教育系統在文化思潮面前缺乏被啓動的可能。浙江第一師範的學潮眞正運作的時間不到兩個月，或許成功太易，與學生們業已激化的態度存在著錯位。借助運動中的經驗和資源，學生更渴望打破既定的路線，選擇他們認爲符合時勢的出路，畢業去做中小學老師顯然不符合他們對未來的訴求。曹聚仁的回憶很好地還原了這種心理過程。1921年畢業後，曹聚仁輾轉來到上海，靠師範文憑做了浦東川沙縣立小學的老師。雖然他說「教書也是心安理得的路了」、「這是我們那一批學生代表團的共同命運」，但對於縣立高小毫無生氣的氣氛、無從下手的教育局面，曹聚仁實在無法安身立命，另外他也放不下內心眞實的感情：

> 我們做過學生代表，總有點自命不凡，不可一世的；我那時已
> 在《覺悟》上寫長篇連載，頗有轉向新聞界的意念，覺得這個小池
> 子容不得蛟龍的；陸校長阮專重形式教條，和提倡自由思想的我，
> 也合不來，因此我離開川沙，毫無留戀之意。〔註60〕

曹聚仁旋即放棄教師事業轉而進入新聞行業，成了一名記者。他能有這樣折中的選擇，有賴於在編輯《錢江評論》和浙一師風潮中積累起來的新聞寫作能力。有意味的是，經歷風潮的浙一師學生，他們中的一大部分人，並不像北京大學或北京高師等學校的學子那樣登上文壇成爲白話文學的生力軍或在新式教育領域嶄露頭角，他們登上的是另一個舞臺——他們成了20年代政治風潮的弄潮兒。曾有學者概括浙一師學生的前途大致有兩條（見圖2-3-2），其一是教育路線，具體形式是加入獨立辦學的春暉中學；其二是政治路線，被有組織的政黨吸收，投身到血與淚的「革命」之中〔註61〕。走上後一條道路的青年，很多殉身於瞬息萬變的政治浪潮中，不免爲人扼腕可惜。老校長經亨頤對此一直耿耿於懷，1937年他回憶往事，一段話說的極爲懇切：

〔註60〕 曹聚仁，《我與我的世界》，頁66。
〔註61〕 呂芳上，《從學生運動到運動學生》，頁154。圖2-3-2也來自該書，頁153。

　　有佳釀，不食沽酒，只是第一師範時常堂堂皇皇的態度，學生
中不能說沒有急進分子，但是我所知道後來慘死的人，都是因爲第
一師範風潮失敗以後憤而到上海才加入共產黨的，豈不是當時官廳
壓迫的措置要負責嗎？〔註62〕

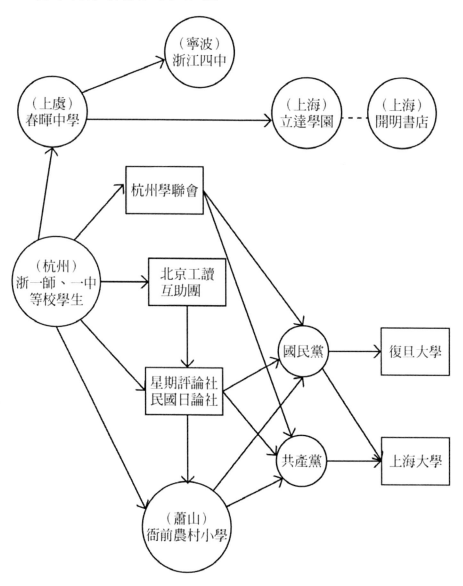

圖 2-3-2　浙一師風潮後重要師生動向圖

〔註62〕經亨頤，〈回憶杭州〉，《越風》第 2 卷第 1 期（1937 年）。

在 1920 年 5 月成立的中國共產黨最初組織馬克思主義研究會的七名成員中，就有陳望道、施存統、俞秀松三位一師故人。當時施存統和俞秀松都只有 21 歲，剛從北京的「工讀互助團」回到南方。傅彬然回憶：「就一師本身來說，由於受了五四運動鬥爭的鍛鍊，教師和同學中成為早期共產黨員的，就我所知，就在十人以上。」〔註 63〕從學生運動到政黨政治，其凝結的核心問題發生了質的挪移。葉文心將杭州一隅的這批青年命名為「middle-country youths」〔註 64〕（小鎮青年），他們漂泊在鄉村—省會——線都市，區別於上海、北京或是擁有繁榮港口的開埠城市的同齡人，在文化理念上更為極端、獨立，與傳統的告別也更為決絕，甚至在當時的「小鎮青年」中還有流行無政府主義的傾向。在文化與社會之間，他們果斷地走上了社會變革乃至政治革命的道路。究其緣由，有研究者指出，某種共同經歷的記憶成為潛在的集結成團體的動力來源，導致一批從風潮中出走的青年學生分享共同的關於政治的「信仰」，結為或投靠某種政黨性質的團體〔註 65〕。

四、尾聲

1921 年 11 月，浙一師風潮已經過去近一年有餘，原一師學生范堯深突然去世，引起一師眾多老師、同學的追憶〔註 66〕。11 月 20 日《覺悟》副刊登出陳望道的文章〈對於范堯深君驟死的感想〉。這位前一師國文教員稱范君是「浙潮第一聲」中的一位健者。與很多在運動中出名的學生領袖不同，范堯深雖然是一師自治會和全國學生聯合會的重要成員，負責起草檔、發佈宣言、編輯日刊，但他並不為人所知。為什麼他的死會引起如此劇烈的反應？

范堯深在五四時期是一個弄潮兒，文筆出眾；風潮結束後他來到上海主辦《學聯》日報，做自己擅長的筆頭工作，但 1920 年 5 月，全國學生聯合會

〔註63〕傅彬然，〈回憶浙江新潮社〉，張允侯、殷敘彝、洪清祥等編，《五四時期的社團》（三）（北京：三聯書店，1979 年），頁 150。

〔註64〕〔美〕Yeh, Wen-hsin: *Provincial Passages : Culture, Space, and the Origins of Chinese Communism*, CA: University of California Pres, pp.10.

〔註65〕〔美〕蕭邦奇，周武彪譯，《血路——革命中國中的沈定一（玄廬）傳奇》（南京：江蘇人民出版社，2010 年），頁 18。

〔註66〕《民國日報‧覺悟》1920 年 11 月 20 日登陳望道，〈對於范堯深君驟死的感想〉；11 月 24 日登嚴慎予整理，〈堯深遺著：迷路的一盞燈〉、毅成，〈堯深死了！〉、猛濟，〈哭堯深〉、VG，〈堯深死了〉、胡懷琛，〈弔范堯深君〉；11 月 25 日嚴慎予，〈堯深事略〉。

被封，堯深失業。並不相信什麼主義的堯深，沒有投入報界或政界，而是像當初的曹聚仁一樣進入中學當老師。迫於生活的壓力，他從 1921 年夏天起，在神州女學和上海專科師範兩所學校兼任教師，據朋友回憶，他每星期的課有二十多個鐘點，教授任務繁重，還要自編講義。不久，就死於疾病。嚴慎予的一席話，也許最能表達師友對他的惋惜之情：

> 我現在把堯深的事略很忍心地說完了，我心中滿鬱結著痛憤與悲哀，我永不歡息他已在社會上已經留了不少的痕跡；我只是詛咒著這樣可能為社會宣力的青年，竟把他像糞土般埋在泥沙之中！〔註67〕

堯深為什麼死去？這樣一位優秀的青年為什麼在投入社會生活的匆匆一年內，患上疾病，抱憾而亡？他並沒有奉行主義，不是為革命獻身，他是因為討生活而死的。這樣渺小、卑微的死亡，「殉麵包而死了！」卻比一切犧牲都刺痛共同經歷過風潮的同學少年的心。也不禁讓人思考，那一時代青年的掙扎、出路、未來究竟是不是虛妄？像堯深這樣，放棄可能性而衷心投入教育事業的學子為什麼只能飽受身體的貧寒與精神的痛苦？當最終的問題聚攏到最簡單的謀生的苦悶時，似乎師範教育所承諾的「黃金世界」，五四運動所吶喊的「你就須走你自己底路罷」，都顯得無力而虛妄。堯深的死是殘酷的，他就像給一切「自己底路」打上了大大的問號。五四一代的問題，師範的弊病，堯深的死亡，真的能在一次又一次的革命中得到完滿嗎？悼詩中寫道：

> 我現在只癡望著，
> 癡望著你來告訴我：
> 離開了這個世界，
> 又是怎樣？〔註68〕

（作者簡介：周旻，女，北京大學中文系博士生）

〔註67〕嚴慎予，〈堯深事略〉，《民國日報·覺悟》1920 年 11 月 25 日。
〔註68〕VG，〈堯深死了〉，《民國日報·覺悟》1920 年 11 月 24 日。

文學教育與文學革命——
以北京大學國文門文學史課程爲例

趙　帥

　　摘要：隨著西學東漸，文學史書寫的知識資源除了來自傳統，還汲取西方、日本的概念。當文學史作爲文學教育的一門學科，從課程安排、任課教師、授課內容始終受到風潮的影響，得見時代的印記。文學史在文學革命前後便有巨大的不同。本文以北京大學國文門朱希祖所授中國文學史課程爲例，以此考證出朱希祖、袁丕鈞、傅斯年的師生關係，分別討論三人在文學革命前後關於文學史方面的觀點，展現師生在文學教育過程中趨同、存異，探討師生觀點背後的知識資源與思想觀念。

關鍵詞：文學史課程；文學革命；北大國文門；朱希祖；袁丕鈞；傅斯年

　　晚清民國以來的中國學人面對的不僅是內憂外患的困局，也是各種知識、學說洶湧而至的局面。報章雜誌、學校與自由結社三者的出現，使得知識的傳播有了新方式、產生了新影響。〔註1〕他們開始在中學、西學之間左右抉擇，其知識來源與知識結構亦發生了巨大變化。諸多問題隨即而來：如何獲取知識，吸收何種知識，爲什麼認同此種知識，轉何種知識化爲己用，等等。近年來，有學者以閱讀史的視角來窺探晚晴士人如何構建他們的「知識

〔註1〕張灝，〈中國近代思想史的轉型時代〉，《幽暗意識與民主傳統》（北京：新星出版社，2006年），頁137。本文對研究對象、學界前輩均未作尊稱，乃爲求行文方便，非不敬也，特此聲明。

倉庫」。〔註 2〕實際上，知識的獲取途徑多歧：有家學淵源，有教育授道，有
閱讀報章雜誌，有聽取流言謠傳，等等。高校教育無疑是獲取專業知識最爲
重要的途徑之一。近年來，陳平原將文學史同思想史、教育史三者合一，觀
察「文學」如何進行「教育」。他以五四新文化運動前後的「文學教育」來審
視北京大學有關「文學」的課程、課堂、教員、講義等的變革，如何影響此
後的教育風潮及文化進程。〔註 3〕本文實受惠於此思路，並將問題細化，以北
京大學中國文學門（1910～1919）〔註 4〕（後簡稱國文門）開設的中國文學史
課程爲例，觀察文學革命前後文學史課程在課堂上如何開展，文學革命又如
何影響文學史課程的設置、教師與學生對知識的吸收與認知。筆者在寫作過
程中受益於諸多文學史成果〔註 5〕，不同於文學史著作涉及對文學觀念、文學
史分期等諸多專業問題的討論與評價，本文關注的核心在於影響文學教育的
知識資源與思想觀念是什麼。知識通過教育傳播，往往並非一步到位，而是
一波三折，知識可能會變得面目全非，甚至受到排斥。關鍵是辨別誰影響了
誰，如何影響，爲何影響，以此建立知識與學理上的聯繫。本文將視角限定
在朱希祖（1879～1944）自 1915 年起在國文門開設的中國文學史課程，不僅

〔註 2〕潘光哲，《晚晴士人的西學閱讀史（1833～1898）》（臺北：中央研究院近代史
研究所，2014 年），頁 4。

〔註 3〕陳平原，〈知識、技能與情懷──新文化運動時期北大國文系的文學教育〉，《作
爲學科的文學史》（北京：北京大學出版社，2011 年）。關於早期北大學術活
動的介紹可以參考魏定熙著，張蒙譯，《權力源自地位：北京大學、知識分子
與中國政治文化：1898～1929》（南京：江蘇人民出版社，2015 年）；Lin, Xiaoqing
Diana, Peking University : Chinese Scholarship and Intellectuals, 1898～1937,
（Albany : State University of New York Press, 2005）.

〔註 4〕北大中文系將 1910 年定爲起始時間，其簡介爲：「1910 年分科大學正式開辦，
中國文學門於是成立。1919 年改稱中國文學系，並實習選科制。」參陳平原，
《花開葉落中文系》（北京：三聯書店，2013 年），頁 7、18。

〔註 5〕陳國球，《文學史書寫形態與文化政治》（北京：北京大學出版社，2004 年）；
戴燕，《文學史的權力》（北京：北京大學出版社，2002 年）；劉敬圻主編，《20
世紀中國古典文學學科通志》（第 2 卷）（濟南：山東教育出版社，2012 年）；
徐雁平，《胡適與整理國故考論──以中國文學史研究爲中心》（合肥：安徽
教育出版社，2003 年），等等。文學史講義的收集整理以北京大學中國文學史
方面的爲例，有陳平原輯《早期北大文學史講義三種》（北京：北京大學出版
社，2005 年），涉及到林傳甲《中國文學史》、朱希祖《中國文學史要略》、吳
梅《中國文學史》；另有陳平原介紹海外圖書館所藏老講義。參陳平原，《觸
摸歷史與進入五四》（北京：北京大學出版社，2005 年）（第六章）。研究方面
則有高鑫，《民國大學中文學科講義研究》（天津：南開大學文學院，2014 年）。

因前人討論較少〔註6〕，還因可以通過此課程與多位國文門學生建立起關係，
如傅斯年（1896～1950）、袁丕鈞（1892～1921）等人。朱希祖、傅斯年作爲
「浮沉於全國性舞臺」的人物，雖研究者眾多，其身份因受學科畛域嚴密的
劃分而被切割，形象變得單一。二人皆以史學家的身份聞名，然而前者早年
間主要教授中國文學史課程，後者則畢業於國文門，1918～1919 年間發表的
論文也以文學方面較多〔註7〕，後來還在中山大學、北京大學教授中國文學
史。〔註8〕二者的師生關係雖有學者關注，然而討論泛泛，國文門時期的學術
往來並未被挖掘。〔註9〕雲南地方學者袁丕鈞，亦不在學者的研究視野下，其
生平未得很好梳理。〔註10〕通過史料進一步挖掘，以袁丕鈞爲例正可彌補近
代思想文化史研究中比較忽略的「中層」思想文化史。〔註11〕故本文第一節

〔註6〕關於朱希祖的研究綜述詳見鍾祥宇，〈朱希祖文史觀念的變革——以人際交往
爲視角〉，《中山大學研究生學刊》2013 年第 4 期，頁 20、21。

〔註7〕張玉法，〈傅斯年的政治理念〉，布占祥、馬亮寬主編，《傅斯年與中國文化：
「傅斯年與中國文化」國際學術研討會論文集》（天津：天津古籍出版社，2006
年），頁 186。

〔註8〕關於傅斯年文學方面的研究有楊樹國，〈略論傅斯年五四時期的文學思想〉，
（福州：福建師範大學中文系，2002 年）；石興澤，〈傅斯年與五四文學革命〉，
布占祥、馬亮寬主編，《傅斯年與中國文化：「傅斯年與中國文化」國際學術
研討會論文集》，頁 222～230；劉東方，〈論傅斯年的文學革命觀〉，《山東師
範大學學報》2006 年第 1 期；侯敏，〈傅斯年的文學史觀〉，《徐州工程學院學
報》2013 年第 2 期。

〔註9〕周文玖曾發現傅斯年是從朱希祖受過業的學生。（周文玖，〈傅斯年、朱希祖、
朱謙之的交往與學術〉，《史學史研究》2006 年第 1 期，頁 13）不過周文並未
點明傅斯年從朱希祖受過何業，北大期間兩人的師生關係較少述及。又，周
文玖的〈史家三巨擘 同門而異彩——傅斯年、范文瀾、金毓黻的交往及學術
人生論析〉（《史學史研究》2015 年第 2 期）關注到同爲國文門的傅、范、金
三人，卻側重介紹三者與黃侃的師生關係。

〔註10〕關於袁丕鈞的研究，筆者僅見佘孟良所作介紹文章〈章太炎的石屏弟子——
袁丕鈞〉，中國人民政治協商會議石屏縣委員會文史資料委員會編，《石屏縣
文史資料選輯》（第 5 輯）（中國人民政治協商會議石屏縣委員會文史資料委
員會，1994 年），頁 19～20；及雲南省石屏縣志編纂委員會編纂《石屏縣志》
的記錄（昆明：雲南人民出版社，1990 年），頁 751）。然而將袁丕鈞生卒年
記爲 1894～1923 年，均有誤。今改爲 1892～1921 年。詳參袁嘉穀，〈百舉墓
表〉，《袁嘉穀文集》（第 1 卷）（昆明：雲南人民出版社，2001 年），頁 507～
510；雲南省檔案館，〈爲第一中學校長等公呈審核已故教員袁丕鈞學術給雲
南教育廳的指令〉，檔案號 1012-008-00337-024。

〔註11〕上述問題意識參考王汎森，〈中國近代思想文化史研究的若干思考〉，（臺北）
《新史學》第 14 卷第 4 期，頁 185。

首先通過爬疏史料，考析朱希祖爲文學史課程所作講義《中國文學史要略》（下簡稱《要略》）的影響範圍，利用筆者於雲南大學圖書館新發現的史料、袁丕鈞所著畢業論文〈歷代文學變遷論〉（下簡稱《變遷論》）與《要略》進行文本比較，觀察二者異同，再現文學史課堂中的知識傳授過程；通過袁丕鈞在文學史書寫中的「個性化」知識資源，構建出文學革命未發生之前文學史的書寫情況與學術背景。第二節首先考證擔任文科學長的陳獨秀（1879～1942）如何影響國文門文學史課程的設置，並通過傅斯年的成績單建立起同朱希祖的師生關係；以傅斯年在文學史分期與文學史編纂問題上的觀點來窺探文學革命的風潮如何影響文學史的書寫，學生又如何評價老師。第三節則重新審視朱希祖在文學革命中觀點的改變，探究朱希祖在新、舊派之間學術上的關聯。

一、文學革命前的文學教育與袁丕鈞的文學史書寫

朱希祖 1913 年進入北京大學，初爲預科教習，1915 年改任文本科教授，教授「中國文學史」。〔註12〕《要略》係「民國五年爲北京大學校所編之講義」，應即爲「中國文學史」課程所準備。〔註13〕關於此書之編纂，尚有逸聞。按朱祖延所記，此書爲朱希祖同門黃侃（1886～1935）「爲釐定而足成之」，而且「書出，洛陽紙貴，朱氏之名噪甚，殊不知季剛實捉刀者也」。〔註14〕此種說法繫傳聞。〔註15〕所謂「書出，洛陽紙貴」之說並不合實情。此書相較於同期其他著作如胡適（1891～1962）《中國哲學史大綱》、周作人（1885～1967）《歐洲文學史》，非出版宣傳之重點，亦代表不了是時北京大學的學術水平。〔註16〕就連作者自己事後也承認「此書直可以廢矣」。查當時學人彙集的文學史書籍介紹，此書或評價爲「簡括」〔註17〕，或僅列題名，

〔註12〕朱元曙、朱樂川撰，《朱希祖先生年譜長編》（北京：中華書局，2013 年），頁79。據 1915 年 10 月 26 日〈北京大學分科暨預科週年概況報告書〉，文科朱希祖擔任中國文學史」。
〔註13〕朱希祖，〈中國文學史要略·敍〉，北京大學一年級講義本，頁 1，見陳平原輯，《早期北大文學史講義三種》（北京：北京大學出版社，2005 年），頁 242。
〔註14〕朱祖延，《朱祖延集》（武漢：崇文書局，2011 年），頁 592。
〔註15〕朱祖延記此條於一九四五年十月七日，適值求學於中央大學，師事汪辟疆，汪辟疆與黃侃熟稔，想必是汪辟疆在課上所講。
〔註16〕陳平原，《作爲學科的文學史》，頁 103。
〔註17〕子汶，〈中國文學研究的重要書籍介紹〉，《小說月報》第 15 卷第 1 期（1924年），頁 18。

〔註18〕更少見文章評介。就連當世學者提及此書亦是一筆帶過，僅以朱希祖所作敍言揭其在新文學運動前後學術觀點的變動〔註19〕，或以此探究「純文學史」的發展〔註20〕，或稱「粗枝大葉，未見精彩」〔註21〕，較少涉及對內容、引用材料的分析。然而，此書在文學教育方面卻顯得尤爲重要。朱希祖初到北大的幾年中，除了以此講義爲中國文學門學生開設文學史課程，還爲英國文學門學生開設「中國文學史要略」（後更名爲「中國文學史大綱」）〔註22〕，甚至20年代日本留學生還聽其文學史授課，受益頗多。〔註23〕此書被高中採用作爲教材〔註24〕，亦被吳虞作爲上文學史課程的備課參考。〔註25〕實際上，課程名稱與教授內容更改往復，參考講義卻多年未變，仍爲《要略》。〔註26〕只是《要略》並非「典範」之作，無接續傳承者，對朱希祖授課的瞭解便只能通過學生事後回憶來構建學者講課的風采，缺少具體的學問傳遞與反饋過程。

〔註18〕 詳見和，〈文學批評與編輯中國文學史〉，《晨報副刊・文學旬刊》第50號（1924年）；楊殿珣，〈中國文學史譯著索引〉，《國立北平圖書館讀書月刊》第2卷第6期（1933年）；趙景深，〈中國文學史書目解題〉，《微音月刊》第3卷第3期（1933年）；徐兆瑋著、李向東等標點，《徐兆瑋日記》（合肥：黃山書社，2013年），頁3800。

〔註19〕 劉敬圻主編，《20世紀中國古典文學學科通志》（第2卷），頁264。戴燕，《文學史的權力》，頁9。

〔註20〕 陳廣宏，〈中國純文學史的興起〉，復旦大學古籍整理研究所編，《實證與演變：中國文學史研究論集》（上海：上海文藝出版社，2014年），頁240～268。

〔註21〕 陳平原，《作爲學科的文學史》，頁72注4。

〔註22〕 〈文科本科現行課程〉，《北京大學日刊》1917年11月29日、〈文科大學現行科目修正案〉，《北京大學日刊》1917年12月29日、〈文本科第二學期課程表〉，《北京大學日刊》1918年1月5日、〈文本科第三學期課程表〉，《北京大學日刊》1918年4月20日、〈文本科七年度第一學期課程表〉，《北京大學日刊》1918年9月14日、〈文本科本學年各門課程表〉，《北京大學日刊》1918年9月26日。另參陳平原，〈早期北大文學史講義三種・序〉（北京：北京大學出版社，2005年），頁4。

〔註23〕 參陳平原，〈早期北大文學史講義三種・序〉，頁7。

〔註24〕 葉聖陶曾提到某中學高中三年級上「中國文學史」課，用的是某大學的講義《中國文學史要略》，應是此書。見葉至善，葉至美，葉至誠，《葉聖陶集》（第14卷）（南京：江蘇教育出版社，1992年），頁37。

〔註25〕 參王愛衛，《朱希祖史學研究》，（天津：南開大學歷史學院，2009年），頁23注1。

〔註26〕 1926年《北京大學日刊》爲《中國文學史要略》作出版廣告。見《北京大學日刊》1926年1月9日、11日、12日。

2015 年，筆者在雲南大學圖書館幸運地尋得朱希祖學生袁丕鈞所著《歷代文學變遷論》。〔註27〕袁丕鈞爲雲南石屏人，雲南文物「獨石屏一州賡續罔替」，袁氏自有家學，其叔父爲清末科舉經濟特科狀元袁嘉穀。〔註28〕袁丕鈞1913 年入北大國文門，「得鄂人黃季剛侃、浙人陳介石黻宸、朱逷先希祖爲之師」。〔註29〕《變遷論》爲其畢業論文，「考論變遷之跡，平章得失之故，則取於師說者十之二，前人之說者十之一，而憑諸一己之私臆者十之七八」，師說者即以朱希祖之說爲主。〔註30〕故擬用此書，與朱希祖講義做一對照，可探查文學史知識傳播過程中學生對老師的「求同存異」，藉以反映文學革命之前的學術風氣。

《要略》是遵照師說章太炎（1868～1936）的產物。在朱希祖看來，「此編所講乃廣義之文學」，即「以一切學術皆爲文學」，文學與其他學科門類的畛域自然未能劃清，以致北大哲學門學生陳中凡回憶，「看他的講義，分經史、辭賦、古今體詩等篇，近於文學概論。讀其內容，實是學術概論，非文學所能包括」。〔註31〕誠如斯言，其書涉及經學、諸子學、史學、詩文詞曲諸多內容，由此觀之，此時對文學史的編寫尚未從語義繁雜的傳統「文學」概念中脫殼而出。其實，就連「文學」所講範圍的界定，對於時人而言也是個問題。〔註32〕對照袁丕鈞《變遷論》，便可發現此種狀況貫穿於課堂的講授過程中。袁氏以爲，文學「發於人之思而成於人之用」，若「局就文字之用而言之，箸之竹帛始可爲文。就其發乎心者而言之，則自生民所固具」。此定義明顯沿用了章太炎《文學總略》中「文學者，以有文字著有竹帛，故謂之文」的說法，雖將思、用二分，然而思只是來說明文學在結繩時代未有文字記載時的來源與體現，即如朱希祖「未有文字，理無文章，然古人口授其語，後人追記其

〔註27〕《歷代文學變遷論》係雲南大學圖書館藏本，出版時間不詳，據其叔父袁嘉穀寫序時間爲癸亥年（1923），出版時間大體爲此。

〔註28〕陳榮昌，《桐村駢文》（卷上），頁 17，雲南省文史研究館整理，《雲南叢書》（第 49 冊）（北京：中華書局，2009 年），頁 26108。

〔註29〕袁嘉穀，〈百舉墓表〉，《袁嘉穀文集》（第 1 卷），頁 507～510。句讀參考方樹梅纂輯，《續滇南碑傳集校補》（昆明：雲南民族出版社，1993 年），頁 458～460。

〔註30〕袁丕鈞，《歷代文學變遷論》，頁 1。下引袁丕鈞所論均出自此書。

〔註31〕陳中凡，〈悼念學長胡小石〉，《雨花》1962 年第 4 期，轉引自周勳初，《當代學術研究思辯》（增訂本）（北京：北京大學出版社，2013 年），頁 34、62。

〔註32〕1917 年 2 月 3 日，楊天石主編，《錢玄同日記》（整理本）（北京：北京大學出版社，2014 年），頁 307。

辭」的解釋。袁氏一書中涉及的「文學」與朱氏相差不大，亦涵蓋經學、史
學、諸子學、詩詞等內容，只是袁氏所論問題較爲集中，未似朱氏羅列綱目
甚詳。因此，袁氏一書便從正史傳中取材或直接大段引用，如引《三國志·
蜀志·簡雍傳》來表明《三國志》所據史料嘗與《世說新語》同，「史官多文
詠之士，好採碎事」；又如引《晉書·陸機傳》、《宋書·謝靈運傳》來表明陸
機與謝靈運因「身世之感，形之於詩文者，則亦有相似者焉」。

　　是時編寫文學史的人需要從傳統的目錄、史傳、詩詞文話中擷取材料
〔註33〕，作爲學生的袁丕鈞免不了利用講義中所列材料的提示，爲己所用。
如談宋初文學，用講義中所引《文心雕龍·明詩篇》「莊老造退而山水方滋」
的總結；評價袁翻亦是用師說所引《周書·王褒庾信傳論》之言：「袁翻才稱
瞻雅，當景思標沉鬱，彬彬焉蓋一時之俊秀也」；談建炎以來崇尚蘇軾文章風
氣的例證亦是取講義所引陸游的《老學庵筆記》。或是繼續老師討論的問題，
如清代駢散之爭。不僅如此，袁氏還直接引用老師的觀點，如談及漢代文學
時，認可師說「魏詩漢賦，美盛悉敵，漢之古詩亦猶戰國之楚辭，各爲先導，
其美未能軒輊焉」之論；談及魏晉玄學盛行之風氣，則用朱氏之說「雖大儒
如范宣，口絕老莊，而心尚默識」。袁丕鈞對朱希祖觀點多有引述，可證朱希
祖此時授課尚用《要略》之說，並不以此書爲廢。

　　民國初年，章太炎門生陸續進入北大，一改桐城派主宰國文門的情況。
中國文學深受章門弟子的影響〔註34〕，章太炎關於「文學」的論說自然成爲
了發放給學生閱讀的參考書目。〔註35〕袁丕鈞留心章太炎的著作便不足爲
奇。況且，朱希祖便是章太炎的弟子，在《要略》中，有濃厚的章太炎文學
觀點的印記。〔註36〕袁丕鈞直接引用章太炎有兩次，均是章太炎非議唐代學
術之言，在《要略》中同樣引用章太炎《檢論》中的觀點詆毀王勃。奇怪的

〔註33〕參見戴燕，《文學史的權力》（第一章第二節）。
〔註34〕蔡仲德，《馮友蘭先生年譜初編》（鄭州：河南人民出版社，1994年），頁20。
〔註35〕讀預科時的顧頡剛便同毛子水、朱孔平聽章太炎所開國學會之講學，所講爲文
　　　　科的小學及文學、史科、玄科。顧頡剛受章太炎影響極大，曾閱讀《國故論衡》、
　　　　《大乘起信論》等書。見顧潮編著，《顧頡剛年譜》（增訂本）（北京：中華書
　　　　局，2011年），頁31、33～35頁。無獨有偶，傅斯年亦讀章書，如《國故論衡》、
　　　　《檢論》，尚作批註。見陳平原，《觸摸歷史與進入五四》，頁270。亦可參陳以
　　　　愛：《中國現代學術研究機構的興起——以北京大學研究所國學門爲中心的探
　　　　討（1922～1927）》（臺北：國立政治大學歷史學系，1999年），頁80～81。
〔註36〕周勳初，《當代學術研究思辯》（增訂本），頁36。

是，袁氏卻以「某君說」、「某君言」隱沒章氏之名，未若使用朱氏學說時注明引自「朱先生邊先」。當然，師生之間的相異之處更值得關注，這反映了師生在不同知識背景與人生處境影響下思想的差異。如元曲、語錄體例便不在袁氏的討論範圍之內，而爲朱希祖所關涉。以語錄體爲例，劉師培（1884～1919）曾以爲宋儒以「語錄」爲文，而「詞多鄙倍」。〔註37〕朱希祖談及語錄體亦以爲其「昧言文行遠之理，犯辭氣鄙倍之戒」，明顯有指斥之意。〔註38〕袁丕鈞則未論及語錄之體，反是關注程朱文章之特點，以「陸朱辯論，羅王爭執，其文乃多沉悶遊移，往往有言之在此而駁之在彼者」。另一方面，袁丕鈞反芻其師所授知識，「憑諸一己之私臆者」，形成與師相異之處，是最可凸顯其思想動向的地方，即文學史書寫中帶有「個性化」知識資源。大致可取三處論說：

其一爲中國文學史的分期。袁丕鈞發現，「文學分期，前無所承」，而他立論的基礎便是朱希祖在講義中的分期：第一期自上古至夏商，第二期自周至三國，第三期晉至陳，第四期隋唐至五代，第五期宋至明，有清一代爲第六期。袁氏分期則前三期略異，後三期同之：「第一期自上古至春秋者，古代學術皆官司分守，至孔子刪定六經，而後下之於庶民也。第二期自戰國至東漢者，百家繼起，各成其說之時也。上不及管子，以其時學術未盛；下不及典論，以其變而尙文也。第三期自三國至陳者，曹劉文章，實六代之所宗也。第四期隋唐至五代，科舉既興，多辭章之士，駢散並盛，故異於宋。第五期自宋至明，文體不離於吳蜀，議論多準乎程朱。第六期有清一代，考據興盛，文章復古，專門之士每興焉。」分期所異之處在於，前代對後代是否存在影響，足以使後代開風氣之先。「周監二代，郁郁乎文」使得第二期自周始，「迨至三國，已開晉宋風調，然猶未失秦漢矩矱也」，故朱希祖將第二期末段定於三國。〔註39〕反觀袁丕鈞，尊孔子之地位〔註40〕，認爲諸子之學出於儒家，以學術演進脈絡爲分期之旨。由此觀之，文學史之分期，決定因素不單是文體之變遷，尙關乎學術之變遷。

〔註37〕 劉師培，〈論近世文學之變遷〉，李帆編，《劉師培卷》（北京：中國人民大學出版社，2015年），頁326。
〔註38〕 朱希祖，《中國文學史要略》，頁23。
〔註39〕 朱希祖，《中國文學史要略》，頁6。
〔註40〕 袁丕鈞在〈中國教育平議〉中以爲「中國學術變遷之跡無有過於孔子者」。見《讜報》第12期（1914年），頁5。

其二爲文學史對象的敍述次序。次序合乎地位，關乎正統。歷代對三國魏、蜀、吳何爲正統議論紛紛。朱希祖在講義中論述三國史書，亦是以魏爲開端，且「因晉代學者，承魏之餘烈」，無論在學理還是敍述便宜方面均繫魏爲首。然袁丕鈞在敍述「漢室寖微，野戰群雄，魏與吳蜀三分鼎峙」之後，先論述蜀國經學、史學、博聞、文才、辭賦、書箚諸情況，以爲「皆一時之選也，大抵蜀受文翁化久，武侯又崇尚篤實」，再論及吳、魏。如此謀篇佈局或爲敍述方便，以晉承接魏，然不可忽視的是袁氏雲南人的身份。袁丕鈞提到「蜀受文翁化久」一事，係西漢文翁守蜀，選張叔等十一人造詣京師受業博士，其中的張叔爲後世滇人以爲係葉榆人，記於萬曆《雲南通志》，以表明滇在西漢時便有儒學傳播。此事已爲學者考證係套取、虛構，實不可信。〔註41〕袁氏在其著作《滇南文化論》中，亦認爲「近世著方志者，多以張叔爲葉榆人，語無所徵，蓋難即信」，然而袁氏堅持「滇之文化則自西漢而始著」的說法，原因在於文翁開蜀文化之後的輸入之功：「自文翁守蜀而蜀之文化始開，蜀之文化既開，而滇之文化遂亦因蜀之文化而漸著。」〔註42〕其愛鄉之心可知一二，故而其選取受文翁開化的蜀爲敍述之先或即因爲滇人對文翁一事歷史記憶上的執著。〔註43〕

其三，對科舉的評議。袁丕鈞因王夫之《通鑑論》論「秦、隋暴戾相同」，推論「其文學變遷之軌，亦有甚同者焉」，而繼承秦、隋之制的漢、唐兩代，學術卻有高下之分：唐不及漢。袁氏歸因於「科舉之害過於博士也」。唐代科舉重詩賦而薄明經，故「科舉興而文章之士盛，文章之士盛而專門之學微」，加之「文學爲官，誘以利祿，則儒之途通而其道亡」。奇怪的是，袁丕鈞與朱希祖均引用章太炎《檢論》非唐代學術之見，朱希祖卻未歸因於科舉之敝，觀朱氏講義並未責難科舉，述及南宋古文衰而駢文盛「皆出於科舉」，未有感情色彩。推其原因，蓋袁丕鈞對科舉的認知有異其師。早在 1914 年，他便發表〈中國教育平議〉一文，論證教育與國家、社會、道德、學術之間的關係。

〔註41〕如方國瑜便以爲西漢在雲南設郡以後，可能傳播儒學，但沒有看見具體可信的紀錄。見方國瑜著，秦樹才、林超民整理，《雲南民族史講義》（昆明：雲南人民出版社，2013 年），頁 159。

〔註42〕袁丕鈞，《滇南文化論》（昆明：昆明開智公司，1924 年），頁 3。

〔註43〕1917 年 9 月 30 日尚志學社在昆明成立時，袁丕鈞對於本社同人敦勉有加，其演說大要即《滇南文化論》，並刊於第一期《尚志》雜誌卷首。亦可知此書寄予的對鄉邦的情感。見〈本社紀事‧本社成立大會紀盛〉，《尚志》第 1 卷第 1 號（1917 年 11 月 1 日），頁 1。至於《滇南文化論》之成書時間，亦可推知不晚於 1917 年，是時距離其畢業時間甚近。

對於有人尚念念不忘已被廢的科舉，他以爲「乃一局之士視學問若無覩，而漫謂非信古不可以言學，非復科舉不足以成才。是眞白晝而聞鬼語，無怪乎天下之未易一日寧也」。他以爲，是時教育需要與共和制度相輔相成，學習者需要「自動之能力」，科舉顯然無法在「增進民德，啓發民智」上提供知識與思想輔助，故而新的教育方式勢在必行。爲此他提出，「其在中學以下，尤當注重於理科博物之學，使之修養其能力，開廣其學識，則不致於疏闊無用，而蹈明清兩代科舉之弊。其在中學以上，則當實事求是，無論中國舊有之學，泰西新入之學，好學深思，將以東西數千年所有制精髓，混合而別產一博大之學問，此則教育之所應期，而凡學者所應以爲責任者矣。」〔註 44〕因此其著作責難科舉便得以理解。

　　要之，袁丕鈞著作中個性化知識的體現僅是一些觀點的變更，無論從內容、體例均保留著朱希祖上課內容的印記，《變遷論》「爲校師賞之，拔第二」可見當時學術的風氣，文學史的書寫內容仍然包涵甚廣，有類學術史。1916年，袁丕鈞畢業。一年後，他在雲南省教育會夏期講演會做「文學變遷之大略」的講演，內容多從其著。〔註 45〕然而隨著文學革命的風潮來臨，文學史面臨著重新規劃與書寫。

二、文學史課程調整與傅斯年的文學新潮

　　1916 年末始起，胡適與陳獨秀、錢玄同（1887～1939）、劉半農（1891～1934）諸人以《新青年》爲陣地展開了以文學革命爲主題的大討論，提倡新文學、改用白話文體，引發了較大的反響。〔註 46〕胡適「要用一種新的文學史觀來打倒古文學的正統而建立白話文學爲中國文學的正宗」，此主張也影響到文學史的分期、書寫，繼而推及至課程的設置上。蔡元培（1868～1940）長北京大學後，便聘請陳獨秀擔任文科學長，意在整頓文科。陳獨秀上任之後，通過更換教員、完善教學行政組織進行文科革新。〔註 47〕是時蔡、陳二

〔註44〕袁丕鈞，〈中國教育平議〉，頁 7。

〔註45〕袁丕鈞，〈雲南省教育會夏期講演會講稿：論文學變遷之大略〉，《昆明教育月刊》第 2 卷第 1 期（1917 年），頁 1～5。

〔註46〕王奇生，〈新文化是如何「運動」起來的——以《新青年》爲視點〉，《近代史研究》2007 年第 1 期，頁 38～39。

〔註47〕馬越編著，《北京大學中文系簡史（1910～1998）》（北京：北京大學出版社，1998 年），頁 6。

君商討「文學教授之法，擬與文學史相聯絡，如文學史講姬旦、孔丘時代之文學，則文學即講經典」，並且「文學史擬分時代，各請專家講授，不專屬於一人」。〔註48〕中國文學史課程原由一人專講，按前所述爲朱希祖所授，「擬分時代」的任務便落到陳獨秀身上。〔註49〕胡適嘗言，「文學史與他種史同具一古今不斷之跡，其承前啓後之關係，最難截斷」。〔註50〕分期斷限便幾經變更，期間陳獨秀一直與錢玄同、胡適進行商討：陳獨秀原以魏晉至唐宋爲第二期，元明清爲第三期。隨後錢玄同寫信進行商討，以爲宋世文學，「實爲啓後，非是承前」，爲元曲，歸有光、方苞之文與小說之先。因此他將中國文學「自魏至唐爲一期，自宋至清爲一期」。〔註51〕得此建議，陳獨秀小作更改，「擬以自魏至北宋爲一期，自南宋至清爲一期」，並詢問錢玄同的意見。胡適對錢玄同「宋之文學尤在啓後」之論，「以爲甚是」。不過陳獨秀「分北宋以承前，分南宋以啓後」，胡適認爲尚有可議之處，並建議「直以全宋與元爲一時期」。〔註52〕綜合錢、胡意見，陳獨秀「以全宋屬之近代，且覺中國文學，一變於魏，再變於唐，故擬區分上古訖建安爲古代期，建安訖唐爲中古期，唐宋訖今爲近代期」，此說得到錢玄同的肯定。〔註53〕陳獨秀在信中尚徵求胡適的意見，筆者並未見到胡適有所回覆，不過依胡適之前的主張，想必是認同。故陳獨秀此一分期即爲北大國文門課程的最終安排，首先敲定的任課老師是朱希祖，擔任三代秦漢文學史。〔註54〕翻閱 1917 年國文門第一學期課程表，朱希祖負責講授第一年級「中國古代文學史」，講課範圍從上古訖建安。第二年級「中國古代文學史」則由朱希祖與劉師培教授，課程範圍未標明，吳梅講授第三年級「中國近代文學史」，分期爲「唐宋訖今」。〔註55〕此時「中國古代文學史」涉及自「上古訖唐」。隨後，文科進

〔註48〕1917 年 2 月 1 日，楊天石主編，《錢玄同日記》（整理本），頁 307。

〔註49〕錢玄同，〈贊文藝改良附論中國文學之分期〉，《新青年》第 2 卷第 6 號（1917年 2 月 1 日），《錢玄同文集》（第 1 卷）（北京：中國人民大學出版社，1999年），頁 1。

〔註50〕胡適，〈寄陳獨秀〉（1917 年 4 月 9 日），姜義華主編，《胡適學術文集‧新文學運動》（北京：中華書局，1993 年），頁 30。

〔註51〕錢玄同，〈贊文藝改良附論中國文學之分期〉，《錢玄同文集》（第 1 卷），頁 1。

〔註52〕胡適，〈寄陳獨秀〉（1917 年 4 月 9 日），頁 30。

〔註53〕陳獨秀，〈答胡適之〉，《新青年》3 卷 3 號（1917 年 5 月 1 日），見胡明編選，《陳獨秀選集》（天津：天津人民出版社，1990 年），頁 53。《胡適學術文集‧新文學運動》附有此信，「一變於魏」的「魏」誤作「魂」。

〔註54〕1917 年 2 月 1 日，楊天石主編，《錢玄同日記》（整理本），頁 307。

〔註55〕〈文科本科現行課程〉，《北京大學日刊》1917 年 11 月 29 日。

行了課程調整，文學史分爲「古代文學史」、「中古文學史」、「近代文學史」，「中國古代文學史」被確定爲「古代文學史」、「中古文學史」兩門課。〔註56〕1918年第二、三學期的課程便依此進行調整：朱希祖負責第一、二年級「古代文學史」（上古訖建安），第二年級「古代文學史」標識爲「續前學年」。劉師培則負責第二年級「中古文學史」（魏晉訖唐）。〔註57〕

　　傅斯年1916年從北大預科畢業，入國文門。1917年陳獨秀的課程改革自然影響到傅斯年。查其成績單，他在第一學年修讀了「中國文學史」，即「文學史擬分時代」之前的課程〔註58〕，按前所述爲朱希祖所授，所用講義爲《要略》。第二、三學年，分別修讀了「古代文學史」與「近代文學史」，即改革後的課程，按前所引文本科課表可知爲朱希祖與吳梅所授。〔註59〕由於陳獨秀的改革，傅斯年這一級學生在修讀「中國文學史」之後轉而面對分爲三期的文學史課程〔註60〕，然而他卻沒有修讀劉師培的「中古文學史」。根據俞平伯日記的記載，俞平伯亦未修讀「中古文學史」，且其修課記錄與傅斯年相同。〔註61〕依此推斷，國文門當是爲1916級學生規定了統一課程以應對改革之後的變化。

〔註56〕　〈文科修訂課程會議議決案〉，《北京大學日刊》1917年12月9、11日。
〔註57〕　〈文本科第二學期課程表〉，《北京大學日刊》1918年1月5日；〈文本科第三學期課程表〉，《北京大學日刊》1918年4月12日。劉師培《中國中古文學史講義》即自建安講起，訖隋唐前。1918～1919年朱希祖所上課程爲「中國古代文學史」與「中國文學史大綱」（爲法文學門選修課程），劉師培所上課程爲「文學史」。見《北京大學文科一覽 民國七年度》，北京大學檔案館，BD1918010。
〔註58〕　1913年頒佈的〈教育部公佈大學規程〉文學門國文學類下設13門課程：文學研究法、說文解字及音韻學、爾雅學、詞章學、中國文學史、中國史、希臘羅馬文學史、近世歐洲文學史、言語學概論、哲學概論、美學概論、倫理學概論、世界史。參璩鑫圭、唐良炎編：《中國近代教育史資料彙編·學制演變》（上海：上海教育出版社，1991年），第698—699頁。1915—1916年北大中國文學門總共9門課程：中國文學史、詞章學、西國文學史、文學研究法、文字學、哲學概論、中國史、世界史、外國文。見陳平原，《花開葉落中文系》，頁9。對比之下可知傅斯年第一學年所上課程即〈教育部公佈大學規程〉規定下的課程。
〔註59〕　傅斯年修讀課程情況，參歐陽哲生，〈傅斯年與北京大學〉，《北京大學學報》1996年第5期，頁42，收入氏著：《傅斯年一生志業研究》（北京：北京大學出版社，2016年），頁139。另見《傅斯年全集》（第1卷序言前圖版）。
〔註60〕　到了1918～1919年，分爲三期的文學史被安排在三個學年中，「古代文學史」則屬於第一學年課程。見〈文本科本學年各門課程表〉，《北京大學日刊》1918年9月26日。
〔註61〕　俞平伯，《別後日記》，《俞平伯全集》（第10卷）（石家莊：花山文藝出版社，1997年），頁147～152。

傅斯年對此分期有自己的看法。在 1919 年發表的〈中國文學史分期之研究〉一文中，他發現，「近年坊間刊行之中國文學史，於分期一端，絕少致意。竟有不分時代，囫圇言之者；間為分期之事，亦不能斷畫稱情。覽其據以分期之意旨，恒覺支離」。國文門中國文學史分三段教授，他雖認為大體可行，「然於古今文學轉變之樞機，尚有未愜余意者」，故大致以文體之變遷，分為四期：第一期為上古（商末葉至戰國末葉），為文學自由發展期；第二期為中古（秦始皇統一至初唐之末），為駢儷文體演進期；第三期為近古（盛唐之始至明中葉），為新文學代興期；第四期為近代（明宏嘉而後之今），為文學復古期。

從傅斯年的分期來看，他並不認同朱希祖的文學觀點。是時朱希祖教授自上古至建安時期的文學史，所據教材應為《中國古代文學史》。〔註62〕《中國古代文學史》與之前的《要略》，均如傅斯年所言，「恒謂中國文學始於黃帝」。在傅氏看來，「自黃帝至於夏年，以理推之，不可謂無文學，然其文學既不傳於後世，斷不可取半信半疑之短歌以證其文學，惟有置之」。因此，「編文學史而託始黃、唐、虞、夏，泰甚之舉也」。〔註63〕傅斯年是時所體現的疑古之精神受誰影響並不可知。〔註64〕實際上，並非傅斯年一人對朱希祖講文學史自黃帝始發出質疑，羅根澤便以朱希祖《要略》、劉玉盤《詩學》等書推

〔註62〕 《朱希祖先生年譜長編》將《中國古代文學史》寫作時間定在 1915 年，依據的是《靜晤室日記》金毓黻 1944 年的回憶。（參朱元曙、朱樂川撰，《朱希祖先生年譜長編》，頁 80）然而金毓黻並未點明朱希祖講義具體名稱為何。筆者以為作於 1917 年，有兩個直接證據：一是從編纂內容來看，《中國古代文學史》「擬起於黃帝，訖於建安」，合改革後的課程分期。然筆者所據版本未見秦漢之後內容。參朱希祖：《朱希祖先生文集》（一）（臺北：臺灣九思出版有限公司，1979 年）。二是袁丕鈞（與金毓黻同級）畢業論文即參照《中國文學史要略》而寫，說明此時期朱希祖所講文學史課程即《中國文學史要略》。朱希祖長女朱倩 1917 年 10 月至 12 月期間為朱希祖抄寫文學史講義，應即是時朱希祖為中國古代文學史課程所編。見朱倩，〈孟娶日記〉，朱希祖，《朱希祖日記》（下冊）。

〔註63〕 以上具引自傅斯年〈中國文學史分期之研究〉，《新潮》第 1 卷第 2 號（1919 年 2 月 1 日），歐陽哲生主編，《傅斯年全集》（第 1 卷）（長沙：湖南教育出版社，2003 年），頁 140～144。

〔註64〕 歐陽哲生以為傅斯年受今文學家疑古風氣影響，尤其是聽了崔適的課，體現在對梁玉繩《史記志疑》的評斷上。見歐陽哲生，《傅斯年一生志業研究》，頁 69。在〈中國歷史分期之研究〉中，傅斯年便認為周平王以後才有信史。顧頡剛曾向傅斯年推薦去聽胡適的課，因此亦有可能受胡適《中國哲學史》課上「截斷眾流」的講授方式影響。見顧潮編著，《顧頡剛年譜》（增訂本），頁 42。

舜及皋陶之賡歌爲詩歌之最古者爲不可信。〔註 65〕某些學者受疑古風氣影響同樣懷疑朱希祖此種論斷。〔註 66〕有趣的是，傅斯年認爲文學史託始於商代，原因竟是用章太炎《檢論》的觀點來證《關雎》爲殷詩，以章太炎（師）駁朱希祖（徒），可見知識資源爲「我」所用爲重，師承門派則轉爲次。

〈中國文學史分期之研究〉中另一指謫對象應爲劉師培。〔註 67〕1917 年秋，劉師培入北大國文門。〔註 68〕傅斯年、劉師培二人的文學觀念差異較大：劉師培因推重美文（偶語韻詞）的文學觀，故推崇「中古文學史」的偶儷化和格律化，〔註 69〕傅斯年則認爲自秦至於初唐這一漫長的「駢儷文學歷層演化之期」中，駢文的演進「一線而行」，期間惟有五言詩、雜體詩爲眞有價值的文學，但五言到了陸機、潘岳則中病已深；齊梁以後，成爲律體，更不足道焉。要之，傅斯年對中古文學接近全盤否定，因爲「中國之暗亂政治，惟有駢文可以與之合拍」，駢文成了主導，「眞有價值之通俗文學」便無法發達。況且，駢文無法實現新文學之偉大精神：「篇篇有明確之思想，句句有明確之意蘊，字字有明確之概念」。〔註 70〕因此，站在通俗文學的角度，傅斯年轉而褒獎宋元時期，如白話小說、詞、曲劇等文體正是於此時成風氣。〔註 71〕有論者認爲傅氏分期說是針對劉師培的《中國中古文學史》而發。〔註 72〕若按上述，毋寧說傅斯年是不

〔註 65〕羅根澤，〈中國詩歌之起源〉，《學文》第 1 卷第 5 期，頁 46。

〔註 66〕楊鴻烈，〈中國詩學大綱〉（續），《晨報副刊・文學旬刊》第 62 號（1925 年）。

〔註 67〕至於傅斯年是否曾聽劉師培的課程則難以確定。傅斯年的同學俞平伯修讀朱希祖文學史課程的同時還旁聽劉師培在國文門研究所所開文學史課程。參俞平伯，〈別後日記〉，《俞平伯全集》（第 10 卷），頁 147～152；〈文科國文學研究所啓事〉，《北京大學日刊》1918 年 3 月 13 日。

〔註 68〕關於劉師培受聘北大的時間，有兩種說法。一說是 1917 年上半年，此說見李帆，〈劉師培學譜簡編〉，《劉師培與中西學術》（北京：北京師範大學出版社，2014 年），頁 259。一說是 1917 年秋，此說見萬仕國編著，《劉師培年譜》（揚州：廣陵書社，2003 年），頁 262；陳奇，《劉師培年譜長編》（貴陽：貴州人民出版社，2007 年），頁 344。今取後說。顧頡剛 1917 年 10 月 21 日致信葉聖陶時曾提及「聞校中尚欲延劉申叔主中國文學」，可知劉師培至北大事在秋季。見《顧頡剛全集・書信集》（第 1 卷），（北京：中華書局，2011 年），頁 23。

〔註 69〕參程千帆、曹虹，〈中國中古文學史講義・導讀〉，劉師培，《中國中古文學史講義》（上海：上海古籍出版社，2011 年）。

〔註 70〕傅斯年，〈文學革新申義〉，《新青年》第 4 卷第 1 號（1918 年 1 月 15 日），歐陽哲生主編，《傅斯年全集》（第 1 卷），頁 11。

〔註 71〕傅斯年，〈中國文學史分期之研究〉，歐陽哲生主編，《傅斯年全集》（第 1 卷），頁 142～144。

〔註 72〕歐陽哲生，《傅斯年一生志業研究》，頁 59。

認同劉師培的文學觀念。在談到漢語改用拼音文字的問題時，傅斯年尚免不了挪揄劉師培，認為「天地間寫字隨便的人，莫過劉先生了」，以此作為反對漢字有美術意味的極端反例〔註73〕，傅斯年對劉師培的態度可知。歸根結底，是趨新學生對所有舊學問、舊思想的牴觸，劉師培自然是「舊」的代言人。

傅斯年承認在北大期間他受胡適的影響最多。〔註74〕他在《新青年》與《新潮》的文章中屢屢提及「胡適之先生」。實際上在北大國文研究所成立之時，傅斯年的興趣尚在文字音韻，所報科目為「注音字母之研究」、「制定標準韻之研究」、「文」、「語典編纂法」〔註75〕，之後傅斯年承認「我是無心言語學、文字學的人」〔註76〕，加之這些科目並未開設，便加入了由劉半農、周作人、胡適為教員的「小說」科，〔註77〕很可能是慕胡適之名而去。〔註78〕小說科共舉行七次集會，講授內容有介紹國外小說情況，亦有對小說演進進行分期。〔註79〕在第二次集會中，傅斯年提出，準備在兩年之內將「中國固有之小說以及西洋最近名著窺其大齊」，以在「小說進化之概況識其大端，且藉以培植小說之知識，為方來實地練習備也」。〔註80〕奈何「年來出版物，獨以惡濫小說為最多」〔註81〕，能閱讀的僅限於中國固有小說，況且進化之理自是需從先進於中國文化的西方文化習得，中國學術的急務，在於收容西洋

〔註73〕 傅斯年，〈漢語改用拼音文字的初步談〉，《新潮》第 1 卷第 3 號（1919 年 3 月 1 日），歐陽哲生主編，《傅斯年全集》（第 1 卷），頁 162。
〔註74〕 傅斯年，〈致胡適〉（1920 年 1 月 8 日），歐陽哲生主編，《傅斯年全集》（第 7 卷）（長沙：湖南教育出版社，2003 年），頁 14。
〔註75〕 〈國文研究所研究員認定科目〉，《北京大學日刊》1917 年 11 月 25 日。
〔註76〕 傅斯年，〈漢語改用拼音文字的初步談〉，歐陽哲生主編，《傅斯年全集》（第 1 卷），頁 178。
〔註77〕 傅斯年記錄，〈文科國文門研究所報告〉，《北京大學日刊》1918 年 1 月 17 日。此為第二次小說科研究會，時間為 1917 年 12 月 28 日。
〔註78〕 1917 年 12 月 4 日《北京大學日刊》便刊登了〈國文研究所研究科時間表〉，小說科教員有劉半農、周作人、胡適。傅斯年所選除劉師培所授「文」之外，均不在時間表之列。
〔註79〕 參鮑國華，〈北京大學國文門研究所小說科鉤沉〉，《新文學史料》2015 年第 4 期；鮑國華，〈小說教育與現代中國小說史學的興起——以北京大學為中心〉，王風等編，《解讀文本：五四與中國現當代文學》（北京：北京大學出版社，2014 年），頁 82～88。
〔註80〕 傅斯年記錄，〈文科國文門研究所報告〉，《北京大學日刊》1918 年 1 月 17 日。
〔註81〕 傅斯年，〈出版界評〉，《新潮》第 1 卷第 1 號（1919 年 1 月 1 日），歐陽哲生主編，《傅斯年全集》（第 1 卷），頁 111。

思想界的精神。〔註82〕因此此時傅斯年以西方學術爲尚,「極端的崇外,卻未嘗不可」,而理想狀態下,讀中國故書便排在研究西洋的有系統的學問之後。依傅斯年此論,「研治中國文學,而不解外國文學;撰述中國文學史,而未讀外國文學史,將永無得眞之一日」,這是因爲「文學史有其職司,更具特殊之體制」。若依中國舊法著中國文學史,則不可爲近代科學的文學史。〔註83〕故而傅斯年批評謝无量《中國大文學史》成了材料書,「不過是小文學史的長篇」。他想去做一篇〈中國文學史的編製法〉〔註84〕,之後由於張東蓀〈新潮雜評〉的建議才將精力轉至介紹西方新書上。〔註85〕

若按照舊法作文學史,則「爲文人列傳可也,類書可也,爲雜抄可也,爲辛文房『唐才子傳體』可也,或變黃、全二君『學案體』以爲『文案體』可也,或竟成世說新語可也」。朱希祖《要略》自然也在傅斯年的批評之列。究其原因,很大程度上源自對「文學」定義的不明確,使得文學史類同學術史,寫法、材料便向傳統看齊。對「文學」意義與範圍的限定,「由泛說中國學術而到一定範圍」這樣的轉變往往被視爲進步的傾向。〔註86〕在傅斯年看來,「文學者,群類精神上之出產品,而表以文字者也」,其同政治、社會、風俗、學術等同出於「群類精神」,則與政治、社會、風俗、學術等有相聯之關係。故因政治、社會、風俗、學術等應爲今日的而非歷史的,則文學亦應爲今日的而非歷史的。傅斯年以「群類精神」統合文學、政治、社會、風俗、學術,意圖明顯,便是文學須革新,「惟其不襲古人,故能獨標後人」。〔註87〕

1928年,時過境遷。當傅斯年由國文門學生轉而成爲中山大學講授文學史的教師,作爲史語所的領導者,關於文學的理解亦發生了變化。〔註88〕在

〔註82〕傅斯年,〈中國學術思想界之基本誤謬〉,《新青年》第4卷第4號(1918年4月15日),歐陽哲生主編,《傅斯年全集》(第1卷),頁28。

〔註83〕傅斯年,〈出版界評〉,歐陽哲生主編,《傅斯年全集》(第1卷),頁112。

〔註84〕傅斯年,〈傅斯年啓事〉,《新潮》第1卷第3號(1919年3月1日),歐陽哲生主編,《傅斯年全集》(第1卷),頁159。

〔註85〕〈通信〉,《新潮》第1卷第3號(1919年3月1日),歐陽哲生主編,《傅斯年全集》(第1卷),頁203。

〔註86〕見容肇祖,〈中國文學史大綱〉,苑城圖書館編,《容肇祖全集》(第7卷)(濟南:齊魯書社,2013年),頁3316。

〔註87〕以上具引自傅斯年,〈文學革新申義〉,歐陽哲生主編,《傅斯年全集》(第1卷),頁3~13、42~43。

〔註88〕傅斯年學術觀念在留歐前後的轉變,參桑兵,〈留歐前後傅斯年學術觀念的變化及其因緣〉,《中山大學學報》2016年第1期。

他看來，文學與文學史是截然不同的：文學是藝術，是根據語言的，思想（原來的「群類精神」）並非是最爲主要的。然而，史卻是眞知識，是客觀的。文學史因爲是史，因此「要求只是一般史學的要求，方法只是一般史料的方法」。只有將藝術（文學）放置在客觀的設施（史）上，即將感情寄託在眞知識上，然後才是有著落的感情。傅斯年此時是以追求「史學即史料學」的史學家身份來談文學史，自然，其文學史更像是談文學史料是怎麼樣出來的，是否淆混了其他歷史材料的考證作品。因此，面對寫文學史最簡單的方法即將「諸史文苑傳及其他文人傳集起來，加上些別的材料」整理成一個「點鬼簿」，傅斯年比之前顯得寬容得多，以爲「不是不可以做的」，而且此種史料彙集工作「也可以做得很精細的」。文學史能夠考定一書的時代，一書的作者，一個事件之實在，一種議論的根據，解決的雖然是文學史中的問題，也正是通史中的事業，這自然是傅斯年所認同的。根據胡適的回憶，傅斯年「中國一切文學都是從民間來的」給他影響最大，這是源自其留學期間「在舊材料中，用新的思想，新的方法，再配上新的材料，找出新的重要的問題」。〔註89〕因此對於只選擇自己欣賞的東西，「而於民間文學體制之演成，各級文學作品所寄意之差異，等等題中，所用之材料，不會去搜尋，即遇著也不會睬」的桐城派古文家、文選學家，所作文學史或詩史「不是公正的使用材料而造成之史學的研究」，尙與傅斯年「發生學」的文學觀念有違，傅斯年少不了批評一番。〔註90〕

　　文學革命的提出波及到文學史的書寫與文學史課程的設置，而傅斯年作爲文學革命的回應者，自然會對文學史著作、分期、文學的定義等諸多問題提出自己的觀點，有時是直接針對自己老師一輩。隨著風潮擴大，部分老師一輩的觀點也開始轉變。

三、新舊之分與朱希祖的文學思想轉向

　　文學革命的風潮自然觸及朱希祖。朱希祖其子朱偰（1907～1968）便回憶：

　　　　及歐戰結束，巴黎和會開幕，日本要求割讓青島及山東鐵路礦

〔註89〕 胡適，〈傅孟眞先生的思想〉，胡適等著，《懷念傅斯年》（臺北：秀威信息科技股份有限公司，2014 年），頁 4～5。
〔註90〕 傅斯年，〈中國古代文學史講義〉，歐陽哲生主編，《傅斯年全集》（第 2 卷）（長沙：湖南教育出版社，2003 年），頁 8～15。

權，北京學生，激於愛國熱情，發生五四運動，要求內除國賊，外
抗強權。余雖未直接參加，然頗受其影響，對於新文化運動，如饑
似渴，常讀《新青年》及《新潮》等刊物。先君時教授北京大學，
亦常在《新青年》發表文字，提倡白話文學（有〈白話文的價值〉、
〈非「折中派的文學」〉各篇），反對封建禮教（有〈敬告新的青年〉、
〈中國古代文學上的社會心理〉各篇），與舊日儒家思想完全決裂。
先君以專攻國學，不足以經濟當世，乃一改過去教育方法，令在家
補習科學，以增進普通知識，並爲投考中學之準備。〔註91〕

朱偰此文作於 1947 年前後。在 1944 年朱希祖病逝後，在當時人看來，朱希
祖在文學革命當中發揮了一定作用，明顯是趨新人物：

教授績溪胡適者，欲倡語體文，希祖與之深討，爲語體文之學
以助之。〔註92〕

是時適值蔡孑民先生來長北大，新文化運動，風靡全國，北京
大學爲新文化運動中心，朱氏亦頗提倡白話文學，鼓吹科學思想。
〔註93〕

的確，朱希祖曾發表〈非「折中派的文學」〉和〈白話文的價值〉等文章，提
倡白話文。然而已有學者關注到朱希祖之前並不贊成白話文。其轉變的原因
爲何，眾說紛紜。〔註94〕在筆者看來，朱希祖其思想轉變標誌，並非是提倡
白話文，而是發表於 1919 年第 1 期《北京大學月刊》上，爲「文學」進行新
定義的〈文學論〉。

朱希祖之前的文學主張多從章太炎，除了上述文學史講義外，還可從

〔註91〕 朱偰，《天風海濤樓札記》（北京：中華書局，2009 年），頁 3。
〔註92〕 王宇高、王宇正，〈朱希祖傳〉，《國史館館刊》第 1 卷第 2 期（1948 年），頁
99。
〔註93〕 〈史學消息：五.朱逷先先生逝世〉，《史學雜誌》創刊號（1945 年），頁 112。
〔註94〕 學者總結的原因有三點：一是章門弟子紛紛加入新文化陣營中的壓力。二是
受胡適等人影響。三是避免轉隸史學門現實因素的考量。第一種觀點見楊琥，
〈同鄉、同門、同事、同道：社會交往與思想交融——《新青年》主要撰稿
人的構成與聚合途徑〉，《近代史研究》2009 年第 1 期，頁 62～64；劉克敵，
〈文人門派傳承與中國近現代文學變革〉，《中國社會科學》2011 年第 5 期，
頁 141。第二種見劉召興、田嵩燕，〈朱希祖與胡適——兼及章門弟子與英美
派在北大的歷史關係〉，《東方論壇（青島大學學報）》2006 年第 6 期，頁 92；
朱元曙、朱樂川撰，《朱希祖先生年譜長編》，頁 95。第三種見鍾祥宇，〈朱希
祖文史觀念的變革——以人際交往爲視角〉，頁 27～28。

朱希祖作於 1919 年之前、刊行在《尚志》的文章可見一二。《尚志》係袁丕鈞與北大同學龔自知受《新青年》影響，於 1917 年在雲南創辦的學術雜誌。〔註95〕雜誌撰稿者主要是北大的師生與雲南當地的學者，朱希祖自然在約稿之列。自《尚志》第 1 卷第 9 號（1918 年 7 月 1 日發行）至《尚志》第 2 卷第 2 號（1919 年 1 月 15 日發行），朱希祖期期有文章，從文章內容來看，與文學革命無關，處處可見受章太炎的學說影響。如在〈文章封域論〉中對文學的定義仍以章說爲是，以爲「今定著於竹帛聯字以成篇章者，皆謂之文，則封域乃有定」。而在〈論文字起源與積字成文之理〉中則引用章太炎《國故論衡·文學總略》之說。〈論古人文言合一〉則與《中國古代文學史》中的論述相近。〔註96〕這些文章可以視爲朱希祖 1919 年之前的文學主張。

〈文學論〉刊載於第 1 期《北京大學月刊》上，查此期編輯正是朱希祖本人，可見他選用此文的良苦用心。〔註97〕一個巨大的變化即對「文學」進行重新定義。朱希祖之前一直秉承師說，「以一切學術皆爲文學」，還以此論編「《中國文學史》」〔註98〕。不過，「二年以來，頗覺此說之不安」，認爲此種觀點過於寬泛，文學應「具有獨立之資格、極深之基礎，與其巨大之作用、美妙之精神」，與其他學科是並立的。朱希祖參考日人太田善男（1880～？）《文學概論》，強調文學特質與審美價值，以「今世之所謂文學」即太田所謂「純文學」。故 1920 年在爲《中國文學史要略》作敘言時稱「今則主張狹義之文學矣，以爲文學必須獨立，與哲學、史學及其他科學，可以並立，所謂純文學也」。〔註99〕實際上自晚清以來，有關「純文學」的觀念，便已經日本的中介影響而輸入中國，朱希祖事後的檢討被學者看作是帶有延遲性（belatedness）特點的受容。〔註100〕朱希祖意識到對「文學」的重新定義針一反師說，故特別聲明「章先生之教弟子，以能有發明者爲貴，不主墨守，

〔註95〕 龔自知，〈五四運動在雲南報刊的反應和對文體的影響〉，中國人民政治協商會議雲南省委員會文史資料研究委員會編，《雲南文史資料選輯》（第 7 輯）（昆明：雲南人民出版社，1965 年），頁 175。

〔註96〕 朱希祖，〈文章封域論〉，《尚志》第 1 卷第 9 號（1918 年 7 月 1 日）；〈論文字起源與積字成文之理〉，《尚志》第 1 卷第 10 號（1918 年 8 月 1 日）；〈論古人文言合一〉，《尚志》第 1 卷第 11 號（1918 年 9 月 1 日）。

〔註97〕 〈附編輯北京大學月刊緣起〉，《北京大學月刊》第 1 卷第 1 期（1919 年）。

〔註98〕 應即《中國文學史要略》。

〔註99〕 朱希祖，〈中國文學史要略·敘〉，北京大學一年級講義本，頁 1。

〔註100〕 陳廣宏，〈中國純文學史的興起〉，頁 248。

故敢本此義以獻疑焉」，可見延遲性或因長時間對師說未敢造次。

〈文學論〉發表之後，有人以朱希祖用文言作文而講新文學，故而說朱
希祖爲「折中派的文學」，致使朱希祖作〈非「折中派的文學」〉進行辯駁。〈文
學論〉的出現固然是一個轉折點，然而，致使朱希祖不得不作文辯駁的緣由
還在於新舊之間論爭的激烈化。一個顯著例子便是《公言報》3 月 18 日刊載
的〈請看北京學界風潮變有遷之近狀〉。學者引用此篇報導的頻次較高，卻多
關注新舊兩派對峙之情形，往往忽視了其中對朱希祖的描述：

> 至於介乎二派者（按：新、舊文學）則有海鹽朱希祖氏。朱亦
> 太炎之高足弟子也，邃於國學且明於世界文學進化之途徑，故於整
> 理舊文學之外，兼冀組織新文學。惟彼之所謂新者，非脫卻舊之範
> 圍，蓋其手段不在於破壞而在於改良。以記者之愚似覺朱氏之主張
> 較爲適當也。〔註 101〕

此篇報導影響巨大，朱希祖想必也關注到。將朱希祖劃在新舊文學兩派之間，
所謂「惟彼之所謂新者，非脫卻舊之範圍」的說法明顯爲折中調和論。只是
此種描述並非惡意編造，錢玄同本年 1 月 24 日的日記中便記道：

> 四時頃逖先來。逖先也勸半農從事文學。逖先自己擬明秋赴
> 法，也是想研究文學。但此二人所學雖同，而將來應用則大不相同，
> 半農專在創新一方面，逖先則創新之外尚須用新條例來整理舊文
> 學。〔註 102〕

朱希祖在〈文學論〉中之所以重新定義文學，在於文學建設：「一年以來，吾國
士大夫有倡言文學革命者，鄙人獨倡言文學獨立。革命者，破壞之事；獨立者，
建設之事。互相爲用，蓋有不可偏廢者焉。」「倡言文學獨立」，便需明晰文學
的定義。明晰文學的定義，才得以實施建設之事。從錢玄同的記述中可以猜測

〔註 101〕〈請看北京學界風潮變有遷之近狀〉，《公言報》1919 年 3 月 18 日，見《新
潮》第 1 卷第 4 號。在此之前的《申報》亦有相近的報導。〈北京大學新舊之
暗潮〉，《申報》1919 年 3 月 6 日。參考胡少誠，《早期北大的治理模式與實
踐（1898～1937）——以大學權力演化爲視角的考察》（北京：北京大學歷史
系，2009 年），頁 271。桑兵以此爲據認爲朱希祖的主張介乎二派之間，行動
則與新派關係較多。桑兵，《晚清民國的國學研究》（上海：上海古籍出版社，
2001 年），頁 41 頁。陶英惠將朱希祖劃爲改良派（另兩派爲文言派、白話派）。
陶英惠，〈蔡元培與北京大學〉，張玉法主編，《中國現代史論集》（第 6 輯）
（臺北：聯經出版事業公司，1980 年），頁 383。
〔註 102〕1919 年 1 月 24 日，楊天石主編，《錢玄同日記》（整理本），頁 343。

「建設之事」即是「用新條例來整理舊文學」，只是〈文學論〉中並未表明。

因此，「折中派的文學」並非僅指朱希祖用文言作文來講新文學，還在於新舊兩派在輿論上對峙的體現致使對新舊派別身份進行抉擇。〔註 103〕朱希祖在〈非「折中派的文學」〉強調文學無所謂折中派，新舊文學各有思想系統，斷斷調和不來。只是朱希祖雖主張新的文學，卻「還要講中國文學」，因爲「眞正的文學家，必明文學進化之理」，只有把過去時代的文學怎樣進化研究清楚，才可以創造新文學。朱希祖提及舊文學並非爲了整理，而是爲創造有新思想系統的新文學，而「舊材料用新法制組織」則是新舊雜糅的代名詞。〔註 104〕

在〈白話文的價值〉中，朱希祖依舊以進化之理反駁胡先驌（1894～1968）。朱希祖之所以選擇胡先驌作爲辯駁對象或是後者的「文學改良論」像極了《公言報》中描述朱希祖「蓋其手段不在於破壞而在於改良」。胡先驌在〈中國文學改良論〉中質疑文學革命說的偏激，主張白話不能全代文言，新文學必須以古文學爲根基。胡適們看來，有活文學（白話文）而後有「文言合一」的國語，胡先驌卻質疑，「向使以白話爲文，隨時變遷，宋元之文，已不可讀」，因爲「語言若與文字合而爲一，則語言變而文字亦隨之而變」。然「宋元人之文章則與今日無別」，遂今人得以通之，此正是中國言文分離的優點。〔註 105〕朱希祖認爲，文學具有時代精神，其功用在於「能描寫現代的社會，指導現代的人生」，並非爲千秋萬歲後的讀者計劃。況且，到那個時候，「吾人所創」的文學便成了舊文學。在這裡，朱希祖將時代具體化爲現代，以文學「進化」的趨勢來告誡胡先驌，無須擔心後人不能懂白話，屆時將有更新的文學取而代之。

朱希祖在〈非「折中派的文學」〉、〈白話文的價值〉中以「進化」明新舊之分，既表現自己並非折中論者，又說明自己「研究舊文學」之理。值得注意的是，朱希祖兩文同時刊載於《新青年》第 6 卷第 4 號中，該期編輯爲胡適〔註 106〕，是時胡適與朱希祖關係較爲密切，胡適在《中國哲學史大綱》再

〔註 103〕楊琥以爲：「一部分人在尚未割斷與舊文學、舊思想的聯繫之時，就爲『文學革命』的風潮裹挾或社會輿論中『新舊』派別身份的認同而不得不投身於新的文化運動中。」楊琥，〈同鄉、同門、同事、同道：社會交往與思想交融——《新青年》主要撰稿人的構成與聚合途徑〉，頁 65 注 1。

〔註 104〕朱希祖，〈非折中派的文學〉，《新青年》第 6 卷第 4 號（1919 年 4 月 15 日）。

〔註 105〕胡先驌，〈中國文學改良論〉，《東方雜誌》第 6 卷第 3 號。

〔註 106〕參歐陽哲生，〈《新青年》編輯演變之歷史考辨——以 1920 年至 1921 年《新青年》同人來往書信爲中心的探討〉，《五四運動的歷史詮釋》（北京：北京大學出版社，2012 年），頁 8。

版自序中還感謝了朱希祖。〔註 107〕可見朱希祖作兩文當與胡適約稿授意有關。在〈非「折中派的文學」〉中進行辯解，〈白話文的價值〉則駁斥胡先驌的「改良論」，申明自己提倡白話文的觀點，由被動辯解到主動駁斥，可見朱氏緊張感與自我證明的意圖。

不過提倡白話文對朱希祖而言並非趨新。有學者以為 1918 年 4 月胡適〈建設的文學革命論〉一文將文學革命與國語統一運動掛鉤，使得朱希祖轉而支持白話文。〔註108〕朱希祖一直參與國語運動：1913 年，作為浙江代表參加「讀音統一會」議定國語；1919 年「國語統一籌備會」與胡適等人提出《國語統一進行方法》提案，均可證明此種說法。然而，在〈建設的文學革命論〉發表之前，朱希祖便開始關注白話文。朱希祖長女朱倩（1903～1918）受教於其父頗多，在 1917 年 11 月的日記中便記道：「文章各具面目，是非本難一定，亦各從所好而已。至於為開通民智計，則白話詩文亦無可厚非」。〔註109〕這一定程度上反映出乃父之思考：朱希祖對白話文的倡導一直從功用與影響角度來進行闡釋。1918 年春，他參加了由蔡元培組織的教育研究會，討論修改教科書，意在改文言為白話，即是如此。〔註110〕而在〈非「折中派的文學」〉、〈白話文的價值〉中，其主張主要沿襲胡適「將文學形式看作是表現情感與思想的工具」之論，論述白話文的價值是在表達功用上與社會影響上。1920 年，朱希祖在〈文學的感想〉亦重在分析文學的功用，以新文學家可指揮政治家，憑新思想影響社會。〔註111〕

白話文的功用在此確定為民眾所用，「為開通民智計」。只是對專家而言，對新文學的認知是建立在舊文學的基礎上，而對舊文學的瞭解仍然離不開章太炎所傳之學。面對胡先驌對「文言一致」的質疑，朱希祖承認會有古今語變致使後人不懂，這便需要語言文字學，而不通訓詁的普通人不懂是無妨的，研究的任務是文學專家的事。朱希祖實際上分出了「他們」（普通人）與「我們」（專家），對「他們」而言需要的是現代的白話文，對「我們」而言則需

〔註107〕胡適，〈中國哲學史大綱·再版自序〉，季羨林主編，《胡適全集》（第 5 卷）（合肥：安徽教育出版社，2003 年），頁 196。

〔註108〕見陳以愛，《中國現代學術研究機構的興起——以北京大學研究所國學門為中心的探討（1922～1927）》，頁 51～52。

〔註109〕朱倩，《孟緊日記》（1917 年 11 月 5 日），頁 1390。

〔註110〕朱元曙、朱樂川撰，《朱希祖先生年譜長編》，頁 94～95。

〔註111〕朱元曙、朱樂川撰，《朱希祖先生年譜長編》，頁 134～136。

保存古書，「觀察過去的不滿足之處，以謀現代的建設」。〔註112〕吳虞在 1921 年 6 月 24 日便記道：「朱逖先、單不庵舊學好。朱有意趨新，單則認倫常最眞，倫明之流勿數可也。」〔註113〕朱希祖的學術背景與趨新主張容易形成折中調和的印象。

朱希祖始終與趨新學者之間有一道隱約的鴻溝。他不大看得起胡適，批評他的《中國哲學史大綱》寫得膚淺，而且肯定沒有下卷。〔註114〕1922 年，朱希祖在給知交張元濟的信中曾說：

> 教育經費無著，學校殆將停止，國將不國，文化摧殘，固意計中事，爲希祖個人計，擬休息一二年，以刪改舊作，修補未完之稿，年來爲大學所編者有《中國文學史要略》、《中國古代文學史》、《中國文學概論》，此三種係三四年前編成，爲文科講義，然陳義稍舊，不願發表，生平頗不願學胡適之有一篇發表一篇，不願精粗良楛也。唯《中國史學概論》一書爲史學系所編，自謂稍有精義，且爲近時所作，已成三分之二，今年冬可以脫稿。〔註115〕

朱希祖將三本關於文學的著作均歸自「三四年前」編成或屬過於籠統。若細究，《中國文學史要略》成於 1916 年前後。《中國古代文學史》目前可見的版本有 1921 年北平師範講義課排印本。〔註116〕按前所述，其「擬起於黃帝，訖於建安」，爲 1917 年爲北大國文門「中國古代文學史」所準備的講義。1919 年毛子水（1893～1988）尚贊揚此書「是用科學的精神研究國故的結果」〔註117〕。《中

〔註112〕「他們」與「我們」的區分曾受到胡適的批評。見胡適，〈五十年來中國之文學〉，《胡適學術文集・新文化運動》，頁 149。參羅志田，〈文學革命的社會功能與社會反響〉，《道出於二：過渡時代的新舊之爭》（北京：北京師範大學出版社，2014 年），頁 136～142。

〔註113〕引自朱元曙、朱樂川撰，《朱希祖先生年譜長編》，頁 156。

〔註114〕朱偰，《天風海濤樓札記》，頁 17。

〔註115〕朱希祖致張元濟，1922 年 9 月 8 日，朱希祖著、朱元曙整理，《朱希祖書信集 酈亭詩稿》（北京：中華書局，2012 年），頁 21。

〔註116〕黃文吉編著，《臺灣出版中國文學史書目提要（1949～1994）》（臺北：萬卷樓圖書有限公司，1996 年），頁 345。

〔註117〕毛子水，〈國故和科學的精神〉，《新潮》第 1 卷第 5 號（1919 年 5 月 1 日）。相對於《中國文學史要略》，《中國古代文學史》中的文學史分期同樣有變化。在《中國文學史要略》中，第一期自上古至夏商，第二期自周至三國。由於所講範圍的壓縮，朱希祖進一步對「黃帝訖建安」這一段進行了細分，在《中國古代文學史》中，劃爲三期：第一期爲黃帝至西周；第二期爲春秋戰國；第三期爲秦漢。

國文學概論》則未見。朱希祖雖以這些講義皆「陳義稍舊」，不過若將其之後執史學系教席所編講義《中國史學通論》（主要是第一章《中國史學之起源》）與《中國文學史要略》、《中國古代文學史》進行對比便可發現一些材料、一些論斷是直接挪用而來的。〔註118〕更何況 1926 年《中國文學史要略》最終還是出版了〔註119〕，魯迅（1881〜1936）亦收有一冊。〔註120〕因此可看作是「自降身份」借機將胡適譏諷一番。

四、餘論

朱希祖對文學之定義進行重塑，可謂陳義稍新。此時任教於雲南省立第一師範的袁丕鈞卻仍堅持章太炎的文學主張：「以書著於竹帛謂之文，論其法式則謂之學。」〔註121〕就在文學革命如火如荼之際，袁丕鈞作《文學平議》提出質疑。其一，他反對持文學革命之論者毀孔子而賤六經，「若以毀孔子而賤六經爲改革文學之所事，此其持論，若風馬牛之不相及，不待衡之名理而後見矣」。這與他之前尊孔子之學術地位的觀點相近。其二，他認爲文學革命者「於中國漢魏以後之文，概斥爲無足貴，而於唐宋以後之小說、詞曲、語錄者則甚譽之」的觀點實則「誤以歐西文學變遷之軌轍而強合之於中國也」。在他看來，「歐洲文學之大宗，不能捨小說與戲曲而言之者，則希臘羅馬之餘風有以使之也」，然中國之情況卻與歐洲不同，故小說不得爲文學之正宗，「將來最高尚之文學家其多在於詩文兩家」。〔註122〕袁丕鈞並非是不通西學之人，他尤反對將中學與西學隨意比附。〔註123〕然而，偏居昆明的學生不及老師趨

〔註118〕王愛衛曾猜測朱希祖編寫《中國史學通論》，很有可能是受到了文學史講義的啓發。與其說啓發不如說沿用了部分内容。見王愛衛，《朱希祖史學研究》，頁 65。

〔註119〕《北京大學日刊》1926 年 1 月 9 日、11 日、12 日。

〔註120〕魯迅，《魯迅全集》（編年版・第 4 卷）（北京：人民文學出版社，2014 年），頁 672。按《魯迅全集》（第 17 卷）注釋係朱希祖編著，見《魯迅全集》（第 17 卷）（北京：人民文學出版社，2005 年），頁 299。

〔註121〕袁丕鈞受章太炎影響較大，1917 年還正式拜師章太炎。見湯志鈞編，《章太炎年譜長編》（增訂本）（北京：中華書局，2013 年），頁 337。

〔註122〕以上具引自袁丕鈞，〈文學平議〉，《尚志》第 1 卷第 12 號（1918 年 10 月 1 日）。

〔註123〕袁丕鈞，〈題辭〉（1918 年 12 月 1 日），《尚志》（第 2 卷）。李埏曾回憶，昆明的學術界崇尚樸學，然而昆明最知名的學者，如陳筱圃、秦璞安、袁樹五、方臞仙，好像對西方之學都不甚措意。李埏或未關注到聚集在《尚志》周圍的學術共同體。李埏，〈教澤長存 哀思無盡——悼念方國瑜先生〉，《不自小齋文存》（昆明：雲南人民出版社，2001 年），頁 728。

新的程度，如龔自知所言，袁「比較半封建化」。這同袁丕鈞濃厚的家學淵源
有關，自然也與「當時昆明風氣不開，用白話文寫文章一定會受到文教界齒
冷」有關，故 1919 年前的《尙志》大多介紹有關「整理國故、地方掌故、唯
心哲學和一些詩文雜稿」。〔註 124〕

　　袁丕鈞在北大期間「治詩古文詞及訓詁考據之學」，同學金毓黻（1887
～1962）言詩與考據不能同精，袁便選擇詩「吾獨爲之」〔註 125〕，從其遺
著可知其終生關注傳統經史之學。金毓黻則以史學自任，「於竄伏之中，理
金遼之典」。〔註 126〕他並非新文化派，雖曾趨新，然在新舊之間抱持平態
度。〔註 127〕1916 年他們自國文門畢業之時，新文化派尙未成形，他們受的
是章太炎、黃侃的影響。1917 年之後，章門弟子的影響仍舊持續，剛到北
大的劉師培也吸引著學生。〔註 128〕按照楊振聲（1919 年畢業）的說法，「當
時大多數的先生是站在舊的一面，尤其在中文系」。〔註 129〕袁丕鈞堂弟袁
丕祐（1917 年畢業），曾師事黃侃。在袁之後所教學生看來，他一貫厚古薄
今，不但看不起白話文，甚至明清以來的文字也看不起，卻能對《文心雕
龍》背誦如流，並以此爲教材。〔註 130〕黃侃兩門徒劉賾（1891～1978）（1917
年畢業）、駱鴻凱（1892～1955）（1918 年畢業）在白話文已爲教育部承認、
進入教材之後，尙對此不滿，言「時彥更有以白話代文言之說，遠借宋人
平話語錄之體，近比西土文言合一之談，不知語錄本非常用之文，西土亦
尙精深之著」，故倡議「不能教以白話之淺文，且宜授以聖賢之典策」，並
列舉中學國文教材預定之篇目。〔註 131〕連寫白話詩的俞平伯（1900～1990）

〔註 124〕龔自知，〈五四運動在雲南報刊的反應和對文體的影響〉，《雲南文史資料選輯》
　　　　（第 7 輯），頁 176。
〔註 125〕袁丕鈞，〈海月樓詩話〉，《尙志》第 1 卷第 10 號（1918 年 8 月 1 日）。
〔註 126〕劉賾，〈師門憶語〉，程千帆、唐文編，《量守廬學記：黃侃的生平和學術》（北
　　　　京：三聯書店，2006 年），頁 106。
〔註 127〕桑兵，〈金毓黻與南北學風的分合〉，《近代史研究》2008 年第 5 期。
〔註 128〕伍俶，〈憶孟眞〉，胡適等著，《懷念傅斯年》，頁 142。
〔註 129〕楊振聲，〈回憶五四〉，《人民文學》1954 年 5 期，摘自季培剛，《楊振聲年譜》
　　　　（上冊）（北京：學苑出版社，2015 年），頁 25。
〔註 130〕楊春洲，〈回憶五四〉，中國人民政治協商會議雲南省委員會文史資料研究委員
　　　　會，《雲南文史資料選輯》（第 24 輯）（昆明：雲南人民出版社，1985 年），頁 6。
〔註 131〕劉賾、駱鴻凱，〈中學國文教授芻議〉，《晨報副刊》1922 年 12 月 19 日。此
　　　　文一出，便有人擬文以商榷，重點在於對白話之淺及所訂篇目以爲未安。見
　　　　太平，〈《中國國文教授芻議》議〉，《南開週刊》1922 年第 49 期。

也常向黃侃請益。〔註 132〕

　　不過文學革命的興起也使得學術風氣發生偏轉。1927 年，顧頡剛（1893～1980）向胡適介紹范文瀾（1893～1969）（1917 年畢業）〔註 133〕：「他在北大時較早（民五畢業），故受陳伯弢、黃季剛兩先生影響甚深，爲學甚篤實」，不過爲幫范文瀾尋工作，顧頡剛又寫道：「但近來亦頗受先生的影響，履欲改善其治學之方法。」〔註 134〕陳中凡（1888～1982）（1917 年畢業於哲學門）曾隨劉師培學習文學史，1929 年出版的《漢魏六朝文學》〔註 135〕，便以「貴族文學」、「平民文學」進行表述，如將漢代文學作品多歸爲貴族，論「南朝文學的派別」時列出「平民文學」一類。在其後又以「小說」爲南朝文學之一派，舉《世說新語》爲例說明。陳中凡利用文學革命劃分的貴族、平民文學等語彙，挖掘南朝的小說，可謂與時俱進，不過文學革命給漢魏六朝文學留下的定論大多是負面的，單憑新概念無法撐起一部文學史。若細心挖掘會發現陳中凡大量引用劉師培《中國中古文學史講義》的材料與觀點，或點明引用來源，或不作聲張。除明確引用劉師培之外（較爲分散），論南朝文學之處盡參照劉師培。論「南朝文學的派別」時羅列的「宮體派」、「諷刺派」、「數典派」、均源自《中國中古文學史講義》。對比之下，其自己總結的「模古派」書寫較混亂，而北朝文學的總結內容則顯得單薄的多（劉師培講義中未寫北朝文學）。陳中凡對於「八代之衰」與「八代之盛」的爭辯，認爲「我們研究古代文學的人，本應用冷酷的態度，作客觀的研究，不必憑主觀的私見」，故「八代之衰」與「八代之盛」這一派的話，一概不取。不過從其引書之處可以想見，客觀的研究實不存在，倒頭來離不開其師的講義、材料，這便如同朱希祖用新條例整理舊文學離不開章太炎的小學一樣。

　　對於支持文學革命的新派學生而言，章門弟子的學術影響開始落了下風，取而代之的是胡適、周作人們。老師朱希祖雖對傅斯年贊賞有加，然而傅斯年仍舊以朱希祖爲舊派。〔註 136〕毛子水曾贊揚朱希祖《中國古代文

〔註 132〕俞平伯，《別後日記》，《俞平伯全集》（第 10 卷），頁 147～152。

〔註 133〕〈學生一覽〉，《國立北京大學廿週年紀念冊》，頁 33。引文中顧頡剛的說法有誤。

〔註 134〕致胡適，1927 年 7 月 22 日，《顧頡剛全集・書信集》（第 1 卷），頁 444。

〔註 135〕《漢魏六朝文學》（上海：商務印書館，1929 年）。

〔註 136〕顧頡剛曾記錄大學期間傅斯年反對之人事，其中便有朱宗萊一派。顧頡剛誤把朱宗萊認作朱希祖之弟，並將之認作一派。致葉聖陶，1919 年 6 月 17 日，《顧頡剛全集・書信集》（第 1 卷），頁 64～65。不只顧頡剛搞錯二朱，就連

學史》「是用科學的精神研究國故的結果」，但整理國故與輸入新知的分量
在傅斯年看來是一和一百的比例。〔註137〕朱希祖「用新條例來整理舊文學」
的工作肯定比不上「輸入新知」。1919年，傅斯年與俞平伯留學英國，未想
俞平伯赴英二星期後回國，這給傅斯年很大的衝擊。他在給胡適的信中便
分析道：

> 平伯此次回國，未必就是一敗塗地。「輸入新知」的機會雖斷，
> 「整理國故」的機會未絕。舊文學的跟柢如他，在現在學生中頗不
> 多。況且整理國故也是現在很重要的事。

> 受國文先生毒的人雖然弄得「一身搖落」，但不曾中國文先生
> 毒的人對於國故的整理上定然有些隔膜的見解，不深入的考察，在
> 教育盡變新式以後，整理國故的憑藉更少。

> 趁這倒運的時期，同這一般倒運的人，或者還可化成一種不磨
> 滅的大事業。所以我寫信勸平伯不要灰心，有暇還要多讀西書，卻
> 專以整理中國文學爲業。〔註138〕

當然，文學革命的成績在所謂舊派學人看來，反倒凸顯胡適治學的問題，胡
適不得不轉向整理國故，整理國故便成了學術的中心。〔註139〕此爲後話。

有論者指出五四以後中國出現老師向學生靠攏的歷史現象。〔註140〕此言
非虛，胡適的文史觀念便受到傅斯年影響。〔註141〕其實早在文學革命期間，
傅斯年便開始影響胡適，如與張厚載（1895～1955）談論戲劇時傅文〈戲劇
改良各面觀〉、〈再論戲劇改良〉便影響胡適〈文學進化觀念與戲劇改良〉的

現世學者亦誤將朱希祖與朱蓬仙以爲一人。羅志田發現，就學術上來講，章
氏弟子比「文選派」和「桐城派」更加合乎「傳統」，在某種程度上可以說是
還更「舊」。當然，隨著新文化運動，章門弟子內部亦逐步分化。參羅志田，
〈林紓的認同危機與民初的新舊之爭〉，《道出於二：過渡時代的新舊之爭》，
頁153、156。

〔註137〕傅斯年，〈毛子水《國故和科學的精神》識語〉，《新潮》第1卷第5號（1919
年5月1日），歐陽哲生主編，《傅斯年全集》（第1卷），頁263。

〔註138〕致胡適，1920年1月8日，歐陽哲生主編，《傅斯年全集》（第7卷），頁12。

〔註139〕徐雁平，《胡適與整理國故考論——以中國文學史研究爲中心》（第2章）；桑
兵，《晚清民國的學人與學術》（第7章）（北京：中華書局，2008年）。

〔註140〕羅志田，《再造文明的嘗試：胡適傳（1891～1929）》（北京：社會科學文獻出
版社，2015年），頁159。

〔註141〕王汎森，〈傅斯年對胡適文史觀點的影響〉，《中國近代思想與學術的系譜》（長
春：吉林出版集團有限責任公司，2010年），頁336。

寫作。文學革命在建設層面自然不及其破壞程度，這便需要新派學人廣泛尋求知識資源以自立，也意味著思想觀念往復，「精粗良楛」。反過來看，朱希祖雖呈趨新姿態，是否主動值得懷疑，況且其學術還是與新派學人有所區別；章門弟子影響下的國文門學生卻緊跟師說，其因素自然不能僅以「章門弟子」的標籤概括，不過自是不可忽視的一點。

文學革命帶來了新的知識體系、新的詞彙、新的思想，並對國文門課程設置發生影響，不過對文學史的書寫而言，其實質的內容仍然延續師說，無法一下子大破大立。新義非建於空中樓閣，必須有所依附而立，新舊之間亦非兩不相及，實新中有舊，舊中孕新。只是，西學東漸的風潮，激進觀念叢生，於是乎傅斯年參與文學革命，老師朱希祖被捲入其中。但是另一些學生卻仍持師說，如袁丕鈞，對文學革命的激進有自己的判斷。如此新中有舊、舊中有新的局面很難便以對立的標籤進行評判，能看到的是在師說的基礎上不斷應對風潮進行知識的累積與思想的更替。

（作者簡介：趙帥，男，復旦大學歷史學系碩士生）

五、留學生與近代中國

日本文部省留學生鹽谷溫留華考略

譚　皓

　　摘要：日本文部省在帝國大學設置分科大學並引入講座制，以及高等教育規模擴大的大背景下，爲培養勝任漢學等相關講座教授，自 1899 年起開始派遣留學生來華留學，而鹽谷溫便是派遣的第七位留華學生。鹽谷在來華前曾先赴德國留學，其間表現出對來華留學的顧慮。但隨後他在留華期間拜於葉德輝門下研習元曲，深得葉氏眞傳，可謂學有所成。這段留學經歷不僅對其個人學術發展至關重要，在近代日本對華官派留學史上亦佔有重要地位。而其在華學有所成的事件本身說明中國知識分子具有冀由教誨日本弟子傳播中華文明的文化傳統，同時留學事件可爲中日兩國構築起一個可供彼此思考與交流且不受時事干擾的共同空間，對後世具有重要啓示。

關鍵詞：日本；文部省；留華學生；鹽谷溫；留學

　　在近代中日留學生史上，不僅千萬中國青年負笈留日，日本政府各部門亦對華派遣了留學生。這些被稱爲日本「留華學生」的群體與近代中國擁有諸多交集，如文部省留華學生鹽谷溫撰寫的《支那文學概論講話》與魯迅所著《中國小說史略》相近，還引出一段「魯迅剽竊鹽谷溫」的學術公案。〔註 1〕於是，一位日本留華學生與另一位中國留日學生以意想不到的方式產生了聯繫。中國學界雖對鹽谷溫有所瞭解，但對其來華留學經緯及這段經歷對其學術發展之影響知之甚少，且僅有的認識也不無漏誤。本文綜合利用日本外務

〔註 1〕參見鮑國華，〈魯迅《中國小說史略》與鹽谷溫《中國文學概論講話》——對於「抄襲」說的學術史考辨〉，《魯迅研究月刊》2008 年 5 期。

省外交史料館、東京大學「東京大學史史料室」等處保存的原始檔案，以及回憶文章及相關研究成果，並將鹽谷溫來華留學置於近代日本對華官派留學史的歷史框架中審視，考訂其留學史實，進而揭示這段留華學生派遣的意義與啓示。

一、派遣經緯

鹽谷溫來華留學，要從日本文部省對華派遣留學生制度說起。文部省成立於 1871 年 7 月 18 日，以統一國民精神及培養人才爲職責〔註2〕，負責管理與教育相關的一切事務，其中自然包括對外派遣留學生事宜。面對幕府末期及明治初年留學生派遣不盡如人意的局面，文部省於 1872 年 8 月 3 日通過頒佈《學制》制定「海外留學」規範整頓原有制度，至 1875 年 5 月又頒佈《文部省貸費留學生規則》，並於同年 7 月 18 日派遣鳩山和夫等 11 人前往美、法、德三國學習法學、化學、工學等〔註3〕，開始對外派遣留學生。據統計，截至 1899 年文部省向歐美共派遣 178 名留學生。〔註4〕由於其派遣目的定位於吸收西方先進知識、技術和培養人才，留學目的國主要限定在歐美，並不包括中國。不過，日本高等教育的一系列改革，爲文部省對華派遣留學生提供了契機。

一是帝國大學及其「分科大學」誕生。1886 年 3 月 2 日，文部省改組東京大學爲帝國大學，規定「帝國大學由分科大學和大學院構成，其中大學院探究學術技藝之蘊奧，而分科大學教授學術技藝之理論及應用」，並將分科大學限定爲法、醫、工、文、理五科。〔註5〕所謂分科大學是與學部或學院相似的教學單位，據此原有文學部升格文科大學（至 1919 年又改稱學部），學科設置也擴充爲哲學科、和文學科、漢文學科及博言學科（後稱語言學科），從而爲漢學等學科的發展打下基礎。

二是教學基本單位由「講座制」取代「學科制」，講座教授職位相應增多。1893 年 8 月 11 日，文部省規定分科大學設置講座，以之取代「學科」作爲教

〔註2〕坂本秀夫、山本廣三編著，《文部省の研究》（東京：三一書房，1992 年），頁 26、27。

〔註3〕渡辺實，《近代日本海外留學生史》（上）（東京：講談社，1977 年），頁 362。

〔註4〕參照日本學者辻直人的統計。辻直人，《近代日本海外留學の目的變容——文部省留學生の派遣實態について》（東京：東信堂，2010 年），頁 234。

〔註5〕教育史編纂會，《明治以降教育制度發達史》（第 3 卷）（東京：教育資料調查會，1964 年），頁 245、246。

育、科研的基層組織單位和財政預算的基本單位，由教授負責教學〔註6〕；至同年 9 月 7 日又進一步明確各講座的種類與數量。其中，文科大學開設國語學、國文學、國史（講座數 4 個，以下括弧內僅記數量），漢學、支那語學（3），史學、地理學（2），哲學、哲學史（2）及其他講座。〔註7〕可見，漢學等相關講座數量增加，教授職位也相應增多。

三是高等教育規模擴大。一方面，爲形成良性的學術競爭環境，文部省於 1897 年計劃創立京都帝國大學，並建立法、醫、文及理工四科分科大學。〔註8〕另一方面，文部大臣樺山資紀於 1899 年 7 月 5 日向內閣提交《文部省八年計劃調查書》，其中在高等教育方面提出在未來八年裏增加高校數量，如在東京、京都兩帝大的基礎上，在九州及東北增設帝大。同時，爲塡補新增師資缺口，文部省計劃增加留學生經費，增派留學生至每年 150 人。〔註9〕該提案雖未通過閣議，但後來大多得到實現〔註10〕，對華派遣留學生由此應運而生。〔註11〕

綜上可見，正是在帝國大學設置分科大學並引入講座制，以及高等教育規模擴大的大背景下，文部省爲培養勝任漢學等相關講座教授，開始對華派遣留學生。至 1901 年 4 月 8 日制定《文部省外國留學生規程細則》補助額度條款時，文部省首次將「清國」作爲與「歐美各國」並列的留學對象國〔註12〕，將對華派遣留學生制度化。自 1899 年起文部省先後派遣服部宇之吉（1899 年）、狩野直喜（1900 年）、伊東忠太（1902 年）、岡本正文（1903 年）、宇野哲人（1906 年）及桑原騭藏（1907 年）六位東京、京都兩帝大文科大學（岡本正文爲東京外國語學校）助教授來華留學。鹽谷溫便是第七位留華學生。

鹽谷溫（號節山）1878 年生於漢學世家，其叔祖鹽谷甲藏（號宕陰）曾將魏源的《海國圖志》添加訓點翻刻出版〔註13〕祖父鹽谷誠（號簀山）、父親

〔註 6〕 教育史編纂會，《明治以降教育制度發達史》（第 3 卷），頁 473、474。
〔註 7〕 教育史編纂會，《明治以降教育制度發達史》（第 3 卷），頁 475～479。
〔註 8〕 教育史編纂會，《明治以降教育制度發達史》（第 4 卷）（東京：教育資料調查會，1964 年），頁 372、373。
〔註 9〕 《文部省八年計劃調查書》，外務省外交史料館，請求番號：3-10-2-14。
〔註10〕 辻直人，《近代日本海外留學の目的変容》，頁 72。
〔註11〕 關於文部省對華派遣留學生制度，詳見譚皓，〈試論近代日本文部省對華派遣留學生制度〉，《抗日戰爭研究》2015 年 4 期。
〔註12〕 教育史編纂會，《明治以降教育制度發達史》（第 4 卷），頁 465。
〔註13〕 王曉秋，《近代中日啓示錄》（北京：北京出版社，1987 年），頁 28～37。

鹽谷時敏（號青山）亦爲著名漢學家，所以鹽谷自幼對漢學耳濡目染。〔註14〕
其學習經歷較爲清晰：自 1887 年 3 月入學習院普通科學習十載，1896 年 9 月
11 日升入一高，1902 年 7 月 11 日從東京帝國大學（以下簡稱「東大」）文科
大學漢學科畢業（獲「優等獎」），同年 9 月 11 日考入大學院，專攻中國文學
史。隨後，他自翌年 3 月 10 日起兼任第一臨時教員養成所國語漢文科講師，
1905 年 6 月 22 日任學習院教授，1906 年 9 月 15 日升任東京帝大文科大學助
教授。〔註15〕可見，鹽谷溫沿著「一高—東大文科大學（及大學院）—其他
大學任教—東大文科大學助教授」的路線成長起來，而這正是成爲文科大學
教授的正統路徑。此時鹽谷距教授一職僅一步之遙，只欠出國留學了。

　　據外務省檔案顯示，1906 年 10 月 2 日，文部大臣牧野伸顯照會外務大臣
林董，就派遣五名留學生赴德、美、清、英四國留學問題請求外務省頒發護
照，其中便包括派遣「東京帝國大學文科大學助教授鹽谷溫，赴德、清兩國
留學四年」。外務省隨後向其頒發了「第 46883 號海外旅券」（即護照），批准
其出國申請。〔註16〕參考其餘同批派遣的留學生可知，文部省此次對外派遣
留學生，仍爲日本高等教育培養教員。而結合鹽谷溫在成爲東大助教授後的
半月內，文部省便決定將其派赴國外留學，可以想見這應是東大爲培養文科
大學漢學教授而向文部省提出的申請。鹽谷旋即啓程，1906 年末抵達德國慕
尼克，先在慕尼克大學學習一年德語，後轉學到萊比錫大學。〔註17〕

二、來華前的顧慮

　　鹽谷溫在來華前先赴德國留學是文部省留華學生的常態。在 1899 年 5 月
派遣首位留華學生服部宇之吉時，文部省規定其「爲研究漢學留學清國四年，
但其間爲攻究教學法及研究方法轉赴德國留學兩年」。〔註18〕這一命令清晰地

〔註14〕據鹽谷溫之子鹽谷桓所述。東方学会編，《先学を語る（2）》（東方学回想 II）
　　　　（東京：刀水書房，2000 年），頁 142。
〔註15〕〈塩谷温博士略歴〉，東方学会編，《先学を語る（2）》（東方学回想 II），頁
　　　　159。
〔註16〕〈塩谷温外五名独英米清国へ留学之件〉，《文部省留学生関係雑纂》（第 3
　　　　卷），外務省外交史料館，請求番號：6-1-7-2。
〔註17〕藤井省三〈塩谷温〉，江上波夫編，《東洋学の系譜》（第 2 集）（東京：大修
　　　　館書店，1994 年），頁 99。
〔註18〕參照服部宇之吉自述。參見〈服部先生自敍〉，服部先生古稀祝賀記念論文集
　　　　刊行會編，《記念論文集：服部先生古稀祝賀》（東京：冨山房，1936 年），頁
　　　　12～13。

表明文部省對漢學講座教授的要求是不僅精通傳統漢學，更要掌握西方的漢學研究方法及教學方法。不過，這一「相容中西」的要求，未免過於理想化。中國傳統治學方法畢竟與西方漢學研究有別，兩者得兼，絕非易事。如狩野直喜在上海留學期間閱讀西方漢學著作及與艾約瑟（Joseph Edkins）等西方漢學家的接觸後，反而不讚同其研究路數，加深了堅持中國傳統的考證學治學方法的決心。〔註19〕事實證明，學者在東西治學觀上的抉擇是充滿艱辛的。對此鹽谷也概莫能外。

對於鹽谷來華前的思想波動及其對來華留學的看法，學界以往知之甚少。不過，筆者在東京大學「東京大學史史料室」中找到了鹽谷在德留學期間向文部省發回的留學期限變更申請，這使瞭解其當時心境成為可能。據記載1908年6月3日文部省專門學務局長福原鐐二郎照會東大總長濱尾新，指出收到鹽谷延長在德留學申請，希望徵求東大意見。〔註20〕文後附上了鹽谷親筆撰寫的申請。其中記載鹽谷「本應於本年十二月廿三日由德國出發，轉赴清國留學。但因修學之必要，特此申請縮短在清國留學年限，延長在德國留學年限，期冀准許。別紙添記理由」。〔註21〕落款時間為1908年4月30日，收件人為文部大臣男爵牧野伸顯。

據《文部省外國留學生表》（統計截止於1908年3月31日）顯示，鹽谷1906年12月23日抵達德國，研究科目為「支那文學」。〔註22〕結合鹽谷在申請中所述應於1908年12月23日由德來華，可以推斷文部省原計劃安排其在德、中各留學兩年，起始時間以抵達德國的具體日期計算。不過隨著在德留學的深入，鹽谷對在兩國的時間分配有了新的想法，希望延長在德時間，相應縮短在華年限。就其理由，鹽谷在隨後提交的〈德國留學延期理由書〉〔註23〕分五點詳細陳述。

〔註19〕 高田時雄，〈狩野直喜〉，礪波護、藤井讓治編，《京大東洋学の百年》（京都：京都大学学術出版会，2002年），頁10～12。
〔註20〕〈東京帝國大學乾第462號〉，《留學生關係書類G18》，（東京：東京大學史史料室藏），頁121。
〔註21〕〈獨逸國留學延期願〉，《留學生關係書類G18》，（東京：東京大學史史料室藏），頁122。
〔註22〕 文部省專門學務局編，《文部省外國留學生表》（1908年6月3日發行），頁4。
〔註23〕〈獨國留學延期出願理由書〉，《留學生關係書類G18》，（東京：東京大學史史料室藏），頁123～130。

　　第一，爲「德語之修養」。即將學習德語作爲文科研究的必要基礎。他開篇指出「今日苟欲探究學問技藝之蘊奧，有必要至少通英法德三國語言。語學有如武器，無精巧之武器，則很難獲勝。學者非能自由運用德語，讀破萬卷，到底無法於學界逐鹿中原。」接著提及他於一高時始學德語，大學期間亦堅持學習，但實際水準僅限於讀懂教材，不足以熟練運用。而來華或歸國後定將影響德語學習。最後指出「雖及今日研究語學已晚，但若今日不成，將來又期何日？縱使能略解德語，然他人讀完十頁，自己僅讀完一頁，則一頁費十倍之力；反之若他人讀完一頁，自己已讀完十頁，則有十倍之時間可用。故今日與其早一日赴清從事專攻學科之研究，不如多一日留德學習德語。」要言之，鹽谷將學習德語置於其研究的核心地位，希望再留德學習一段時間德語。

　　第二，爲「鞏固支那文學研究之基礎」。他認爲，學術研究不應僅將視野囿於某一專業，「欲專攻某一學藝，必先以一般普通之學奠定根基，並廣泛參考其他相關學科。否則難免固陋偏僻之見。故研究一國之文學，當以哲學、心理學、美學、神話傳說、語言文字、文明史、藝術史、文學論等爲一般之基礎，並進而參照外國文學之特性、沿革。特別是支那文學，若欲開墾未拓之領域，非以外國文學研究之方法研究不可。故余志於先於德國獲得文學研究之素養，然後入清國專攻支那文學。然此豈爲容易之業？於大學聽碩學鴻儒之講義、入圖書館讀書之外，非巡歷各地，遍訪建築、博物館、美術館以廣博見識不可。溫（自稱——引者注）遊於大學，算上本學期不過三學期，其間僅巡行德、意、奧及瑞士，而於大學求學之餘，訪問各地以鞏固他日研究之基礎，正待此時。」故此希望延長在德留學時間。

　　第三，爲「支那文學之研究」。他指出晚近歐洲學界之研究視野十分廣博，已由埃及、巴比倫，越過印度，拓至中國。或研究翻譯經史、編纂辭典，或研究歷史、地理、哲學、語言、文學，且研究良著頻出。而「德國已有兩所大學開設支那學講座。雖其講義固爲德國學生所設，於吾人多有不足之感。然由之可知歐洲支那學之一斑，以爲他山之石。」隨後談及在華留學的不利因素，「清國學界不振已久，耆宿凋零，後繼乏才，雖新學勃興，但無能講習古學之人。雖北京已有大學堂，但是爲新學之講習所，並無適合吾人之學堂，亦無可從之教師，是爲赴清國留學最苦悶之處。故雖專攻支那文學，不如暫留歐洲，於支那學者聽其說、讀其著，定自家研究之方針，然後入清，是爲

上策。」一言以蔽之，鹽谷不滿中國當時的研究環境，認爲與其早早來華，不如多留德一段。

第四，爲「現代支那語學之研究」。他指出「欲學支那文學，應有語學爲基礎。而我國之漢學者，多有不通現代清語之流弊。特別是古文與今文差異甚大，單以古文無法涵蓋支那文學，需通今文之沿革。是爲研究現代支那語之必要。」鹽谷同意學習外語，最好赴該國遊歷，修習其國俗，接觸其國人，在實踐中學習。他也曾於大學院期間利用暑假赴北京遊歷。不過，來華後他發現中國尚缺專門面向外國人教授漢語的基礎設施，且既無師可從，更無對語言的系統講解。所以，「不如他日赴柏林之東洋語學校，待支那語研究進步後，再入清國實習之。」總之，鹽谷認爲中國當時不具備良好的漢語學習條件，不如先在德學習漢語，達到一定程度後再來華練習。

第五，爲「文字之研究」。即鹽谷在研究中國文學之餘，也欲從事漢字研究，將之與古代埃及之象形文字、巴比倫之楔形文字等的形成進行參照。而德國具有進行這一研究的條件，故希望延長在德留學時間。

綜合以上五點，鹽谷最後總結到：他「當初計劃先來德國留學，是爲先精通德語，鞏固文學研究之基礎，汲取歐洲支那學者之研究方法，且在外國修習支那語學研究，具有充分準備後，再入清國予以實踐、研究，以期實現生涯之大成。而在清國研究困難，不知要耗費多少時月。故四年留學期限中，三年在德，一年在清，乍看不利，然當今急務爲研習德語，鞏固文學研究之基礎，汲取支那學者之研究方法。」並指出他曾於 1903 及 1905 年分別赴北京及滿洲遊歷，對中國有一定瞭解，所以縮短在華時間也無大礙。故此，他提議將在德留學期限延長至來夏學期結束即 1909 年 8 月 15 日，隨後再赴中國留學。

縱觀以上五點理由，可概括爲兩方面：第一，將西方漢學研究方法作爲研究中國文學之基礎，因而期望延長在德留學時間；第二，認爲中國當時缺乏良好的語言學習及專業研究環境，因而計劃縮短在華留學時限。就第二方面而言，鹽谷曾於 1903 年大學院在讀期間利用暑假赴北京遊歷，回國後撰寫了《燕京見聞錄》，連載於 1904 年的《史學雜誌》第一至六號上。他從天候、地形、都城沿革、城中雜觀、觀劇、教育概況、衣食住及貨幣制度、漢語研究八方面詳細介紹北京，特別是在論及北京教育概況時，還加注「因北京全無語言學校，故欲修支那語，只能聘請老師。若每日一小時，則一個月需五

元乃至十元；若每日兩小時則價格翻倍。偌大北京城中，有此教師之資格者不出十人，故留學生則對其趨之若鶩。學習支那語之高價與困難，實超乎想像」。〔註24〕可見其所述對在華學習漢語的實際狀況及中國國情有一定瞭解也非虛言。

不過，第一方面更爲緊要，即鹽谷讚同「歐洲支那學之研究方法」，認爲若要在中國文學研究上有所作爲，需以研究哲學、心理學、美學等西方近代學科爲基礎，並參照外國文學。這表明鹽谷雖出身傳統漢學世家，但在東西治學觀上傾向西方。而從以上五點理由的闡述中也不難看出其在面對東西治學觀的決擇時內在的緊張。

最終，經與東大總長濱尾新商議，福原鐐二郎於 1908 年 6 月 25 日批准了鹽谷的申請。〔註25〕不過，據《文部省外國留學生表》（統計截止於 1909 年 3 月 31 日）顯示，鹽谷「延期半年（德國兩年半，清國兩年）」〔註26〕，這說明文部省同意其延長留德時間，但並未縮短留華年限。正是這一決定爲其在華學有所成提供了保障。

三、在華留學實態

鹽谷於 1909 年 8 月結束留德啓程來華。關於其在華留學實態，雖已有研究論及，但不無漏誤。如日本學者藤井省三提及「明治 42 年（1909 年）秋，鹽谷由德國來到中國。滯留北京一年間，他將精力主要用來學習漢語……明治 43 年（1910 年）冬，鹽谷經布道僧水野梅曉介紹，前往湖南省長沙……師從同治十八年（原文如此──引者注）進士葉德輝學習詞曲」。〔註27〕這雖大體屬實，但在時間等細節上尚可修正。

關於鹽谷來華經過，可從其於 1927 年爲留華期間的業師葉德輝所作悼文中一窺端倪。據述「己酉秋，余由陝西旅行歸途，隨梅師東道入湘，直赴麗廔晉謁。先師一見如故，開口論學，議論風發。余甚爲傾倒，決受業之志。

〔註24〕〈燕京見聞錄〉，《史學雜誌》第 15 編第 8 號（1904 年），頁 887、888。
〔註25〕〈東京帝國大學乾第 504 號〉，《留學生關係書類 G18》（東京：東京大學史史料室蔵），頁 119。
〔註26〕文部省專門學務局編，《文部省外國留學生表》（1909 年 5 月 26 日發行），頁 4。
〔註27〕藤井省三〈塩谷温〉，江上波夫編，《東洋学の系譜》（第 2 集），頁 99、100。此處誤將「光緒十八年」記作「同治十八年」。

一時返回北京，是歲末再度南征，下榻梅師之雲鶴軒，日夜鑽研詞曲，時伺暇赴麗廔，質疑請教」。〔註28〕

其中，「先師」即指葉德輝，「梅師」則爲日本人水野梅曉。關於葉德輝其人，鹽谷在悼文中有詳細描述。據述，葉德輝（1864～1927），字煥彬，號郋園，湖南長沙人，清末民初著名學者。其讀書處稱麗廔，又作觀古堂。先世居江蘇，自宋代起多飽學聞人，以藏書著述聞名於明、清。太平天國戰亂中，祖輩避亂移居湖南湘潭，父輩以商賈成巨富，身爲鄉紳，常寓省城。葉氏光緒十一年（1885年）中舉，光緒十八年（1892年）壬辰科進士及第，授吏部主事，不到一年辭官歸隱長沙，以潛心讀書著述爲樂。他學識過人，在經學上深究清代考證治學，於《說文》最精，同時對戲曲亦有所長。是時與湖南另兩位知名學者王闓運、王先謙齊名，並稱「二王一葉」，頗負盛名。〔註29〕加之葉氏藏書金石字畫亦頗豐，時有日本學者前來求教，如竹添進一郎、永井久一郎、白岩龍平、內藤湖南、宇野哲人、高瀨武次郎、鈴木虎雄、諸橋轍次、後藤朝太郎等都曾登門拜訪。特別是，來訪者中還包括鹽谷溫的父親鹽谷青山。而葉氏來者不拒，對登門求學的日本學生收留教誨，如松崎鶴雄就是其及門弟子。〔註30〕可見，葉氏與來華的日本人交往頗多。

水野梅曉爲日本僧人，曾由根津一介紹來華就讀於上海東亞同文書院第一期。1904年畢業後，他經人介紹來到長沙開福寺開創僧學堂，講授曹洞宗教義，同時傳授日語，藉此機會結交多位湖南名儒，其中便有葉氏。其在湘傳教遭致當地政府制止時，葉氏還曾出言庇護。〔註31〕可見，兩人算得上朋友之交。

據前述悼文可知，鹽谷1909年來華後應先到北京（所以後由長沙前往北京才言「返回」），在向日本駐北京公使館報到後，便於同年秋（「己酉秋」）前往陝西旅行，途中遇到水野梅曉，經其介紹前往湖南長沙拜見葉德輝。他爲葉氏學識傾倒，故一時返京，隨後於同年底（「是歲末」）返回長沙，正式拜在葉氏門下。可見，藤井省三所述鹽谷溫滯留北京一年學習漢語，至1910

〔註28〕〈葉郋園先生追悼記〉，鹽谷溫，《葉郋園先生追悼錄》（東京：斯文會，1927年），頁3。
〔註29〕〈葉郋園先生追悼記〉，鹽谷溫，《葉郋園先生追悼錄》，頁1。
〔註30〕張晶萍，〈葉德輝與日本學者的交往及其日本想像〉，《廈門大學學報（哲學社會科學版）》2006年4期。
〔註31〕〈葉郋園先生追悼記〉，鹽谷溫，《葉郋園先生追悼錄》，頁2。

年多才前往長沙師事葉氏一事，與事實不符。鹽谷平時居住在水野梅曉的雲鶴軒，有問題時便赴葉氏書齋麗廔請教，開始了在華留學生活。

關於鹽谷在華研究方向，其在德時僅籠統定爲中國文學，並未細分，但在悼文中提及在華「日夜鑽研詞曲」，所謂「詞曲」應指元曲。其實，這早在其離開日本前就已確定。據日本學者宇野精一從其父宇野哲人處獲知，鹽谷在來華留學前曾一度前往京都拜見狩野直喜問學，狩野建議其研究元曲。〔註 32〕宇野哲人與鹽谷東大同僚多年，所述較爲可信。就鹽谷個人對元曲的興趣而言，在其撰寫的《燕京見聞錄》中尤以在京觀劇部分所佔篇幅最長〔註 33〕，可知其對中國戲劇頗有興趣，加之狩野建議，最終將在華研究方向定爲元曲研究。結合葉氏深通詞曲，且鹽谷其父亦與葉氏相識，對其學問有所瞭解，可以推斷鹽谷師事葉氏並非僅因水野梅曉介紹，很可能是專程慕名來訪，水野僅出引薦之力而已。

關於鹽谷跟隨葉氏學習的具體情形，據其所述，面對其就元曲之提問，「先師執筆一一作答。解字分句，舉出典、辨故事，源泉滾滾，一瀉千里，毫無凝滯。由朝至午，由午至晚，善教善誘，至會心處鼓舌三歎，下筆生風，以毛髮般細楷正書之，一二十行直下，樂而不知時移」。不過，詞曲學習也並非一帆風順。「詞曲之事固難於言說，加之風俗習慣不通，聲音樂律不明，且俗語俚句不解，向異國學生講明，實屬至難之事。大抵二三次難以爲繼，幾近萬事休矣。」〔註 34〕對此，葉氏後來也有記述。「日本文學博士鹽谷溫君光宣間在長沙從余問學，先後五六年（此處亦包括鹽谷回國後通信求教——引者注），於經史百家之書，無不購誦，一一窮其要領，而尤喜治元明戲曲、南北九宮之辨。雖限於方音殊俗，不盡能悟，而心知其意」。〔註 35〕可見，鹽谷與葉氏都意識到向日本留學生講授元曲的困難。

然而，鹽谷在元曲研究上毅力可嘉，頗爲用心。面對困難「余亦苦心異常，事先充分思考，僅請教難解之字句，且候先師閒事，伺其顏色，有客旋即告辭，留意不去妨礙。且不避風雨寒暑，幾度爲閽人（門衛——引者注）所攔，仍不厭勞足。」而「先師感余之誠，亦認可余之學力，遂教之。夏日

〔註 32〕〈追記〉，東方学会編，《先学を語る（2）》（東方学回想 II），頁 158、159。
〔註 33〕〈燕京見聞錄〉，《史學雜誌》第 15 編第 5 號（1904 年），頁 63、64。
〔註 34〕〈葉郋園先生追悼記〉，鹽谷溫，《葉郋園先生追悼錄》，頁 3。
〔註 35〕〈曲學概論序〉，葉德輝著，張晶萍點校，《葉德輝詩文集》（一）（長沙：嶽麓書社，2010 年），頁 332。

酷暑，不顧汗流滴紙；冬日嚴寒，不厭指凍不能操管，開秘笈、傾底蘊以授余。」〔註36〕可見，葉氏亦為鹽谷求學精神所感動，在指導上不僅不辭艱辛，而且不予保留，傾囊相教。

這段學習一直持續到 1912 年夏。據悼文所述「壬子之夏，余留學期滿，及帷下辭行」。〔註37〕而《文部省外國留學生表》（統計截止於 1913 年 3 月 31 日）也證實鹽谷於 1912 年（大正元年）8 月 1 日留學期滿歸國。〔註38〕前後算來，鹽谷隨葉氏求學長達兩年半有餘，在華留學滿三年，而非其在德時計劃的一年。

面對即將留學期滿歸國的鹽谷，「先師且悲且喜，謂『吾道東矣』，特設宴送行，並作二律以餞行。」〔註39〕鹽谷在編纂《葉郋園先生追悼錄》時也將這兩首詩置於卷首，其中第一首對其求學經歷描述較多。詩曰：「三年聚首日論文，兩世交情紀與群。經苑儒林承舊德，詞山曲海拓新聞。載書且喜歸裝富，問字時將秘笈分。欲向晚香窺典冊，蓬萊相望隔重雲。」〔註40〕其大意是：葉氏與鹽谷三年來每日論文，算來也與其父子兩代相交。鹽谷繼承先祖宕陰之才德，欲以詞曲開拓新的研究領域。為其歸國時行裝滿載書籍深感欣喜，而自己在其問學時也已傾囊相教。本欲赴宕陰所開晚香書塾窺探藏書及學問，但日本卻在蓬萊以外的重重雲海中不得前行。暫且不論葉氏對日本的想像，詩文已基本概括了鹽谷隨葉氏求學的樣貌。

此外，多年後葉氏仍對鹽谷評價頗高。如 1923 年葉氏為鹽谷《元曲研究》一書作序時，記曰：鹽谷「十年前遊學來湘，與松崎柔甫同居，從余問業。柔甫從治小學，君治元曲。二者皆至難之事。海東學者，性好古，尤好學。（中略）適節山來湘，從問元曲，余書既不就，而以語言不通、風俗不同之故，雖口講指授，多方比喻，終覺情隔，不能深入。蓋以吳音不能移入湘人之口者，而欲以中原之音移於海外，豈非不可信之事哉。幸余家藏曲本甚多，出其重者以授君，君析疑問難，不憚勤求。每當雨雪載途，時時挾冊懷鉛來寓

〔註36〕〈葉郋園先生追悼記〉，鹽谷溫，《葉郋園先生追悼錄》，頁 3。
〔註37〕〈葉郋園先生追悼記〉，鹽谷溫，《葉郋園先生追悼錄》，頁 3。
〔註38〕文部省專門學務局編，《文部省外國留學生表》（1913 年 7 月 25 日發行），頁 39。
〔註39〕〈葉郋園先生追悼記〉，鹽谷溫，《葉郋園先生追悼錄》，頁 3。
〔註40〕葉德輝著，張晶萍點校，《葉德輝詩文集》（二），（長沙：嶽麓書社，2010 年），頁 509。

樓，檢校群籍。君之篤嗜經典過於及門諸人，知其成就之早，必出及門諸人
之右。嘗以馬融謂門人『鄭生今去，吾道東矣』之語許君，君微哂不讓也」。
〔註 41〕可見，葉氏將小學授予松崎鶴雄，而將元曲教給鹽谷，且對其期許有
加，稱之爲眾弟子中最早有成就者。一句「吾道東矣」，不僅道盡老師的贊許
與期待，也是對其這段求學經歷最好的評價。

四、留學餘論

鹽谷回國後，於 1920 年 3 月 19 日以論文《元曲研究》獲文學博士學位，
同年 8 月 27 日升任東京帝大教授，主持「支那哲學支那文學第二講座」近廿
載。〔註 42〕同時，他還相繼出版、發表了《支那文學概論講話》、《元曲選》、
《支那戲曲之沿革》等大量著作、論文。此處不再贅述其與魯迅的學術公案，
但由此或可一窺其對中國學界之影響。鹽谷來華留學不僅提升了學術能力，
歸國後便以在華所學之元曲研究獲得博士學位並順利升任教授，而且將元曲
研究作爲一生志業，並以之爲基礎將研究拓展至文學、小說。顯然，來華留
學經歷對其一生影響深遠。

不僅如此，以鹽谷爲代表的文部省留華學生在近代日本對華官派留學史
中亦佔有重要位置。近代日本政府對華派遣留學生始於 1871 年。當時新成立
的明治政府爲培養漢語翻譯人才以滿足日益增多的對華交涉的需要，在遣使
來華締結《中日修好條規及通商章程》之際派遣七人來華留學。〔註 43〕1873
年末，日本陸軍省派遣八名軍官來華學習漢語，是爲日本軍方對華派遣留學
生之始。但陸軍省同時爲其布置了偵察任務，使其兼具間諜身份。〔註 44〕至
1879 年 11 月 28 日，參謀本部又派遣御幡雅文等 16 人爲「清國語學生」，來
華專門學習漢語。〔註 45〕此外，外務省、大藏省及海軍省也出於大體相近的
目的對華派遣了留學生。

〔註41〕摘引自劉岳兵，《中日近現代思想與儒學》（北京：三聯書店，2007 年），序言
　　　　頁 4、5。
〔註42〕〈塩谷温博士略歷〉，東方学会編，《先学を語る（2）》（東方学回想 II），頁
　　　　159。
〔註43〕詳見譚皓，〈近代日本首批官派留華學生考略〉，《抗日戰爭研究》2016 年 2
　　　　期。
〔註44〕詳見譚皓，〈近代日本軍方首批留華學生考略〉，《抗日戰爭研究》2014 年 1 期。
〔註45〕詳見譚皓，〈日本參謀本部首批「清國語學生」考略〉，《北京社會科學》2014
　　　　年 6 期。

　　以上便是文部省對華派遣留學生之前日本對華官派留學制度的大體背景。對比可知，有別於上述各部門單純培養漢語翻譯或從事情報收集的工具性定位，文部省旨在通過在華留學培養大學漢學講座教授，其立意更高，更符合留學生培養規律。這使文部省留華學生可將主要精力用於語言學習和學術研究，相應也取得了更爲人稱道的成果。他們歸國後大都在東西兩京帝大等高等學府執掌教席，成爲日本近代漢學（及中國學）研究的奠基者。同時，他們也開啓了日本學術型留華學生的先河，標誌著近代日本對華官派留學制度的演進，並爲逐漸淪爲日本侵華附庸的留華學生派遣留下一抹純淨。

　　此外，鹽谷在華學有所成的事件本身亦對後世具有重要啓示。近代以降，面對西方列強不斷入侵，國人對外國人抱有很強的排斥與警惕，加之日本不加緊侵華步伐，對日情感更趨惡化，這對一些日本留華學生的留學生活產生了影響。如1883年由外務省派遣來華留學的瀨川淺之進曾憶述：「我自己留學的時代，與現今差異之大超乎想像。初到北京之時，中國人稱外國人爲『鬼』。西洋人爲洋鬼，日本人則被稱爲東洋鬼或假鬼。（中略）即便有中國朋友，也不可前去拜會，只得等對方來訪。同時也無法在中國學校入學。」〔註46〕這一記述與鹽谷來華前的顧慮如出一轍，說明其所慮也並非無因。然而，鹽谷師事葉氏的經歷表明，中國知識分子面對潛心向學的日本學生時仍未受時事影響，而是奉行有教無類的宗旨，甚至頗爲優待，將其視如己出，傾囊相教；留學生因之學有所成，成就了一段近代中日文化交流史上的佳話。那麼，葉氏緣何能如此對待鹽谷？

　　究其原因，這首先源於中國知識分子藉由教誨日本弟子傳播中華文明的文化傳統。千百年來，中國以自身爲中心建立起華夷秩序，在文化上具有絕對的優越感，由此又演化成「化民成俗」「協和萬邦」的責任感。於是，中國自唐代起便接納包括日本在內的多國留學生，對外傳播中華文明。由於文化的慣性，即便在華夷秩序因甲午戰敗徹底崩潰，文化優越感喪失殆盡，及至民國初年因日本不斷進犯中日關係惡化後，中國知識分子仍保留著美好的「唐代記憶」，一如既往地視教誨日本學生爲己任，並期冀中華文明繼續遠波日本。這正是葉氏道出「吾道東矣」感歎的原因。無獨有偶，早在30年前晚清

〔註46〕東亞同文會編，《続対支回顧錄》（下卷）（東京：原書房，1981年），頁249、250。

碩儒俞樾面對隨其求學的大藏省留華學生井上陳政，同樣道出了「吾道東矣」。〔註47〕可見，這種文化傳統具有普遍性。

其次，這也源於「唐代留學記憶」爲中日兩國構築起一個可供彼此思考與交流且持續千年、不受時事干擾的共同空間〔註48〕，中日兩國知識分子置身其中可以擺脫現實政治束縛，實現文化交流，達成包容與理解。若將中日關係不斷惡化的外部環境比作沙漠，那麼這一共同空間堪稱綠洲，爲兩國文化交流撐起一片綠蔭，使近代日本留華學生仍可在華師事名家、學有所成。

當然，「文化的慣性」終有力竭之際，遙遠的「唐代留學記憶」亦或難以支撐共同空間的延續。那麼，百年前鹽谷等近代日本留華學生來華留學的史事若能構築起新的文化記憶與共同空間，對中日兩國來說都是一件幸事。

（作者簡介：譚皓，男，遼寧師範大學教育學院講師）

〔註47〕俞樾，《春在堂全書》第4冊（南京：鳳凰出版社，2010年），頁341。
〔註48〕近年來，中日兩國一些學者已開始思考構建中日共同空間問題，但主要偏重知識公共空間。見孫歌〈日中戰爭——感情と記憶の構図〉，《アジアを語ることのジレンマ：知の共同空間を求めて》（東京：岩波書店，2002年）；溝口雄三、趙京華：〈創造日中間知識的共同空間〉，《讀書》2001年5期。

美國學術場域中的中國教育研究——
基於民國時期留美生博士論文的考察〔註1〕

呂光斌

　　摘要：民國時期從事於中國教育研究的留美生，寫作了 60 餘篇博士論文，探討了中國教育問題的方方面面，構成了完整的研究體系框架。其研究是根植於 20 世紀上半期美國的學術場域，深受美國各時期教育研究取向的影響。其研究理路，呈現出歷史取向、實用主義教育哲學取向、教育測驗實證化研究的發展路徑以及「西式理論——中國主題——中國材料——解決中國問題」的研究範式，並表現出突出的問題意識。論文發表後，成爲域外中國教育研究的重要文本，受到國內外學界的關注，不僅與國際學界對話，開拓了學術新域，成爲現代意義上中國教育研究的首批拓荒者，而且被應用於國內教育實踐，展現了留美生學以致用的現實關照，促進了中國教育的現代轉型，在中國教育學術史上理應佔有一席之地。

關鍵詞：民國留美生；博士論文；中國教育研究；學術場域；特點；貢獻

〔註 1〕相關研究參見，元青的〈民國時期留美生中國問題研究緣起——以博士論文選題爲中心的考察〉，劉蔚之的〈美國哥倫比亞大學師範學院中國留學生博士論文之初步分析（1914～1959）〉、〈哥倫比亞大學師範學院中國博士生『教育基礎理論』領域論文的歷史意義分析〉，丁鋼的〈20 世紀上半葉哥倫比亞大學師範學院的中國留學生——一份博士名單的見證〉，周洪宇、陳競蓉的〈哥倫比亞大學師範學院與現代中國教育〉，林曉雯的〈1902～1928 年中國留美學生學位論文選題分析〉，鄔進文的〈近代中國經濟學的發展——來自留學生博士論文的考察〉以及王偉的專著《中國近代留洋法學博士考》等，皆有借鑒意義。需要特別指出的是，本研究得到南開大學歷史學院元青教授的悉心指導，特此致謝。

民國時期有大批留美生從事於中國教育問題研究，其寫作的數量可觀的博士論文，以豐富多樣的題材、科學新穎的理論方法和研究範式，構成了中國教育學科研究領域的奠基之作，是一個值得關注的學術現象。然而，這批最能反映教育學留美博士生研究水平的一手資料，長期以來沒有受到足夠的重視，由於各種原因，多數論文依舊塵封於國外各大學圖書館。這批論文可以說是中國近代留學知識精英早期的教育學術研究成果的結晶，考察它們的學術關懷和他域下的教育研究抉擇，不僅能揭示其內在的研究理路和特點，而且對探討教育學術與文化交流、教育轉型的關係具有重要意義。

一、學術與關懷：留美生博士論文的中國教育研究

民國時期中國留美生寫作的教育學博士學位論文，內容涉及教育學科的諸多領域，據統計，中國留美生共撰寫有關教育研究議題的博士論文 102 篇，其中有關中國教育問題的研究有 63 篇（僅有一篇答辯於 1910 年，可基本看作是民國時期），佔同期教育類博士論文的 61.8%，其數量遠超同期其他各學科中國問題研究的博士論文，取得豐碩的科研成果。﹝註2﹞這充分體現了留美生對中國教育問題的重視，彰顯了他們學以致用的社會責任感和學術報國的治學理念。

若以校際分，論文出自哥倫比亞大學為最多，有 24 篇，占中國教育研究論文總數的 38.1%；其次，紐約大學 10 篇，占 15.9%，兩校合占一半要強；再次，為芝加哥大學與康奈爾大學，各 4 篇。哥倫比亞大學、芝加哥大學、紐約大學均為美國教育學強校。中國教育問題研究的博士論文呈現出，集中分佈於教育科研名校、點狀分佈於其他各校的特徵。美國教育學名校師資力量雄厚，教育科研發達，如哥倫比亞大學聚集了實用主義教育家杜威及其追隨者克伯屈、教育心理學家桑代克、教育史專家孟祿、教育行政專家施菊野、教育測驗專家麥柯爾、比較教育專家康德爾、要素主義教育家巴格萊等，吸引了大批中國學生。

﹝註2﹞資料：1. Tung-li Yuan, *A Guide to Doctoral Dissertations by Chinese students in American 1905～1960.*Published Under the Auspices of the Sino-American Culture Society, Inc. Washing, D.C. 1961, 收入《袁同禮著書目彙編》（第三冊）（北京：國家圖書館出版社，2010 年）；2. Chinese Institute in America, *Theses and dissertations by Chinese Students in America,* China Institute in America 1927,1928,1934；3. The China Weekly Review, *Who's Who in China : Directory of American Returned Students,5th ed,* Shanghai : The China Weekly Review, 1934, 1936.

在時間分佈上，論文每十年的篇數依次爲 5、16、20、22，呈增長趨勢。而論文關注的主題，1910 年代側重於中國教育歷史的梳理；1920 年代中國教育史及教育改革研究則繼續深化，教育測驗研究異軍突起，呈現出多元並立的勢頭；1930 年代、1940 年代更關注中國社會和教育的現實困境，以教育方案的設計研究爲主。但中國教育制度與行政研究，一直以來爲研究關注的重心。

論文選題涵蓋面廣，涉及教育學科門類多，其研究也多有交叉，包含民國時期教育研究的多數學科和前沿問題，主要有教育原理、教育史、教育實驗測量、教育經濟學、教育行政與管理、教育心理學、教育社會學、比較教育學及課程教學。從學制和研究專題分類看，研究領域有初等教育、中等教育、高等教育、民眾教育、成人教育、女子教育、職業教育、教會教育等。其中，基督教教育研究的專題論文有 7 篇，如陳維城的〈在華傳教士的教育工作〉、司徒丘的〈中國重要歷史節點中的教會教育問題〉；中國教育原理及思想領域有 4 篇，以蔣夢麟的〈中國教育原理〉、曾作忠的〈現代教育中的民族主義與實用主義〉爲代表；中國教育史專題論文有 11 篇，如郭秉文的〈中國教育制度沿革史〉、鍾魯齋的〈中國現代教育中的民主趨向〉、蕭恩承的〈中國近代教育史〉；中國教育制度行政領域有 9 篇，如殷芝齡的〈現代中國教育行政〉、陳友松的〈中國教育財政之改進〉、莊澤宣的〈中國教育民治的趨向〉；教育實驗測量研究的論文有 4 篇，如朱君毅的〈中國留美生：與其成功相關的質量〉、劉湛恩的〈非語言智力測驗在中國的應用〉、沈亦珍的〈中國初等中學天才兒童比較教育計劃〉爲；課程教學類論文有傅葆琛的〈以滿足中國鄉村需要爲目的的中國鄉村小學課程重建〉等 7 篇。中國教育方案改革類論文，則以張彭春的〈從教育入手使中國現代化〉、阮康成的〈轉變中中國的教育計劃〉、王鳳崗的〈1895～1911 年日本對中國教育改革的影響〉爲代表。其他，尚有以文化適應、女子教育、成人教育、師資問題等專題研究論文。

而在整體上，社會改造類和方案類的論文十分流行，這在論文題目用詞上體現的尤爲明顯。以「重組」（reorganization）、「重建」（reconstruction）、「改進」（improvement）、「建議」（suggestion）、「計劃/方案」（plan/program/proposed）、「現代化」（modernization）爲題目核心詞彙的論文比較常見。據統計，包含此類核心詞彙的論文共有 26 篇。顯然，這類詞彙具有社會改造的特質，反映了留美生在西學東漸和救亡圖存語境下的研究意圖。

這些博士論文以教育史研究、制度行政研究、方案改革設計研究爲重心，集中體現了中國留美生的學術知趣、志業努力、問題關懷以及學術研究路徑，並與美國學術場域中的教育思想產生了密切的交聯。

二、他域與抉擇：美國學術場域中的教育思想與留美生研究選擇

留美生博士論文的中國教育研究，是根植於美國整個教育學術場域之中的。美國教育學界，「從 1895 年到第一次世界大戰期間，許多有關教學法的書籍都彌漫著赫爾巴特思想的影響」，〔註3〕查理·麥克默利和弗蘭克·麥克默利是宣揚赫爾巴特學說的代表人物。〔註4〕一戰後則湧現出旨在關注兒童和平民教育的進步主義教育思潮。〔註5〕出於對傳統教育弊端的反思，杜威的進步主義教育理論反映了他的實用主義哲學，反對以學科爲中心陳舊僵化的課程，推崇以兒童爲中心，提出「從做中學」。他認爲教育即生活、教育即發展、學校即社會，顯然帶有工具主義色彩。作爲一種強調直接經驗、實用性和兒童中心的教育哲學，杜威哲學在教育界掀起了熱潮，「20 世紀 20 年代開始，世界上的主要國家，未受杜威教育學說影響者少矣。」〔註6〕進步主義教育家威廉·H.克伯屈，則將杜威哲學轉變成實用的教育方法論——設計教學法。〔註7〕

從歷史中尋找教育研究的科學框架是 19 世紀末至 20 世紀初美國教育學界的一個重要理論取向。作爲美國第一代教育學者，威廉·佩恩對歷史和哲學取向的教育研究極其看重，「曾指望依靠歷史學和哲學來提供理論……教育史應該『與教育科學有同等的地位，並成爲後者的證明』。」〔註8〕20 世紀初

〔註 3〕〔美〕L·迪安·韋布著，陳露茜、李朝陽譯，《美國教育史：一場偉大的實驗》（合肥：安徽教育出版社，2010 年），頁 225。

〔註 4〕赫爾巴特派：主張用科學方法研究教育，倡導班級授課制及「準備、提示、聯想、總結、應用」五段教學法。

〔註 5〕進步主義教育：關注兒童興趣需要，提倡兒童中心取代以教師爲主導、學科爲中心的課程，強調教育爲參與民主社會做準備。

〔註 6〕鄭金洲、瞿葆奎，《中國教育學百年》（北京：教育科學出版社，2002 年），頁 264。

〔註 7〕設計教學法：通過使兒童參加到與自己的目標和興趣相一致的設計中，從而使教育盡可能地以兒童爲中心和「實用的」（practical），設計活動有四個步驟：決定目的、製訂計劃、實施計劃、評判結果。

〔註 8〕〔美埃倫·康德利夫·拉格曼著，花海燕等譯，《一門捉摸不定的科學：困擾不斷的教育研究的歷史》（北京：教育科學出版社，2006 年），頁 72。

長期在哥倫比亞大學師範學院教授教育史的保羅・孟祿則「描述了教育理論與過去和目前教育實踐之間的關係，而不是求助於『歷史事實』進行空泛籠統的推論」，〔註 9〕他還「從心理學的角度探討教育的起源，將古代兒童對成年人無意識的模仿視為原始教育的起源。」〔註 10〕這種歷史的理論取向在進步主義教育運動中也引起了教育學者的興趣，如斯坦福大學教育系主任的埃爾伍德・P. 克伯萊，倡導「衝突——進步」的教育史發展觀，主張在教育與社會的互動發展中進行教育史研究。

在 20 世紀早期美國普遍盛行教育史研究取向的影響下，大批留美生選擇了教育史作為自己博士論文研究領域的主攻方向，郭秉文、陸麟書、繆秋生、蕭恩承、瞿世英、鍾魯齋、王鳳崗、衛士生、莫泮芹、戴偉金、檀仁梅等 11 人的論文皆屬此類。教育史類的論文，內容涉及初等教育史、中等教育史、教育制度史、教育哲與學思想史、教育學科史、中外教育交流史等眾多領域。此類論文在 1920、1930 年代比較流行，分別為 4、5 篇。但受 20 世紀 20 年代後期美國教育科學化運動的影響，教育史研究受到了批判，「對教育史的批判和作為根源的教育科學運動在 20 世紀 20 年代後期愈演愈烈……大多數仍對教育史採取嚴厲批判的態度」，「在 1925 年該學科已經到達了頂峰並開始慢慢走下坡路。」〔註 11〕

隨著杜威實用主義哲學取向和教育測量運動帶動下的教育科學化取向的異軍突起，教育研究的歷史取向由中心走向了邊緣。教育實驗測量和調查統計的研究形式頗為流行，而心理學、統計學、社會學的發展則為其提供了廣闊的理論來源，兒童研究運動和教育測量運動開展起來。這就造成了「即使在教師學院，史學作為博士學位論文首選的地位也終於一去不復返了。到了1920 年代，史學的地位已被學校調查研究所取代。」〔註 12〕育心理學家桑代克指出「凡客觀存在的事物都有其數量」，實驗教育學家麥柯爾則進一步提出

〔註 9〕埃倫・康德利夫・拉格曼，《一門捉摸不定的科學：困擾不斷的教育研究的歷史》，頁 73。

〔註 10〕顧明遠主編，《教育大辭典》（第 11 卷）（上海：上海教育出版社，1991 年），頁 396。

〔註 11〕〔美〕貝林著，王晨、章歡等譯《教育與美國社會的形成》（合肥：安徽教育出版社，2014 年），頁 114～116。

〔註 12〕埃倫・康德利夫・拉格曼，《一門捉摸不定的科學：困擾不斷的教育研究的歷史》，頁 74。

「凡有其數量的事物都可測量」。〔註13〕斯坦福大學的劉易斯・M・推孟發表了包括「斯坦福——比奈」量表在內的若干智力和成績量表，其影響遍及整個1920年代的美國，不過其理論基礎架構於風行克拉科大學的遺傳決定論。芝加哥大學教育系主任查爾斯・哈伯德・賈德，認爲大學教育研究應與社會和行爲科學相一致，並力避哲學的引誘，也比較排斥教育史，這與杜威教育研究實用主義哲學取向迥異。他倡導教育的科學化和心理學化，「是『教育科學運動』的核心指導者，以中等教育的學科心理學爲主要研究領域，推進有關與學力的實證性研究。」〔註14〕20世紀20年代至40年代，美國教育研究實證量化的色彩越來越濃厚。教育科學化、實證化研究的愈發高漲，「往昔論文式的考試法，多數已被新式測驗式的試驗法替代了」，〔註15〕各種測量法、實驗法、調查統計法以及實證研究法被大量應用於教研，教育學者們力圖以此證明教育的「科學」屬性，大力推動教育的科學化。留美生也緊隨時代潮流，採用此種形式來研究中國教育問題，以朱君毅、劉湛恩、沈亦珍等人的論文爲代表，在其他留美生的論文裏也多有體現。

美國「大蕭條」時期的經濟危機，使得人們重新關注社會問題，批判進步主義教育過份關注兒童興趣和忽視基本知識技能的學習，永恒主義、要素主義和社會重建主義教育思想隨之樹立反叛的大旗。〔註16〕在美國學術場域中的留美生的中國教育問題研究，則表現出社會改造和方案類研究論文十分流行，以此類性質爲核心詞彙的選題高達26篇。顯然，美國流行的關懷社會和改造社會的思想對留美生具有相當的吸引力。留美生在近代中國的社會歷史語境下本身就負有改造社會、救亡圖強的責任，何況他們與生俱來的精英意識。

〔註13〕轉引自侯懷銀主編，《教育研究方法》，（北京：高等教育出版社，2009年），頁167。

〔註14〕〔日〕佐藤學：《課程與教師》，鍾啓泉譯，（北京：教育科學出版社，2003年），頁283。

〔註15〕羅廷光，《教育科學研究大綱》，「自序」，（上海：中華書局，1932年），頁1。

〔註16〕注：永恒主義，以追求絕對理性普遍眞理爲目的，主張教育要傳授永恒眞理和培養理性、意志，強調受過良好教育的教師是傳播眞理的權威；要素主義，認爲教育要教授傳承文明所必需的技能、藝術和科學，主張有組織、秩序的教學，通過文化歷史傳統的教育培養學生參與社會；社會重建主義，則號召教育家和學校在社會重建和新社會秩序建立中起帶頭作用，倡導多關注社會問題，轉變兒童爲中心的研究取向。

對身處於美國學術場域中的中國教育研究來說，留美生在研究取向上與美國教育學術研究路徑有著極強的關聯，也有著自身鮮明的研究理路。

三、理路與特點：留美生博士論文研究的底色

綜合考察，民國時期留美生中國教育問題研究的博士論文呈現出鮮明的研究理路和特色。

（一）其研究取向和路徑同美國學術場域中的教育思想動態有關，展現出以歷史取向、實用主義教育哲學取向和教育測驗實證化研究路徑為主的趨勢。

歷史取向在前期較明顯，實用主義教育哲學取向在後期較流行，而實證主義則是主要研究方法，教育行政制度研究經久不衰。郭秉文的論文是將教育史與制度研究相結合，試圖「能夠提出一項在中國教育制度的長期發展中有關它的相關解釋，給出一個歷朝歷代有關傳統教育制度興衰的透徹看法，以及給出一幅在新共和國下現代教育制度重組的圖景。」〔註17〕帶有孟祿的思想底色。蔣夢麟的論文以歷史取向和比較的方法，從教育起源來探討中國教育現代性，按歷史時序梳理中國教育原理，將考察視野置於「思想的總體趨勢」，「總準備對不同學派思想和中西思想做一個比較的研究」，「在這些零散思想變得更易表達且放入一種更好的歷史視野之後，作者開始意識到，多數中國古代教育思想無疑是現代的……依舊展現出不斷發展和進步的無疑迹象。」〔註18〕蕭恩承的研究則與克伯萊教育史進步發展觀不謀而合，他將研究重點放在中國教育近來的變遷上，「試圖展示的是中國教育體系在最後幾十年間如何演進的，而這種演進仍處於變動的進程中。」〔註19〕

教育與社會、生活相聯的杜威實用主義教育哲學，是留美生中國教育研究的另一重要取向。傅葆琛在設計中國鄉村小學課程時強調，「它不是要與城市課程相同，而是應建立在根據鄉村需要和鄉村人活動的基礎之上。」〔註20〕

〔註17〕 Ping Wen Kuo. *The Chinese system of public education*（New York： T. C. Columbia University, 1914），Preface, v.

〔註18〕 Monlin Chiang, *A Study in Chinese Principles of Education* （Shanghai： The Commercial Press, 1924），Preface, iii.

〔註19〕 Theodore E. Hsiao, *The History of Modern Education in China.*（Peking： Peking University Press, 1932），Preface, xii.

〔註20〕 Paul C. Fugh, *Reconstruction of the Chinese rural elementary school curriculum to meet rural needs in China*,（publisher not identified, 1924），3.

莊澤宣認爲小學義務教育的教法和內容，要「將教育與生活環境相連，以便能發揮在校學習的知識的作用，能喚醒進一步學習的願望，且能獲得自我改進的方法。」〔註21〕蔣夢麟開篇就指出，「教育是生活和思想的方法，而生活和思想是教育的內容。」〔註22〕這些課程設計、教育方案，顯然吸收了杜威的教育哲學思想。

哥倫比亞大學教育心理學家桑代克，主張採用標準化教育測驗和智力測量的形式，對教育進行科學定量研究；芝加哥大學的賈德也主張教育研究的科學化，認爲「教育科學」方法是統計性和實驗性的。這些思想也給了留美生啓發，他們借鑒定量分析的實證研究法，進行中國教育問題研究的調查、統計和測驗，將教研與社會、生活相聯進行方案設計。如陳友松的《中國教育財政之研究》運用教育行政學、公共財政經濟學原理，以具體的事實和分析的數據爲依據對中國教育財政進行實證化研究。王鳳崗則將教育歷史的考察與實證分析相結合來研究中國教育改革，「試圖極其小心將自己從情緒主義、宣傳性用語和喜愛偏好中解放出來。他用中英文獻來科學地檢驗事實，然後用他的結論作爲檢驗的結果來明確的敘述它們。」〔註23〕劉湛恩則借鑒美國流行的邁爾斯心智測量、普萊西系統、品特納非語言測驗、迪爾伯恩組群智力測驗等測驗量表系統，進行非語言智力測驗在中國應用的實驗設計和定量研究。沈亦珍吸收了導師浩林渥斯的特殊兒童研究思想，運用同類組比較、心理測量、文獻綜述和調查分析等方法，進行天才兒童智力的比較研究。

留美生中國教育研究流行的實證化研究風格，教育史研究注重歷史考證與梳理，教育測驗研究採用定量分析的形式，運用實驗、測量、觀察和經驗的手段將教育研究科學化，有別於以往思辨的理想主義教育哲學，與中國清代學術思想主流學派乾嘉學派「以考據爲中心，注重於資料的收集和證據的羅列，主張『無信不徵』」〔註24〕的學風不謀而合，亦可算傳統治學遺風。教育行政制度研究經久不衰，則與國內教育改革、制度建設遙相呼應。

〔註21〕 Chai-Hsuan Chuang, *Tendencies toward a Democratic System of Education in China*.（Shanghai：The Commercial Press, 1922），166～167.

〔註22〕 Monlin Chiang, *A Study in Chinese Principles of Education,* p2.

〔註23〕 Feng-Gang Wang, *Japanese influence on educational reform in China from 1895 to 1911*（Peiping：Authors Book Store, 1933），vii.

〔註24〕 雷海宗，《國史綱要》，（南京：江蘇人民出版社，2014年），頁242。

（二）論文是在「他者」學術場域中運用西式學術話語解析「中國事」，其研究範式基本是「中國主題——中國材料——西式理論方法——解決中國問題」。

這種援西入中的研究範式，爲中國教育研究提供了多維視角和豐富的理論方法，具有工具主義傾向。因此，也造就了論文以關注社會現實和教育實踐爲重心，功用色彩突出，使得教育研究貼合實際不致有「空疏」之弊。影響在研究內容上，表現爲方案類、實踐類研究論文爲尚，而教育理論研究相對薄弱。當然，他們也有理論自覺，劉湛恩的理論自覺意識和體系建構努力就達到了比較高的水平。他吸收了美國智力測驗的經驗，從中國教育實際情況出發，試圖構建一套適合中國的非語言智力測驗系統並形成標準化以替代美國模式，「這些替代模式是不分國界的，且不受教育和文化的限制。」〔註 25〕郭秉文、蔣夢麟也嘗試從中國教育資源中尋找教育的起源和「現代性」，或曰教育的合理成分，蔣夢麟甚至後來發展出中西文化的「接龍」思想。

誠然，這種中西參合的方法與理論借鑒意識值得肯定，而需要警惕的是，它在本質上擺脫不了西方的學術話語體系，易造成西方學術話語與中國學術自立的內在張力，埋下「以西鑄中」、「食洋不化」的潛在問題，中國教育研究終歸是要解決這個先天問題。

（三）鮮明的問題意識是論文的另一特色。

這種問題切入的研究思路，將整體考察與微觀分析相結合，並用於比較分析。論文的問題意識，既展現選題的旨趣，又體現研究的價值。王鳳崗爲考察中日教育的關係，以「引起日本影響中國教育改革的知識背景和動力是什麼……爲什麼改革在日本人身上產生的結果，相同的教育改革在中國人身上卻沒有產生一樣的結果？」等 14 個問題來架構論文，〔註 26〕試圖爲中國教育改革提供建議。張敷榮在論文裏設置了 9 大問題，〔註 27〕對美國華人教育進行深入考察。楊亮功則以美國大學學院委員會對中國類似制度的應用爲選題旨趣，以便爲中國教育改革提供幫助。這些問題的設置，多與社會現實問

〔註 25〕 劉湛恩，〈非語言智力測驗在中國的應用〉，收於上海理工大學檔案館編，《劉湛恩文集》（上海：上海交通大學出版社，2011 年），頁 270。

〔註 26〕 Feng-Gang Wang, *Japanese influence on educational reform in China from 1895 to 1911*, i-ii.

〔註 27〕 張敷榮，〈張敷榮博士論文〉，收於靳玉樂、沈小碚編，《張敷榮教育文集》（南京：江蘇教育出版社，2010 年），頁 131。

題相關,有教育熱點的關注,有西方教育制度的學習借鑒,也有教育方案的制定,頗具實用主義底色。問題意識架構的論文往往圍繞著核心問題關聯幾個次要問題,問題之間的比較和關係研究也被納入考察視野,並非就問題而論問題。如傅葆琛在中國鄉村需要的小學課程的核心問題下,將研究細化爲教育目標、課程重建、健康教育等微觀問題。朱君毅設置了「什麼應當被認爲是一位留美生的成功?一些與之相關的質量是什麼?」等6大問題,〔註28〕分析了留美生的學問與領導能力、英語知識及中文知識等因素及其相關性,考察他們的選拔與成敗。

　　這種問題意識的培養,成爲留美博士生學術研究範式的一環要素,展現了其學術研究的思路,也是對實用主義思想和國內改革需求的一種體認和自覺回應。

四、回響與播演:留美生研究成果的評價

　　論文完成後形成了一批可觀的研究成果,爲哥倫比亞大學出版社、康奈爾大學出版社、紐約AMS出版社、Nabu Press出版社、北京大學出版社、商務印書館等眾多學術出版機構出版,彰顯著學術價值。據統計,有近20篇論文以中英文的形式在國內外公開出版或發表。其中,在國外以哥倫比亞大學師範學院的「教育貢獻叢書」爲著,郭秉文、劉湛恩、朱君毅的論文皆屬此類;在國內以商務印書館爲多,如蔣夢麟、莊澤宣、鍾魯齋、蕭恩承、陳友松的論文。部分論文屢次再版,郭秉文的論文出版了不下9版,朱君毅的論文出版了4版。部分論文被收入文集,還有一些論文的摘要刊在國外的專業期刊上,如陳矜賜、張敷榮的論文分別刊在《宗教教育》、《斯坦福大學公報》上。〔註29〕朱君毅的論文被芝加哥大學出版社的《小學學報》、《學校評論》以及《教務雜誌》列入書目介紹。〔註30〕這些在海內外公開出版或引介的論文,成爲教育學術研究的寶貴資料,體現了它們持久的生命力和學術價值。

〔註28〕 Jennings Pinkwei Chu, *Chinese Students in America: Qualities Associated with Their Success* (New York: T. C. Columbia University, 1922), 1.

〔註29〕 注:刊在 *Religious education,* v. 37, No. 4, 1942; *Stanford University Bulletin,* Sixth Series, No. 36, 1936.

〔註30〕 注:刊在 *The Elementary School Journal,* Vol. 23, No. 8, Apr., 1923; *The School Review,* Vol.31, No. 5, May, 1923; *The Chinese Recorder* (1912～1938), Apr 1, 1923.

中國教育問題研究的博士論文以其大題量的涵蓋面和新潮的學術研究特色，在海內外產生了一定的學術和社會影響力，得到了一些學者的關注和回應。同時，也為促進中國教育現代轉型和發展做出了貢獻。

在推動中美文化交流初效層面上，為雙方的文化認知架起了橋梁，此其成效一。相當一批高質量論文得到了國內外學者的高度評價，多人為之作序推薦。郭秉文的論文被保爾‧孟祿評價為「它為西方瞭解東方狀況做出了非常重要的貢獻」，〔註31〕被歐美大學列為教材使用，還被《密勒氏評論報》列入「傳教士應讀的關於中國的主要書籍目錄」，〔註32〕成為展現中國教育情狀的一個窗口。鍾魯齋的論文則被美國教育家克伯萊評價為「是一篇令我非常感興趣的論文。從中，我學到了許多關於這個古老而新生大陸教育發展的至今我還不瞭解的知識。」〔註33〕奧爾馬克指出「首先我們可以從中一覽古老中國偉大的智慧和文化，佔有一席之地的強大文明」，「鍾博士的書將帶來一種對中國的目的以及擺在它面前巨大的任務的理解，」甚至認為「這種理解不但能促進良好的意願……並且是自由之風的每次推動力，」〔註34〕對論文促進中西文化交流之功寄以厚望。蕭恩承的論文獲得了教育家霍恩的認可，他指出「西方必須計劃同東方生活在同一個世界」，西方世界的現代教育通史普遍忽略東方教育的記述不利於西方文化的發展，而「通過閱讀這篇文章，西方人能夠進一步明曉現代中國教育潮流中的許多重要趨勢」，「在對當代中國教育突出事實提供的此類可讀的形式上，蕭博士為所有英文讀者提供了一項偉大服務。」〔註35〕遠東問題專家宓亨利（H. F. MacNair）則指出朱君毅的研究「將能愉快的讀到多數西方顧問的在華經歷並且極為認同作者這個值得研究的結論式觀察。」〔註36〕

〔註31〕 R.,「Review Article」, *The Chinese Recorder* （1912～1938） （Shanghai）, 1 Feb 1918, 122.

〔註32〕 王翔譯著，《棕櫚之島：清末民初美國傳教士看海南》（海口：南海出版公司，2001年），頁140。

〔註33〕 Lu-Dzai Djung, *A history of democratic education in modern China*（Shanghai：The Commercial Press, 1934）, Foreword.

〔註34〕 Lu-Dzai Djung, *A history of democratic education in modern China*, Preface, xii.

〔註35〕 Theodore E. Hsiao, *The history of modern education in China,* Introduction, ix.

〔註36〕 H. F. MacNair,「New Books and Publications」, *The Weekly Review（1922～1923）* （Shanghai）, 18 Nov 1922, 434.

在學術層面，留美博士生有著自身的追求，其得出的研究成果，發展的學術觀點，是對國際學界有關中國教育研究的爭鳴和回應，此其貢獻二。詹姆斯・F. 阿貝爾（James F. Abel）關注了郭秉文、鍾魯齋、曾昭森的論文，認爲鍾魯齋「精心追蹤了從 1900 年至 1933 年間中國教育的變化。」在中國教育的民族主義研究上，讚同曾作忠關於中國「爲生活而文化，而非爲文化而生活……很少盲目徘徊於時被稱爲民族精神的傳統上」的觀點，指出專家皮克（Peake）的觀點「或許誇大了情況」。〔註 37〕宓亨利認同朱君毅提出縮短留美年限和提高留美資格的建議，認爲其研究方式既科學又簡潔，「通過表格和公式安排的科學統計的方法，一部專著獲得了值得讚揚的簡潔。」〔註 38〕莊澤宣在寫作論文時提出「兒童的正式教育，主張從八歲開始」，頗讓哥大教授震驚，但他們認爲此觀點太過革命生恐引起誤會而不許如此發表。〔註 39〕

在西方主導下的美國教育學界，留美生也試圖爭奪話語權，以撥正中國教育研究被「發明」的言說，糾正西方偏見，發出中國聲音。張敷榮關於華裔教育問題研究就頗有爭奪話語權的意味，他指出「好像華人只是默默等待更加激進的日本人於 1906 年去打響反對教育領域種族歧視的第一仗，這是眞的嗎？」〔註 40〕經研究「該論文以 23 點確切史料，有力地駁斥了兩名教育學院研究生吹捧美國公立學校隔離華裔兒童的政策，駁斥了他們認爲的中國僑民對隔離政策和措施的『默認』和『歡迎』。」〔註 41〕表現出求眞的學術精神和維護華人受教育權的勇氣。

此外，在教育原理、課程、制度、教改方案、兒童、鄉村教育等方面，這批論文也取得了成績。蔣夢麟對中國教育原理進行了初步整合；檀仁梅、張彭春運用實用主義教育理論，對中等教育及課程的現代化進行了探究，主張推行選修制；莊澤宣以歷史的眼光來尋求解決中國教改革方案的適應問題，歸國後發展出「新教育中國化」的命題，認爲中國化要「合於中國的國

〔註 37〕 James F. Abel,「 History of Education in the Far East」, *Review of Educational Research*（Washington）, Vol. 9, No. 4,（Oct., 1939）, 385～387.

〔註 38〕 H. F. MacNair,「New Books and Publications」, 434.

〔註 39〕 莊澤宣,「代序」,《我的教育思想》（上海：中華書局，1934 年）, 頁 4～5。

〔註 40〕 張敷榮,〈張敷榮博士論文〉, 頁 131。

〔註 41〕 〈張敷榮生平大事記〉, 收於靳玉樂、沈小碚編,《張敷榮教育文集》（南京：江蘇教育出版社，2010 年）, 頁 276～277。

民經濟力，合於中國的社會狀況，能發揚中國民族的有點，能改良中國人的惡根性。」〔註 42〕沈亦珍借鑒浩林渥斯的兒童研究思想進行特殊兒童智力實驗比較研究，傅葆琛、趙冕則關注中國鄉村教育建設與課程改造。教育研究的一些新式方法也被引介，如調查問卷法、統計法、心理測量法、實驗法、比較法、歷史法，豐富了中國教育研究。

在學科開拓意義上，這批研究成果還爲教育研究開闢學術新域，播演西式學理，推動中國教育的現代學術轉型和學科創建，貢獻了力量，此其貢獻三。郭秉文的論文是教育史學科研究的力作，「它代表了向英語世界的公眾梳理中國教育複雜歷史的首次認眞的嘗試。」〔註 43〕其研究多有創見，如提出中國近代教育的起點是京師同文館的創立。當代學者認爲它「是一部中國教育制度簡史，也是中國第一部具有通史性質的教育制度史。」〔註 44〕而陳友松爲中國教育財政學發展做出了成就，他對 20 世紀 20、30 年代中國教育財政和經費的籌措、分配和使用進行了實證的系統研究，在概念上首次將「教育」與「財政」聯結起來，建立「教育財政」學術概念，無論是理論發展還是實踐意義都達到同期國際先進水準。馬寅初指出「這一問題至今還是教育科學和所謂沉悶的財經科學之間的一片尚未探索的邊緣領域……陳友松博士把一件開拓性的工作完成得如此傑出，實在令人驚歎不已。」〔註 45〕邰爽秋在序文裏寫道：

> 陳博士在此領域做出了非常重要的貢獻。它是這方面的首次綜合的研究……喬治・D. 施菊野教授寫道，這項研究不僅對中國教育管理者是一種挑戰，而且是世界教育家們承認的一個重要貢獻。麥柯爾教授指出，這是在哥倫比亞大學師範學院曾創作的最重要的博士論文之一併且它以一種才華橫溢的方式答辯。〔註 46〕

〔註 42〕 莊澤宣，《如何使新教育中國化》（上海：民智書局，1929 年），頁 23～24。

〔註 43〕 Kuo, Ping Wen, *The Chinese System of Public Education*, Preface.

〔註 44〕 杜成憲等著，《中國教育史學九十年》（上海：華東師範大學出版社，1998 年），頁 12。

〔註 45〕 陳友松，〈中國教育財政之改進——關於其重建中主要問題的事實分析〉，收於方輝盛、何光榮主編，《陳友松教育文集》（北京：社會科學文獻出版社，2009 年），頁 8～9。

〔註 46〕 Ronald Yu Soong Cheng, *The Financing of Public Education in China︰ a Factual Analysis of Its Major Problems of Reconstruction* （Shanghai︰ The Commercial Press, 1935）, Introduction.

陳友松的博士論文獲得了國內外同行的普遍讚揚，足見其研究水準是相當高的。誠如研究者所認為，它「代表了萌芽時期內中國教育經濟學當時研究的最高水平」，〔註47〕被譽為「中國現代教育財政學開拓者」。〔註48〕

劉湛恩、朱君毅的論文則是中國教育測量學研究的初步摸索，前者著重於中國非語言智力測驗研究，後者以留美生心理測驗統計為考察中心。劉湛恩運用心理測驗相關理論，綜合美式測驗量表和中國傳統資源開發出一套中國獨立的通用非語言智力測驗系統，力圖構建中國教育心理測量研究的本土化，「對中國受過現代科學方法訓練的年輕學人來說，這是一個很大的未開發的工作領域。」〔註49〕朱君毅則以斯皮爾曼相關分析及相關係數理論對留美生成功的質量進行分析，採用「提出問題並設立模型要素——調查測量材料——闡釋說明——解決問題」的研究程序，是一項關於留美生成功的科學研究，並在回國以後發展出「超然統計學」理論，進行統計學中國本土化的探索。

在教育制度和實踐層面，這批留美生回國後多從事文教建設事業，利用所學新知、研究成果和影響，開設系科課程，創辦刊物，培養學術團隊和人才，進行教育實驗、調查，不遺餘力地促進中國教育的制度建設、學科建設，初步形成中國教育的現代學科體系和發展機制，並在推動教育改革上做出了成績，可以說是學以致用的最直觀體現，此其貢獻四。

據統計有 42 人任過大學校長、教務長、系主任及中學校長，而任過教育系主任者不下 18 人，便利了新教育的推行。蔣夢麟歸國後主編《新教育》，後在北京大學哲學系開設「教育學」、「教育學史」課程，1924 年北大教育學系成立後任教授會主任，聘請了李建勳、李蒸、朱君毅、瞿世英等留美學人，開設教育行政、鄉村教育、教育統計、教育哲學等課程，培育教育人才。〔註50〕在掌管北大後，提出「教授治學，學生求學，職員治事，校長治校」的治校方針，踐行「本位主義、平民主義、實用主義、科學主義」的教育理念，〔註51〕

〔註47〕靳希斌，《從滯後到超前——20 世紀人力資本學說 教育經濟學》（濟南：山東教育出版社，1996 年），頁 328。

〔註48〕葉松梅，〈中國現代教育財政學開拓者——陳友松〉，《浙江教育學院學報》2009年第 2 期，頁 27。

〔註49〕劉湛恩，《非語言智力測驗在中國的應用》，頁 212。

〔註50〕王學珍、郭建榮編，《北京大學史料》（第 2 卷，1912～1937）（北京：北京大學出版社，2000 年），頁 1755。

〔註51〕常河，〈科學之精神、社會之自覺——不該被忽視的北大校長蔣夢麟〉，《江淮文史》2013 年第 3 期，頁 138。

而這與其學科背景和接受的教育理念不無關係。郭秉文回國後歷任南京高師、東南大學校長，其擘劃東南大學的辦學思想爲「四個平衡、三育並舉、學術並重、民主治校、服務社會」，〔註52〕在教育科方面，聘請了陶行知、陳鶴琴、朱君毅、程其保、鄭曉滄等校友，積極延攬人才，促進教研。莊澤宣仿照美國研究生培養模式創辦國立中山大學教育學研究所，確定了研究中國新教育背景、釐定字彙重估民眾教育材料、研究國文教學問題的工作思路，〔註53〕而這得益於博士論文的歷史研究法和「言文問題」研究。他亦注重師資建設並創辦《教育研究》，刊登「含有研究的性質或是可供研究的材料」的文章，「足蹈實地的做工夫」，〔註54〕以促進教育，播演新知。

留美生還以學理爲指導，對職業、兩性、鄉村平民等教育狀況進行調查研究。莊澤宣首重實踐，在清華學校任教期間進行學科與職業興趣的調查。傅葆琛開展了對中國北部鄉村平民教育、四川各縣教育的調查，鍾魯齋則進行兩性學習差異的考察。1921 年郭秉文與黃炎培、范源廉發起成立實際教育調查社，邀請孟祿來華參與教育調查，擴大國際交流。這些調查統計，以新式學理方法進行科學統計分析，爲教育研究和教育實踐打下了基礎。

他們更把所學新知和研究心得用於開展民眾教育，將學術與社會相聯。傅葆琛歸國後參加中華平民教育促進會，編纂平民識字讀物，先後在保定、直隸、定縣、南通、新都、川南等地調查並開展平民教育，還創建華西大學社會教育實施區、鄉村建設系，「爲中國儲備鄉建人材，研究鄉建學術，實驗鄉建方法，提倡鄉建事業，推動鄉建工作，編刊鄉建讀物，供給鄉建教材」，〔註55〕其鄉建思想及對鄉建教材的重視即源自他的早期研究成果。莊澤宣在中山大學提出「中國社會的科學分析」、「適應社會的教育實驗」來改造中國教育，〔註56〕創辦花縣鄉村教育實驗區、龍眼洞鄉村教育實驗區等，開展鄉村教育實驗。〔註57〕趙冕一邊在江蘇省立教育學院任教，一邊在北夏民眾教

〔註52〕郭秉文，《中國教育制度沿革史》（北京：商務印書館，2014），頁 203。

〔註53〕莊澤宣，「代序」，《我的教育思想》，頁 6～7。

〔註54〕〈告閱者〉，《教育研究》1928 年第 1 期，頁 1。

〔註55〕傅葆琛，〈華西大學鄉村建設系概況〉，收於陳俠、傅啓群編，《傅葆琛教育論著選》（北京：人民教育出版社，1994 年），頁 423～425。

〔註56〕莊澤宣，「自序」，《改造中國教育之路》，（上海：中華書局，1946 年），頁 1。

〔註57〕肖朗，〈近代中國國立大學教育研究機構綜論〉，《高等教育研究》2012 年第 8 期，頁 89。

育實驗區進行民眾教育實驗。瞿世英則在定縣參與平民教育實驗。他們普遍將研究成果應用於教育實踐活動，並以實踐來深化學術認知。

可以見得，這批研究成果在加強中美文化交流展示中國教育情狀，促進教育學術對話和開闢中國教育學科學術新域以及播演西式學理等方面，做出了突出貢獻。不僅產生了國際學術影響力，而且被應用於國內教育的制度建設、學科發展和教育實踐，推動著中國教育的現代轉型，並由此形成了從學術參演、思想輸入，到制度創製、人才培養，再到學術創生、教改實踐的中國現代教育的發展機制。

概言之，民國時期留美生有關中國教育問題的研究，深受美國學術場域中的教育研究走向的影響，他們借鑒吸收了美國教育研究的理論方法，以緊隨世界教育研究潮流和學以致用的現實關照爲特點，以問題意識爲導向，展現出歷史取向、實用主義教育哲學取向、教育測驗實證化研究的發展路徑以及「西式理論——中國主題——中國材料——解決中國問題」的研究範式。其研究也獲得了國際教育學界的回應，並開拓了學術新域。回國以後，他們也將研究心得或用於制度、學科建設，或用於教育實踐，促其在中國開枝散葉，彰顯著學以致用的學術理念，體現了他們教育救國和學術報國的旨趣，在中國教育學術史上理應佔有一席之地。當然，這批研究成果有不少屬於「梳理」和「應用」的形式，在理論和概念上的原創性貢獻尚不足，這與中國現代教育處於新式學理的輸入、傳播、消化階段和轉型有關。然而，這批留美生可以說是現代意義上的首批中國教育問題的研究者，重新審視和挖掘他們博士論文的價值，對考察現代中國教育學術的發展路徑、特點以及教育轉型具有意義。

（作者簡介：呂光斌，男，南開大學歷史學院博士生）